Flirting with Danger
by Suzanne Enoch

恋に危険は

スーザン・イーノック
数佐尚美［訳］

ライムブックス

FLIRTING WITH DANGER
by Suzanne Enoch

恋に危険は

主要登場人物

サマンサ（サム）・ジェリコ……美術品を専門に狙う女泥棒。表向きの職業は美術コンサルタント
リチャード（リック）・アディソン……イギリス人の実業家で億万長者
ウォルター（ストーニー）・バーストーン……サマンサの相棒の故買屋
トム・ドナー……アディソンの顧問弁護士
フランク・カスティーロ……パームビーチ警察殺人課の刑事
エティエンヌ・デヴォア……フランス人の泥棒
ダンテ・パルティーノ……アディソンの美術品取得管理責任者
ハロルド・メリディエン……アディソンの知人で銀行経営者
パトリシア・アディソン＝ウォリス……アディソンの前妻
サー・ピーター・ウォリス……パトリシアの夫

1

火曜日、午前二時一七分

　サマンサ・ジェリコは考えていた。「紙袋より大きいものに侵入しようとする泥棒は、かならず壁をよじ登らなければならない」なんて、いったいどこの誰が決めたルールなんだろう？　そんなこと、誰だって知っている、いわば定説じゃないの。刑務所に始まって城、映画館、テーマパークにいたるまで、すべてそれが前提。フロリダ東部のこの広大な私有地だって例外ではない。石塀、電流フェンス、防犯カメラ、行動探知機、警備員——すべて、意欲満々の犯罪者が壁をよじ登って神聖なる私有地に入りこむのを防ぐために用意されたものだ。

　サマンサは、目の前にそびえる石塀から、ソラノ・ドラド館と呼ばれる豪壮な邸宅の正面に位置する錬鉄《れんてつ》製の二重門扉までを見わたし、かすかな笑みを浮かべた。犯罪者の中には、意欲満々の知能犯もいるのよ。そんな奴の手にかかれば、壁をよじ登れっていうルールなんか役に立たないんだから。

ゆっくり息を吸って胸の鼓動をしずめると、サマンサは肩にかけていた武器をはずした。門の外の暗がりに低くかがんで身を隠し、高さ四・五メートルほどの石塀の左のほうに取りつけられた防犯カメラを狙って発射した。しゅうっと空気を切る音がして、ペイント弾が覆いの側面に命中した。勢いで動いたカメラは木の上部を向き、それと同時に、レンズの表面に飛びちった白い塗料が何本もの筋となって流れだした。突然の襲撃に驚いたフクロウが一羽、ホーホーと鳴きながら大きく張りだしたプラタナスの木の枝から飛びたった。向きが変わったカメラのまん前を、片方の翼がかすめて通りすぎる。

よし、いい感じ！　サマンサは心の中でつぶやきながら、ペイント銃をふたたび肩にかけなおした。星占いによると、今日はツイてる日らしい。ふだんなら星占いの運勢など信じないのだが、今夜ひと晩で一五〇万ドル相当の獲物の一〇パーセントが稼げるなら、十分ラッキーな部類に入るだろう。

サマンサは前に進み、重量感のある門扉の左右のしかるべき位置に、長い柄のついた鏡をひとつずつ取りつけた。物体を感知するセンサーの赤外線を偏向させるためだ。この作業さえすめば、制御盤に格納された電子回路を騙してセンサーを解除するのにわずか一秒しかからない。二重門扉のひとつを押し、すきまからするりと入りこむ。

あとは残りの防犯カメラと、行動探知機三台をくぐり抜ければいいだけだ。それぞれの機械の位置については、一日かけて頭に叩きこんであった。サマンサは二分後には木立のあいだを抜け、美しく手入れされた庭を通りすぎて、赤い石段の下にうずくまっていた。見取り図と配線図があるおかげで、屋敷の窓という窓、ドアというドアの位置を知っていたし、ドアロックのメーカーと型式、電気系統の接続もすべて確認ずみだった。図面に出ていないのは物体の色と空間的な大きさだけだ。サマンサはそこで、一瞬息をのんだ。退廃的な雰囲気漂う広壮な建築の見事さに胸を打たれたのだ。

　ソラノ・ドラド館が建てられたのは一九二〇年代、世界大恐慌の前だ。その後、所有者が変わるたびに部屋数を増やすなどして拡張され、警備もさらに強化されていった。水漆喰《みずしっくい》で白く塗った巨大な邸宅に赤い屋根瓦をあしらい、ヤシの木やプラタナスの古木に囲まれて建っている現在の姿がおそらくもっとも魅力的だろう。建物の前面にはホッケーのリンクほどの大きさの養魚池が作ってある。サマンサがしゃがみこんでいる裏のほうにはオリンピック競技で使われるような五〇メートルプールがあり、その向こうにはテニスコートが二面。ここは本物の海に面していて、潮溜《しおだ》まりがある岩礁までは百メートル足らず。絶えまなく波の打ちよせる音がする。だがこの海岸は、あくまで一般人が楽しむためのものだ。

　ソラノ・ドラド館の地所は私有地として厳重に守られており、自然を活かすというより人間の気まぐれに合わせて造られた環境と言っていい。八〇年のあいだ、増改築をくり返して洗練されてきたこの屋敷には、いまや所有者の富と同じぐらい巨大な自我がよく表れていた。今日はたまたま国外に出かけて不在だという屋敷の主の運勢は、サマンサと正反対で「ツイてない」というところか。

　ドアにも、窓枠の木にも、侵入にそなえてしっかりセンサーが付いているにちがいない。

だが、使い古された単純な裏技が一番効果的なこともある。『スタートレック』の中でエンタープライズ号の主任機関士スコットが言ったように、「配管が複雑に入りくんでいればいるほど、排水溝をふさいで故障させるのは簡単」だからだ。

サマンサは腕時計をちらりと見ると、グレーのダクトテープをひと巻取りだした。狙いは、中庭《パティイオ》に面したガラス扉の下の部分。直径九〇センチ強の円を描くようにテープを貼ってから、ナップサックから吸着カップとガラス切りを出す。分厚く重いガラスは、引き切る音も、パカッと丸い形にはずれたときの音もかなり大きかった。大丈夫かしら。ひやりとしながら、はずしたガラス板を花壇の上にそっと置き、今開けたばかりの丸い穴のところに戻った。

すばやく頭をめぐらせて、ガラスを切った音を聞きつける可能性のあるのは誰かを考える。階下のビデオテープ保存室に警備員が一人いるが、そこまでは聞こえないだろう。だが、住人が不在のときには少なくとも二人の警備員が屋敷内を巡回しているはずだ。サマンサはあたりの音に耳をすませながらしばらく待った。よし。深く息をつき、おなじみのアドレナリンが体じゅうに放出されはじめるのを感じながら、窓から中へ入りこんだ。

ダクトテープを二片使ってカーテンを留め、窓ガラスに開けた穴をふさぐ。せっかく確保した出口なのに、庭を巡回中の警備員に見つけられてはたまらない。

すぐに階段につきあたった。一番下の踊り場の壁には本物のピカソの絵が一枚かかっているが、ほとんど目もくれずに通りすぎる。二階の会議室にはもう一枚、ピカソの絵があるはずだ。どちらの作品もセンサー付きで、何百万ドルもの価値がある。その存在はすでに知っていたし、心をそそられはするが、その二枚の名画のために屋敷に侵入したわけではない。

サマンサは三階の踊り場で立ちどまった。階段にしゃがみこみ、前に身を乗りだして長く薄暗い柱廊を眺める。壁際に飾られた武器や鎧《よろい》は、博物館のコレクションだってこれほど充実していないだろうと思わせるほどの数だが、それらを見ながらも動く人影はないか、手持ちの見取り図に書かれていないセンサーはないかを確かめる。暗がりのひとつひとつに注目し、警備員が立っていないかじっと目をこらす。気づかないままうっかり近づくと、取り返しのつかないことになるからだ。

サマンサが狙う獲物は廊下の真ん中あたり、左側のドアを抜けたところにある。もうわざわざ腕時計を見ることもしなかった。屋敷内に侵入してから何分経過したかはわかっていたし、巡回中の警備員がガラス扉の穴か、正面の門扉に取りつけた小さな鏡のどちらかに気づくまでにどのぐらいの時間の余裕があるかも予測がついていた。ふたたび静かに深呼吸すると、足を進める。

姿勢を低くしたまま、鎧を着た騎士がずらりと並ぶ中で一番手前の騎士に向かう。その影で一瞬立ちどまって耳をすまし、異状がないことを確かめてから次の騎士の影へと移る。時間的にはぎりぎりだろう。警備員が次に回ってくるまでにめざす部屋に入りこんでおかなければならない。精緻な計算のもとに絶妙なタイミングで動く、それこそこの仕事の中でサマンサが一番気に入っている部分だった——小道具を使う面白味より、度胸と技量が試される瞬間がたまらない。侵入するための小道具だったら誰でも買える。だが度胸と技量は、一人前の女と女の子との分かれ目なのだ。

獲物まであと三メートルちょっとの距離でサマンサの動きがぴたりと止まった。廊下にそってまっすぐ伸びる細い月の光が照らしだしているのは、床から六〇センチ強、サマンサの左足から七、八センチほどのところにある——ワイヤーだった。廊下の真ん中にこんなふうにワイヤーを渡しておく奴はいない。あまりに間抜けなやり方だし、住人にとっては危険このうえない。もちろん今は住人が邸内にいないわけだが、警備員だって時にはこのしょうもないワイヤーが張ってあるのを忘れて引っかかり、前のめりにぶっ倒れるか、防犯ベルを鳴らすか、あるいはその両方をやってしまうかもしれない。

顔をしかめながらサマンサは壁に向かってじりじりと足を進め、このばかばかしいものがどこにどう固定されているかをよく見ようとした。こんなものはまたいで通って、望みの品を手に入れてさっさと退散するべきなのだろうが、とにかくワイヤーの存在自体が……どうにも妙だった。屋敷にはそこらじゅうにハイテクの防犯システムが備えられているのに、こんなところにみっともないスチールのワイヤーだなんて。

あ、違った。みっともない銅線ね、とさらに近づいたサマンサは心の中で訂正する。廊下の両側の壁を覆う、幅が狭く平たい黒の羽目板のすきまに両端をそれぞれ取りつけ、ぴんと張られたワイヤーは、床と完全に平行に渡されているわけではない。ほぼ平行と言ってもいいが、正確には違う。この家の主人がプライバシーに異常にこだわるたちなのはよく知られているけれど、侵入者に備えてこんなワイヤーを仕掛けるのはいくらなんでもやりすぎという気がする。しかも、趣向を凝らした内装をそこなうようなことをするなんて、いったいなぜ？　まったく見当もつかない。サマンサの眉間のしわがますます深くなった。

「動くな！」

サマンサは一瞬凍りつき、すぐさまワイヤーのそばにうずくまった。まずい。警備員め、思ったより早く回ってきた。サマンサの真正面、ドアの向こう側一〇メートル足らずのところだ。人影は、銀色に輝く鎧をつけた二体の騎士のあいだから進みでた。

「そこを動くんじゃない！」

「わかってるわよ」サマンサは冷静に答えた。警備員は邸内を熟知しているが、こちらはそうではない。それにこの男は、大型の銃を、かなり不安定ながら両手で構えている。「武器は持ってないわ」落ちついた声を保つ。ぶるぶる揺れる銃の先に目をやりながら、警備員をパニックに陥らせないよう、無言のうちになだめる。

「だったら肩にしょってるものは何なんだ？」警備員はかみつくように言い、じりじりと近寄ってきた。汗がひとすじ、額をつたって流れおちるのが見える。

落ちついて。というより、彼を落ちつかせなければ。サマンサはそのこつを心得ていた――以前にも経験があった。「これ、ただのペイント銃よ」

「そいつを下ろせ。もう片方の肩にかけたナップサックも」

わたしに向けて引き金を引いて乱射しはじめていないだけ、ましか。警備員はまだ若い。だがありがたいことに、いちおうの訓練は積んでいるらしい。素人でなくてよかった。素人はどうしようもないから。サマンサは言われたとおり持っていたものを床に下ろし、廊下に細長く敷かれた趣味のよいペルシア絨毯の上に並べた。「大丈夫、心配しなくていいわ。わたしたち、味方どうしなんだから」

「ありえないね」銃の台尻から左手を離した警備員は、肩のほうに手を伸ばした。「クラークか？　侵入者を見つけた。三階のギャラリーだ」

「マジか？」無線の声が返ってきた。

「マジだ。警察を呼んでくれ」

プライバシーを守るためか、この家の所有者が母屋にカメラを取りつけていないことに一瞬だけ感謝しながら、サマンサは、やれやれといったようすで大きくため息をついた。「その必要はないわ。わたしはおたくのボスに雇われたのよ、警備の状態をチェックするために」

「俺は何も聞いてない」警備員はぴしゃりとはねつけた。冷え冷えとした暗がりの中でも、意地の悪い表情が目に見えるようだ。「誰からもそんな話は聞いてない。あんたが直接、警察に事情を話せばいいだろう。さあ、立つんだ」

サマンサは両手を脇から離したまま、ゆっくりと体を起こした。アドレナリンがさらに体内に放出される。念のため、ワイヤーから遠ざかるように大きく一歩後ろに下がった。「あなたたちにあらかじめ知らせておくんじゃ、警備のテストにならないでしょ。考えてもみてよ。下にあるピカソだって、客間のマティスだって、盗もうと思えば何だって盗めたのに。

わたしが雇われたのは、屋敷全体の防犯体制がしっかりしてるかどうかを試すためよ。明かりをつけてくれれば、身分証明書をお見せするわ」

するとパッと明かりがついた。その素速さと明るさにサマンサは飛びあがりそうになる。いったいどういうこと？ ここには音声コマンドで照明のスイッチを操作する装置は入っていなかったはず――警備員もびっくりしたようで、構えた銃口が不安げに揺れている。「落ちついて」サマンサは穏やかな口調で注意しながら、いつでも逃げられるように膝をやや曲げた姿勢をとった。

だが、警備員が目をぱちくりさせながら見つめている先はサマンサの肩の向こう、階段のほうだった。「アディソンさん。私が見つけ――」

「そのようだね」

サマンサは、高まってくる焦燥感と、写真がほとんど公表されることのないこの億万長者をふりかえって見たくてたまらない好奇心の両方と闘っていた。もしここからうまく逃げられたら（今となっては確率が低いように思えてきたが）、ストーニーの奴、絶対に殺してやる、と心に誓う。住人は留守だって言ってたくせに、嘘つき。「リチャード・アディソンさんでいらっしゃいますね」サマンサは肩越しにつぶやき、膝に力を入れる。

「アディソンさんに雇われたんじゃなかったのか」こうこうと輝く明かりの下、味方を得たことで、いまやすっかり自信をつけた警備員が言う。

「彼じゃないわ」サマンサは主張を押し通そうと切り返す。「お宅の警備会社のマイヤーソン・シュミットから依頼を受けたの。あなたの上司よ」

「さあ、どうだか」ようやく聞きとれるほどの低い声が背後でつぶやいた。いつのまにか近づいてきている。大金持ちの若旦那にしては、なかなか静かに動く。「この人、武器は持ってないよ、プレンティス」アディソンは普通の声で続けた。英国なまりがわずかに残る、教養の感じられる話し方だ。「危ないから、とりあえず銃を下ろしなさい。これからの処置について、下で話し合おう」

プレンティスはためらったが、「はい、わかりました」と答えて銃をホルスターに戻した。

「さて、こちらに顔を向けていただこうかな、ミス……」

「スミスです」サマンサは答えた。

「なんと、珍しい名前だね」

サマンサは聞いていなかった。プレンティスがホルスターに銃をおさめてスナップを留め、前に足を踏みだすのを見守っていたのだ。自分の有能さをボスに誇示できるのがうれしくてたまらないのだろう。プレンティスは足元をまったく見ていない。「止まって!」サマンサは叫んだ。恐怖で声がこわばり、かん高くなった。

「いったい何の——」

「危ない!」サマンサは階段のほうをくるりとふりむき、アディソンに向かって全速力で突進した。目に入ったのは裸の胸と驚きに満ちたグレーの目、くしゃくしゃに乱れた黒い髪だけ。彼に飛びかかって、床に押したおす。背後で何かがはじけるような音がして閃光がひらめき、廊下全体に爆発音が響きわたった。アディソンの上からおおいかぶさっているサマンサの体に爆風の熱が吹きつける。家全体が大きく揺れ、ガラスが砕けちった。爆風を吸いこんだギャラリーの爆発音はさらにすさまじく、ふたたび照明が消えた。

2

火曜日、午前二時四六分

救命士にまぶたを持ちあげられ、左目にライトを当てられたリチャード・アディソンは意識を取りもどした。「何するんだ、放してくれ」彼はうなり、体を起こそうともがいた。

「起きあがらないでください、アディソンさん。もしかすると内臓が損傷――」

「くそっ」アディソンはいらだちながらふたたび横になった。後頭部がずきずき痛む。それに肋骨のあたりが、野球のバットか何かで殴られて陥没したみたいだ。息を吸おうとしたとたんに体じゅうに痛みが走り、鼻をつく煙の匂いに咳きこんだ。先ほど起こったことがいっきに思い出された――ギャラリーでの爆発、警備員、そしてあの若い女性。

「彼女はどこだ?」

「ご心配なく」別の声が言った。救命士がもう一人、ぼやけた視界の中に入ってきた。「かかりつけのお医者さまにはもう連絡をとって、病院で待機していただいていますから」

「いや、そうじゃなくて、ギャラリーにいた女性のことだ。あの人はどこへ行きました?」

警備員のプレンティスがどうなったかはわざわざ訊くまでもなかった。爆発のあとの炎の熱さを肌で感じていたし、燃えあがった人体の一部が顔に向かって飛んできたあの惨状を考えれば当然だ。

「まだ具体的なことは何もつかめていないのです。爆発物処理班、殺人課、鑑識課の者がもう集まっていますが、消防の作業がすんでからでないと捜査に取りかかれません。爆発装置らしきものは見かけましたか?」

アディソンはふたたび咳きこみ、痛みにたじろいだ。「いや、まったく気づかなかった」

「確かですか?」と三番目の男。アディソンはその男に目の焦点を合わせなおした。

私服警官にちがいない。安物ではあるが趣味のよいネクタイをしめている。救命士の話からすると殺人課の刑事だろう。わかってはいたが、いちおう訊いてみる。「あなたは?」

「殺人課のカスティーロです」やはり、予想どおりの答が返ってきた。「一階にいた警備員が、爆発があったと通報してきたんですが、屋敷に侵入した者がいるということでした。今おっしゃったその女性が侵入者なんでしょうか?」

アディソンはうなずいた。「たぶん、そうじゃないかと思います」

「彼女としては、あなたを殺すつもりだったんでしょうね。ただ、あの爆発じゃ、あなたや警備員だけじゃなく、彼女自身だって巻きこまれていたかもしれない。しかしアディソンさん、運がよかったですよ、階段をここまで下りてこられて。で、彼女の特徴ですが、何か憶えてらっしゃいますか?」

アディソンは初めて周囲に目をやった。二階の踊り場から少し離れたところに寝かされていた。床に倒れたときに強く打ちつけた後頭部がまだひどく痛む。三階からここまで俺の体を引きずりおろしてくれたのは消防士ではないだろう。でなければ、「運がよかった」などとカスティーロ刑事に言われるわけがない。それに、自力で下りてきたのでもないことは確かだった。

「スミスと名乗っていました」アディソンはふたたび体を起こしながら、ゆっくりと話しはじめた。「ほっそりしていて小柄で、黒い服を着て、私に背を向けていました。野球帽をかぶっていたかな。あとはあまり憶えていません。そうだ、目は緑色だった」思い出したようにつけ加える。肋骨のあたりめがけて飛びかかってきたときにちらりと顔を見た。彼女が俺の命を救ったのだ。

「そうですか。手がかりとしては少ないが、近隣の病院をあたってみます。防弾チョッキを着ていたとしても、まったくの無傷でここを出られたとは考えにくいですから」カスティーロ刑事は白髪の混じった濃い口ひげを指でこすった。「それでは、病院へ搬送しましょう。後ほど、病室でまたお話をうかがいますので」

そりゃ、すばらしい。マスコミが喜びそうな、格好のネタだ。アディソンはおそるおそる首を横に振った。「病院は、結構です」

「いえ、行っていただきますよ、アディソンさん。今ここであなたに死なれでもしたら、私の首が飛ぶ」

二時間後。白い漆喰《しっくい》の壁とリノリウム仕上げの狭い廊下には報道陣のしゃべる声が反響し、持ちこまれた撮影用の照明機材が輝きを放っていた。やれやれ。アディソンはげんなりした。あのとき何がなんでも譲らずに、屋敷にとどまるべきだったのに。思ったとおり、マスコミはたちまちニュースを嗅ぎつけた。今回の入院について、どんな記事をでっちあげられるかわかったものではない。アディソンは手当てを受けながら、医師にそうこぼした。縫合のすんだ胸の切り傷は長さ一〇センチ以上にもなる。

「しかし、我慢強くてらっしゃるんですね」胸の絆創膏をはがしながらクレム医師が言った。

「鎮痛剤としてヘロインも用意してあるんです。使わなくてすむとは、つまらない」

「念のため、そばに置いといてください。頭がどうにかなりそうだ」アディソンはぶっきらぼうに言うと、肩で浅い呼吸をしながら、ベッドに仰向けに倒れそうになるのをこらえた。救急車の中で救命士にもらった痛み止めが切れかけていたが、あの薬は催眠作用があるからぼうっとしてしまう。だから、なしで耐えるしかない。何者かが俺を殺そうとして爆弾を仕掛けた。それが誰なのかがつきとめられるまでは、眠りこんでしまうわけにはいかないのだ。

「ドナーはどこだ?」

「ここにいますよ」トム・ドナーが病室に入ってきた。背が高くやせ気味で、テキサスなまりのある穏やかな口調のこの男は、ドナー・ローズ・アンド・クリチェンソン法律事務所の主席弁護士だ。「おやおや社長、相当やられましたね。こりゃひどい」

「あの女性は誰なんだ、トム? それと、俺の服はどこだ?」

「女性の身元はまだわかりません。服なら、ここにありますよ」淡いブルーの目を細めながら言う。「でも、必ずつきとめてみせます。大丈夫、まかせてください」椅子の上に投げだすように置いたスポーツバッグの中から、ドナーはジーンズと黒いTシャツ、長袖の綿シャツを引っぱりだした。

アディソンは片方の眉をつり上げた。「これ、『トム・ドナーのアウトドア派コレクション』から選んできた服だろう?」

「屋敷内への立ち入りは許されてないんですから、社長の服を取りにいこうったって無理ですよ。サイズは合うはずです」クレム医師がアディソンの肋骨部分に包帯を巻きおえるのを見て顔をしかめながら、ドナーは有名ブランドのスニーカーをアディソンに手渡した。「それにしても、もう帰国してるって、どういうことです? まだシュツットガルトにいる予定だったはずなのに」

「ハロルドはあと一日いるようにって、引きとめてくれたんだ。彼の言うことを素直に聞いておけばよかった」肩をぐるりと回したとたん縫った傷口が引っぱられ、アディソンはふたたび痛みにひるんだ。「警備会社のマイヤーソン・シュミットに電話してくれ」

「まだ朝の四時ですよ。夜が明けたら私が電話して、契約解除を言いわたしておきますから」

「それは俺が話をしてからの話だ」そう、警備体制に問題がないかどうかを試すために人を──賢く、しかも運のいい女性を──派遣したかどうかを会社の人間に訊いて確かめるまでは、解雇できない。

「何言ってるんですか。警察のこれまでの調べでは、防犯カメラのうち一台が木立のてっぺんのほうに向きを変えられていて、門のところのセンサーが鏡で操作されて感知できなくしてあったそうです。そのうえ、中庭《パティオ》のガラス扉には大きな穴があいていたらしい。ほかには、爆発でこなごなに吹きとばされた警備員の死体は言うまでもないが、リチャード・アディソンなる人物が、燃えさかる髪の毛をふり乱した状態で見つかったそうで」

「俺の髪の毛は燃えてなんかいないって。君のその豊かな描写力には恐れ入るよ。ただ俺は、のんびり時間をつぶしているつもりはない。警察が彼女から事情聴取するとき、俺もその場にいたいんだ」といっても、それにはまず彼女を見つけなくてはならないが。きっと警察がなんとかやってくれるだろう。そう思いながらもアディソンは、ミス・スミスの居所をつきとめるのは至難の業にちがいないと感じていた。自宅の三階部分を爆発で吹きとばされたにもかかわらず、ひょっとすると彼女は本当に防犯システムのテストのために雇われたのではないか、という考えが頭から離れなかった。

「彼女のことなんて、ほっておけばいいでしょう。社長を狙ったが未遂に終わった、っていうだけの話ですよ。そんな奴は初めてじゃない。それにもう報道関係者が五人ばかり、エレベーター脇にひかえてましたよ。あの連中も虎視眈々と社長を狙ってる」

「彼女は俺の命を救ってくれたんだ」うめき声を出すまいとこらえながら、ドナーに借りたTシャツを頭からかぶる。「俺を殺そうともくろんでいる人間が助けてくれるなんて、それこそ初めてだろう」

一瞬口を開けて何か言いかけたトム・ドナーは、その口を閉じた。「何がどうなったのか、詳しく教えてください」

アディソンはドナーに一部始終を話した。どこかの阿呆がファックス自動送信の設定にしたらしく、私用にのみ使っているファックス機が午前二時から二分おきにキーキー耳ざわりな音を立てはじめたこと。警備員のプレンティスから同僚のクラークへの無線連絡で、侵入者を一人発見したという会話を耳にしたこと。廊下にいたプレンティスが前に進もうとするのをミス・スミスが止めようとしたこと、そして爆発が起きた瞬間、ミス・スミスが身を投げだして、アディソンをかばうようにおおいかぶさってきたこと。

「スミス、ですか？」ドナーがくり返した。

「まあ、本名じゃないだろうが」アディソンはかすかな笑いを浮かべて言った。

「そうですか？　彼女、爆弾の存在を知っていたはずですよ」

アディソンは首を横に振った。「何か感づいてはいたんだろうね。俺を突きとばしたときの目を見たけど、恐怖の表情だったたな」

「そりゃ震えあがると思いますよ、自分が爆弾を仕掛けておいて、安全な場所に逃げる前に、間抜けな警備員がうっかりどこかに触って爆発させそうになったら」

「その前に俺を爆心のほうに突きとばすことだってできたはずなのに、彼女はそうせずに、俺をかばったんだ。それに、警察がどう見てるかは知らないが、俺が自分の体を引きずって階段の踊り場まで下りていけるわけがないじゃないか」

ミス・スミスが屋敷に侵入したのはもちろん、何かを盗むためにきまっている。それにアディソンは、心の奥の皮肉で疑り深い部分では、もしかしたら自分を殺すのが当初の目的だったのかもしれないと想像していた。ただ、何か予想外のことが起こって彼女の計画が狂ったのだ。それが何なのか、なぜそんなことが起きたのか、知りたかった。

屋敷にいた殺人課の刑事がドアの外から顔をのぞかせた。ドナーがそちらに向かって歩きだそうとすると、「カスティーロです」と警察のバッジをちらりと見せて自己紹介した。「彼女があなたにぶつかってきたのは単なる偶然ではないとおっしゃっているようだが、確信がおありですか、アディソンさん？」

「あります」アディソンはうなった。今は刑事とつきあいたい気分ではない。屋敷内での爆発で、事件は自分個人に深く関わる問題になっていた。質問を投げかけたいのはこちらのほうだった。疑問に対する答を、自ら見つけだしたかった。なのに今は、誰かほかの人のための仕事みたいな事情聴取を受けている――リチャード・アディソンのいつもの事業経営や、人生への対処のしかたはそうではない。

カスティーロ刑事は咳払いをした。「私自身、そうではないかと思っていたので。すでに所轄の全部署に緊急手配しました。先ほど言いましたように、彼女が治療を受けるためにどこかの病院に現れる可能性がありますからね。アディソンさんは、どこか泊まるところを探されたほうがいいかと思います。今後、二四時間体制で警護をつけますので」

アディソンは顔をしかめた。「人につきまとわれたくない」

「そういう決まりなんです。パームビーチ警察か、保安官事務所のどちらかから派遣することになります」

「いや、結構です。自分の家から追いだされるのはごめんですし、警護ならうちの警備員がいますから」

「お言葉を返すようですが、アディソンさん。おたくの屋敷の警備員がどの程度信じられるかというと、私はちょっと疑問ですね」

「私もそうです、今のところはね」痛みにうなりながら、アディソンはおそるおそる立ちあがって、色あせ加工をほどこしたジーンズをはいた。

「社長、無理しないで。車椅子を持ってきますよ」トム・ドナーはそのひょろ長い体でドアに向かって大股で歩きはじめる。

「いや、歩いていく」アディソンはそう言うと、歯をくいしばりながら姿勢を立てなおした。床に血だまりができるほどの大けがでないのが幸いと思うべきなのだろうが、とにかくひどい痛みだ。それでも、ミス・スミスのことが気にかかってならなかった。「トム、マイヤーソン・シュミットの人間を電話口に呼びだしてくれ。そこらの下っ端じゃだめだぞ、ちゃんと質問に答えられる立場の者でないと」

「今呼びだそうとしてるところです」ドナーが携帯電話を耳にあて、車椅子を押しながら病室に戻ってきた。

体がよじれるような痛みに耐えながら、アディソンはカスティーロ刑事と向きあった。「もし――警察のほうでミス・スミスを見つけたら、私に知らせてほしいんです。それから、取調べの場に同席させていただきたい」

「アディソンさん、それはできかねます。規則で禁じられているので」

もう平気なふりをするのはやめだ。アディソンは車椅子に倒れこむように座った。「規則なんか、くそくらえだ。私の払っている税金だけで、おたくの警察の年間予算の半分ぐらいにはなるんですよ。刑事さんが彼女を事情聴取するなら、私もその場にいさせていただく」

ドナーがちらりと目を向けてくるのにアディソンは気づかないふりをした。今回の事件は俺自身に関わることだ。だから当然、答を求める権利がある。

「わかりました。やるだけやってみましょう」


「彼が何だって？」

サマンサは痛みにひるんだ。「勘弁してよ、ストーニー。お手やわらかにやってちょうだい。この腕、まだまだ使いたいんだから」

ストーニーの丸々として太い指の感触は驚くほど優しかった。眉間にしわを寄せてサマンサの肩を眺め、長くぎざぎざに切れた傷口の断面を合わせている。「こりゃ病院へ行ったほうがいいよ、サム。ちゃんとした手当てが必要だ」自由になるほうの手でチューブから強力接着剤をしぼり出し、傷にそってのせていく。

「今必要なのは、重い鈍器みたいなものよ。だって、それであなたの頭をがつんと殴ってやれるでしょ」サマンサは言い返した。ストーニーに対する怒りからというより、むしろ痛みによるあえぎ声を隠すためだった。「あなた言ってたじゃないの、アディソンはシュツットガルトにいるはずだって」

「『ウォールストリート・ジャーナル』にそう書いてあったんだよ。ハロルド・メリディエンの銀行との取引で。責めるなら、誤報を載せた『ウォールストリート・ジャーナル』か、でなければあの新聞に嘘の予定を教えたアディソン本人を責めるんだね。それにしてもサム、屋敷にあったピカソの作品、一枚ぐらい持ってきてもよかったのに。どうせ警報はとっくに鳴っちまってたんだから、失敬しても同じことだろう」

「ピカソを盗んだって、どうやって売りさばくっていうの、買い手がつくわけないでしょ。それにわたし、あのときは手一杯だったんだから。大きなお世話よ」確かに、意識を失ったアディソンのひどく重い体で「手一杯」だったのだ。

サマンサはアディソンの写真を『インクワイアラー』紙で何回か見たことがあった。一昨年、もめにもめた彼の離婚劇を扱った記事中の写真。それから二、三カ月前、あるイベントについて書かれた記事の中にも写真が出ていた。ハリウッドで毎晩のように行われる慈善行事のひとつだ。昨年のアカデミー賞受賞者の誰かが何かごたいそうな目的で主催したそのイベントで、彼があっと驚く大金を寄付したんだっけ。リチャード・アディソン。大金持ちの離婚経験者で、人前に出たがらない男。そして困ったことに、どんな行動をとるか予測のつかない人物だ。

「これで大丈夫だろう」サマンサの肩の傷を押さえていた手を徐々に離しながら、ストーニーは確信ありげに言いきった。接着剤がうまくついたようだ。「念のため、絆創膏も貼っておこう」

「背中のほう、どうなってる?」サマンサは自分の背中を見ようと、後ろをふりむきながら首を長く伸ばした。

「防弾チョッキを着ててよかったよ、サム。あとがくっきりついてるぜ」ストーニーはサマンサの背中の上のほう、肩甲骨のあいだを結ぶ形で残っているラインをたどった。「タンクトップはしばらく着られないな。だけど、脚の裏側の切り傷のほうが心配だよ。君はよく歩くから、接着剤でくっつけた傷口が開いちまう」

サマンサはストーニーの顔を見た。「心配してるの? わたしのことを? まあ、なんてお優しい」ストーニーの曲がった平たい鼻の先にキスをすると、サマンサはそれまで座っていたキッチンのテーブルの上で体をずらし、端から下りた。

「いや、本気で心配してるんだぜ。現場に血痕を残してきちまったかもしれないだろ。DNA鑑定をやられたらまずいんじゃないのか?」

サマンサだってその可能性は考えてみた。でも心配しても意味がない、と自分を納得させて、もう気にしないことに決めていた。「DNAの鑑定は本人から採取した組織と照合しないとできないもの」そう答えると、一歩ずつゆっくりと、試すように足を踏みだしてみる。

接着剤で無理にふさいだ傷口が引きつるのがわかる。「こっちは身柄を拘束されてるわけじゃないんだから大丈夫」サマンサは冷蔵庫の上の、目が左右に動くネコの時計をちらりと見た。「五時過ぎだわ。テレビをつけてくれる？　ニュース番組を見たいの」

バスローブをはおり、スリッパをはいたストーニーが足をぺたぺたいわせながらカウンターの上の小さなテレビへと向かうあいだに、サマンサは勝手知ったるこの男の家に置いてある予備のジーンズにそろそろと足を通した。こんなことがあるから、母親はかならず子どもに言いきかせるのよね。下着はいつも清潔なものを身につけておきなさいって。思いをめぐらせながらサマンサは、絆創膏を貼った傷口にジーンズの生地がすれるときの痛みに顔をしかめた。そう、爆発にそなえて、きれいな下着ってわけね。

「警備員は死んだって言ってたよな？」地元放送局の朝のニュース番組にチャンネルを合わせたあと、ストーニーはうなるように言った。「何が見たいんだ、死体袋が映ってる画面か？」

「わたし、現場からさっさと逃げちゃったから」Tシャツを着たあと、冷蔵庫の中に頭をつっこむようにしてダイエットコークの缶を探しながらサマンサは言った。「あそこに設置されていた防犯カメラは全部、避けたつもりなんだけど、映ってなかったかどうか、確認のためよ」

ストーニーは太い眉毛をつり上げた。「それだけか？」

「そうね、廊下にあのワイヤーを張ったのは誰なのか、興味あるわ。それから、アディソンが死なずにすんだかどうかも確かめておいたほうがよさそう」

いちおう落ちついた口調は保っているけれど、実は気が気でないことぐらい、ストーニーには感づかれているだろう。爆発で床に伏せたサマンサは、いつもの平静さを失っていた。アディソンの体を階段の踊り場まで引きずっていったのはほとんど反射的な行動だった。だが、そのあとで気づいた——アディソンはきっと、わたしの外見的な特徴を警察に伝えられる程度には憶えているだろう。

警備員のプレンティスが死んだのは間違いない。でも、警備員が廊下で侵入者を見つけて報告し、その直後に爆発が起きれば、爆弾を仕掛けたのは誰だと思われる？　わたしが疑われるにきまっているじゃない。まずいわ。大変なことになりそうだ。

「ほら、サム」

サマンサは急いでテレビのほうに顔を向けた。

「——夜の静けさが破られました。火事が起きたのはパームビーチ郡のソラノ・ドラド館で、長者番付に名を連ねる実業家であり、慈善家としても知られるリチャード・アディソン氏邸です。死亡者一名が報じられており、火事の原因は現在、調査中ですが、『不審火の疑いがある』と見られています。アディソン氏は病院に運ばれましたが切り傷と打ち身の軽傷で、すでに退院しています」

画面が切りかわり、アディソンの姿が映しだされた。背の高い金髪の男性につきそわれて、黒のメルセデスベンツのリムジンの後部座席に乗りこむところだ。くしゃくしゃになった黒っぽい髪に半分隠れてはいたが、額に包帯が巻かれているのがわかる。だが一見するとけがはそれだけで、大したことはないようだ。サマンサはいっときだけ、安堵の表情になった。

「まったく」ストーニーがため息をついた。「そのままほったらかしておきゃよかったのに」

「ほっておいてアディソンが焼け死んでも、わたしには何のプラスにもならないでしょ」サマンサは言い返した。黒こげの死体を想像すると震えがきた。

「アディソンに顔を見られたのか?」

サマンサは肩をすくめた。「ほんの一瞬ね」

「警察に追われるぞ」

「わかってる。見つからないようにうまく立ちまわるのは得意だから」

「サム、今回は今までとは違うんだよ」

サマンサにもそれはわかっていた。人が一人、死んでいるのだ。それに億万長者があやうく殺されるところだったという大事件だ。しかもサマンサは、狙っていた銘板さえ盗みだすことができなかった。「うかつだったわ。ほかの誰かがすでに侵入していて、あそこに爆発物を仕掛けていたことぐらい、気づかなければいけなかったのに。もう、いまいましい」ダイエットコークをゴクゴクとひと息で飲む。「あの邸内にある美術品を吹っとばそうなんて、誰が考えつく? 爆破する意味があるの?」

ストーニーがサマンサをじっと見つめながら訊く。「住人を殺したかった?」

「でも、なぜ? それに、どうしてあんなにめちゃくちゃに破壊する必要があるの?」

「あのな、サム」がっしりして大柄な体をタオル地のバスローブに包んだ黒人のストーニーはドラ声を出した。「もし俺が君だったら、『なんとかおばさんの事件簿』に出てくる女探偵のまねごとなんかしてないで、警備員を殺した罪に問われそうな事態のほうを心配するぜ」

「『ジェシカおばさんの事件簿』でしょ。女探偵の名前はジェシカ・フレッチャー」サマンサはテレビの画面に見入りながら、気の入らないようすで正しい番組名を答えた。音量を小さくしたテレビはアディソンが別の慈善行事に出席したときの資料映像を流している。ファッションモデルのジュリア・プールと腕を組んでいる姿だ。

「それとだな、もし俺に君みたいな記憶力があったら、愚にもつかないものなんか盗んでないで、クイズ番組に出演してひと儲けするね」

アディソンについて、やりすぎと言えるほどの報道。テレビ局が大々的に取りあげたがるのも無理ないわね、とサマンサは思う。あの顔で、あれだけの金持ちなら、視聴率稼ぎにはもってこいだろう。もちろん、政界の不祥事や企業の倒産といったニュースだって悪くはないでしょうけど……いや、そんなことはないわね。ビッグニュースのない日にアディソン邸に侵入してしまったんだから仕方ない。画面の中のアディソンはインタビュアーのくだらない質問に答えている。退屈しているようだ。それと、まわりに群がってくるおべっか使いの連中を見てちょっと面白がっているみたい。

「あら、愚にもつかないものはひとつも盗んだ覚えはないわ、何言ってるの。それに、わたしに言わせれば、盗みっていうのは、ある物品が、知らないうちにしかるべき場所へ移動するだけの話よ」サマンサはダイエットコークを飲みほすと、空き缶をストーニーのリサイクル用ゴミ箱にほうりこみ、破れて焼けこげた自分のシャツとパンツを取りあげた。家へ帰る途中でどこかのゴミ収集箱に捨てておこう。ずっしりと重い防弾チョッキは、なんとか直して使えそうだから、けがをしていないほうの肩にそれをかけた。「わたし、ちょっと出かけてくる。今晩、電話するわ」

「どこ行くんだい、サム？」

サマンサは肩越しにストーニーを見て、無理やりほほえんだ。「まさか、教えるわけないでしょ」

「とにかく気をつけろよ、ベイビー」ストーニーは釘を刺すと、玄関のドアのところまでついてきた。

「そちらもね。あなたの買い手には知られてるんでしょ、昨夜、例の銘板を盗みに入らせたことは。買い手からプレッシャーがかかるかもしれないわね」

ストーニーはにっこり笑った。唇が横に広がり、真っ白な歯がのぞく。「プレッシャーは嫌いじゃないさ」

そう、サマンサだって、いつもならプレッシャーは嫌いではない。でもこれだけの重圧となると、どうかしら。警察は、高価な指輪や絵画、花瓶などの品が盗まれれば、気合を入れて探すだろう。だが死人が出れば、捜査にさらに力が入る。昨年『タイム』誌の表紙を飾った人物の屋敷で殺人が起こったとなれば、なおさらだ。

よく考えて頭の中を整理しなければ。何百万ドルもの価値がある美術品や骨董品を陳列したギャラリーの廊下の真ん中に、こともあろうにあんなワイヤーを渡した爆破装置を仕掛けるなんて、いったいどうして？　それにサマンサは、爆発で破壊された美術品の中に石の銘板が入っていたかどうか、確かめたかった——もうすでに十分濡れ衣を着せられているが、そのうえ、盗んでもいない銘板を盗んだと疑われてはたまらない。

3

火曜日、午前六時一五分

弁護士のトム・ドナーは携帯電話をパチリとふたつに折って閉じた。「マイヤーソン・シュミットに確認しましたが、防犯システムのテストのために人を派遣した覚えはないそうです。今後ともぜひ契約を継続していただきたいと、えらく熱心でしたよ」

メルセデスベンツのストレッチリムジンの後部座席。ドナーの隣に座ったアディソンはふうっと息を吐きだした。神出鬼没のミス・スミスめ。本当のことを言っていたのではないかと期待していたのに。「で、プレンティスについてはどうなった？　遺族の方は？」

「両親と、姉が一人いて、三人ともデード郡に住んでいます。マイヤーソン・シュミットから顧問弁護士が出向いて話をしているとのことです」

「俺は立ち入らないことにするよ」アディソンはきっぱり言った。「会社のほうからお悔やみの言葉を伝えて、ほかにご遺族の方々が必要なものはないか調べさせよう」

「お話し中すみません、ここから先、マスコミと警官が道をふさいでいて、通れないんですが」黒のメルセデスベンツSL五〇〇のスピードを落としながら、運転手が肩越しに言った。

「ベン、いいからそのまま突っこんでくれ。くそ、自分の家に入るのに、なんであんな連中に邪魔されなくちゃならないんだ」

「おや、あなたたちイギリス人は、危機に直面したときも冷静にふるまうものだと思っていたのに」

アディソンはドナーから視線をはずして、そっと外を見た。カメラマンと記者たちが車に向かっていっせいに駆けてくる。「これでも冷静なつもりだよ、トム。俺はただ、あいつらに消えてほしいだけさ」

「あいつらって記者ですか、それとも警官のこと？」

「両方だ」

「まあそうでしょうね。じゃあ、記者連中は私が対応します。でも、けさの爆破事件は殺人未遂ですからね、警察にまかせたほうがいいと思いますよ」

「家の私道のまん前では、だめだ。俺は自分の生活を変えるつもりはない。仕事のうえでなら、もし俺が弱りきってるように見えたら、そりゃ本当に弱ってるときだから、助けが要るかもしれないよ。だがね、こんなふうに警察が家を封鎖するのは許せない。まるで自宅にこもりっきりで、外に出るのを怖がってる世捨て人みたいに扱われちゃたまらないんだ。それより何より、武装した連中の宿営地みたいなところに住みたくないからね」

「わかりました。できるかぎりやってみましょう。でも社長、現実を受け入れないといけませんよ――あなたには皆が騒ぐだけの商品価値があるんですからね」

車は、両脇に二人の警官が立っている門を通りぬけた。自分の私有地に入るのに検問を受けなくてはならない不快感を忘れようと努めながら、アディソンは我が家を眺めた。車は葉が青々としたヤシの生い茂る中を通りすぎ、屋敷の正面につながるゆるやかなカーブの私道に入った。丸石を敷きつめた道の端には、爆発で壊れた家具、焦げたカーテンやカーペットが放りだしてある。彫像や絵画などは道に沿って注意深くおかれていた。

すでに保険会社の調査員たちが到着していて、美術品の数を数えたり、状態を確認したりしている。壊れやすい品は、保管と保護のためにフェルト地のあて布でくるんで、内張りをした木箱に入れられる――すべての作業が、何名もの警官が油断なく見守る中で行われていた。

「窓がいくつかやられてますね」被害の程度を把握しようとアディソンの前に身を乗り出していたドナーが言った。「それから黒い屋根瓦も一部吹きとんでる。それ以外は、外側から見たかぎりでは大したことはなさそうですが」

車が止まると、制服を着た警官がまた一人現れてドアを開けた。病院を出てここへ来るまでのあいだに関節がこわばってしまったアディソンは、背をまっすぐに伸ばすと、痛みに顔をしかめた。「大したことないって、中を見てから言ってくれよ」とつぶやき、玄関に続く幅広の階段を上りはじめる。御影石《みかげいし》でできた階段はまだ防水シートでおおわれ、各種の機材が置かれたままで、救急隊員と思われる人々が、アディソン自慢の磁器のカップでコーヒーを飲んでいた。

「アディソンさん、失礼ですが」後ろから警官が一人、早足で追いついてきた。「建物の中がまだきれいになっていないんです」

「このようすじゃ、中にはほとんど何も残っていないように思えるんだがな」芝生の上じゅうにばらまかれた家財道具や美術品の山に目をやりながらアディソンは答えた。三階のギャラリーにあった物はすべて運びだされたにちがいない。

「きれいになってないというのは、爆発物処理班の安全確認作業が終わっていないという意味です。地下室と一階、二階はすませましたが、三階と屋根裏のほうがまだでして」

「そうですか、では、爆発しそうな物を見つけたら私に知らせてくれるよう、処理班に伝えておいてください」

「社長」ドナーが注意した。「皆さん、私たちのために一所懸命やってくださっているんですから」

アディソンは顔をしかめた。テレビカメラや記者から逃れて、プライバシーを保てるようこの地所を確保してあるというのに、連中にはつきまとわれっぱなしだ。ただ、警察がこんなふうに張りついていなければ、タブロイド紙の記者の半数はすぐにでも塀を乗りこえて中に入りこんでくるにちがいなく、それは認めざるをえない。アディソンはふりむいて、後ろからぴったりついてきている警官と向きあった。「お名前は？」

「ケネディと申します。ジェームズ・ケネディです」

「ではケネディさん、あなたがついてくればいい。ただし、邪魔をしてもらっちゃ困る」

「アディソンさん、私は、本来――」

「入るのか、入らないのか、どっちなんだ」頭痛と肋骨の痛みに悩まされている今は、愛想よくふるまう気分にはとうていなれなかった。

トムが補足した。「アディソン氏がおっしゃりたいのは、警察に全面的に協力したいのはやまやまながら、仕事上、すぐにでも取りかからなければならない問題をいくつも抱えているということなのです。あなたが同行すれば、私たちが勝手にどこかへ行ったり、不用意に何かにさわって警察の捜査を台無しにしたりしないよう見守れるでしょう」

「殺人課ではそういったやり方はちょっと……」ケネディが反駁した。

「慎重に行動するとお約束しますから」

「ええと、そうですね……まあ、それなら、いいでしょう」

踏み段にいろいろな物が積まれた階段を三階へと上がっているあいだに、アディソンの美術品取得管理責任者であるダンテ・パルティーノが追いついてきた。「中はめちゃくちゃにされてますよ」イタリアなまりの英語でまくしたてる。「いったい誰がこんなことを！　一九〇〇年ごろの十字軍の鎧《よろい》一式が両方ともやられたし、ローマ時代の兜《かぶと》まで。半分しか残ってないのは、一六世紀の――」

「自分で確かめるからいい」アディソンはさえぎったが、一番上の段で足が止まった。三階のギャラリーは「めちゃくちゃ」という言葉ではとうてい言いあらわせない状態だった。

世界最終戦争《ハルマゲドン》の爪あとと呼んだほうがふさわしいぐらいだ。

ぐにゃりと曲がった黒焦げの鎧が、爆風で吹きとばされて落下したところに横たわっている。大理石のタイルと絨毯《じゅうたん》におおわれた戦場で倒れた兵士を思わせて、なんともいえず無残だった。アディソンが美術品の収集を始めたばかりのころに手に入れたルネッサンス時代のフランス製タペストリーはかろうじて壁にかかっていたものの、あちこち焼けてぼろぼろになり、わずかに残った部分もほとんど原形をとどめていない。

アディソンの中で激しい怒りが渦巻いていた。誰がやったにせよ、これだけのことをしておいて、逃れられると思ったら大間違いだぞ。

「こりゃひどい」ドナーがつぶやく。「社長、爆発が起きたときはどこに立ってたんです?」

アディソンはゆっくりと四歩前に進んだ。破壊が及んだ範囲からはかなり離れた場所だ。

「ここらへんだ」

そのあとの沈黙を破ったのはダンテ・パルティーノの咳払いだった。「社長、美術品の被害状況をすべて私の目で確かめて調べたいのに、保険会社の調査員が我が物顔で取りしきっていて入りこめないんです。あいつらは何もわかってないんだ。ああいう品の取り扱いにどれだけ細心の注意を――」

「ダンテ、いいんだよ」アディソンは軽くいなした。自分のためというより、パルティーノの気持ちを思いやったのだ。確かに憤懣やるかたなかったが、物質的な損失は二の次だ。それより、誰がやったのかを知りたかった。「保険の調査員にはトム・ドナーからちゃんと言ってもらうよ、すべて君に相談するようにって」

「でも――」

「そういうやり方でやってもらうしかないんだよ、ダンテ」

パルティーノはうなずいた。クリップボードを持つ手に力がこもる。「わかりました。でも、スプリンクラーや消防車のホースからの放水で、二階にあった絵の一部が損害を受けたんです。もしかしたら持ち出し――」

「銘板はどうなった？」アディソンがさえぎった。仕事に対するパルティーノの情熱には敬服していたが、夜通しこの事件に振りまわされているのだ。訊きたいことがたくさんあった。

「ここにはありません」後ろから階段を上ってきたカスティーロ刑事が言った。「ミス・スミスが盗もうとしていたのはその銘板ではないかと我々はふんでいます。しかしアディソンさん、ここへ上がってきてはいけませんよ。殺人現場の捜査を――」

「写真を撮るとか、指紋を採取するとかいった、必要な作業は終わったのですか？」

「ええ、まあ」

「で、どんな種類の爆発物でした？」ケネディが困ったように息をもらすのを無視して、アディソンは前に進んだ。ギャラリーの壁にあいた、燃えて黒くなった穴のそばに、痛む体でぎこちなくしゃがみこむ。

カスティーロ刑事はため息をついた。「ワイヤーは廊下に差しわたして張られていたらしく、爆発物は指向性爆薬をつめた手榴弾のようなものだったと思われます。ワイヤーを引っぱっただけで、ドカンといく。手早く仕掛けたもののようだが、プロの仕事です――きわめて効果的だ。現場から逃げだす前につかまったとしても、証拠隠滅には最適な方法です」

「もしミス・スミスが、爆弾を仕掛けたあと、誰にも見られずに脱出していたとしたら？」アディソンは訊いた。

「まあ、窃盗事件の捜査がかなりかく乱されたでしょうね」

「一方で、リスクもかなり大きくなる」アディソンは続けた。声が落ちついてきている。「窃盗罪で懲役二、三年の刑と、第一級殺人で死刑判決を受けるのとでは、大違いでしょう？」

「つかまったら、の話ですよ。私が泥棒だったら、お宅にある貴重な品を盗むためなら、そのぐらいの危険は冒すかもしれません」

「私だったら、そんなことはしない」アディソンは手についたすすを払いながら立ちあがった。「カスティーロ刑事、どうぞ仕事にかかってください。でも捜査の最新情報はつねに教えてくださるようお願いします。では、電話しなくてはならないところがあるので、失礼」

ダンテ・パルティーノがお節介を焼きたくてたまらないようすで現場をうろうろしているあいだに、トム・ドナーとアディソンは二階のオフィスに引きこもった。正面の芝生と池を見おろす幅広の大きな窓からの眺めは普段なら実にのどかなものだが、今は制服姿の人々でごったがえしており、そこらじゅうにゴミが散乱していた。

アディソンは抑えきれないうめき声をあげて、地味な黒クロムめっきの机の前に置かれた椅子に体を沈めた。邸内では数少ないアンティークでない家具のひとつだったが、これを使っている理由は、一七世紀には存在しなかったパソコンや電話、電子機器に合わせるためだ。

「何がそんなに気になるんです、社長?」ドナーは訊き、キャビネットに内蔵された小さな冷蔵庫からミネラルウォーターの瓶を一本取りだし、部屋の一番奥にある会議用の椅子に腰かけた。「あやうく爆破でこなごなにされるところだったんだから当たり前ですが、それ以外に、何か気になることでも?」

「言っただろう? 昨夜はほとんど眠れなかったって」

「ファックスがうるさく鳴りつづけたからでしょう」

「そのとおり。だから、あちこちうろついていたんだよ。そうこうしているうちにニューヨークのオフィスに電話しても非常識と言われない時間になるだろうから、暇つぶしにね。侵入者がいようといまいと、とにかくギャラリーへ行ってみるつもりだったんだ」

ドナーはしばらく口をはさまず、その意味をつかもうとしていた。「マイヤーソン・シュミットとの契約を解除なさるんですね」

「いや、そういうことじゃないんだ。ミス・スミスはあのとき、プレンティスに向かって止まれと叫んだ。そのあとすぐ、俺に向かってものすごい勢いでぶつかってきたんだ」

「カスティーロ刑事によれば、それは自分の身を守るためだと」

「いや、違う」

「じゃあ、どういうことです? 違うと確信があるんですか?」

「彼女が忍びこんできて、防犯システムをすべてくぐり抜けて例の銘板を盗んだとしよう――あれより価値のあるものは俺のコレクションの中にいくらでもあるんだがね――そして逃げだす前に、五分ほどかけて爆弾を仕掛け、爆発が起きて自分も巻きぞえをくった。それなのに他人を救おうとするだろうか」

「自分自身が吹きとばされないように、っていうことでしょう」

そうかもしれない。「だが、もしミス・スミスが爆弾を仕掛けるために屋敷の中にとどまっていなかったとしたら、誰にも気づかれないうちに逃げおおせていたはずだ」

ドナーは足首を交差させた。「そうですね。可能性その一、盗みは目的ではなかった。社長がおっしゃったように、あれだけ貴重な美術品がごろごろしているのに、彼女は全部素通りしていますからね」

「だとすると殺人が目的だったことになる」アディソンは今でもミス・スミスがぶつかってきたときの目を、顔に浮かんだ表情をありありと思い出すことができた。「それなら、どうして、火の勢いが及ばない踊り場のところまで倒れた俺を引きずっていったんだろう？」

弁護士は肩をすくめた。「怖気づいたとか？　あるいは、狙いは社長ではなかった？」

「じゃあ、誰なんだ？　プレンティスか？　まさか、それはないだろう」アディソンは前に身を乗りだし、黒い机の硬い表面を指でコツコツと叩いた。「可能性その二。爆弾を仕掛けたのはミス・スミスじゃなかった」

「へえ、そうなるとこの要塞みたいな屋敷に、ひと晩に二人の侵入者があったということになりますね。一人は中庭《パテイオ》のガラス扉から、もう一人は……何か別の方法で忍びこんだ。一人は銘板が目当てで、もう一人は何かを爆破したかった。たぶん社長を吹っとばすつもりだったと」

「ただし、俺はあそこにいないはずだったんだよ」

ドナーはまばたきをした。「確かに。今晩までシュッツットガルトに滞在する予定でしたよね」

「爆弾はおそらく、警備員が次にギャラリーを巡回しているあいだに爆発していただろうし、そのころに俺があの現場にいる可能性はなかったはずだ」

「社長が予定より早くドイツを発ったことを知っていた者がいれば話は別ですがね」

アディソンは嫌な顔をした。「予定変更を知っていたのは数人にしぼられる。そのほとんどは、言葉に出さずとも俺が信頼している人間だよ。あとはハロルド・メリディエンだが、あの男は例の銀行の株式について、双方で合意した以上の金額はびた一文支払わないという俺の意向がわかったあとでも、シュッツットガルトにもう一泊していけとすすめてくれたぐらいだから」

「でも、人というのは秘密を守れないものですからね、すぐしゃべりたがる」

「俺のもとで働く人間は違う」立ちあがったアディソンは縦長の部屋を歩きまわりはじめた。

「ミス・スミスと直接、話がしたい」

「パームビーチ警察も同じですよ。それから今や、ＦＢＩも関心を示しています。社長のような大物の外国人実業家、しかも出身国のイギリスは同盟国です。そんな人物が爆破事件に巻きこまれてあやうく死にかけただなんて、当局にとって一大事ですからね」

アディソンは、大げさな、とでも言うように手を振って一蹴した。FBIが動いていると は。どうも気にくわないが、今はそんなことにかまっていられない。「誰が何を画策しているかはどうでもいい、俺が何をしたいかだけが重要なんだ。何者かが俺の家に押し入って、俺のもとで働く者を殺し、俺の所有物を盗んだ。『有罪』か『無罪』か、騒いでみたところで、俺が抱えている疑問の答にはなりやしない」

ドナーはため息をついた。「はいはい、わかりました。ミス・スミス逮捕のめどが立っているかどうか、当局の動きを探るようにしてみましょう」首を横に振りながら言う。「でも、警察の捜査活動を妨害した疑いで我々が逮捕されたりしたら、私は社長の弁護人を務められなくなるんですよ」

「もし俺たちが逮捕されたら、仕事がずさんだったという理由で君を解雇するさ」アディソンはにっこり笑うと、電話に手を伸ばした。「もう行っていいよ。俺は仕事を片づけなくちゃならないから」


いまいましい二日間が過ぎた。ソファに重ねたクッションに体を沈めながら、サマンサはテレビのリモコンを押してチャンネルを変えた。何もかもうまくいっているときでもぼうっとして過ごすのは好きではないが、今回は最悪の状況だ。マスコミは飽きもせずに爆破事件の報道を続けている。事件がこうして注目を浴びているかぎり、サマンサとしても事態の進展を見守るしかない。

テレビ局のほうではそろそろ新しい情報のネタが尽きたらしく、今日は同じストーリーをずっと聞かされっぱなしだ。ただし少しずつ違うひねりをきかせた内容が出てくる。リチャード・マイケル・アディソンの私生活について、恋愛について、慈善活動について、事業について、なんとか、かんとか。一方、事実に基づいた情報もちゃんとあって、それはニュース番組のたびにくり返されていた――爆発が起きて、ドン・プレンティスという警備員が死亡し、高価な美術品が何点か損害を受けた。警察では捜査にあたって、ある白人女性の行方を追っている。身長は一六〇から一七〇センチ、体重は五五から六五キロぐらいと思われる。

「六五キロですって、失礼ね、そんなにあるわけないじゃない」サマンサはつぶやいて、ふたたびチャンネルを変えた。体重の推定が間違っているかどうかはともかくとして、この情報の意味はよくわかっていた。警察は一人の容疑者の行方を追っている。事件の犯人と目される人物。つまり、サマンサのことだ。

逃げるのよ。安全な場所まで逃げて、事の成り行きを見守りなさい。本能はそう告げていた。ただ問題は、リチャード・アディソン殺害をたくらんだ人物とみなされているかぎり、絶対に安全な場所などありえないし、そこにたどりつける安全な手段もないということだ。空港、バス停留所――どこもかしこも警察が目を光らせているだろう。まあ、せいぜい警戒を厳重にしていればいいわ。

ただ、朝のニュース番組で「捜査当局によると、近々容疑者逮捕の見込み」なんて聞かされるのは気分がいいものではない。まさかいきなりそんなことにはならないだろうが、その危険はある。軽く見るわけにはいかない。

それでサマンサは、ソファに座ってじっとしているのだった。ダイエットコークを飲み、電子レンジで作った砂糖がけのポップコーンを食べながら、事件の全体像が少しでもつかめればと、昼前のニュースの最後の部分を見ていた。

サマンサには、泥棒としての並外れた才能があった。父親にそう言われたし、ストーニーも、軽々しく人を褒めたりしない数人のクライアントも、認めてくれていた。

こうして自立した生活を営んでいられるのも、盗みに関する技量のおかげだ。サマンサは自分が選んだ泥棒という職業につきまとう難題を、やりがいがあると感じていた。希少価値のある世界各国の美術品をほんのいっときだけでも自分の手中におさめているという感覚が楽しかったし、クライアントから支払われる報酬も満足のいくものだった。稼いだお金を使うときには慎重を期していたが。

そして、いつかは引退。盗みの技術を教えてくれた父親が、何度も何度もくり返し引退の夢を語っていたっけ。あと二〇年先を見すえてする仕事であって、明日のためにする仕事ではない。

ポンパノビーチ郊外の小さな家に住んでいるのも、自分が思いえがく引退後の生活のためだ。フリーの美術品コンサルタントとして美術館などからわずかな報酬をもらっているのもそのためだ。そして、きわめて単純な理由ながら、そんな夢があるからこそ殺人はしないことに決めていた。生き物でない美術品を得るために生き物を殺す者は、心安らかな引退生活は送れない。地中海地方のどこかに落ちついて、ハンサムな使用人を雇って、ゆったりとした暮らしを楽しむことはできないからだ。

そう考えてみると、ひとつのことが明らかになってきた。理想の引退生活を送りたいなら、わたしはあの爆弾を仕掛けた犯人をつきとめなくてはならない。誰かになめられたか、でなければ史上最悪の運を背負わされたってことなんだから。いずれにしても、このままですませるものですか。

サマンサは仕返しがしたかった。だがそのためには、自分の犯行ではないと証明しなければならない。なんて厄介な問題なの。真犯人が知りたいという思いだけで行動しても、刑務所行きを逃れられるとは限らないからだ。

特にめぼしい収穫もないままにニュース番組が終わり、サマンサはようやく、見る価値のあるものを見つけた。WNBTテレビでハリウッド版の『ゴジラ1985』をやっていた。画面の中ではゴジラが東京に上陸して破壊行為をくり返している。サマンサはその咆哮を聞きながら、ソファからすべりおりてパソコンに向かった。ログインして、eメールの受信ボックスを見てみる。「ペニスを大きくする方法」という広告にも、「フロリダへの旅が当たる！」キャンペーンにも興味はなかったのですぐさま消去して、検索エンジンのサイトに行き、「リチャード・アディソン」の名前を入力した。

検索結果のページはアディソン関連の画像であふれていた。『アーキテクチュラル・ダイジェスト』誌や『ＣＥＯ』誌、『ニューズウィーク』誌など、新聞や雑誌のウェブサイトに掲載された記事も山ほどある。「実にいろいろなところに出てるわね、アディソンさん？」サマンサはつぶやくと、最初のページを下までスクロールし、二ページ目に移った。

大半の記事は同じような写真ばかり載せていた。まるでアディソンが一度だけ撮影につきあって、似たりよったりの写真からどれを選ぶかは新聞社や雑誌社にまかせたというような感じだ。ウェーブがかかった黒髪はちょうど襟につく長さで、少し伸びすぎのきらいがある。それにもかかわらずリチャード・アディソンは、いかにも億万長者らしい雰囲気をたたえていた。アルマーニの黒のスーツに黒のネクタイ、ダークグレーのシャツといった装いのせいばかりではない。独特の輝きを放つダークグレーの瞳がそう感じさせるのだ。権力と自信の表れだと人は言うだろう。カメラをまっすぐに見つめて、俺という男を甘く見るんじゃないぞ、と宣言しているようだ。

「悪くないわね」サマンサは思わず口にした。いえ、「悪くない」では控えめすぎかしら。すてき、と言ってもいいかもしれない。確かにスウェットパンツだけの姿でも、しかもすだらけ、血だらけでも、セクシーに見えたのは間違いなかった。

余計なことに気をとられた自分に腹を立てながら、サマンサは検索結果の「次へ」をクリックして三ページ目を出した。ここまで来ると、アディソンと記事の直接の関連性は少し薄くなっているから、あわてず急がずゆっくりと見ていく。骨董品の購入に関する記事、ヨット愛好者向けのサイト、そしてwww.divorcegladiators.comのホームページ。リチャード・アディソンではなく、パトリシア・アディソン、つまりアディソン元夫人が運営するサイトだ。あらまあ、「離婚の剣闘士」ですって。わたしを殺人事件の捜査の渦中に追いやった男について調べているのだから、こんなのでなく、もっと役に立ちそうな情報が欲しいのに。それでもサマンサは、いちおうそのサイトにアクセスしてみた。

パトリシア・アディソン＝ウォリスの写真が画面に現れた。小柄で目鼻立ちのはっきりした金髪美人だ。これなら、エステサロンへ行くたび一〇〇〇ドルは使っているにちがいない。元アディソン夫人は、離婚騒動ですっからかんにならないためにはどうすべきか、といったサイト閲覧者からのeメールによる質問を受けつけてアドバイスをしていた。自分自身の苦い経験から、それを避けるコツをほかの人に伝授しようというのだろう。

だけど、パトリシアはいい目を見たほうよね、とサマンサは心中ひそかに思っていた。二年と少し前のこと、リチャード・アディソンは、ジャマイカにある自分の別荘で、パトリシアがサー・ピーター・ウォリスと裸でベッドにいるところを見つけたという。妻を寝取られた夫は数あれど、皆が皆、元妻と新しい配偶者のために、ロンドンの瀟洒な家に住めるだけのお金をくれるほど気前がいいはずはないもの。

考えているうちに急に電話が鳴った。びくりとしたサマンサは、キッチンへ駆けこんで受話器をとった。「もしもし《オラ》」

「サマンサ・ジェリコだな」強いフランスなまりのある男の声が返ってきた。「なるほど、そこに隠れていたわけか」

一瞬、凍りついた胸の鼓動がふたたびもとに戻った。やれやれ、トラブルはもうこりごりなのに。「エティエンヌ・デヴォアね。別に隠れてなんかいないわよ。ところでここの電話番号、いったいどうやって調べたの？」

エティエンヌはあざけるような声で言う。「これでもプロだからな。お前、俺の仕事の邪魔をするなよ。危ないことになるぞ」

数ブロック先からパトカーのサイレンの音が聞こえてきた。が、音は突如として止まった。サマンサのうなじの毛が逆立った。キッチンの小窓に駆けより、レースのカーテンを少し引いて外の通りのようすをうかがう。特に異状なし。ただ、電話がかかってきたタイミングと考えあわせると今の音は妙だった。「あなたの仕業ね、アディソン邸の爆弾は！　わたし、あやうく死にかけたんだから！」

「お前がああいった仕事を引きうけるとは思いもよらなかったよ。なにしろ、高度な技を必要とするヤマだからな」

「ふん、余計なお世話よ」そのときある考えが頭をよぎって、サマンサは顔をしかめた。「あの屋敷にいたのがわたしだってこと、どうしてわかったの？」

エティエンヌはふたたび鼻先でせせら笑った。「俺がそんなこともわからないと思っているのか。お前でなけりゃ、誰が生きのびられる。お前だって、危機一髪で逃れたってところだろう、違うか？　それと、親切心から電話してやってるんだから、感謝しろ」

「親切心ですって――」

ふたたびパトカーのサイレン。鳴りだしたかと思うと急にぴたりとやむ。車が停まるときのように、エンジンの轟音がしだいに小さくなっていくのとは違う。

「まずい、逃げなくちゃ。エティエンヌ、わたしのこと警察に通報したりしたら、命はないものと思いなさいよ」

「警察になんかたれこむもんか。どうも、まずいことになったらしいな。逃げろ、サマンサ。あの件は俺がなんとか始末をつけるから」

「わかった」電話を切る。誰が、なぜ密告したのか、頭の中でいくつもの可能性がぐるぐる回っていた。寝室へ駆けこむと、いつもベッドの下に置いてあるナップサックを取りだし、急いでリビングルームに戻った。電源が入ったままのパソコンの画面には、「リチャード・アディソンの私生活と仕事の進展を追うニュースレターを申し込みませんか？　購読料は年間だとぐっとお得な一二ドル九五セント」というメッセージが表示されている。

サマンサはパソコンのプラグを壁のコンセントから引っこぬくと、本体のケースからCPUを取りだし、ハンダ接続されていない回路基板とワイヤーをすべてはずした。それらを一緒くたにしてナップサックに押しこんでから、床に置かれた機械の残骸を蹴っとばし、家じゅうの窓という窓を一分間でチェックして安全を確かめた。よし、大丈夫。

裏口のドアから抜けだし、エスポジート夫人が住む隣の家のフェンスに飛びのってから、屋根によじ登る。体を動かすたびに太ももの傷が引っぱられる。痛みに顔をゆがめながら、サマンサは逃げた。

二ブロック先のスーパーマーケット「フード・フォー・レス」の駐車場には、いつも乗っているホンダが停めてある。そこへサマンサがたどり着いたのとほとんど同時に、警察のヘリコプターが頭上高く飛んでいくのが見えた。すぐあとに新聞社のヘリコプターが続く。二機が向かっているのはサマンサの家の方角だ。というより、元の家の方角、と言ったほうが正しい。

サマンサは車をスタートさせ、二キロ半ほど走ってから、ハンバーガーやピザの店、キューバ料理の店が連なるショッピングセンターの駐車場に乗りいれた。ここの公衆電話は、清潔さは保証できないにしても、壊れてはいない。二五セント玉を入れてストーニーの電話番号を回した。

「もしもし？」

「ホルへ？」サマンサはヒスパニックを装って言った。「ホルへはいるかしら？《エスタ・ホルへ・アイ》」

ストーニーが一瞬、息をのむのが聞こえた。「奥さん、困りますよ。何度も言ったでしょう。うちにはホルへなんていないんだから。ここにはいません《ノ・エスタ・アキ》よ。わかりましたか《コンプレンデ》？」

「そうですか、わかりました《コンプレンド》」電話を切ったとき、サマンサの手の震えは止まらなかった。その両手をぎゅっと組む。もしかするとストーニーは警察につかまったのか。そこまでいかなくとも、行動は逐一、監視されているにちがいない。ということは、わたしからストーニーへの電話は逆探知される。まったく、いまいましい。悪態をつきながら、サマンサは急いで車に戻り、北に向かうことにした。

こんなに早く警察に居所をつきとめられるなんて、いったいどうして？　現場に指紋は残してないはずだし、アディソンがわたしの人相を詳しく憶えていて警察に話したところで、犯罪者データベースにない情報なのだから、照合のしようがない。

「警察になんかたれこむもんか」と言ったエティエンヌの言葉は信じられた――そういうやり方は彼の流儀じゃない。だが、警察が来たらしいとわかったとき、エティエンヌはひどく驚いたようすでもなかった。ストーニーとサマンサが事件に関わっていると、誰かが密告したにちがいない。サマンサは目を細めた。おちょくるんじゃないわよ。誰にせよ、わたしをなめてかかると、後悔することになる。

事態はすでに手に負えなくなっていた。金持ちという人種は、つねに物を盗まれる運命にある。そのために保険というものが発明されたのだ。しかし金持ちだからといって、かならず家を爆破されたり、命を狙われたりするわけではない。エティエンヌめ。なんていまいましい奴なの。

爆発の寸前、突きとばしたときにちらりと見えたアディソンの顔を、サマンサは思い出していた。啞然《あぜん》とした顔。その一瞬のち、彼のダークグレーの瞳に、興味を示すかのような表情がよぎったのを見た気がする。

そうだ、わたしがアディソンを殺そうとしたのではないことを、本人に知らせなければ。それどころか、命を助けようとしたのだと、わかってもらわなくては。

サマンサの心臓がドクンと鳴った。わたしが爆破事件に関わっていないことを証明しうる目撃者はアディソンしかいない。エティエンヌは「俺がなんとか始末をつける」と請け合ってはいたが、今までの経験から言えば、それは自分の尻ぬぐいをするだけの話だ。いつものエティエンヌなら、二、三週間どこかに身を隠してから、ふたたび姿を現したときには自分の分け前を数えているというパターンだ。いくら稼いでもらってもかまわないが、そうなると割をくって山ほどトラブルを抱えこむのはわたしじゃないの。

この危機を切りぬけるには、リチャード・アディソンの助けが必要だ。なんとかして身の潔白を証明しなくては——まあ、すべて潔白というわけにはいかないにしても、爆破事件に関しては無実だと信じてもらえるよう、アディソンを説得するのだ。この醜悪な事件の責めを負うべきは真犯人であって、わたしではないのだから、濡れ衣を晴らさなくては。

となるとやっぱり、また塀を乗りこえて侵入しなくちゃいけないわね。

4

木曜日、午後九時〇八分

「まったく、話にならないよ」パームビーチ警察の署長との電話を切るなり、アディソンは言った。「あれから二日も経ってるっていうのに、多少の手がかりはつかめています、としか言わないし、そのうえ今のところ、俺に明かせる情報は何ひとつないときてる」

「たぶん、本当にないんでしょうよ」アディソンが部屋の中を行ったり来たりするのを机の端から眺めながらドナーは言った。

「ただし、通称『ストーニー』ことウォルター・バーストーンなる人物を監視下に置いているそうだ」アディソンはドナーが持ってきたファックスにちらりと目をやった。「あと、今日の午後から、ある家の家宅捜索を始めたらしい。特筆すべき事項といえばそれぐらいかな」

「まあ、ある程度の収穫はあったというところでしょうね。でも、問題の家の持ち主は、一九九七年に死んだファニータ・フエンテスという女性だそうですからね。たぶん警察は、まだ状況が十分把握できてないんじゃないでしょうか」

「興味あるな」アディソンは言った。酒類を入れたキャビネットに大股で歩みよってブランデーを探しながら、こめかみをもむ。クレム医師の診断では、おそらく軽い脳震盪《のうしんとう》を起こしたために頭痛がするのだろうということだったが、今では、頭痛の原因はむしろ、いらだちにあるような気がしていた。「その家へ行ってみたい」

「いや、それは無理ですよ。私たちだって表向きは、そんな家の存在は知らないことになっているんですから。それに、今まで社長の名前を出して圧力をかけて情報を集めてきましたが、私にできるのはここまでです」

「だが俺としては、部外者みたいに扱われるのはどうしてもいやなんだ。それに、誰がどう言おうと、ミス・スミスのふるまいは絶対に——」

「殺人者には見えなかった、というんですね？　前にもそうおっしゃってましたが、それを判断するのは社長の役目じゃありませんからね」ドナーは咳払いをすると、組んでいた長い脚をほどいて立ちあがった。「そんなことより私が心配しているのは、社長が当面、フロリダ州外に出ないよう、警察から要請があったことです」アディソンがいぶかしげに顔をしかめたので、ドナーはにこっと笑った。「つまりですね、社長が例年とは違う時期にフロリダにいてくださるのは私としてもうれしいんです。でも、爆破の危険性がある家に社長が滞在していると考えると、どうも落ちつかないんですよ」

「それは俺だって同じだよ」

「へえ、そうですかね。混乱のまっただ中にいるのが好きなくせに」

　アディソンはドナーをじろりとにらんだ。「それが本当かどうかは別にして、俺は問題の解決を見とどけたいんだ。とにかく、なんでもいいから結果を出してくれないかな？」

　ドナーはあきれた、というように大げさに眉をつり上げた。アメリカ人ときたらいつもこれだ――アディソンは心の中でつぶやいた。

「はい陛下、かしこまりました。オフィスに寄って、バーバラ・ブランストン上院議員にもう一度電話してみます。ひょっとすると何か聞きだせるかもしれません」

「バーバラの奴を思いきり揺さぶってやってくれ。君がやらないのなら、俺がやる」

「それはだめです。社長はこの件についてはおとなしく引っこんでいて、捜査当局に協力してもらわないと。顧問弁護士は私ですよ。汚れ仕事はまかせておいてください」

　ドナーがドアを閉めて出ていったあとも、アディソンはまだ部屋の中をうろうろしていた。人にいいように操られるのは気にくわなかった。トム・ドナーのような友人の場合でもそれは同じだ。一方、警察の連中はおべんちゃらばかり言う。ばかにされているような気分だった。それに、FBIともずいぶん昔からつきあわされてきたが、関係がうまくいったためしがない。

　自分は重要参考人で、広い意味での「容疑者」とみなされているらしい。それぐらいは想像がつく。しかし、フロリダにとどまるようにとの警察の命令の裏には、俺の存在によってマスコミの目を事件に向けておこうという狙いがあるのではないか。そうすれば捜査官たちの超過勤務の立派な理由になる。上から文句を言われずに残業代を支払ってもらえるというわけだ。だがミス・スミスを見つけだすのに役立つなら、世間の目にさらされていることにしよう。当面のところは。

ブランデーをもうひと口飲もうとしたアディソンの動きが止まった。天井の真ん中にしつらえられた天窓が、カタカタいいながら開きはじめたのだ。そのすきまからいとも簡単そうに、優雅な宙返りで床にストンと降り立ったのは——女性だった。

あの彼女だ。反射的に一歩下がりながらアディソンは思った。

「人払いをしてくださってありがとう」彼女は低い声で言った。「上にひそんでいるあいだに、もう少しで足がつるところだったわ」

「ミス・スミスか」

彼女はうなずくと、緑色の目でアディソンを見すえながらドアのところまで歩いていき、鍵を閉めた。「あなた、本当にリチャード・アディソンさん？　本物なら、寝るときもスーツを着ていそうなものだけど、おとといの夜はジョギング用のスウェットパンツだったし、今夜は」上から下までゆっくりと眺める。「Tシャツとジーンズ姿。靴もはいてない」

アディソンの下腹の筋肉が緊張したが、それは（面白い現象だ、と自分でも思ったのだが）恐怖からではなかった。「スーツはクリーニングに出してある」手袋をはめたミス・スミスの手にはおとといの夜と同じく、何も握られていない。今回はペイント銃もナップサックも背負っていない。服装はやはり黒ずくめだ——黒い靴。ぴったりとした黒いパンツ、黒いTシャツがきゃしゃな体の曲線を包んでいる。

ミス・スミスは唇をぎゅっと結んだ。「武器を隠し持っていないとわかって安心した?」

「持っていたとしても、どこに隠しているのか私には見当もつかないからね」アディソンは言い返すと、ミス・スミスの全身に目を走らせた。

「しっかりチェックしてらっしゃるのね、ご苦労さま」

「だけど実のところ、このあいだの夜に比べるとちょっとドレスアップが足りないようだね。野球帽がすごくおしゃれで、よかったのに」

ミス・スミスはにっこり笑った。「あれは、ブロンドの長い髪が顔にかからないようにするためよ」

「なるほど、ちゃんと心にとめておいて、警察に報告させていただきますよ」そう言いながらアディソンはまだ、この人が武器を持っているとしたらどこに隠しているのだろう、と思いをめぐらせていた。「といっても君が私を殺すために舞い戻ってきたのでなければの話だ。もしそうなら、髪の色なんてどうでもよくなるけどね」

「殺すつもりなら、あなたはとっくに死んでるわ」穏やかで冷静な声に戻ったミス・スミスの視線は、アディソンの後ろにある机に向けられていた。

「そんなに自信があるのか?」武器も持っていないくせに。今なら俺は、彼女に襲いかかってふんづかまえて、警察につき出すこともできる。しかしアディソンはそうせずに、ブランデーをひと口すすった。

「ええ。ところでさっきの男の人に、ブランストン、というよりバーバラだったかしら、上院議員を揺さぶってこいと指示なさってたようだけど、あの人はどなた？」

アディソンはいつのまにか、ミス・スミスの口元を見つめていた。ゆるやかなカーブを描く、ふっくらとした唇。おい、何やってるんだ俺は。こんなこと考えてる場合じゃない。

ひと呼吸おくと、アディソンは天窓にふたたび目をやった。はめこまれたガラスは厚みがあるが、性能のいい盗聴器を仕掛ければ室内の話し声は拾えるだろう。それに、窓から銃撃しようと思えばできたはずだ。つまり、今度も俺を殺せるチャンスは十分あったのに、ミス・スミスはそのチャンスを利用しなかったことになる。これは面白い。

「私の顧問弁護士の、トム・ドナーだ」

「弁護士ね。わたしの一番好きな人種だわ。さて、ちょっとそこのキャビネットの近くまで行ってもらいたいんだけど？」ミス・スミスはそう言いながら近づいてきた。いざ何かを仕掛けられたときにそなえてどの方向にも動けるよう、すきのない姿勢をくずさない。アディソンにしてみれば妙に……興味をそそられる態度だった。リチャード・アディソンと対峙する場合には、人はたいてい守勢一方になるものだ。ところがミス・スミスは、俺と対等にわたりあえると思っているらしい。

「ここは私のオフィスだよ、ミス・スミス。もう少しやさしく頼めないものかな？　君は武器を持っていないんだし」

ミス・スミスはふたたび唇に穏やかな笑みを浮かべた。今ここで自分の武器をあなたにつきつけようと思えばできるのよ、と言わんばかりの自信に満ちあふれたほほえみだ。同時に、こんな形での対決を心から愉快がっているようすが見てとれる。「ではアディソンさん、そちらに移っていただけるかしら？」口調を変えて優しげにささやく。

いったい何をするつもりなんだ。次の動きが知りたくて、アディソンは言われたとおり、キャビネットのそばへ移動した。するとミス・スミスは足を前に進めて、机の上のフォルダーや書類の表面を、手袋をはめた手で軽くなではじめた。

「私も、武器は隠し持っていない」アディソンはかすかな不快感を見せないように言った。

ミス・スミスの手はいつのまにか、机の一番上の引き出しの中まで侵入していた。

「もちろん、お持ちのはずよ。だから、簡単に出せるところに武器がないかどうか、確かめたいだけ」そう言いながらアディソンの色あせ加工をしたジーンズに目をとめる。

まもなくミス・スミスは後ずさりすると、「危険なし、戻ってよし」の合図を送った。アディソンは机のところに戻り、端に近い部分に体をもたせかけた。もし背後のキャビネットの中を調べられていたら、四四口径の拳銃を見つけられていただろう。だが彼女はきっと、アディソンが武器を取りだそうとしているすきに逃げだせると判断したにちがいない。

「さて、ミス・スミス。君が、私を殺すために舞いもどってきたのではないとしよう。だとしたら、なぜわざわざ来たのかな？」

ミス・スミスは初めてためらいを見せ、繊細に美しくカーブした眉を寄せた。「あなたの助けが必要だから」

「今、なんて言った？」アディソンにとって今夜、一番驚いた瞬間だった。「このあいだの晩、わたしがあなたを殺すつもりで忍びこんだのでないことはおわかりでしょう。確かに、トロイの石の銘板を盗もうとはしたわ。それについては弁明しようとも思わない。ただ、窃盗罪には時効があるけど、殺人にはないですからね」咳払いをする。「わたし、殺しはしない主義なの」

「だったら自首して、警察に事実を話せばいい」

ミス・スミスは鼻先でふんと笑った。「冗談じゃないわ。例の銘板は逃したから関係ないにしても、ほかの物については時効が成立してないんだから」

アディソンは胸の前で腕を組んだ。ミス・スミスはあの銘板を盗んでいないのか。これにはますます好奇心をかきたてられた。ただ、何者かがあれを持ち去ったという事実は彼女に知らせないでおこう。それが俺のやり方だ。「つまり、ほかに盗《と》ったものがあるわけだな。それは私以外の人たちから、という意味だろうね？」

ミス・スミスは視線を天窓のほうに向けた。そのとき、大胆不敵で平静そのものの表情に少し変化があった。平気なふうを装っていただけなんだな、とアディソンは気づいた。怖いもの知らずのように見える彼女だが、今夜は意を決して、いちかばちかの思いでここへやってきたにちがいない。俺が人の本心を読み、弱みを見つけるすべを身につけていなかったら、とうてい見抜けなかっただろう。

どうやらミス・スミスは相当なやり手らしい。しかし、たった今かいま見せたそのもろさに、アディソンは目を見張る思いだった。関心を覚えずにはいられなかった。

ミス・スミスがついに口を開いたときには、物に動じない表情がふたたび戻っていた。

「わたしは、あなたの命を救ったんですよ。だから、その恩を返してくださってもいいんじゃないかしら。警察やFBI、マスコミの連中に言ってやってほしいの。わたしは警備員を殺していないし、あなたの命を狙ってもいなかったって。それさえしてくれたら、あとは自分でやれるわ」

「なるほど」ミス・スミスの言動に引きつけられる気持ちと、失態の後始末をしてほしいという要求を不快に思う気持ち。そのどちらが強いのか、アディソンは自分でもわからなかった。「君がこの事件で罪に問われないよう、事態を収拾してほしいというんだね。つまりそれは、ほかの事件ではうまくやってきた悪者が、ここでは失敗したから、私になんとかしてくれ、ということだろう」

「わたしはいつだって悪者よ。どの事件についても」ミス・スミスは切り返した。かすかに笑みを浮かべているようすを見て、一瞬アディソンの頭をよぎったのは、濡れ衣を晴らすために彼女がどこまでやるつもりなのか、ということだった。

「窃盗未遂については非難されてもしかたがない。でも、殺人の罪については無実だと認めてほしいんです」

「いや、だめだ」アディソンは納得できる答が欲しかった。ミス・スミスの主張には興味を引かれるが、適当に妥協して、言うなりになるのはいやだった。

ミス・スミスは一瞬、アディソンをまっすぐに見つめたかと思うとうなずいた。「だめもとで頼んでみようと思ったの。でも、考えてみて。あの爆弾を仕掛けたのがわたしでないとしたら、誰かほかの者のしわざということになるわよね。侵入にかけてわたしよりすぐれた、誰かの。でも、こっちの腕だってかなりのものなのよ。自信あるわ」

「腕がいいのは間違いなさそうだな」アディソンはあらためてミス・スミスを見つめた。今は気を張りつめて感情を抑えているが、エネルギーをすべて放出したら、この人はどんな感じになるのだろう、と想像する。俺のどこをつけば熱くなりそうか、ツボを心得ているのは確かだし、俺だって彼女をあちこちつついてみたい。

アディソンはゆっくりと話しはじめた。「君が、私の欲しいと思うものを持っていることは認めよう。ただそれは、君の持論でもないし、私に協力を求める態度でもない」

天窓の真下の位置に戻ったミス・スミスは、上げていた片手を勢いよく振りおろした。ロープの端が床に垂れる。「あら、アディソンさん。わたしはどんなものでも、人に無料《ただ》であげたりはしないわよ」

このまま行かせてしまうには惜しい、とアディソンは思った。「交渉の余地があるかもしれないよ」

ミス・スミスはロープを放し、アディソンのいるほうへ近づいてきた。その歩き方はいくぶん夜盗らしくも見えたが、たまらなくセクシーでもある。「せっかくこちらから交渉の提案をしたのに、拒絶したのはそちらでしょう。でも、気をつけたほうがいいわ。誰かがあなたの命を狙っていることは確かなんだから。わたしの同業者なら、そっと忍びよってお命ちょうだい、なんてお手のものよ。あなたは気づきもしないでしょうね」顔を上向けながらささやく。

なんだ、これは。ミス・スミスは本物の火花を発しているじゃないか。アディソンの腕の毛は逆立っていた。「誰かが忍びよってきたら、私にはわかる」同様に低い声で言い返し、ゆっくりと歩みよって、彼女の次の動きを挑発する。もし少しでも動いたら、触れてみよう。触れたくてしかたがなかった。彼女の体から放射される熱がじんじんと伝わってくるように感じられた。

ミス・スミスはそのまま動かない。二人の唇が触れあわんばかりの距離だ。

ほんの一瞬、笑みをひらめかせると、彼女はふたたびロープを握った。「どうやら今夜のことは、驚きでもなんでもなかったみたいね？」腕と脚の動きを見事に連携させながら、するすると天窓までよじ登っていく。「警戒を怠らないようにね、アディソンさん。助けてくれないとおっしゃるからには、こちらも助けてあげないことにしたわ」

「俺を助ける、だって？」

ミス・スミスはすっと消えたかと思うと次の瞬間、天窓から頭だけをのぞかせて、部屋を見おろしていた。「わたしはいろいろ知ってるのよ。警察にだって絶対に知りえない、取っておきの情報をね。じゃ、お休みなさい、アディソンさん」ミス・スミスはアディソンに向かって投げキスをした。「ぐっすり眠るのよ」

アディソンは天窓の下まで行って見あげたが、ミス・スミスはもうとっくに姿を消していた。「いや、驚いたよ」素直に認めると、アディソンはブランデーをもうひと口すすった。「冷たいシャワーでも浴びないと、やってられない」

アディソンについて、ひとつ褒めてあげたいことがある。わたしがあの豪邸の天窓から側壁を伝って、敷地から抜けでたとき、あの人は警報を鳴らさなかった。

考えてみれば浅はかな思いつきだった。身をひそめて二日しか経たないのに、サマンサはもう勝ち目のない賭けをしていた。アディソンがこちらの言うことを信じないのも当たり前、ましてや助けてやろうなどと思うはずがない。たとえ爆弾を仕掛けた犯人が誰かについてサマンサが確信を持っているとしても、そんなことはアディソンにとって何の意味もない。

エティエンヌのしわざだと密告するつもりは毛頭なかったが、警察の注意をそらせるすべくらいはあったはずだ。一方サマンサは今夜、アディソンの目の前に姿をさらして、人相や特徴をしっかり憶えられているし、この近辺に潜伏していることも感づかれている。どうせ警察にも逐一伝わるだろう。それに、強化された警備でもやすやすとくぐり抜けられることを証明したわけだから、おとといにしても今日にしても、爆弾をたずさえて忍びこむのはたやすかったはずと警察は判断するにちがいない。

リチャード・アディソンと対峙して、わたしは何を得たかしら？　サマンサは唇をきっと結んだ。見栄えのするいい男であることは会う前からわかっていたが、言葉を交わしているうちに妖しげな雰囲気になり、最後には彼もすっかり熱くなってしまったみたい。わたしとしては、今夜はもともと色気で迫る作戦だったから、ああいう展開になったのは幸いだった——自分でも、誘惑したい気持ちを抑えきれるかどうか確信が持てなかったし。

おそらくフェロモンか何かのしわざなのだろうけど、今にして思えば、自分があれほど魅力を感じる男性と協力して何かをやるのは賢明な考えとは言いがたい。だから断られてかえってよかったのかもしれない。

湿度が高くむっとする空気の中、車を停めてあった場所まで歩いていくと、サマンサは仕事用の服を脱いでトランクに放りこんだ。運転席に座り、ふたたび考えこむ。そう、アディソンは警報を鳴らさなかった。ということは、こちらの話を一部にせよ信じてくれたのだ。それだけでも大した収穫だが、わたしが望む「助け」にはほど遠い。

アディソンが火をつけた、自分の体内をかけめぐる熱い興奮。その名残をふりきろうと息を吐きながら、サマンサはホンダを発進させた。さて、今すぐ作戦を立てなおさなきゃ。一両日中にまた一台、車を盗む必要があるが、そのたぐいの仕事はしたくなかった。そんなに上品ぶってどうするんだ、と昔、父親になじられたことがある。でもそれを言うなら、「気取り屋」という表現のほうが当たっているかもしれない。だって車の一台ぐらい、どんなにどじで間抜けな奴だって盗めるじゃないの。

それよりサマンサは、禁じられた場所に忍びこむスリルを味わいたくてたまらなかった。自分の手で直接、物に触れて、時の流れを感じるのが好きだった。

古文書、昔の巨匠たちの絵画、明朝時代の花瓶、ローマ時代の貨幣、トロイの石の銘板——そのどれもにサマンサは魅せられた。そして盗んだ美術品が他人の手に渡る前に研究しつくす癖も、困ったものだと言われたことがあった。父親は美術品を金になるものとしてしか見なかったし、資産管理に長けていると自負しており、銀行の口座から口座へつぎつぎと資金を移して、トラブルをうまく避けていた。

しまった。エティエンヌが肝心のことを教えてくれなかったから、銘板がなくなったのか、それとも破壊されたのかを、アディソンに訊くつもりだったのに。いずれにしてもアディソンが事実を明かしてくれるとは思わないけれども。

ただし、なくなった場合と破壊されていた場合とでは違いがある。仮に銘板が何者かの手によって盗まれたとしたら、爆弾は盗みという本来の目的から気をそらすためだろうし、もし銘板が破壊されていたとしたら、爆破は殺人目的ということになる。

狙われる可能性がもっとも高いのはアディソンだ。女性を惹きつけずにはおかない魅力たっぷりのリチャード・アディソン。サマンサの知る億万長者の中で、はだしで歩きまわり、ほどよくフィットしたジーンズをはき、いかしたお尻をしているのはただ一人、彼だけだ。

サマンサは身震いした。「もう、やめた」そうつぶやくとラジオの音量を上げる。少なくとも、アディソンとふたことみこと交わしただけであんなに気が散ってしまったことを考えると、あの屋敷から逃げだしてきたのは正解だった。

もしアディソンがわたしの特徴を詳しく警察に話したらどうなる？　それでもわたしはつ

かまらない。今となっては、数日間じっと身を隠しながら、警察の捜査陣が張り込みにくたびれて、弱点をいくつかさらすのを待つだけだ。といっても、サマンサにとっては相手の弱点がひとつでも見つかれば十分だった。

ストーニーのことが心配だった。だが、用心深さでは娘に及ばないサマンサの父親とともに仕事をして生きのびてきたストーニーのことだ。自分の面倒は自分で見られるだろう。サマンサの潜伏先としては、今の季節ならミラノあたりが最適かもしれない。観光客でごった返していて、誰にも気づかれないはずだ。でも、今出国してイタリアへ行き、ほとぼりが冷めたと思ったころにアメリカへ戻ろうとして、それでもまだ殺人および殺人未遂の容疑者として指名手配されていたら？　もう帰国できない。その可能性については考えたくなかった。

エティエンヌの奴め、いまいましい。どう考えても、ののしり方が足りなかったみたいだから、二、三回思いきり悪態をついてやろう。どうせあいつは、自分の身の安全を守ることだけにかまけているにきまっている。それはこっちも同じだ。でも腹が立つのは、エティエンヌがいいかげんな仕事をしたことだ。おかげでわたしは、彼のしでかした不始末の尻ぬぐいをさせられている。

今夜のところは、ひとまず内陸のクルーイストン方面に向かおう。あそこには父親が持っていた何軒かの隠れ家のうちの一軒があり、今はサマンサのものになっていた。みすぼらしい小さな家だが、目立たないことは確かだ。仕事に真剣に取り組む泥棒が、狙いをつけた家から二キロも離れていない距離に住んでいるとは誰も思いもよらないだろう。

肩と脚に負った傷がずきずき痛んだ。傷口の一部が開きかけているから、またアルコール綿で拭いて消毒して、強力接着剤でくっつけておかなくちゃ。まあいいわ、明日のことは明日になってから思い悩めばいい。そして今夜は事件について考えてみる——誰がアディソンを殺そうとしたのか。疑問はいつまでも頭から離れない。サマンサの事件への関与を目撃した唯一の人物、リチャード・アディソン。なぜこんなに気になるんだろう。

5

金曜日、午前八時二七分

「ダンテ・パルティーノは、もう被害報告書を君に出したのか？」リムジンの後部座席に置かれた柔らかい革のクッションにもたれて座りながら、アディソンは訊いた。

トム・ドナーがあとから乗りこんできた。「ええ、ダンテが自分で確認できた分だけはね。あの男、いまだに保険会社とガンガンにやりあってますよ、被害金額の見積りがすんでいない美術品がだいぶ残っていて、担当の鑑定士なんか、口論しすぎて気分が悪くなったぐらいなんです」

二人を乗せた車はくねくねと曲がりながら屋敷に続く長い車道を走っていく。開け放たれた門の脇にはいまだに制服警官が立っている。「もう三日目なんだよ。あの連中、いつまでここにいるつもりなのかね？」

「たぶん、爆弾犯人を逮捕するまでじゃないでしょうか。ただ、警察が社長をちゃんと警護してくれていると思えば、私としては、文句はありませんけどね。そう言えば今思い出したんですが、カスティーロ刑事が今朝、電話してきて、社長の行動について文句を言っていましたよ、こんなふうに。『今日、警備区域を出ることで、アディソン氏は暗殺者の二回目の脅威にさらされることになる』のだそうです」

「つまり、いちおう警告はしてやったんだから、殺されても刑事を訴えるな、ってことだな。君のオフィスへ行って、たかだか二、三時間仕事をするだけなのに」アディソンは肩をぐるりと回すと、ドナーに目をやった。「ところで君、俺の家への行き来で車に同乗してるときも料金は請求するのかい？　以前にも言ったように、俺は自分で運転したいんだけどな」

ドナーはにっこり笑った。「私はお抱え弁護士ですからね。仕事で社長にご一緒するときはすべて時間計算で請求してます」

「それなら、昨夜起きたことについても話しておくべきなんだろうな」ドナーは一瞥しただけだった。アディソンは息をついだ。事実を話さないでおこうと思えばできた。実際、できれば秘密にしておきたかった。その一方で、たとえ自分の身に何かが起きたとしても、今回の事件は絶対に解決してもらわなくてはならないと思っていた。「実は、お客が一人来てね。君が帰ったあとに、彼女が俺を訪ねてきた」

「彼女って、どの彼女です？　もう少し具体的に言ってくださらないと、わかりませんよ。『イギリス一のもてもて独身男』なんですから、彼女といったっていろいろいるでしょう」

「その呼び方はもうやめてくれ、って言ったのに」

ドナーは鼻を鳴らした。「こりゃ失礼しました。誰が来たんですって？」

「ミス・スミスだ」

 ドナーのあんぐり開けた口からは、しばらく声が出てこなかった。「何だって――ミス・スミスって――社長！　いったいどうして、今まで黙ってたんですか！　くそっ、なんてことだ！」ドナーはベルトに留めてある携帯電話をつかんだ。「だから――」アディソンに向かって指を突きつけながら、もう片方の手で電話のプッシュボタンを押しはじめる。「だから言ったでしょう、ボディガードが必要だって」

「いいからやめておけよ、そんな電話」

「いや、だめです。社長お得意のイギリスふうの強がりなんだろうけど、やせ我慢はおやめなさい。彼女が家に侵入した？　どこに？　脅されて――」

「俺だって、別にやせ我慢してるわけじゃない。余計なことをするな」アディソンはドナーの手から携帯電話をひったくり、ふたつに折って閉じると、怒りをあらわにして怒鳴った。「この電話の料金を払ってるのは俺だぞ。君の家や、君んとこのクリスのエール大学の授業料にあてる金も、俺が出してると言っていい。君を雇ったことを後悔させないでくれ」

ドナーの顔が真っ赤になった。「社長、そんな――」

「お願いだから、少しは俺を信用してくれよ、トム。ミス・スミスは俺を殺そうとした奴とは違う。カスティーロ刑事に彼女が来たと知らせたって、誰の得にもならない」

「彼女の得にはならないってことでしょう、そんなたわごとは通用しませんよ」ドナーはミネラルウォーターのボトルを反対側の座席に向かって投げつけた。「くそっ、いまいましい！　だけど推測はさておいて、ミス・スミスの犯行でないとどうしてわかるんです？」

「彼女がそう言ったからだ」すっかり不愉快になったアディソンは、仕返しにドナーを怒らせたくなっていた――これは俺の問題なんだ。どう対処するかは、俺が決める。

「ばかばかしい！　社長、電話を返してください。私の首を切りたいとおっしゃるならそれはそれで結構ですが、私が仕切って監視しているあいだは、社長を殺させるわけにはいかないんです」

「実に感動的な話だけど、仕切ってるのは君じゃなく、俺だぞ。つねにそうだってことを忘れるな。それより落ちついて、話を聞いてくれよ。でなければ何も教えてやらないからな」

　ドナーは何度かののしりの言葉を吐いたあと、座席にもたれて腕を組んだ。まだ頭には血が上ったままで、怒りを抑えきれないようすだ。「わかりました、聞きましょう」

「爆弾が爆発したあと、俺は少なくとも五分ぐらいは気を失っていたようだ。ミス・スミスは、俺をその場に置きざりにしたり息の根を止めたりせずに、階段の下の踊り場まで俺の体を引きずっていった。自分が逃げる前に人に見つかる恐れがあるにもかかわらずだよ。昨日の晩、彼女は天窓から降りてきて、実は自分が俺の命を救ったんだと指摘した。そして、君と俺が交わしていた会話の最後の部分をくり返してみせた。その場でも、俺を殺そうと思えばできたことを証明するためにね。そして、トロイの石の銘板を盗もうとしていたと告白した。といっても、盗みだせなかったそうだ。それから……爆弾を仕掛けたのは彼女でないのだと警察に証言してくれと、俺に助けを求めたんだ」

「で、どう答えたんです？」

「だめだ、と答えた」あとで冷たいシャワーを浴びているうちに、アディソンはミス・スミスの頼みを断ったことが気になりだした。彼女の魅力にまいって股間がうずいたからではない。事件の真相を自ら解きあかしたいと思っていた矢先に、その機会をふいにしてしまったことに気づいたからだ。ただ、条件が自分の思いどおりではなかった。だから断ったのだ。

「そのあと、ミス・スミスは俺に気をつけたほうがいいと警告して、幸運を祈るみたいなことを言ってたな。爆弾を仕掛けた犯人が誰にせよ、そいつは少なくとも彼女と同レベルの侵入のプロだそうだ。実際、彼女は二度目の侵入に成功しているものな」

「彼女が言ったのはそれだけですか？」

「いや、遠まわしな言い方だったが、もし俺が殺人の濡れ衣を晴らしてくれたら、爆弾犯人を見つける手助けをしてもいいと匂わせていた。そのぐらいかな」もちろんほかにもいくつか言っていたのだが、アディソンは自分一人の胸にとどめておくつもりだった。さっきのミネラルウォーターのボトルが足元に転がってきたのでかがんで取りあげ、ドナーに返した。

「今考えてみれば、彼女の申し出を断るべきじゃなかったのかもしれない」

ドナーはあいかわらずこちらをにらみつけている。アディソンは考えた。考えれば考えるほど、昨夜ミス・スミスをあのまま逃がしてしまったことが悔やまれた。冷静を装ったうわべの下に隠された彼女の不安。なぜかはわからないが、それに共感している自分がいた。ミス・スミスだって何のあてもないのに協力を申し出たわけではないだろう。そういうやり方をする人間には見えなかった。

ミス・スミスの住む世界は、ある意味でアディソンの世界に似ている。ただし、彼の競争相手はスーツを着て、昼日中、人目につく場所を中心に動きまわっている。もし二人の立場が逆転していたら、アディソンはミス・スミスとまったく同じ行動を取るだろう——ことの成り行きにもっとも大きな影響を及ぼせると思われる人物のところへ赴く。

ジュリア・プールをはじめ、今までアディソンがつきあってきた女優やモデルがもし、ミス・スミスの直面しているようなトラブルに巻きこまれたら、きっとまつ毛をぱちぱちいわせて、彼の情けにすがり、すべてを解決してほしいともたれかかってくるのが関の山だろう。しかしミス・スミスは違う。なんと、取引を持ちかけてきた。どうやらアディソンと同じく、人に主導権を握られるのが嫌いなタイプらしい。

「申し出を受けようと本気で考えているんでしょう、社長」

「トム、俺はビジネスマンだよ。人を評価したり状況を見きわめたりするのに成功してきたからね、自分の判断力を信じているのさ。そう、俺は本気だ」

「それで、社長がミス・スミスとチームを組むと決めたと仮定しての話ですが、いったいどうやって彼女と連絡を取るつもりですか？」

「カスティーロ刑事に告げ口しようというんだな？　それはお答えできませんね、親愛なる友よ」

「イギリス人の典型みたいな言動はもう、やめてくださいよ」

アディソンは片方の眉をつり上げた。「ここ数日間、何度も指摘してくれているみたいだが、そのとおり、俺は本物のイギリス人だよ」

「友人として教えてほしいと言っているんですよ。たとえば社長がもし飛行機から飛びおりることになったら、私は社長のすぐあとに続いて飛びおります。ただし、予備のパラシュートを持ってね。つねに最新情報を教えてくだされば、外に漏らすようなことはしません。ただし、社長の命《ライフ》がかかっている場合は別ですよ」

「人生《ライフ》っていうのは、危険な賭けみたいなもんだ」座席の肘掛《ひじかけ》を指で軽く叩きながら、アディソンはしばらく窓の外をじっと見つめていた。ヤシの木とビーチが広がる景色が、突如としてビルや信号のある町並みに変わっていく。「じゃあ、我々としては、警察も見つけられない人間とどうやって連絡を取ればいい？」

「まったく、社長の気が知れませんよ。何十億ドルの価値があるその頑固な頭を、なんでわざわざ危険にさらす必要があるのか」ドナーは首を左右に振りながらミネラルウォーターのボトルを開けてひと口飲むと、顔をしかめた。水でなくバーボンだったらよかったのに、とでも言いたげだ。

インターコムのスピーカーから、運転手のベンの声が聞こえてきた。「アディソンさん、カメラマンたちが待ちかまえています。駐車場から入ったほうがいいですか？」

光り輝く高層ビルが右手に見えてきた。ドナー・ローズ・アンド・クリチェンソン法律事務所は最高層の三階分を占めている。ロビー階に続く真ちゅうとガラスでできた回転ドアの前に群がる一〇数名の記者とカメラマンが、リムジンの存在に気づいて緊張した。まるでガゼルの匂いを嗅ぎつけたライオンの群れのようだ。アディソンはとっさに頭をめぐらせて、ドナーに携帯電話を返した。「いや、駐車場でなくて、歩道の縁石のところで停めてくれ」

運転手も弁護士も、まさか、といった表情でアディソンを見た。

「いいんだ、それでかまわない」ネクタイを直しながらアディソンは言った。「トム、これで電話をかけているふりをしてほしいんだ。そして俺があのハゲタカ記者連中の質問に答えるために立ちどまったらすぐに、携帯をこっちに渡してくれ。あいつらのマイクがかならず俺のほうを向いているようにして」

「わかりました。しかたない、社長がボスですからね」

アディソンはにやりと笑った。「そう、ボスは俺だ」

ベンはリムジンを道路脇に停めて座席から飛びだし、急いで後部座席のドアを開けに回った。まずドナーが、アディソンに無理やり押しだされた格好で車を降りた。

アディソンはマスコミを忌み嫌っていた。ブンブンうなる虫みたいにつきまとって悩ませるのはいつものことだが、二年前、ただでさえ紛糾していた離婚騒動を修羅場に仕立てあげ、ハイエナのような連中を送りこんで死肉をあさらせた奴らだ。よし、今日は俺のために働いてもらうぞ。

「アディソンさん、今のおけがの状態について教えてください」

「今回の事件は殺人未遂でしょうか、それとも窃盗でしょうか?」

「ご自宅から盗まれたものは何だったんですか？」

「前の奥さんは容疑者の一人とみなされているんでしょうか？」

　がなりたてる記者たちの声が飛びかう中、人波をかきわけて進みながら、アディソンはドナーが投げてよこした携帯電話をつかんだ。「ちょっと待ってください」そう言って電話を耳にあて、話しはじめる。「ミス……ジョーンズ？　ええ、午後四時でかまいませんよ。書類はトム・ドナーに用意させますから。お力添え、ありがとうございます――使わせていただきます。それでは、後ほど」電話機をぱちりと折って閉じると、ドナーに返す。まわりに群がる記者たちの叫び声がますます騒がしくなっていく。

「家から何がなくなったかは、詳しくはお話しできないことになっているのですが」アディソンはさらに大声をはりあげて続ける。「ただし、アンティークもののマイセンの磁器がいくつか、爆発の被害にあったことは申しあげておきます。私のお気に入りの品で、割れてなくなってしまったのは非常に残念です」

　これ以上言うとカスティーロ刑事とＦＢＩの注意を引いてしまうから終わりにするしかないが、抜群に頭の切れるミス・スミスのこと、俺が所有している美術品について、何と何を持っているか、どこに飾ってあるかまで正確に知っているはずだ。さて、どう出るかな。まずは成り行きを見守ることにしよう。そのうち、俺の考えが正しいかどうかわかる。

「では、パトリシア・アディソン＝ウォリスさんについてはどうでしょう。容疑がかけられているのか、それとも――」

「すみません、会議がありますので、失礼します」アディソンが質問をさえぎった。歯をむき出しそうになるのをこらえる。アディソンとウォリスという苗字がつなげられて発音されるのを聞くたび、いまだに誰かを殴ってやりたい気分になるのだった。だが、離婚に際して裁判所がパトリシアに許可したものの中に、それまで三年間使ってきたアディソンの姓をそのまま名乗りつづける権利が入っていたのだから、しかたがない。

ロビーに入ると急に、静けさがあたりを包んだ。中はエアコンがほどよくきいて、ひんやりとしている。日が高くなるにつれて上がっていく湿度と、幾重にもなって迫ってくるレポーター連中の人いきれや訓練を積んだ声の襲撃から逃れられて、アディソンはほっとしていた。袖の埃を払いおとしたり、襟元に隠しマイクが取りつけられていないかどうか確かめたりせずにはいられない。そうこうしながらドナーが追いついてくるのを待った。

「ひえー、まいった」警備員を押しのけて回転ドアを通りぬけてから、ドナーは言った。「腕をもぎとられるかと思いましたよ」

「俺の芝居の意味、君にはわかったか？」ロビーの一番奥にあるエレベーターに向かって歩きながらアディソンが訊くと、高い天井の下、声がわずかに反響した。

「ミス・ジョーンズと称してミス・スミスに呼びかけているのにはすぐ気づいたし、四時に待ち合わせというのも明らかですよね。でも、マイセンの磁器がなくなったとかいうあたりから、わからなくなった」

「『なくなった』わけじゃない。マイセンのアンティーク磁器は、一部のコレクターが争って手に入れたがる、値打ちのある品なのさ。ところが世界で最大のコレクションを所蔵している店がたまたま、ここワース・アベニューにあるんだよ」

「なるほど。ミス・スミスが私よりカンが鋭くて、メッセージの意味に気づいてくれるよう願うしかないですね」

アディソンは肩をすくめた。「気づいてくれなかった場合は、俺は今日の四時、店に行って、マイセンの磁器をこれといった理由もなく買うことになるだろうね」

「では、こちらはいかがでしょう、アディソンさま?」店員は客のほうをふりむき、おすすめの品物を指さし、胸の谷間を見せつけるという三つの行動を同時にやってのけながら、ひたすら感じよく応対している。「先ほどのお話からしますと、こちらのほうがお好みかと思いますが」

アディソンはドアのほうに目をやった。四時を過ぎてからの一二分間、毎分のようにそうしている。テレビでは今朝方から少なくとも一二回は、小さなヒントが隠されたアディソンの発言を流している。ミス・スミスがどこにいるにせよ、テレビが近くにあれば、きっと見たことだろう。放送を見さえすれば、あのメッセージの意味を理解し、彼の求めに応じて姿を現すはずだ。

アディソンは息を吸いこみ、壁取りつけ用の燭台に視線を戻した。鮮やかな色合いの凝った装飾の燭台で、一八七〇年ごろのものだ。「壁に取りつける式のはちょっと勘弁してほしいな。それより食卓の上を飾れるような品がいい」

「はい、かしこまりました。それでは、こちらへどうぞ。私ども、フランスのストラスブールにあるお屋敷所蔵の、一八世紀の見事な品をいくつか、買いつけてまいったばかりでして、それをお見せいたしましょう」

アディソンは入口のドアにもう一度目をやると、しかたなく店員のあとに続いた。遅いな――ミス・スミスはまだ現れない。待ちくたびれて組んだ手の親指をくるくる回したりするのには慣れていなかったし、そんな暇つぶしは嫌いだった。人と会う約束があるときは、相手が時間きっかりに、できれば早めに現れるのを期待している。リチャード・アディソンの時間は貴重なのだ。

店員はもちろんそのことを認識していた。店の入口のドアには「要予約」と書かれてあったが、だからといってアディソンのような飛びこみの客に売らないというのではない。名刺の裏に自分個人の電話番号を書くのに遠慮はいらないようだったし、アディソンの購買意欲をそそるべく、彼のバッグに名刺をすべりこませるのも怠らなかった。

数歩下がったところにいるドナーは繊細な磁器類には目もくれず、店員やほかの客たちに意識を集中させている。トム・ドナーほどの名声と信望を得た弁護士がボディガードとは、似つかわしくない仕事のようだが、アディソンは本物の友情がいかに得がたいものか、いかに価値があるかを今までの経験で知っていた。後ろにぴたりとくっついてくるのを許すことでドナーにある程度「優位に立っている」感覚を味わわせてやれるのなら、アディソンとしては特に異論はなかった——ドナーが彼の行動にまで干渉してこないかぎりは。

「こういうものはいくらぐらいするんでしょうね？」ドナーが訊いた。小さな花瓶に目をとめる程度の余裕はあるらしい。

「だいたい五桁、つまり万ドル単位で、真ん中あたりだと思うけどね」

「本当に？　社長はそんなものの値段までご存知なんですか」

「この種の品は集めてないと言っただろう」

「でも——」

「だからこそマイセンを選んだんだ。ミス・スミスは、俺のギャラリーにマイセンの磁器がひとつもないことを知ってるはずだからね」

「社長は数多くの美術品やアンティークをお持ちでしょう。なのにマイセンを集めていないって、ミス・スミスにどうしてわかるんです？」

店員が期待のこもった視線を向けてくるので、アディソンは少女とヤギという牧歌的なテーマの置物に興味を示しているふりをした。「そういうことじゃないんだよ。俺が収集してないのはマイセンだけじゃない。たとえばG・I・ジョーって兵隊のフィギュア、あれに夢中になっている収集家がいるだろう。俺はG・I・ジョーも集めてない」

「昔のG・I・ジョーはよかったですけどね、髪の毛に本物の人毛を使ってて」

そのとき、アディソンはぴたりと動きを止めた。頭皮の裏側から股間まで、電気がビリビリと走るような刺激を感じたのだ。ふりむいて、白鳥の飾りのついたピンク色の菓子皿を眺めている若い女性に目をやる。

道理でわからなかったわけだ。今日のミス・スミスは、高級店ばかりが軒を連ねるワース・アベニューに完全にしっくりはまっていた。丈の短いブルーと黄色のコットンドレスは、日に焼けた長い脚を大胆に見せている。足元はヒールだけが黄色いサンダル。腕には白い小さめのバッグをかけているが、折り蓋《フラップ》の部分に大きくあしらわれた「G」の文字で、グッチであることは一目瞭然だった。

ミス・スミスのすぐ後ろには気がききそうな店員がつきしたがっていて、それが一層、パームビーチの住人らしい富裕層の雰囲気をかもし出していた。もしかするとミス・スミスは本物の金持ちの暇人で、盗みをしているのはスリルを味わうためではないか――アディソンは一瞬疑ったが、すぐにその考えを打ち消した。ミス・スミスの表情は生き生きしているし、目も好奇心で輝いている。世間から隔絶された裕福な暮らしに引きこもっているようには見えない。

「いったい、どうやって？」

「G・I・ジョーのこと？　比較的低価格の品物ばかりを扱うアンティークショップでよく見かけるわね。わたしは、そういう店で買い物をするわけじゃないけれど」アディソンには一瞥もくれず、ミス・スミスは次の品の前へと移った。

展示用テーブルの反対側にいるアディソンは、ミス・スミスの動きに合わせてついていった。肩に垂らした彼女のストレートヘアはとび色のブロンドで、赤にも茶色にも片寄らない色味だが、店内の照明の下で見ると暗めのブロンズ色に見える。

アディソンはふたたび、目に見えない電気のようなものが二人のあいだに存在し、引きつけられるのを感じていた。ミス・スミスも同じように感じているだろうか。「いや、そういう意味じゃなくて、神出鬼没の君の能力のことを訊いてるんだ」

ミス・スミスの唇の端が上がった。「おっしゃる意味はわかるわ。アディソンさん、わたしを呼び出したのね。何かご用?」目線を上げ、アディソンの肩越しに背後を見る。「そうだわ、弁護士さんを遠ざけておいて」

「トム、ゆっくり見てまわっておいで」ぐっと近づいてくるドナーの存在を感じながらアディソンは指示した。

「ええ、見てまわってますよ。そこにおられるのはミス・スミスですね」

「トム・ドナー弁護士でしょう。わたし、弁護士は好きじゃないの」

「私だって、殺人者や泥棒は好きじゃない」

「トム、下がってろ」アディソンは周囲に飾られた優美で高価な磁器に目をやりながら命令口調で言った。「俺が彼女にここで会ってくれるよう呼んだんだから」

「ええ、それで——」

「そうね、確かに呼ばれたわ」ミス・スミスが割って入る。トム・ドナーを品定めしたうえで用なしと判断して切りすてたかのように、アディソンに視線を戻した。「で、またお訊きしますけど、どういうご用かしら?」

「気が変わったんだ」そう言うとアディソンは展示用テーブルの端を回り、ミス・スミスとの距離を縮めていく。

ミス・スミスは初めて驚いた表情を見せた。「気が変わったって、なぜ?」

「理由をきっちり説明しなくちゃだめかい?」

「ええ、説明してもらう必要があるわ」

アディソンについていた店員は、彼の興味が薄れたのを感じとったのか、ふたたび近づいてきた。ミス・スミスは自分についている店員とともに脇へそれて、次の展示品へと向かった。口の中でののしりの言葉をつぶやき、ミス・スミスがマイセンの磁器のように簡単に手に入る存在であったらいいのにと願いつつ、アディソンは一番近くにあった品を指さした。小さな台つきのクリーム入れだった。「これにしよう。箱に入れてください」

「かしこまりました、アディソンさま」

求める、獲得する、所有する。それがアディソンのビジネスのやり方だった。

「ヤギと羊飼いの少女という組み合わせは、あなたのほうがよく似合いそうね」

アディソンはミス・スミスの小声のコメントが聞こえなかったふりをした。

「トム、消えてくれ」

「いったいどういう——」

「俺はどこへも逃げたりしないよ。二人のあいだで話し合ったことはすべて報告する」アディソンは嘘をついた。「五分間だけ、ミス・スミスと話をさせてくれないか?」

ドナーは口の中でもごもご言った。「彼女を実際に見て、なぜ社長が興味を持ったのかわかりましたよ。でも、考えるならちゃんと頭で考えるようにしてくださいよ、体のほかの部分でなく」

「君は俺の飼育係じゃないんだぜ」

年代の比較的新しい品に人さし指をすべらせて確かめているミス・スミスに、アディソンはさらに近づいた。「昨夜、君が言ったことはもっともだと思う」アディソンは低い声で言った。ミス・スミスはもう、ここにある小さな人形のひとつぐらい、まんまとグッチのバッグに入れてしまったのではないだろうか。求める、獲得する、所有する――けっきょく、欲望を満たすプロセスはどれもみな同じ。大した違いはない。そう考えただけでアディソンの股間は硬くなった。

アディソンは手の甲で軽くミス・スミスの腕に触れ、静かに続けた。「君が爆弾を仕掛けた犯人じゃないという話。それから、君の意見のほうが刑事の意見よりもよっぽど役に立つという話も、確かにそのとおりかもしれない」

その言葉の意味合いについてミス・スミスは一瞬、考えているようだった。「つまりあなたは、わたしに殺人の容疑がかからないよう、動いてくれるというわけね」

「できるかぎりのことはするよ」

「このとんでもないトラブルから抜けだせるように、電話をかけたり、必要なことをしてくれるというの？」

「そのために必要なことは、何でもしよう」アディソンは同意した。

「そして、窃盗の罪でわたしを警察につき出したりはしない、と」

「実際のところ、君は俺から何も盗んでない」アディソンはミス・スミスをじっと見て、唇をゆがめるさまを観察した。「それとも、盗んだのか？」

「あなたが気づいてないなら、何も盗んでないんでしょうね」

またか。特に笑えるジョークとも思わないが、ブラックユーモアのセンスがあるんだな。

二人はお互い、やっかいな頼みごとをした。だから次の段階では自分が主導権を握らなくてはと思い、アディソンは持ちかけた。「君には俺のことを信じてもらう必要があるし、俺も君を信じられるようにならなくてはいけない。この事件が解決したとき、我が家からはこれ以上、何もなくなっていない状態でありたい。ミス・スミス、意味はわかるかな？」

その日の午後初めて、ミス・スミスはアディソンの顔をまっすぐに見つめた。アディソンという人間と、その発言の真意をじっくりと見きわめようとしている。彼女の緑の瞳は、呼び出しに応じてこの店まで来るだけで、どれだけの危険をおかさなければならなかったかを物語っていた。

「サマンサよ」彼女はほとんどささやきに近い声で言った。「愛称はサム。あなたのことが本当に信用できるとわかったら、苗字のほうも教えてあげる」

アディソンは手を差しだした。「お近づきになれて光栄です、サマンサ」

サマンサは深くひと息つくと、手を差しのべて握手した。手と手が触れあったとたん、アディソンの背筋に熱いものが走った。パートナーとしての二人の関係がこれからどうなるにせよ、ことは単純にはいきそうになかった。

6

金曜日、午後四時三三分

「お断りよ、そんな車に一緒に乗っていくなんて」

三人はワース・アベニューの、マイセン磁器の店の正面扉の外に立っていた。日光の下であらためて見れば、リチャード・アディソンの魅力も半減するにちがいない——そう思っていたサマンサだが、予想は見事に裏切られた。

「車じゃないよ、リムジンだ」アディソンは訂正した。「それに、何も誘拐しようというわけじゃない」

「わたしとしては、暗くなってからソラノ・ドラド館へうかがったほうがいいんだけど。入り方はわかってるんだし」確かに、サマンサの立場からすればそのほうが理にかなっている。自分の好むやり方で忍びこみ、抜けだして、今回の件についてどの程度まで関与するかを多少はコントロールできるからだ。

「もう二度と、俺の家に侵入してもらっては困る。かといって君一人で正面から入ろうとしても、門のところには警官が立っているからね、通るのは難しい」

「通るところを見てみたいものですね」ドナーがつっこんだ。

怒ったふりをしても意味がないと悟ったサマンサは、ドナーに向かって作り笑いをした。さっきからずっと路上での言い争いが続いている。こんな人目につく場所はさっさと出て、どこかに逃げこみたいという本能がサマンサの中で強く働いていたが、それでも自分がつねに守っている生活態度についてはは妥協したくない。それに、アディソンから漂ってくる男の色気のおかげで口の中が渇いてきていたから、少し距離をおいて、状況を客観的にとらえる必要があった。今や、主導権を握ろうとしている「ハンター」は自分だけではないことがはっきりしたのだから。

「この世でわたしが所有する全財産が、ここから二ブロックほど離れたところにおいてあるの。それを放っていくわけにはいかないわ」

アディソンは何か言いかけて、ふたたび口を閉じた。しばらく経ってからサマンサの言葉をくり返す。「全財産?」どうやら、自分の所有物は全部でこれだけ、と言える人間がいることに驚いたらしい。ましてや、全財産を持ち歩ける人間などいるはずがない、と。

「あいにく、そうなの」正確には「全」財産ではなかった。マイアミ市外にレンタル倉庫を借りていたし、隠れ家もあちこちに持っていたし、スイスの銀行口座には十分な蓄えがあった。でもそんなことはアディソンには関係ない。わたしの日々の生活に必要なものはすべて、ホンダのトランクの中に入れてあるのだから。

「じゃ、そこに寄って、取ってから行こう」

サマンサは、自分が獲物を狙うハンターでなく、狙われる獲物になった気がしはじめていた。どうも気に入らなかった。パートナーとして組もうと持ちかけたのはサマンサであって、もともとアディソンの考えではない。「冗談じゃないわ」サマンサははねつけた。「ソラノ・ドラド館へ行くなら、わたしは自分で車を運転して行く。そうでなければ行かないわ。アディソンさんの車で使い走りをしてもらう必要はありません」

「俺は君の使い走りをしたいんだよ」アディソンは言いはった。温かみのある声にわずかにいらだちをにじませている。

「あなたの意見に反対を唱える人、めったにいないんでしょう？」サマンサは訊いた。

「そうだね、あまりいない」

「じゃ、反対されるのに慣れることね」サマンサはぴしゃりと言った。攻撃の要《かなめ》、クォーターバックのポジションは絶対にあきらめないわよ、という挑戦状だ。司令塔としての実力はそのうち徐々に発揮できるようにすればいいが、リチャード・アディソンが相手となれば、まず基本原則を決めておきたかった。

「ミス・スミス。警察を呼ばれないだけでもありがたいと思って、とにかくここは協力したらどうなんだ？」ドナーが胸の前で腕組みしながらうなるように言った。リムジンの側面にもたれかかっているこの弁護士は、黄褐色に近い金髪に日焼けした顔で、ウエスタンブーツをはいたマフィアの一員のようだ。

「あなたって、救急車を追っかけて交通事故を商売の種にするたぐいの弁護士なの?」ドナーに対しては、自分の魅力を生かして接する工夫をしなくていいのでありがたかった。「それとも、アディソンさんの尻ぬぐいをするために雇われてるのかしら?」

「俺は、自分の尻の始末は自分でする。お気づかい、ありがとう」アディソンは穏やかに言った。「さあ、乗って」

「わたし――」

「もう口論は終わりだ。今、自由の身でいられるのは、俺が当局に通報していないからだってことを忘れないように。さて、これから一緒に君の荷物を取りにいこう。そのあと屋敷へ戻ってビジネスの話をする。俺が妥協できるのはそこまでだ」

サマンサは一瞬、どんなビジネスの話なのか訊きたくなったが、今の状況では賢明な質問とは言えない。ここではアディソンが有利なのだから。たとえ警察に通報されなくても、ワース・アベニューで公衆の面前に姿をさらしている時間が長くなればなるほど、逮捕される危険は大きくなる。「わかったわ」

「じゃあ、急いで行きましょう」まわりに目を配り、暗い表情になったドナーがうながした。「ぐずぐずしてたら、六時のニュースのネタにされて、ドラキュラとか、ハンニバル・レクターを夕食に招待するはめになりかねませんよ」

サマンサは午後の強い日ざしに目を細めながら、肩越しにふりかえった。カメラをたずさえた報道関係者の群れが、三人の立っている場所めがけて突進してくるのを見て、思わず小さな悲鳴をあげる。リムジンのドアを開けてもらうのが待ちきれずに自分で開けると、中に飛びこんだ。写真だけはごめんだわ。絶対に。写真を撮られたが最後、顔や特徴を分類され、憶えられ、思い出される。しかも他人《ひと》の都合のいいときに。サマンサは両側の窓からできるだけ離れたところ、座席の真ん中あたりまで体をずらして命令口調で言った。「ほら、早く車を出して」

「おやおや。マスコミが嫌いなことにかけては俺も相当なものだと思ってたんだが」サマンサの隣に座ったアディソンが言う。

ドナーが二人の反対側に腰を下ろすやいなや、リムジンは轟音《ごうおん》とともに発車し、交通量が少ない中をぐんぐん走りはじめた。このぐらいのスピードなら心強い。リムジンが報道関係者のワゴンの最後の一台を引きはなすまで、サマンサは息をつめていた。

「連中、つけてくるかしら？」

「もちろんさ。新聞社のヘリコプターも、今のところ一機だが、ちゃんと追いかけてきているよ」

サマンサは顔をしかめた。「じゃあ、わたしの車はほっておいていいわ。あとで、自分で取りにくるから」

「うちの者に取りにいかせよう。それで少しは機嫌を直してくれるかな？」

「車のある場所を誰にも教えなくてすむなら、機嫌が直るんだけど」

「神経過敏になりすぎてるんじゃないのか？」ドナーが言った。自分の座席の下に備えつけられている冷蔵庫からミネラルウォーターのボトルを一本取りだしたが、サマンサにはすすめようともしない。

「弁護士先生、あなた警察に追われてるの？」サマンサは逆襲した。

「いいや」

「じゃあ、黙っててちょうだい」

アディソンは二人のやりとりを気にもとめず、ドアに取りつけられたインターコム操作盤のボタンを押して言った。「ベン、家へやってくれ」

「はい、かしこまりました」

緊張感、不快感、アドレナリンがいっきょに押しよせ、吐き気を覚えたサマンサは口をきっと結び、ドナーがボトルを傾けてごくごくと水を飲むさまを見つめた。しずくが親指をつたってネクタイにこぼれ落ちる。「冷蔵庫の中の水は誰でも飲んでいいのかしら、それともこの人だけ特別扱い？」

アディソンはくすくす笑いをかみ殺しながら、座席の下に手を伸ばすと、よく冷えたミネラルウォーターのボトルを一本取りだしてサマンサに渡した。「トムは確かに特別だけど、君もどうぞ、ご遠慮なく」

「社長、面白がってる場合ですかね」ドナーがつぶやいた。「彼女と協力するっておっしゃってたときの話と違いますよ。電話を一、二本かけるぐらいのことだと思ってたのに。これじゃ、キツネに向かって、どうぞ、また鶏小屋にお入りくださいと誘っているようなもんでしょう」

「アディソンさんの鶏に手をつけたりはしないわよ、大丈夫」サマンサは言い返すと、ぷいと横を向いた。いかにも愉快そうな、魅力あふれる表情をしたアディソンがそこにいた。

「弁護士先生に同席してもらう必要あるの？」

「ああ、今のところはね」

「それは結構だこと」本当はもっとむかついた声を出したかったのに――爆弾で吹きとばされかけてから三日しか経っていないのに、こんなにぱりっとしてすてきに見える男なんて、目の毒だわ。胸騒ぎがした。この人との取引では、何が起こるか予想がつかない。不安を消しさろうと、サマンサはごくりと水を飲んだ。これは不安、それとも欲望なの、サム？　二人のあいだに飛びかうただならぬ熱気を思えば、どちらかは明白だった。

「気が変わってわたしと組もうなんて思ったのは、なぜ？」サマンサは知りたかった。

「好奇心からさ」そう答えるとアディソンは座席にもたれかかった。高価なブルーのスーツを身にまとっていても、はだしでジーンズ姿だった昨日の夜と同じようにリラックスして見える。「で、サマンサ、トロイの銘板を盗んで爆弾を仕掛けた人物は誰なのか、心あたりはあるのかな？」

ボトルを口に持っていきかけたサマンサの手がぴたりと止まった。「銘板がなくなったの？」

アディソンはうなずいた。「がっかりした？」

がっかりして当然なのだが、サマンサは軽く受けながした。「そうなると、状況が違ってくるわね」疑わしそうな表情の弁護士をにらみつけてから水を飲み、心の中で何回かエティエンヌに向かって悪態をつく。それから彼を雇った人物に対しても。舞台裏で糸を引いているのが誰か、つきとめなくてはならない。

「つまり銘板が盗まれたことによって、犯罪の狙いがどこにあったかが違ってくる。わたしにとってはなんの違いもないけど。そう言えばアディソンさん、どうやってわたしを助けてくださるか、具体的な計画はあるの？」

「ひとつふたつ、考えついた。だけど見返りとして、君も力を貸してくれないとね。俺は人に何かを無料《ただ》であげたりしない主義だから。そういう取引のやり方はしない」

「それはわたしも同じよ」

実を言えば、人から無料《ただ》で何かを手に入れる――それこそまさに、サマンサの仕事の流儀だった。しかし、今回の「取引」の性質はいつもの仕事とはまったく違う。これまでの人生経験のすべてが、アディソンは信用できない、誰も信用できないと叫んでいる。サマンサにとって自分の自由と人生は、自らの責任で守らなくてはならないものなのだ。

誰が銘板を盗んだか、爆弾を仕掛けたか、心当たりがあるかですって？　心当たりどころじゃない。特に爆弾犯人についてはほぼ確信がある。ただ、エティエンヌは絶対に吐かないだろうし、こっちだって彼を警察に突き出すつもりはない。それより、エティエンヌの雇い主を見つけだして狼のえさにくれてやろう。それならわたしの流儀に合っている。

でも、警察につかまらないうちに、雇い主を探しださなくては。そのための時間稼ぎが必要だった。だからこそ、テレビで放映されたアディソンのメッセージに応える形でやってきた。そして今、彼のリムジンに乗っているわけだ。

アディソンは軽くうなずくと、ドナーに向かって警告めいた視線を送った。「では我々のほうでは、力を合わせてことにあたるよう努力しよう」

「私も自分の役割をちゃんと果たしますから。ただし、愚痴をこぼしたり、あとで『だから言ったでしょう』的なことを言う権利ぐらいは確保させてくださいよ」ドナーはそう言うと、ミネラルウォーターを手に、座席にゆったりともたれかかった。

「それは助かるわ」サマンサが言う。

「そもそも君が屋敷に侵入してなかったら、今みたいな助言をあえてする必要もないはずなんだがね、エチケットの専門家さん」

「あら、わたしが侵入しなかったとしても、どうせ銘板は盗まれて、爆破もされてたでしょ。それに事件を解明しようとしたって、誰もあなたを助けてくれなかったはずよ、ハーバード出の弁護士先生」

「エール大卒だよ。まったく、君は――」

「やめなさい二人とも、子どもみたいに」アディソンが割って入った。「そんなことやってると、車を停めるぞ」

ドナーに向かって作り笑いをし、席に深く腰かけたサマンサは、父親は今ごろ草葉の陰で大わらわだろうな、と思っていた。自分の娘が弁護士と、世界の長者番付でも一、二を争う大富豪と一緒にリムジンに乗っていると知ったら、気が気でないだろう。

父親のマーティン・ジェリコが今生きていたら、このチャンスをどう生かすか。答は簡単だ。リチャード・アディソンから盗めるものはひとつ残らず、盗もうとしただろう。だが、そういう考え方の父親だからこそ、死ぬまでの五年間を刑務所で過ごすはめになったのだ。父親には自制心と忍耐力が欠けていた。それを反面教師にしているサマンサは、アディソンをふたたびちらりと見やった。今の場合、「自制心を失うな」の教訓がとりわけ役立つかもね、と思う。

サマンサの視線は前に座った弁護士を通りこして、窓の外に向けられていた。ヤシの木立と海岸線が飛ぶように目の前を過ぎていく。わたしはこれから、どんなことに巻きこまれようとしているんだろう。走りつづけるリムジンの中、サマンサは自分の仕事道具や愛車から、都会の雑踏という安全網から、少しずつ遠ざかっていく。

なんてこと。着替えも持っていないんだった。それでもサマンサは、このゲームをうまく戦えるような気がしていた。やるわ。だって、ほかに道がないんだもの。

リムジンはソラノ・ドラド館の正面ゲートに近づいた。門の両脇に一人ずつ制服警官が立っている。車がスピードをゆるめたとき、サマンサは席に深く沈みこんで身を隠さずにはいられなかった。確かに、一人でここを通るのはごめんだわ。かといってわたしは普通、正面まで車を乗りつけて入るなんてことはしないけど。

リムジンの運転手が窓を下ろして警官とふたことみこと言葉を交わすと、門が開いた。

「ほら、俺が約束したとおり、無事に中に入れただろう。壁を越えたり、トンネルを掘ったりする必要もない」

サマンサは後ろをふりかえって、門がふたたび閉まるのを見守った。「お宅の警備って、なってないわね」

「正面ゲートには警官が二人立っているんだぞ」ドナーが言った。

前に向きなおったサマンサは弁護士をにらみつけた。「あの人たち、トランクの中や車内の乗客を調べもしなかったじゃない。アディソンさんの身の安全を守るのが目的なら、来客一人一人の身元を記録して、誰かが人質に取られて脅されていないかどうか確認してから門を開けるべきでしょう。わたしの人相は警察に伝えてあるはずよね。ニュースで流してるのを聞いたわ。そのわたしが、ここにこうして座ってるっていうのに」

アディソンは窓の外を眺めていた。サマンサの言うことにも一理ある。選ばれた人たちだけが住むここパームビーチは、住民どうしの結束が固い。その中でも一目置かれる存在のアディソンにパームビーチ警察が気をつかって、丁重に扱うことは想定内だ。だが、正面ゲートに詰めている警官が、マスコミの連中を追いはらうぐらいしか能がないのなら、まるきり頼りにならない、役立たずということになる。

警察は昨夜、サマンサが屋敷内に入るのを阻止できなかった——そして、たった今も。

「俺の身の安全について心配してくれてるのかな？」アディソンは訊いた。

「この泥沼から抜け出すためには、あなたに頼るしかないからよ」サマンサは言い返したが、声にはまたじれったさが戻ってきている。

「だったら、俺には何でも正直に話してほしい」

「できるだけ努力するわ」

「それはありがたい」

ドナーはあいかわらず疑わしそうな顔をしている。しかし、アディソンはサマンサが本当の気持ちを言っているのではないかと感じていた。そうだとしてもアディソンはもちろん、客観的で偏らない見方を捨てないつもりだ。フロリダの太陽をしのぐほどの熱気を発しているサマンサ。だが、しょせんゲームをしているにすぎない。それはアディソンも同じだ。

ただ二人の違いは、サマンサが求めているのが警察の目を逃れて自由の身になることなのに対し、アディソンが求めているのは……サマンサその人だということだった。

「俺はときどき、自宅で仕事をするし、人を招いてもてなしたりもする。だからこの家に客が来るのはごく普通のことなんだ。それに今、君は泥棒みたいには見えない。それは君だって認めるだろう」アディソンは今こそとばかりに、サマンサのすらりと長く伸びた脚に目を走らせた。

じろじろ眺められているのに気づいたかもしれないが、サマンサは何も言わなかった。

「でもアディソンさん、警官たちはどうしたって気づかなかったと思うわ。たとえわたしが裸でいたとしても、弾薬帯《だんやくたい》を肩からかけていたとしても、まばたきさえしなかったんじゃないかしら」

「ごもっとも。ところで、君の名前、ファーストネームしか知らないからそれを使わせてもらってるけど、君も俺をリックと呼んでもかまわないよ」

「どう呼ぶかは自分で決めますから」サマンサは答えた。ただ今度は、少し口調をやわらげてはいたが。「でも、そう言ってくださってうれしいわ、アディソン」

そうか、あえて苗字で呼ぶことで、ある種の境界線を引いておくつもりだな。これは面白い――ますます興味をそそられる。

長い車道を走ったあとで、ベンはリムジンを停めて運転席から降り、後部座席側のドアを開けた。最初に飛びだしたのはサマンサだった。車から無事に「脱出」できてほっとしたらしい。正面階段のところでくるりとターンするサマンサを、アディソンはじっと見つめた。彼女はたぶん、太陽の光の下でこの屋敷を見たことがないのだろう。

「もしよければ、あとで俺が中を案内するよ」

「社長、お客をもてなす主人みたいにふるまってる場合じゃないでしょう」正面扉へ向かうサマンサのあとに続いて歩きながら、ドナーがアディソンにささやいた。「社長は狙われてるんですからね。あの女がちょっとばかり可愛いからお気に召したんでしょうが、私は信用してません。もう二度もこの屋敷に入ってるんですよ、招かれもしないのに」

「今回は招かれてるじゃないか。いいからほっとけよ、トム。あと二、三分したら俺のオフィスで会おう。そのあいだにウィリアム・ベントンに電話しておいてくれ。話がしたい」

「ベントンですって？　まさか――」

「トム、わかったね」

「はい閣下、かしこまりました」ドナーは玄関ホールを大股で歩いて抜け、最後にサマンサをひとにらみしてから階段を上がっていった。にらまれた本人は気づいていないらしい。玄関ホールの正面にあるテーブルの上の花瓶に手を伸ばし、指でなでまわしていたからだ。

「一五〇〇年前の貴重な花瓶を、どうして正面扉からこんなに近いところにおいておくのよ？　ここらへんにはハリケーンが来ないの？　それとも正面ゲートの警備がハリケーンも撃退してくれるっていうわけ？」

「それは――」

サマンサは眉間にしわを寄せながら身を乗りだし、花瓶の模様を調べたり、縁の部分を爪の先端で軽く叩いたりした。「あら。偽物だったのね」

「きれいだと思ったからさ」アディソンはにっこり笑って言った。大したものだ、と内心うなっていた。美術品の取得管理をまかせているダンテ・パルティーノでさえ、偽物だと見抜くのに一時間近くもかかったのに。「これは寄付金集めの行事向けに用意された複製《レプリカ》なんだ。美術品についてどの程度知ってる？」

「人気作家リストはそらで言えるけど、古美術品のほうが好きね。ところで、この屋敷の使用人にはどんな人がいるの？」

「泥棒っていうのは普通、侵入する前にその手の情報を集めておくものじゃないのか？」

「最初に侵入した夜、あなたはここにいる予定じゃなかったでしょ。アディソン氏がフロリダを留守にしているときのソラノ・ドラド館のスタッフ構成は、日中は六名、夜間は二名。加えて、警備会社から派遣された警備員がいる。それから美術品取得管理の責任者が、専用の部屋で夜遅くまで仕事をする場合がたまにあるんだったわね。でも、あなたがこの屋敷に滞在してるときのスタッフまでは、わたし知らないもの」

「俺がいるときは、一二人程度がフルタイムで働いている。ただし今は、その大半に休んでもらっているんだ。警察はスタッフの人数を最小限にとどめておいたほうがいいと言うし、俺としても自分のところの人間を危険な目にあわせたくない」

「確かにそうね。で、執事はいるの？」

「いる」

「その執事、もしかしたらジーヴズって名前？」

ジーヴズはイギリスの小説家P・G・ウッドハウスの名作シリーズに出てくる執事の名前だ。アディソンはそれに気づいてほほえんだ。短いあいだに、ある発見をしていた。自分がサマンサに魅力を感じるのは、ひとつにはその性格のせいもあったのだ。自分の魅力をうまく利用して人に取り入るすべを心得ているのは明らかだが、アディソンはそれを楽しまずにはいられなかった。同時に、彼女の巧妙な「手口」を忘れないようにしなくては、と気を引きしめた。

「うちの執事の名前はサイクスだ。一応、イギリス人だよ。そのほうが納得するみたいだから言っておくけど」

「そうすると使用人は皆、あなたにつきしたがって世界中を回るわけね、屋敷から屋敷へと？」

サマンサは話しながらふらりと玄関ホールを出て、階下のリビングルームに入っていく。数点のアンティーク家具の棚に、さまざまな人形や磁器の皿が飾られている。サマンサのあとについて部屋に入ったアディソンはドアの枠《フレーム》にもたれて見守った。

トム・ドナーがいなくなったせいか、サマンサは少しくつろいでいるように見える。盗みを生業《なりわい》としているのだから、弁護士を嫌うのも当然だ。一七世紀のライティングデスクの木目《きめ》の細かい表面に指をすべらせている。まるで、家具の価値を鑑定するために触れているかのようだ。

木の表面をなでる手の官能的な動きに、アディソンはつかのま気をとられてぼうっとしていた。しかし、デート気分に浸っている場合ではない。二人は殺人事件を解明しようとしているのだ。アディソンはゆっくりと深呼吸し、サマンサのなめらかで優美な動作を見つめた。くそ、なんて魅惑的なんだ。

「皆、そうしてるの？」

アディソンはまばたきをした。「何だって？」

「使用人のことよ、アディソン。あなたの行くところにはいつもついてくるの？」

アディソンは咳払いをした。「一部のスタッフはね。でもほとんどは、執事のサイクスのように給料制で、一年中同じ屋敷で働いてもらってる。サイクスはイギリスのデヴォン州にある屋敷に常駐してるんだが、俺が在宅していようといまいと、仕事は山ほどあるからね。使用人の中には家族のために、今住んでいるところを離れたがらない者もいる。なぜそんなことを訊くの？」

「疑り深いたちなのよ」

「疑ってるって、うちのスタッフを？」

「まさか、警察の連中がこういう質問をまったくしなかったわけじゃないわよね」サマンサは肩越しにアディソンをふりかえって言うと、食器棚のほうへ移った。

「したよ。ただ、うちのスタッフの中で君の人相や特徴に一致する者がいなかったから。警察は全力をあげて君を探しだそうとしている」

サマンサはため息をついた。「やっぱりそうだったのね。じゃあ、参考までにうかがうけど、スタッフの中で、あなたが予定を繰り上げてフロリダに戻ってくるのを知っていた人は何人？」

「飛行機の乗員《クルー》と、運転手のベン、家事責任者のレイナルドだけかな。シュツットガルトではホテルに泊まっていたから、あちらでは誰にも行き先を教える必要はなかった。だけど、うちのスタッフは大丈夫、この事件には関わってない」

「スタッフの家族は？」

「ありえない」

「それに、わたしもはずしていいわね。じゃあ、ドイツにいる、個人的に親しい……お友だちは？」

「それって、シュツットガルトに恋人がいるかどうか訊いてるの？」

一瞬、サマンサの頬に赤みがさしたようにも思えたが、横顔しか見えないので確信は持てない。アディソンは驚いた。世知に長けていて、きわめて有能に見えるこの女性が、顔を赤らめるなんて。

「そうよ。で、そういう人はいるの？」

「今回はいなかった。仕事で行ったから」

「なるほどね」

「なるほどって、何が？」

「考えてるのよ。少し時間をちょうだい」サマンサはアディソンの前を通りすぎると、ふたたび玄関ホールに戻り、正面扉に向かった。

「何を考えてる？」

サマンサはもう一度ちらりとアディソンを見やった。まだ、かすかな笑みを浮かべたままだ。「アディソン、あなたこそ何を考えてるの？　爆弾を仕掛けたのはわたしだと信じているとしたら、絶対にわたしをここへ招きいれたりはしなかったはずよね。だとすると、こいつは怪しいとあなたが思う人は誰？　その人たちの動機は？　家屋が壊されたり、侵入されたりした形跡はほかにある？　つまりね、わたしは確かに手を貸すとは言ったけれど、あなたのほうでもある程度、協力してもらわないといけないの、だから訊いてるのよ」

　正面ホールにおかれたアンティークの大時計が六回鳴った。「俺は、敵対する人物をリストにしてるわけじゃないからね」アディソンの顔を笑みがよぎった。この女《ひと》サマンサがあいかわらず彼のファーストネームを使おうとしないのに気づいたからだ。この女は、ほかにどんな防御壁を設けようとしているのか。俺は彼女について、どの程度まで知ることができるだろう。

　ファーストネームはサマンサだと教えてくれた。昨夜の時点で知っていた情報と比べると進歩と言える。だが、その名前ですら教えるのがふしょうぶしょうといった感じだったから、今後の展開は容易とは言いがたい。幸いなことに、アディソンは難題に挑戦するのが好きだった。

「それから警察は、ほかにドアや窓などがこじ開けられた形跡はないと言っている。一方、正面ゲートに鏡を仕掛けて、中庭《パティオ》の扉のガラスを切って穴を開けたのは君だったというのが我々の推測だ。ところで夕食はどう？」

　サマンサの表情が硬くなった。「そんなに長居しないわ」

「ここはほかのどこよりも安全だよ、君が潔白であるとカスティーロ刑事を説得できる道を俺たちで見つけだすまではね」

「それ、こういう意味でしょ――ここではわたしの身の安全は確保されている、ただし、誰かがまたあなたを吹っ飛ばしてやろうとたくらんでいれば話は別だよ、と。あなたって好ましい人だからご一緒したいのはやまやまだけど、それよりわたし、明日になっても空気を吸っていられるほうを選ぶわ」サマンサはさらに一歩進んでノブに手をかけて引き、ドアを開けた。

「今、出ていこうとしたら、警報を鳴らすぞ」アディソンは静かに言った。そんなに簡単に逃がすものか。まだ、だめだ。

サマンサは片手をドアにおいたまま、立ちどまった。「わたしたち、合意に達したと思っていたのに」

「ああ、確かに。君が俺に手を貸してくれたら、俺は君を助けるということで、合意しましたよ。ただ、君もトムもここへ来てもらったからには、ステーキでも焼いてあげようと思ってね」

「あのハーバード出の弁護士先生も、あなたのベッドの足元で眠ったりするの？」

「トムは友人でね、俺がばかなまねをしてると思いこんでる。だから俺としては、彼にある程度悩まされることぐらいは予想しているんだ。心配しなくていい、彼はすぐに帰るから」

大きく息を吸いこんだために肩を上げながら、サマンサはふたたびアディソンと向かいあった。「ステーキか、おいしそうね。でもわたし、そろそろ自分のお城に行かなくちゃ」

「ポンパノビーチにある『お城』？　俺だったらあそこは避けて通るけどな」

「ポンパノビーチ。そこって、この近くでしょう？」サマンサはまばたきもせずに訊いた。

「わたしがそこに住んでると思ってるの？」

「そう思ってる人がいるようだね。さあ、一緒に来てくれれば、部屋にご案内しますよ。トムと少し仕事の話をしたあとで、夕食にしよう」

「わたしをここに閉じこめようったってそうはいかないわよ」サマンサはすれ違いざまにそう言うと、屋敷の奥のほうへ向かった。

「俺は、二人が取引の目的を見失わないようにしているだけなんだ」アディソンはサマンサとの距離をつめた。「サマンサ、君は泥棒であると自ら認めたじゃないか。俺がそれを忘れるなんて思ってもらっちゃ困る」

「思ってないわ。でも、こっちだって何も忘れたりはしないから、おあいこね。さて、わたしが入れられる独房はどこ？」

独房か。サマンサが自分の泊まる部屋をどう呼ぼうと、議論してもしょうがない。だがそれによって、サマンサにどの部屋を使わせるか、考えてみよう。

アディソンは先に立って二階へと案内した。「クローゼットには服が何枚か入っているし、浴室には化粧品などがひととおり備えてある」

「前の奥さんの？」

きっと口を結んだアディソンは思わず反論しかけたが、そうせずに言った。「この屋敷には急な泊まり客がよくあってね。そんなとき快適に過ごしてもらえるように、必要そうな品を余分にそろえておいてあるのさ」

「離婚のことに触れられたのに、全然身構えたりしないのね？」

アディソンは、サマンサが何ごとも見逃さない注意力を持っているのに気づきはじめていた。そうか、でも観察眼ならこっちだってかなりのものだぞ。

サマンサはアディソンのあとについて、廊下の一番奥にあるスイート仕様の部屋の前まで来た。アディソンはにやにや笑いを抑えきれないまま、ドアを押して開ける。「どうぞ、入って」

すぐ横をサマンサが通りすぎると、アディソンは身を乗りだしてとび色の髪の香りをかいだ。ラズベリーか。なんてすてきな香りだろう。思いのほか、興奮させてくれる。

部屋の中ほどまで入ったサマンサは足を止め、周囲を見まわした。右手奥にはぴかぴかに磨かれたタイルと輝く鏡がある。広々とした浴室のようだ。左手にある両開きのドアの向こうには、緑とグレーのさわやかな色合いのカバーをかけた大きなベッドが見える。

木にガラスをはめこんだ真正面のドアの外には小さなバルコニーがある。そこから赤い石材を使った階段が、下に向かってゆるやかなカーブを描き、洞窟を思わせるプールへと続いている。部屋中央のリビングルームには英国ジョージ王朝時代の家具がおかれている。ふっくらとして座り心地のよさそうな緑の布張りの椅子が、サマンサを誘惑する。暖炉の前でゆったりとくつろぐのもいいし、壁の上部に取りつけられたプラズマテレビを見るのも悪くなさそうだ。

「ここが数あるうちの『緑の間』というわけね?」しばらく無言だったサマンサは、ようやく口を開いて訊いた。

アディソンはにやりと笑った。「ああ、そういうことになるかな。気に入った?」

サマンサはうなずいた。唇には純粋な笑みをたたえている。「すてきだわ」

「外でバーベキューをするから、適当な服を探して着替えたらどうだい。俺は用をすませてすぐに戻ってくるから」サマンサが部屋を気に入ってくれたようで、アディソンはほっとしていた。

「ドアの鍵をかけておくつもり？」

「鍵なんかかけたって、君は簡単に出られるだろう？」

サマンサの唇がゆがんだ。「ええ」

「かけてもしょうがないんだから、やめておくよ」

「じゃあわたし、着替えさせてもらうわ。それから、これ、取ってくださらない」アディソンのネクタイをぐいと引っぱる。「ネクタイ姿って、見てると緊張するのよね」

「君はどんな場合にも緊張なんかしないんじゃないか」アディソンはやり返す。サマンサの指で胸にさっと触れられて、下腹部のほうでざわつくものがあった。よし、彼女をもっと深く知ることにしよう。すぐにでも。「どこにも行くんじゃないよ」

「それから、何も盗《と》るなよ、でしょ。わかってるわ」

アディソンはコーヒーテーブルの上に部屋の鍵をぽいと投げるようにおいた。サマンサとしては自分が鍵を持っているほうが安心できるだろう。ただしマスターキーは俺のポケットにある。かすかな笑いを浮かべながら、アディソンは廊下の反対側の奥にある自分のオフィスへ向かった。

アディソンは今週、経営が破綻しかけたケーブルテレビ局の買収手続きに入る予定だった。だがそれより、このゲームのほうがずっと面白い。

いまいましいが、しかたがない。会議をいくつか、先送りすることにしよう——俺が爆弾で狙われているのなら、商談の相手まで巻きこんで危険にさらすわけにはいかない。それに、サマンサに——そして、二人のあいだで成立した合意に——集中したかった。

7

金曜日、午後六時一八分

大きな影響力を持つ自意識過剰の実業家たちなら、今までいやというほど見てきたサマンサだった。だから、リチャード・アディソンにとって——特に男と女の駆け引きに関するかぎり——これがゲームにすぎないことはわかっていたし、必要とあれば、自分もそのゲームに乗ってやってもいいと考えていた。

だが今のサマンサの関心事は、警察の目を自分とストーニーからそらすことだけだ。そうすれば二人とも、しばらくのあいだフロリダを離れていられるし、サマンサは殺人の疑いで指名手配という最悪の事態を避けられる。

ストーニーは今ごろ、どうしているだろう。電話をして確かめたくてたまらなかった。警察が彼の電話を盗聴する以上のことをしているか、知りたかった。情報提供者がいたかどうかはわからないが、当局は事件後二日も経たないうちにストーニーことウォルター・バーストーンの居所をつきとめていた。でもストーニーだって、本人が言うように、だてに三〇年も「法律の裏をかいて」働いてきたわけではない。少しでも不用意な行動をとっていればそんなに長くやってこられなかっただろうし、商売として成り立ちもしなかったはず。ということはつまり、誰かが当局にたれこんだのだ。

サマンサは唇を真一文字に結んで、ベッド脇のナイトテーブルの上の電話を見つめた。もしストーニーに電話して、警察が通話を逆探知し、発信元がアディソンの屋敷だとわかったらどうなるか。捜査をかく乱できるのは間違いない。だがアディソンが言うように、今はとりあえずサマンサの身は安全だ。わざわざ危険をおかすようなまねはしないほうがいい。少なくともまだ、今のところは。

だだっ広い寝室にウォークイン・クローゼットがついているのに気づいたサマンサは、中をのぞいてみた。邸宅などの建物の下見をするときには、ドレスにハイヒールといった格好をすることも珍しくない。高級なものはたいてい、高級な場所においてあるものだ。だからそういった場の雰囲気にとけこむ必要があった。ただ、実際に仕事にとりかかる段になると、スカートとハイヒールのパンプスでは動きにくい。今夜のサマンサは、目に見えるものは何も盗むつもりはないが、それでも仕事中であることは確かだった。

この「緑の間」に泊まる客の大半は水着を持ってこないという想定なのか、水着が用意されている。クローゼットの奥のほうには、スウェットパンツやTシャツも何枚かあった。輝くばかりに豪華なイブニングドレス数着とタキシードまでそろっている。

くつろいでほしいというのが華麗なる主人役アディソンのご希望のようだから、リラックスして見える格好がいいわね。サマンサはクローゼットの扉を半分閉め、着ていたドレスを脱いで丁寧にたたむと、ハンドバッグの中に入れた。代わりに派手すぎないブルーのTシャツと黄色いショートパンツを着る。ショートパンツは、絆創膏を貼った太ももの上部をちょうど隠してくれる長さだ。

クローゼットの床には箱に入ったスニーカーが数足、それぞれ異なるサイズのものが並べてあったが、あえてビーチサンダルを選んだ。「リラックス」という今夜のテーマにぴったりだし、サマンサの脚を眺めるアディソンのようすからして、露出した部分が多ければ多いほどよさそうだった。今夜はまず、アディソンの気を散らしておくことが肝心だ。それに、こんなにハンサムな男に色目を使われるなんて、サマンサとしてはうぬぼれ心をくすぐられる。心ばかりでなく、体のあちこちも、いい気分になっていた。

室内を飾る趣味のよい家具や美術品をじっくり鑑賞してから、サマンサはバルコニーに続くガラス戸のほうへ行った。眼下に広がる洞窟を思わせるプールの水が、まだ明るい太陽の光を反射して輝いている。プールのバルコニー側にはヤシの木とゴクラクチョウカの茂みが張りだして影を投げかけている。屋敷の西側の棟に近い左のほうには、レンガ造りの大きなバーベキューグリルが据えつけられ、そのまわりには錬鉄《れんてつ》製のガーデンテーブルとチェアのセットが美しく配置されている。

つまりわたしは、億万長者が手ずから焼くステーキをごちそうになるというわけね。なんだか変な感じ——まさかこんな展開になるとは予想もしなかった。

サマンサが刑務所行きを免れてきたのは、人の考えを先読みするのに長けているおかげだが、アディソンの場合、いつもの勘がうまく働かなかった。金持ちは普通、肉体労働はしない。この屋敷の使用人はおそらく、主人のバーベキュー好きを知っているだろうが、警察にはそこまでわからないはずだ。ひとつの国をまるごと買えるほど金がありあまっている男が、プールサイドに立って自分でグリルの肉をひっくり返したがるなんて、誰が想像するだろう？　サマンサだって、今日まで思ってもみなかった。

顔をしかめながらサマンサは両開きのドアを押して開け、バルコニーへ出た。海から吹いてくる夕方のそよ風が、素足にひんやりと心地よい。深く息を吸いこむ。肩に重くのしかかる緊張はまだ解けていなかったが、その感覚に慣れはじめていた。

歩くたびにビーチサンダルがかかとの裏にぱたぱた当たるのを感じながら、赤い石材の階段を下りてプールデッキに出る。わざわざ危ない橋を渡ろうとしている自分が間抜けに思えてしかたがなかった。

だが二人がチームを組んだことによって、アディソンはサマンサに不利な証言をする唯一の目撃者から、濡れ衣を晴らしてくれる可能性のある唯一の人間になった。その可能性が現実になるまでは、アディソンに死んでもらっては困る。すでにエティエンヌが一度、殺害に成功しかけているのだ。エティエンヌか、あるいはほかの誰かがふたたびアディソンを襲わないともかぎらない。油断はできなかった。

バーベキューの設備は、スペイン様式のレンガと石を積みあげた上にステンレスのグリル板をかぶせたもので、本体の片側に蒸気を逃がすフードがついている。当然ながらガス栓は閉じていた。サマンサは膝をついてグリル本体の下に手を入れ、ガス管を調べた。そこに何かが隠されているという確信があるわけではない。

ギャラリーに仕掛けられていた爆弾は、狙いとしては巧妙だったが急ぎのやっつけ仕事といった感じで、注意力のある人間であれば発見するのは簡単だった。爆発物に関するサマンサの知識は乏しく、金庫破りで本締めボルトを開けるために使うタイプのものを除いてほとんど何も知らないと言っていい。しかし誰かが何か小細工をしたり、不手際をした痕跡を見つけるのは得意だった。

上部の木炭入れにつながるガス管の結合部分に不自然なところはないと判断したサマンサは立ちあがった。うんうんうなりながらグリル板を持ちあげ、すすだらけの木炭の山に手を突っこむと、表面の塊を取りのけて中の点火装置を指で探る。

「手を上げろ。私の目に見える位置まで、ゆっくりと上げるんだ」

しまった。サマンサは一瞬目を閉じると、すすで真っ黒になった両手をバーベキューグリルの中からそろそろと引きだした。他人《ひと》を信用したのが間違いだった。愛車と仕事道具のある場所から一五、六キロも離れたこの状態ではなすすべがない。サンダルを脱いで走って逃げて、背後から撃ってくる銃の狙いがはずれますようにと願うしかない。

「こっちを向け」

両腕を脇から十分に離したまま、サマンサはふりむいた。警官ね。すぐにピンときた。たぶん殺人課の、私服刑事だろう。しかも上着のポケットには、サマンサの人相特徴を書きつけた小さな手帳が入っているにちがいない。

「武器は持ってるか?」

サマンサは首を横に振った。頭をすばやくめぐらせて言うべきせりふを考える。「わたし、ここで働いている者です」低く落ちついた声を保ちながら答えた。「バーベキューグリルの中はまだ誰も調べていないということでしたので。それにアディソンさんは今夜、バーベキューをなさりたいそうなんです」

「この前の晩も同じような言い逃れをしたんじゃないか?」

心臓がドキッとしたが、サマンサは眉をしかめて訊いた。「何のお話でしょう? 以前、お目にかかったことがありましたっけ?」

「そこから離れるんだ。指を頭の後ろで組んで、プールデッキにうつ伏せになれ」

ため息をつき、少し迷惑そうな表情を浮かべてみせる。「そんなことしたら髪の毛にすすがついちゃうわ」

「二度と言わないぞ、早くしろ」

サマンサが石造りのデッキにひざまずいたとき、バルコニーの階段を下りてくるアディソンの姿が見えた。

銃を携帯していたのは刑事にとって幸いだった。わたしを威嚇できる人間はそうそういない。なのに、これほどすばやく、簡単にすきをつかれるとは。信じられなかった。やっぱりわたし、どうかしていたんだ。頭でまともにものを考えていなかったからだわ。刑事がベルトから手錠をはずしたのを見たとたん、サマンサは恐怖に襲われ、全身に震えが走った。逮捕されたことは一度もないのだ。

「カスティーロ刑事」階段の一番下で足を止めたアディソンが言った。「いいんですよ、ご心配なく」

「たった今、心配なくなりましたがね」カスティーロ刑事はどすのきいた声を出した。「アディソンさん、それ以上近づかないで。爆発物処理班を呼んでバーベキューグリルを調べさせますから」

そうか、アディソンが警察に通報したわけじゃなかったのね。「だからわたしが、爆発物がないか調べてたのよ、間抜けな人ね」サマンサは言い放つと、演技モードに戻った。「アディソンさん、刑事さんに教えてあげてくださらない？」

「この人は私が雇ったんです。ほら、私の身辺警護をする者がいたほうがいいと刑事さんもおっしゃっていたでしょう。ただ、マイヤーソン・シュミットからの派遣はもう信頼できないので、弁護士のドナーに頼んで別口で探してもらったんですよ」

「いつからです？」

「今日の午後からです」

カスティーロ刑事は横目でアディソンを見た。「この人があなたのボディガードですか。こんな格好で」

「ええまあ、そうです」

「彼女を、ちょっと調べさせていただいてもかまいませんよね？」

「アディソンさんにはわたしの照会状など、すべて提出ずみです」早めに攻勢に出ようと、サマンサは口をはさんだ。「刑事さん、ここに入る許可は得てらっしゃるんですか？」

「私がこの事件の捜査担当ですから。その照会状などの書類ですが、参考までに見せていただきたいものですね」

「もちろんです、カスティーロ刑事」アディソンが割りこんできた。「ぜひともお確かめください――彼女の経歴や実績については、私は十分満足していますがね。信用照会でしたら、ウィリアム・ベントンに電話していただければと思います。勤務先は――」

「ウィリアム・ベントンって、あのスパイで有名な？」

「元ＣＩＡ捜査官のね。ゴルフを一緒にやる仲なんですが、そのベントンが彼女を推薦してくれたんです」

カスティーロ刑事の表情に初めて迷いが見えた。厳しい視線をふたたびサマンサに向けると、構えていた銃をホルスターにしまう。「わかりました。では彼女のお名前を教えてください」

まずい。よし、未知の敵より、少しでも知っている敵のほうがましだわ。サマンサはそう心に決めると、アディソンをもう一度、ちらりと見やった。きっとこちらの意を汲んでくれるだろう――今度は。

「サマンサです」胸の鼓動が高まるのを感じながら答える。当然、元ＣＩＡ捜査官のたぐいとはつきあいがあったから、苗字からマーティン・ジェリコとの関係を問われたら困ったことになるかもしれないし、逆に助かるかもしれない。「サマンサ・ジェリコといいます。もともとは貴重品の防犯が専門ですけど、今、ほかの分野にも手を広げているところです」

カスティーロ刑事は鋭い目でサマンサを見すえた。そろそろと銃に手を伸ばしはじめている。「ジェリコだって?」

サマンサは息を吸いこんだ。「わたしはジェリコの娘です。父親の悪事を代わりにつぐなおうと、今の仕事をしてると言ったらいいかしら」

「ジェリコに子どもがいたとは知らなかった」

「家族の中では唯一、まともな人間に育ったものだから、誰もわたしの存在を人に話さなかったんです」

刑事とサマンサは長いあいだ、相手の力量を確かめるように、疑念の目で見つめあっていたが、そこへアディソンが割って入った。「刑事さん、ほかに何か?」

口ひげを指でこすり合わせながら、カスティーロ刑事は首を横に振った。「いや、何も。だが、ミス・ジェリコ、記録を調べてもし前科があるとわかったら、もう一度話を聞きにきますからね。いずれにせよ、あなたのことは見張らせてもらうから、そのつもりで」

「ええ、かまいませんよ。わたし、ファンクラブの会員を増やすつもりですから、よろしく」サマンサはやり返した。カスティーロ刑事はアディソンと二、三分、ぼそぼそと低い声で話したあと、中庭《パティオ》を出て正面の私道に向かった。刑事の姿が見えなくなったのを確かめてから、サマンサはアディソンに視線を戻した。「わたしにかかった疑いを晴らしてくれるはずだったでしょ、別人に仕立てあげるんじゃなくて」

アディソンは肩をすくめた。「まあ、今ので時間稼ぎにはなったろうさ。しかしサマンサ・ジェリコさん、君の父親はどういう人なんだ？」

「関係ないでしょ、リック・アディソン、余計な干渉はしないで」サマンサは早口ではねつけた。あと五分もしたら、パームビーチ警察の全部署がわたしの名前と居所を知ることになる。その一〇分後には、国際刑事警察機構《インターポール》にもその情報が伝わっているだろう。

「おいおい、俺たちの信頼関係はどうしたんだ？」

「あなたが前の奥さんの話をしてくれたら、わたしも父の話をするわ。その条件でいいでしょ？」

アディソンの目つきが険しくなった。「それはいくらなんでも――」

「そんな話に乗っちゃいけませんよ」背後でもう一人の男の声がした。驚いたサマンサがふりむくと、トム・ドナーだった。いきなりサマンサのひじをつかむ。「ここでいったい何をやっているんだ？」

「放して」サマンサは鋭い口調で言った。

「トム――」

「社長、警察に嘘を言いたいなら、それはそれで結構です。しかし彼女は一人で勝手にここへ来て、バーベキューグリルの中に腕を突っこんでいたんですよ。私はちゃんと見てましたし、社長もご覧になったでしょう。何をやろうとしていたのか、きちんと説明してもらう必要がある」

サマンサは落ちつこうと息を吸いこんだ。いいところをついた質問だけど、答える気分じゃないわ。しかも、弁護士になんて。「もう一度お願いするわ、その手を離してちょうだい」腕をがっちり押さえられたまま、小声で言う。

「こっちももう一度訊こう、いったいぜんたい、何をしようと――」

サマンサは、つかまれた腕を押しやりながら体を低くすると、左足を振りあげてドナーの膝の裏に一発キックをお見舞いした。そうしてバランスを失わせておいて、相手の服をつかみ、いったん後ろに引いてから砲丸投げのように思いきり空中に向かって腕を突きあげる。弁護士はサマンサの肩を飛びこえて、プールへまっさかさまに落ちていった。

「空手かい?」アディソンは穏やかに訊いた。プールから上がる派手な水しぶきとののしり声にはかまわず、腕組みをしている。そのグレーの瞳はいかにも楽しそうだ。

アディソンが以前にもこんな目をしたのをサマンサは憶えていた。でもこのイギリス人、見れば見るほどいい男だわ。

「ただ、意地悪なところをお見せしただけ」そっけなく答えると、サマンサは階段を上がっていく。「手を洗ってくるわ。ところで、バーベキューグリルだけど、わたしの見るかぎり、問題なさそうよ。きっと誰も中を調べてないだろうと思ったから、確かめてみたの」

うさんくさいボディガードの話のおかげでサマンサは助かり、なんとか自由の身でいられそうだ。とはいえアディソンはまだ、彼女の嫌疑を晴らすまでにはいたっていない。その一方でアディソン自身も、にっちもさっちもいかない状況に追いこまれかけている。このままだと、なんて間抜けな奴だと人に笑われるはめになるかもしれないし、悪くすると捜査妨害の疑いで取り調べを受けかねない。

サマンサは浴室のドアをひじで押して開け、緑がかった大理石でできた洗面台で汚れた手を洗った。これで二人は、首までどっぷりと泥沼に浸かってしまった。それでもサマンサは、ステーキをごちそうになるためにこの屋敷にとどまっている。つまり、取引はあくまで取引。このまま続けるしかない。

サマンサが戻ってみると、プールサイドには人気《ひとけ》がなくなっていた。ドナーのものらしいびしょ濡れの足跡が、プールの水深の浅いところからもう一方の階段に向かって続いている。あらかじめ憶えておいた屋敷の見取り図によると、この階段をたどっていけば確か、寝室がいくつか並ぶ廊下につながるはずだ。スイート仕様とはいえ、サマンサがあてがわれた部屋ほど大きくもなく、優雅でもない。

つまり、わたしはアディソンのお気に召したということね。小さな笑みを浮かべながら、サマンサは近くにあった錬鉄製のガーデンチェアを一脚引きよせ、ドナーに後ろから不意をつかれないよう見守れる位置におきかえて座った。

夕方になるといつも風が吹いてきて、湿気がやわらぐ。サマンサは、ジャスミンの花の匂いと潮の香りに満ちた空気を深く吸いこんだ。後ろのほうでは、ゴクラクチョウカと丈の低いベゴニアがまばらに生えた茂みの中から、カエルの鳴く声が聞こえてくる。いい気分だった。

キューバ系に見える青年が一人、屋敷の側面を回って近づいてきた。「何かお飲み物はいかがですか?」かすかになまりのある英語だ。

「アイスティーをお願いします」

「ストレートとフルーツフレーバーのどちらがよろしいですか?」

「ラズベリーティーだ、レイナルド」アディソンの声が響いた。プールデッキに面した一階のドアのひとつから出てきたらしい。「俺にも同じものを。それから、トムにはビールだ。クアーズがいい」

サマンサの顔からは緊張が消えている。しかし十分にリラックスしているとは言いがたい。何気なく見た人の目にはゆったりとくつろいでいるように映るだろうが、相方としてゲームをしているアディソンには、神経をとがらせているのがわかった。サマンサが完全にリラックスすることはあるのだろうか。

「ハーバード出の先生、まだいるの?」

「トムはちょっとやそっとのことでくじける性質《たち》じゃない。今、着替えてるところだよ」それからビルことウィリアム・ベントンに再度電話をかけているはずだ。

サマンサの苗字がわかった今、ベントンに頼んで彼女の身元を詳しく洗ってもらおうとしているのだ。そのためにアディソンは、マイアミ・ドルフィンズの試合のシーズンチケットと競技場付属の高級なスイートルームに泊まる権利を手放さなくてはならないが、どうせアメリカンフットボールの試合を観戦する暇も、気持ちもあまりなかった。アディソンが本当に見て楽しみたいスポーツは、イギリスで言うところのフットボール――つまりサッカーだ。

「弁護士先生にあやまったりしないわよ、わたし」

アディソンはバーベキューグリルへ運んでいこうとしていたトレーを持ちあげた。「そもそもトムが君の腕をつかんだりしたのがいけなかったんだから、いいさ。ステーキの焼き加減はどうする？」

「ミディアムで」

アディソンが火をおこしているあいだに、レイナルドが飲み物を持って戻ってきた。サマンサがクアーズの瓶を取りあげ、自分が座っている場所から一番離れたテーブルの上におくのを見て、アディソンは苦笑いせずにはいられなかった――俺のアイスティーは押しやられたりせずに、サマンサのアイスティーの隣におかれたままだ。気をよくしたアディソンは木炭の火のつき具合を確かめてから、サマンサの隣に腰を下ろした。

「カスティーロ刑事が犯罪記録を調べたら、何か見つかるのかい？」アディソンはラズベリーティーを飲みながら訊いた。

サマンサはアディソンをじっと見つめた。どうやら、答えたらさしさわりがあるかどうかを推しはかっているらしい。「ないわ。少なくとも、はっきりした証拠は何もない。わたしは美術館や画廊に雇われて働いているから。合法的な仕事よ」

「よかった。それなら、物事が少しは容易になる」

「『物事』って?」

「君の身の潔白を証明することと、この現場で実際何が起きたのかをつきとめることさ。どういう意味だと思ったの?」

サマンサは素足のつま先でテーブルの脚を蹴った。「できたら、ここの警備室を見せていただきたいんだけど」

グラス越しにサマンサを見ながら、アディソンはドナーの言葉を思い出していた——「考えるならちゃんと頭で考えるようにしてくださいよ、体のほかの部分でなく」。そう、アディソンは確かに、体の「間違った部分」を使って考えていた。泥棒に自宅の防犯システムを見せたり、ビデオやセンサーの制御盤を触らせたりするなど、正気の沙汰ではない。しかしサマンサをそばにおいておく必要があった。自分は手をこまぬいていて、代わりにカスティーロ刑事に働いてもらおうなどと思っているわけではないからだ。

「わかった。最初にこの屋敷に侵入したとき——それから二度目も——どうやって忍びこんだか、教えてくれたら、警備室を見せてあげよう」

「わたし、住居侵入のやり方を教える学校を始めるつもりはないのよ、アディソン」

「だけど二度目のとき、君は侵入の痕跡をまったく残さなかっただろう。もしかしたら爆破犯人も君と同じやり方で入ったのかもしれない」アディソンは顔をしかめた。「どうして最初から、その方法を使わなかったんだ？」

サマンサは肩をすくめた。まるで、あまりに答が明白でわかりきっているために、そんな質問をされたことが信じられないかのようだ。「狙っている場所によるのよ。最初の晩は、中庭《パティオ》の扉のガラスを切断して入るほうが速かったし、警備員のすきをついて忍びこむ必要があったから」

「なぜ火曜日の未明を実行日に選んだんだい？」

サマンサはアディソンに視線を合わせた。面白がっている目だ。「あなたは留守のはずだったでしょう。それに、大英博物館に例の銘板を寄贈すると発表していたからよ」

「俺が留守だとどうしてわかった？」

サマンサの唇にかすかな笑いが浮かんだ。「木曜までシュツットガルトに滞在する予定だと、『ウォールストリート・ジャーナル』紙の記者に教えたのはあなたでしょ」

「何がそんなにおかしいんだ？」アディソンは訊いた。こうしてプールサイドでバーベキューをするために、俺が上院議員とその夫との夕食をキャンセルしたのを知ったら、サマンサはどう思うだろうか。

「『ウォールストリート・ジャーナル』紙に嘘を教えるような人間は信用できないって、わたしの相棒が言ってたから」

「君の相棒？」アディソンは穏やかな声で、語尾を上げてくり返した。

「故買屋《こばいや》、つまりブローカーのような存在ね。わたしが盗んだものを引きとって売る人」

「やっぱり。仲間がいるんじゃないかと思っていたんだ」

「でも、最近はほとんど一人でやってるの」

サマンサが単独で仕事をしていることが確認できて、アディソンはなぜかほっとした。

「今回の事件に君の相棒が関わっている疑いはないんだね？」

「わたしだったら真っ先にトム・ドナーを疑うわね」

アディソンは頭を左右に振った。「トムは泥棒じゃないよ」

「ええ、弁護士よね。泥棒より悪いじゃない。あなたは彼を信頼してるみたいだけど、とんでもないわ」

アディソンは目を細めた。「俺の友人じゃなく、君の友人の話をしているんだ。その相棒に名前はあるの？」

「あるんでしょうね」サマンサは投げやりに言うと、アイスティーをもうひと口飲んだ。

「でもわたしは、自分の意思であなたを信頼することにしたの。相棒の意思とは関係なくね。だから勝手にしゃべるわけにはいかないわ」

サマンサはこの事件に関して何か知っている。アディソンはそんな気がしてならなかった――泥棒の直感とかそういうたわごとではなく、具体的な事実をつかんでいそうだった。

「もし事件の捜査に影響があるなら――」

「捜査に影響があるようなら、わたしも考えますよ、シャーロック・ホームズさん。だけど彼は関係ないの。わたしはね……あら、あら」

ドナーがプールサイドに戻ってきたらしい。アディソンがふりむいて見るまでもなかった。

「トム、どうする――」

ドナーはさえぎって言った。「ご心配なく。私は、こっちのほうにいますから」ビールを取りあげると、二人から離れたテーブルの前に座る。

弁護士はとても友好的とは言えない目でサマンサをにらんでいる。だがアディソンはさほど心配していなかった。ドナーだっていささかやりすぎたと反省しているはずだ。確かにプールに投げこむというのはちょっと手厳しすぎたが、状況を考えればわからないでもない。

「いや、トム、ステーキの焼き加減はどうするか、訊こうとしてたんだ」

「いつもの、マッシュルームと玉ねぎを炒めたやつもありますか？」

「シェフのハンスが今、調理場で炒めてるよ」

「じゃ、ミディアムとウェルダンの中間にしてください」

「ということはアディソンさん、バーベキューはしょっちゅうやるの？」とサマンサ。訊きながらも、目はドナーにじっとすえたままだ。サマンサ・ジェリコは冗談を言っているわけではなかったのだ。本当に弁護士を嫌っているんだな。俺のことは気に入ってくれているようだが。そう思うとアディソンは、妙にうれしくなって答えた。

「俺がフロリダにいるときは、トムと、トムの家族のみんながつきあってくれてね、ありがたいことに俺が作る料理の毒味役になってくれるのさ」

「そんなの、彼らならかまわないはずよ」

木炭の燃えぐあいを見にグリルのほうへ行きかけたアディソンは、ふりむいてサマンサを見た。「どういう意味だい？」

「わかってるくせに。弁護士先生は実際、金魚のフンみたいにあなたにつきまとってるんだから、バッキンガム宮殿のフロリダ版みたいなところでの夕食に招かれたら、断るわけがないでしょ？」

「それって、お世辞のつもり？」

「社長の金魚のフンである私の立場からすると、お世辞には聞こえませんけどね」ドナーがうなるように言った。

「つまり、このソラノ・ドラド館がそれだけすてきってことよ」

「それは、どうも」

サマンサの緑の目は、アディソンの目を見つめたかと思うとふたたび横にそれた。「どういたしまして。でも、わたしがいつも嘘ばかりついてるのは知ってるわよね」

ドナーはビールをもうひと口飲んで言った。「実に気のきいた冗談だけど、それはさておき、私としては社長を爆弾で殺そうとした奴が誰かをどうしても知りたいんだよ。ジェリコさん、君が犯人でないというのなら、いったい誰なのか」

ドナーを同席させるんじゃなかった、とアディソンは後悔しはじめていた。二人きりになりたいというだけでなく、サマンサにもう少しリラックスしてもらいたかった。でなければ欲しい情報のほんの一部しか手に入らない。「トム、その話は食事のあとだ。今は、そうだな、マイセンの磁器をどう思うか、ミス・ジェリコの意見を訊いてみたら？」

「それよりトロイの石の銘板をどう思うか、訊いてみたいですね」ドナーは凝った装飾のガーデンテーブルに大きな音を立ててビール瓶をおいた。「だがあの銘板を盗もうとしたのは、自分が欲しかったからじゃないんだろう？　誰に売るつもりだったんだ？　それとも、美術品を盗んでから買い手を探すやり方か？」

「わたしは契約にもとづいて仕事をしてるの」サマンサの答に、二人は驚いた。「まず相棒に、特定の品が欲しいという依頼が入るようになっている。ときには場所を指定して、どこそこにあるこれこれを盗んでくれと頼まれることもあるわ。当事者どうしで料金と、必要な場合は実行のタイミングを合意のもとに決める。そしてわたしが下見などの調査をしたあと、侵入して盗《と》ってくる、というわけ」

　グリルの上にステーキ肉をのせ、甘みをつけるためのメスキートソースをたっぷり塗りながら、アディソンはサマンサが言ったことを考えていた。「銘板がこの屋敷にあるのは二週間だけという予定だったでしょう。でも、それについては多くの人が知っていたわ」

　アディソンは唇を結んだ。このまま質問を続けていくとサマンサの個人的なことに立ち入っていやがられそうだから、話題を少し変えたほうがいいかもしれない。「君の相棒の信頼を裏切らない範囲でいいから答えてくれないか。今回の買い手は、俺の持っていた銘板が欲しいと指定したんだろうか。相棒は何か言っていた？」

「トロイの石の銘板はそうそうどこにでも売っている品じゃないのよ」サマンサは答えた。アディソンを見る目にかすかな優越感がにじんでいる。あなたならそんなことぐらいご存知のはずでしょ、とでも言いたげだ。確かにアディソンは知っていた。だが、今はサマンサが説明をする番だ。「わたしの記憶にあるかぎり、この世にはたった三枚しか存在しない」グラスをもてあそびながら続ける。「でも、質問の答はイエスよ。買い手はあなたの手元にあった銘板を指定したはずだから」

「どうして?」

サマンサはしばらく黙っていた。「わからない。あなたの銘板のほうが手に入れやすいと判断したのかしら。残りの二枚は個人のコレクションで、一枚はハンブルク、もう一枚はイスタンブールにあるらしいから。それから、価格的にも魅力的だったかも」

ドナーがふんと鼻を鳴らした。「社長の銘板のほうが残りの二枚より安いって言いたいのか?」

サマンサの唇が(アディソンの想像によると柔らかそうな唇が)引きつった。「ひょっとするとね。あるいは、買い手がアメリカ在住であることも考えられるわ。外国からの密輸品を入手するのは高くつくし、厄介なことになりがちなのよ。このごろは特にね」

「ふむ、なるほど」アディソンは考えながら肉をひっくり返した。「あの銘板はあと二、三日でロンドンに送られる予定だった。君の言うとおりかもしれない」

「でも、わたしの側の買い手を探しても始まらないわ。探すべきは、室内で爆発物を使うのに慣れた容疑者と、その男を雇った人物よ」サマンサは立ちあがると、アディソンが肉を調理するようすを見守りながらバーベキューグリルのほうへ歩いていく。「いい匂いね」

サマンサも、いい匂いだ。「俺の料理の中じゃ最高のレシピなんだ」

「わたし、もう一度ギャラリーをじっくり見てみたいんだけど。ヒントが見つかるかもしれないから」

「ほかに盗めそうな美術品についてのヒントか？」ドナーが冷めた声で挑戦する。

サマンサはバーベキューの設備にもたれかかって優しくほほえんだ。「弁護士先生ったら、またプールの底に沈みたいのかしら？」

「おい君たち、いいかげんにしなさい」アディソンは警告を発しながら、調理場から出てきたレイナルドが差しだす皿を受けとった。皿には炒めた玉ねぎとマッシュルームがのっている。「二人とも、大人げない争いはやめるんだ」

「この屋敷から何かがなくなることはない、とお約束したでしょ。わたしは約束したことは守る人間よ、ドナーさん」

「いつも嘘ばかりついているんじゃなかったのか」

サマンサの目が冷やかさを帯びた。しかしその笑みはさっきより媚を含んでいる。「特別の場合だけよ。アディソン、あなたのためにオウムを一羽見つけてきてあげましょうか、ドナー先生と同じだけの仕事をするオウムをね。鳥かごがひとつと、えさが少しあればいいだけだから、安くすむわよ」

「ああ、そうだな」ドナーが応酬する。「だけどオウムの弁護士じゃ、書類の上じゅうにフンをしちまうんじゃないのか」

アディソンは肉をひっくり返し、「さてこれより、休戦を宣言いたします」と言った。本人は気づいていないだろうが、ドナーがまたプールに突きおとされる確率はかなり高いだろうなと思っていた。「休戦協定を守らない者は、俺の所有地から出ていってもらうからな」そしてサマンサと目を合わせる。「トムが帰ったあと、一緒にギャラリーを見にいこう」

「そりゃ結構だ。ついでに彼女に鍵も渡すわけですか?」

憤懣やるかたないドナーをアディソンは無視した。いいんだよ。どうせ、サマンサ・ジェリコは鍵なんか要らないお客なんだから。「サマンサ、どうぞ座って」ほほえみながら静かに言う。「俺のステーキは絶品だよ」

8

金曜日、午後八時〇三分

アディソンの言葉でひとつ、正しいことがあった――彼の焼くステーキはまさに絶品だった。

たそがれどきになり、まずプールのまわりの照明がついた。次に花壇をふちどるイルミネーションがともり、プールデッキを囲むヤシの木立の中へ続くひとすじの光のように輝きだした。レイナルドが屋敷の中からキャンドルをたずさえて現れ、テーブルの上に手際よくおいていく。

「ちょっと、デートみたいな雰囲気になってきたわね」サマンサはアディソンをちらりと見ながらつぶやいた。「ハーバード出の先生さえいなければだけど」

「私はお邪魔虫というわけだな」遠く離れたテーブルにいたドナーが答えた。大きく伸びをして立ちあがる。「じゃあ、そろそろ失礼しますから」

「じゃあね、バイバイ」

ドナーはサマンサをひとにらみすると、アディソンの肩に腕を回し、屋敷のほうに向かって歩いていく。「保険請求の書類のうち一部は、明日までに用意できます。こちらへ持ってくればいいんですね?」

「うん、頼む」

二人が建物の角を回ったのを見とどけてから、サマンサは椅子にゆったりともたれかかり、花の香りのする空気を深く吸いこんだ。リチャード・アディソンの屋敷に来たのは今のところは正しい判断だったと感じていた。そうしなければ今ごろ、クルーイストンの薄汚いボロ家に閉じこもってテレビのニュースを必死で追いながら、しばらくは高飛びしなくてもすみますように、空港の警備員たちがサマンサ探しに飽きてチェックが甘くなるまで隠れていられますように、と祈るしかなかっただろう。

「さて、ギャラリーを見に行こうか?」ふたたび現れたアディソンが訊いた。今夜はジーンズ姿だ。緑のTシャツのすそを出して着て、その上にグレーのオープンシャツをはおり、サマンサと同じようにビーチサンダルをつっかけている。そよ風がアディソンの髪を指でくしけずるように吹きすぎる。こんなウェーブのかかった豊かな黒髪なら、指を入れてみるのも悪くないかもしれない。

サマンサは唾を飲みこんだ。「まず、警備室からよ」

警備室への立ち入りについては、アディソンはまだ警戒心を解いていなかった。それは顔を見ればわかる。だからこそ、あえてこちらから強く要求してみた。これは二人のあいだにどの程度の信頼関係が築けているか確かめるためのテストだ。アディソンのほうにも少しだけ譲歩してもらわなくてはならない。

アディソンは建物正面の私道を指し示した。「だったら、こっちのほうだ」

修理を終えた中庭《パティオ》のガラス扉を通って、二人はふたたび屋敷に入った。「すごいわ、もう直ってる」ガラス扉を見たサマンサは言った。「つねに余分のガラスをおいてあるの？　それとも修理会社を経営してるとか？」

「どっちでもない。持ち前の魅力をふりまいただけさ」

魅力は確かにあるわね。「割れたガラスはどうしたの？」

「警察が持っていった。指紋をとったりするためだろうな」

「調べたってわたしの指紋は絶対に見つからないわよ」

「だといいけどね。もし、君と事件との関連性を疑われるような証拠があるなら、今のうちに俺に話しておいたほうがいいぞ」

「思いつかないわ。言ったでしょ、わたしの仕事の腕は確かだって」

「疑ってるわけじゃないよ。問題が起きる可能性があるなら早いうちに摘みとっておこうとしてるだけだ」アディソンは先に立って調理場を通りすぎ、さらに奥に向かった。階段を使って地下に下りると、電気室、次にプール用ポンプと温水器がそなえられた設備室がある。警備室はその向こうだった。

「あっ、アディソンさん」マイヤーソン・シュミットの警備員であることを示す黄褐色の制服を着た男があわてて立ちあがると、その勢いで椅子が後ろに大きく傾いた。サマンサは倒れてくる椅子をビーチサンダルの裏で器用に受けとめ、警備員に向かってひょいと押しやった。

「ルイ。ちょっと見学させてもらうよ」アディソンはサマンサに、室内を自由に見てもかまわないと身ぶりで示した。

警備室で大きなスペースを占めているのは二〇ものモニター画面で、一列に四つずつ並んでいる。中央にはメインモニター、片側には二台、再生用の装置がある。「ここには通常一人しかいないんですか？」サマンサは訊いた。

ルイと呼ばれた警備員はふたたび自分の椅子に座った。「大きなパーティがあるとき以外は一人で十分なので」

「今わたしたちが入ってきたとき、びっくりしたのはなぜ？　来るのが見えなかったんですか？」サマンサはさらに突っこんで訊く。

警備員は咳払いをした。「ちょうど、周辺監視カメラを見ていたところだったんです」批判と受けとったのか、身構えた表情になりながら答える。「失礼ながらあなた、こうして屋敷内に入れたのも、アディソンさんが同行しておられるおかげじゃないんですか」

何通りかの答え方で言い返すことはできた。警備員が聞きたくないような言葉ばかりだが、サマンサはあえてうなずいた。「わかりました、ここはもういいわ。事件の夜のビデオテープはすべて警察が証拠として持っていったんでしょう？」

「ああ、そうだ」アディソンが答えた。「ほかに見たいところは？」

「次はギャラリーね」

　二人はもう一度建物の玄関ホールに戻り、ギャラリーへの階段を上った。踊り場にはまだ、ピカソの絵がかかったままだ。火や煙にもやられず、スプリンクラーの散水による被害も免れたらしい。数百万ドルの価値のある名作が無事だったのだ。アディソンは運がよかったと言わねばならないだろう。

「こういう危ない目にあうことはよくあるの？」

　アディソンは歩みをゆるめた。「殺してやるという脅しを受けたことが二度ある。だけど殺されかかったのは、今回が初めてだ」

「敵はなかなかいい仕事をしたみたいね」

「自分のことを棚に上げて、よく言うよ」アディソンは肩をすくめた。「何者かが家に侵入してギャラリーを爆破したこと自体、俺は腹が立ってしょうがないんだ」

「でも、爆弾があなたを殺すためじゃなかったとしたら？」

「この家にいる誰かを殺そうとしたのは間違いない。つまり、俺の保護下にある人間を狙ったってわけだ」

「保護下？」サマンサはかすかに笑みを浮かべてくり返した。「その言い方、封建貴族の領主さまみたい」

　アディソンはうなずいた。「まあ、似たようなものだよ。お、ここらへんは気をつけたほうがいいな。まだ残骸があちこちに落ちてるし、床板がゆるんでる部分もあるから」

階段のてっぺんには、警察の黄色いテープが廊下にさしわたして張られてあったが、アディソンはかまわずぐいと引っぱってゆるめた。立ち入り禁止を示すそのテープが、クモの巣程度のささいなものであるかのような扱いだ。ギャラリーに残された被害の爪跡をあらためて見まわし、冷たい怒りをみなぎらせて立っているアディソンの姿は、彼の心がいかに傷ついているかをはっきりと物語っていた。

「確か、甲冑《かっちゅう》はもっとたくさんあったはずだけど？」サマンサはアディソンを追いこしながら言った。

「うちの美術品取得管理の責任者が、損傷のひどくないものをかき集めて、武具の専門業者に送ったんだ。修復できるかどうか、今確認してもらってる」

「すばらしいものだったのに」

サマンサは、トロイの石の銘板がおさめられていた部屋の前に立った。事件の夜はここまでたどりつけなかったから、初めてということになる。蝶番《ちょうつがい》がはずれかけてぶらさがっているドアはすすで真っ黒だった。

アディソンは後ろに立って見守っていた。この現場はすでに見ていたが、サマンサは違う角度から観察している。これには興味をかきたてられた。見ただけで、俺には考えもおよばないことがわかるらしい。そんなサマンサがたまらなく魅力的に思えた。

「ここは警備が特に厳重な部屋なんでしょう？　ドアには二重鍵、床には赤外線センサーが

ったりしたときの用心のために」

取りつけられてるのよね？」

どうしてそこまで知っているのかあとで訊くことにしよう、と思いながらアディソンはうなずいた。「そうだ。奥の壁の、ちょうどドアの真向かいにビデオカメラがついてる」

「でもビデオテープには何も映っていなかったんでしょう？」

「カスティーロ刑事によると、何も収穫はなかったみたいだな」

「他人に私生活を干渉されるのがそんなにいやなら、屋敷の中にもっとたくさん監視カメラを設置することを考えたほうがいいんじゃないかしら」サマンサはそれとなくすすめた。

「カメラは貴重品を守るにはいいかもしれないが、俺のプライバシーは守れないからね」何をしているのかよく見ようと近づいていくと、サマンサは壊れたドアの前にしゃがみこんで、指で二重鍵をいじっていた。「何かわかったかい？」

サマンサは体を起こし、両手をショートパンツで拭いた。黄色い生地には黒いすすのあとがついた。短い沈黙のあと話しはじめる。「あの夜、わたしはまず補助鍵をピッキングで開けてから、主鍵を切断して開錠するつもりだったの。ここに侵入した奴も、同じことを考えたようね。工具がつけた跡でわかるわ」

「プロの仕業だな」

「ええ」肩をすくめると、サマンサは部屋の中に足を踏みいれた。「それから……泥棒というのは銃を携帯してることがある。手榴弾まで持ってる場合もあるわ。追われたり、つかまったりしたときの用心のために」

「でも、君はそういうものは持たない」

サマンサの顔に一瞬、ほほえみが浮かんだ。「わたしはつかまったりしないから。今、犯人の狙いは何だったのか、探ろうとしてるの——盗みか、それとも殺人か」

「工具の跡を見ただけで、どっちだったかわかるのか？」

サマンサはゆっくりとうなずいた。「敷地内にはわたし以外の誰かが無理やり侵入した形跡はなかったと、あなた言っていたわよね。でもこの部屋には、明らかに侵入の跡がある」

「それで？」

「犯人は、ここでは慎重にやる必要はないと判断したんでしょう。爆弾で証拠をすべて吹きとばしてしまおうと思っていたから」

サマンサは部屋の端にそって歩いていき、ビデオカメラの位置まで戻ったが、アディソンはその場を動かずに見守った。

敷地内へは無理やり侵入した形跡なし。だが屋敷の内部には、錠を切断して入ろうとした跡がある。証拠らしきものは何もビデオに映っていないと警察は言っていたのに。ビデオテープはダビングさせておいたので、アディソンはあとで自分で確かめてみるつもりだった。

アディソンの留守中、ソラノ・ドラド館への立ち入りを許されている者は数えきれないぐらいいると言っていい。庭師、警備員、家事担当のスタッフ、プールの保守点検管理人、屋敷の管理人。それに加えて数は限られているが、好きなときに屋敷を利用できる親しい友人たち。警備の厳重な区域に入れる鍵を手に入れるのは容易ではないが、泥棒にとっては大した仕事ではないだろう。

ついにサマンサは、銘板がおかれていた台座が床に落ちている場所で立ちどまった。「この台座が床に落ちたときの衝撃は相当なものだったにちがいないわ。銘板がここにあったら、壊れてしまったはず」

「爆弾は盗みの証拠を隠滅するためにあとで仕掛けられた――そっちの可能性が高いというんだね？」

サマンサはアディソンを見あげた。「まあ、そうね。犯人は少なくともここにあった銘板の価値がわかっていた。彼は、仕事の途中で銘板が傷ついたりしないよう、気をつけていたと思う」

銘板を盗んだ犯人を、サマンサは「彼」と呼んでいる。いつものアディソンなら、正体のわからない人間について「彼」という男性代名詞が使われるのに違和感はないのだが、今はなぜかひっかかる。サマンサ自身が女泥棒なのに――間違いなく「彼女」なのに、なぜ「彼」と決めつけるのか。「人を殺すような奴が、古代の遺物を壊さないよう気を使うかな？」アディソンは疑問を口にした。

「わからない――わたしは殺しはやらないから」一瞬だけ笑顔をきらめかせると、サマンサは部屋を出てギャラリーに戻った。「でも、そんなに気を使う一方で、ギャラリーにおかれていた品は彼にとってはどうでもよかったみたい。屋敷内のほかの品々についても、まったくおかまいなし。火災スプリンクラーが作動しなければ全部燃えていたはずなのに」サマンサは眉をしかめて考えこんでいたが、アディソンに視線を戻したときにはもとの表情になっていた。「一六世紀の甲冑で、保存状態のいいものだと、今の市場価値はどのぐらいかしら？」

「まあ、五〇万ドルぐらいはするだろうな」

「うわー、あいたた」

「どうしてわかったんだ？　爆弾が仕掛けられてたことが」

サマンサはギャラリーの壁にあいた大きな穴のそばに戻り、しゃがんで詳しく調べはじめた。「わからなかったわ。気づかずにワイヤーを引っかけそうになって、あやういところで気づいたの。本当のところ、あれにはむかついたわ」

「なぜだい？」アディソンはサマンサの表情を見つめた。彼女が爆破装置に向かってあと一歩踏みこんでいたらと想像して、胸がぎゅっと締めつけられたが、つとめて考えないようにする。家に押し入って、俺が何よりも大切にしている聖域を侵した女なんだぞ。なのに今、彼女の身の安全を心配しているとは。

「ソラノ・ドラド館の敷地には、大半は役に立たないにせよ、最先端の防犯システムが敷かれている。それなのにあのおかしなワイヤーが廊下に張られていた。防犯装置にしてはあまりに単純すぎると思ったの。ワイヤーがあんなところにあったら、警備員もお客もしょっちゅう足を引っかけて、警報を鳴らすか、でなければ転んでけがするのがおちよ。で、よくよく見たら、ワイヤーが床と平行になってなかった。そのアンバランスさが……いやな感じで、気になったの」

アディソンはサマンサの横にしゃがんだ。「アンバランスなものを見たからって、それが気になったっていうのかい、自分が盗みに入ろうとしてるときに？」

「気になったのは、屋敷にあるほかのものはすべて趣味がよくて、細部にまで気配りがしてあって、考えぬいたうえで選ばれたものばかりなのに、あのワイヤーだけが不自然だったからよ。どう見ても、主人であるあなたの承諾を得て張られたとは思えなかった。そうやって消去法で考えていって、本来あるはずのないものだと思ったし、美観をそこねているのも変だという結論に達したの。でも、警備員のプレンティスが近づいてくるまでは確信が持てなかった。彼は下を全然見もしないで歩いてきたから、そのとき初めて、やっぱり、と思ったの」

自分ではかなり洞察力が鋭いほうだと思っていたアディソンも脱帽だった。「俺だって知らずに足を踏みこんでいたかもしれない」とつぶやく。あの夜、いまいましいファックスのおかげでむしゃくしゃしながら部屋を出たアディソンは、出席予定のふたつの会議や、契約や、来週にひかえている北京出張のことを考えながらうろついていた。何も気づかずにワイヤーに足を引っかける可能性は相当高かったはずだ。そうなれば確実に死んでいただろう。

「ありがとう」アディソンは穏やかに言った。

ほほえんだサマンサの頬にえくぼができた。「おかげさまで、さんざんな目にあったわ」

二人のパートナー関係において自分が優位に立っているような気がしてきたアディソンは、

サマンサに触れてみたくなり、手を差しのべた。するとサマンサはアディソンの指につかまりながら立ちあがった。長いまつ毛の下からじっとこちらを見つめている。

なんてことだ。いいように操られているのはわかっていた。おそらくサマンサは、ほかの男にも同様の態度で接してきたにちがいない。男心をくすぐるこんな表情で見つめられれば、男どもはサマンサの欲しがるものを何でも与えるだろう。それがわかっていても俺は、そのしぐさに、サマンサに、反応せずにはいられない。アディソンはのろのろとほほえみ返した。まあいい。つねに冷静に状況を把握していさえすれば、楽しむのも悪くないだろう。

「じゃあ、君の推理はどうなの？」アディソンは訊き、握っていた手を放した。後ろに下がって道をあけてやると、サマンサはギャラリーの一番端に向かって歩いていく。

「ワイヤーは廊下のこちら側だけに張られていた。ということは犯人は、こっちの方向から出ていったのかしら。でも、違う場合も考えられる」

「それだけじゃよくわからないよ」

「そうよね。ただ……」

「ただ、なんだい？」アディソンはうながした。

「わたし、窃盗事件を調べる側の立場で見るのに慣れていないのよ。つまりね、自分だったらある状況で何をするかは簡単にわかるんだけど、この犯人の手口はわたしのやり方とは全然違うから」

「爆弾のことはさておき、ほかに自分のやり方と違うと感じるところはどこ？　何も余計なことを訊いて混乱させようというんじゃないんだよ。俺もこの事件の謎を解きたいと思ってるんだ」

サマンサは息を吐いた。「わかってる。そうね、わたしがやるとすれば、できるだけ早く入って早く出たいと思うわね。屋敷の見取り図だの、写真だのを見て、一番早く、簡単に欲しいものを手に入れられる道筋を見つけて、取りにいく。侵入の形跡を残してても別にかまわない。自分の犯行だとつきとめられそうな手がかりを残さないかぎりはね」

「現場から何かなくなっていれば、間違いなく盗まれてるわけだな」アディソンが口をはさむと、サマンサはうなずいた。「なるほどね」

「でもこの犯人は、自分がこの現場にいたことを誰にも知られたくなかった。そうなると、導きだされる結論はたったひとつ」サマンサはゆっくりとアディソンの立っているところへ戻ってくる。歩いている途中で、頭部が吹っとんだ騎士の、つぶれた鎧の破片をまたいだ。

「犯人は間取りを熟知していて、侵入の目的は石の銘板を盗み、ギャラリーを爆破することだった」

「人を殺してもかまわないという考えか」

「あるいは、殺す意図があったのかもしれない。でも狙いはあなたじゃなかった。だって、あの日はここにいないはずだったでしょう」

「君だって同じだろう」

「よし、そこから始めましょう」サマンサは言った。集中して考えようと、美しい眉を寄せている。「あの夜、ここにいたのは誰――」

「その話は一階でしょう」アディソンはさえぎった。「ラズベリーシャーベットは好きかい？」

「あら、誘うのがうまいのね」サマンサはそう言うと、アディソンを品定めするように眺めた。「わたしがあなたの銘板を盗もうとしたこと、ちゃんと憶えているんでしょ」

「ああ、憶えてる。でもとにかく、ラズベリーシャーベットは好きかい？」アディソンはくり返し、サマンサを見てほほえんだ。なんてセクシーな表情なんだろう。そばにいると、心穏やかではいられない。だが、少しは彼女の気持ちに入りこむことができたようだ。本当は、服の中に入りこみたい気分なのだが。

「もちろん、好きよ」

階下のダイニングルームに着くと、アディソンはサマンサを先に行かせた。視線を低くして見事なお尻を鑑賞しているうちに、左の太ももから血が流れているのにふと気づいた。

「サマンサ、けがしてるじゃないか」アディソンは叫び、サマンサの肩をつかんで立ちどまらせた。

「いいえ、大丈夫よ」

「脚から血が出てる」

サマンサはアディソンの手をふりはらった。「脚ばかりじろじろ見てたんでしょう？」冷やかに訊き、ダイニングルームにひかえているレイナルドと、もう一人の使用人の青年に目をやった。「心配しないで、ただの切り傷よ。強力接着剤、ある?」

「きょうりょく、なんだって?」

「いいわ。二階においてあるわたしのハンドバッグの中にあるから」サマンサはくるりとふりむいてドアに向かった。

アディソンがその前に立ちはだかった。「ジョセフに頼んで、持ってこさせよう」サマンサが抗議しかけると、アディソンは若いラテンアメリカ系の青年に向かって手で合図した。ジョセフはうなずいて、急いで部屋を出ていった。「くそ――だめだ、ちょっとかがんで。傷を見てあげよう」

「結構ですわ、閣下。デザートをいただく前はだめよ。それに、そんなに大騒ぎしないで。大丈夫なんだから。相棒がちゃんとくっつけてくれたのに、さっきしゃがんだものだから、皮膚が引っぱられて傷口が開いただけ」

「清潔な布を取ってきてくれ」アディソンが怒鳴って少しすると、レイナルドがハンドタオルを一枚持って現れた。アディソンはサマンサの緑の目に宿る反発を感じつつも、レイナルドに出ていくよう手ぶりでうながした。にやにや笑いを抑えながら、レイナルドはドアを閉めてダイニングルームをあとにした。

「いったい何をしようって――」

「ショートパンツを脱ぐんだ」

サマンサはアディソンのほうを向こうとしたが、後ろからぐいとテーブルに押しつけられた。「ロマンティックじゃないんだから。ワイン一杯もすすめてくれないわけ?」肩越しに言う。

「俺の命を助けようとしたからだろう、このけがは」アディソンはうなるように言い、片手を背中に当ててサマンサをテーブルに押しつけた。「どうして、どこもけがしてないなんて言ったんだ?」

「大したことないからよ」

「いや、ある。ふざけるのはやめて、ショートパンツを脱ぎなさい。言っとくけど誘惑しようとしてるんじゃないぞ、大丈夫かどうか確かめるだけだ」そのとき、ジョセフがふたたび現れた。サマンサのハンドバッグを手に抱えている。「バッグをおいたら、出ていってくれ」アディソンは指示した。

ふたたびドアが閉まるまで、サマンサはじっと動かずにいた。そして、この際しかたないわね、と言わんばかりにため息をつくと、黄色いショートパンツのボタンをはずして脱いだ。

可愛らしいピンクのパンティと、なめらかで温かそうな肌に目をとめながら、アディソンはサマンサの背後にひざまずいた。手を太ももの内側に入れてみたいという紳士らしくない困った衝動と戦いつつ、ハンドバッグの中を探る。サマンサが天窓から降りてきた夜以来、こんなふうにテーブルに彼女を押したおしたらどうなるだろうと想像をたくましくしていたのだが、今の状況でまさかそれはできない。「強力接着剤ってこれか?」チューブに入ったそれらしきものをサマンサの目の前に突きだす。

こくりとうなずくと、サマンサはアディソンの手からハンドバッグをひったくった。「これは私有物よ」

「そうだろうな、だけどもとは誰のだったんだい？」

サマンサは鼻を鳴らした。「ふん、死んじまえ」

「まあ、そう言われてもしかたないかもな。だけどこんなので手当てして本当にいいのかい？　医者を呼んであげられるよ。口が堅い人だからね、大丈夫、保証する」

「いいえ、結構よ。傷の両側を合わせてつまんで、接着剤をその上に塗っていって、終わったら一分間押さえておいて。接着剤を指につけちゃだめよ。皮膚にたちまちくっついて、わたしから離れられなくなるから」

「へえ。そりゃまずいな」サマンサのくすくす笑いが聞こえたような気がした。いい兆候だ。

「そう、あなたの手がこのお尻から離れなくなったら困るわ。だって、あなたのお尻にはもう金魚のフンのドナー大先生がくっついてるから、つながっちゃうもの」

サマンサのは、すごく魅力的なお尻だった。ほどよく引きしまって、長い脚によく合っている。その太ももの裏側に貼ってある絆創膏を慎重にはがし、傷口を見たアディソンは息を吸いこんだ。「こりゃただの切り傷なんてもんじゃない。緊急治療室へ行かなくちゃ」小声で言うと、出血しているところをタオルできれいに拭いた。

サマンサは黙っていた。少ししてからアディソンがようすをうかがうと、テーブルにおいたこぶしを固く握りしめている。これじゃ、相当痛むだろうな。もう一度傷口のまわりをきれいにすると、開いている部分をおそるおそる合わせ、接着剤でとめた。

けなげなことにサマンサは、はっと息をのんだだけで痛みに耐えている。「もう少しだ」

アディソンはつぶやいた。「このあとで、ワインとシャーベットをいただくとしよう」

「アディソン？」

「よし、終わり」接着剤が乾くように息を吹きかけ、そっと指を動かしながら手のひらで脚を軽くなでる。こんなに自制心がある男なんて、そうそういやしない。接着剤はうまくついた。

「どうだい、これで――」みなまで言いおわらないうちに、気を失ったサマンサの体からぐにゃりと力が抜けて、アディソンの腕の中に倒れこんだ。

9

土曜日、午前六時五四分

男たちの話し合う小声で目がさめたサマンサは、片目をそっと開け、顔から一〇センチ足らずのところにある濃い色のカーテンに気づいた。「緑色、か」ふっくらと柔らかい枕に顔を埋めてもごもご言い、自分がいったいどこにいるのか、懸命に記憶をたどる。

カーテンの外から足音が近づいてきた。「おはよう」深みのあるイギリスなまりの男。ああ、思い出した。

「もう、最悪！」サマンサは息を吐きだし、両手両足をついて起きあがろうとする。

「サマンサ、いいんだ。気を失ってたんだよ」

体を動かすと、ベッドを取り巻くカーテンの向こうのものが目に入ってきた。アディソンだけでも最悪なのに、ほかにも人がいる。やせて頭の禿げた男性で、コメディアンのドリュー・キャリーを思わせる黒ぶちのメガネをかけ、あごひげを生やしている。「あなた、誰？」

「俺のかかりつけの医師で、クレム先生だ」アディソンが言った。

サマンサはベッドの上に膝をついて起きあがった。シルクのシーツが肩からふくらはぎのところまですべり落ちる。何よこれ、シルクのパジャマまで着せられてる。しかもピンクの。サマンサを介抱したアディソンが選んだナイトウエアがこれなのね。このイギリス紳士、ガールフレンドには上品なピンクがふさわしいと思ってるのかしら。面白がりながらも、ぶつぶつ言いそうになるのを抑える。贅沢なシーツの中で少しずつ体をずらし、ベッドの端に腰かけた。「言っておいたでしょ、医者は要らないって」

「この先生は口が堅いって言っただろう。心配しなくたっていいんだよ」

反論がいくつも口をついて出かかっていたサマンサだが、太もものあたりがずっと楽になっているのに気づいた。肩の傷も同様だった。ためしに腕をぐるりと回してみる。感謝の気持ちが沸いてきて、アディソンを見あげた。

ソラノ・ドラド館の主人は今日もカジュアルな格好をしている。色あせ加工をしたジーンズに黒いTシャツ、その上に白いオープンシャツをはおり、ブランドもののスニーカーというでたちだ。

「あなた、億万長者には見えないわね」サマンサは指摘し、八時間も意識を失っていたことなど少しも気にしていないようなふりをした。しまった。失神するなんて、想定外だった。いつもの冷静さを取り戻さなくちゃ。

「そうかな？　じゃあ、何に見える？」

「サッカー選手か、プロのスキー選手か何かみたい」ふしょうぶしょう答える。確かにそう見えるのだからしかたがない。「スポーツ選手のカレンダーに出てくる男の人って感じかしら」

アディソンはにっこり笑った。グレーの瞳が明るく輝く。「スキーの腕は相当なものだぜ」

クレム医師が咳払いをした。「えへん。ご参考のためにお教えしておくと、お嬢さん、あなたの脚は一五針、肩は七針縫うほどの傷だったんですよ。強力接着剤は悪い思いつきではないが、日常的に使うのはすすめませんね。アディソンさんも言っておられたが、あなたがまた気を失ったりしないかぎり、わたしの出番はもうないと思うので、抜糸しなくてもすむように体の中で溶ける糸を使いましたから。縫合したところをいじってはいけませんよ」

なるほど、口が堅くて有能なわけね。こんな医者なら、知っておいても損にはならないかもしれない——しかも往診してくれるというおまけつきだ。サマンサはクレム医師に向かってほほえんだ。「アディソンさんったら、なぜかはわからないんですけど、わたしがやたらに逆らいたがると思いこんでるんですよ」アディソンの抗議の声を無視してサマンサは言った。「上手な手当てのお礼に、お昼ぐらいごちそうしなくちゃならないですね、クレム先生。デザートつきで」

「アップル・フリッターをいただけるかね？」

サマンサの顔いっぱいに笑みが広がった。「わたしも大好き。実は、アメリカで一番おいしいアップル・フリッターが食べられる店を知ってるんです」

「だったら、話は決まりですね、ミス・ジェリコ」

アディソンが二人のあいだに割りこんだ。「先生、傷のことですが、ほかに注意事項は?」

「特にありませんね。一週間から一〇日ぐらいは、水泳や入浴は避けたほうがいいが、さっとシャワーを浴びるぐらいならかまわないでしょう」クレム医師はふたたびサマンサに視線を向けた。興味をおぼえているようすが表情に出ている。「背中に貼ってあったバンドエイドを取り替えて、消毒薬を塗っておきました。念のため、テーブルの上に軟膏をおいていきますから」ナイトテーブルの上の白いチューブを指さす。

「ありがとうございました。ランチの件、お電話しますね」

「楽しみにしていますよ」

アディソンは手ぶりでスイートのリビングルームの方向を示した。「じゃ先生、お送りしましょう」出ていくときに、肩越しにサマンサを見ながら言う。「じっとしてろよ。すぐに戻ってくるから」

サマンサは、廊下へ続くドアが閉まるまでベッドでじっとしていた。ゆうべ着ていた借り物のTシャツとショートパンツはどこにも見あたらないが、ピンクのブラはベッド脇の椅子の上においてあった。あーあ。アディソンに裸を見られてしまった。ブラのサイズはBカップだけど、それでも「いけてる」と思ってくれたかしら。あの人とつきあっているという噂のあったモデルのほとんどは、もっと胸が大きかった。まあ、パンティまでは脱がされなかったんだから、よしとしなくちゃ。

アディソンにどう思われるかなんて、どうでもいいじゃないの——そう思いこもうとしてもだめだった。彼に関心を示されているのを喜んでいないふりをしようとしても無駄なのと同じだ。

サマンサは立ちあがり、だだっ広いクローゼットに入っていった。なぜか一夜にして服が増えている。ジーンズ、Tシャツ、ブラウス、ショートパンツなど、その大半が自分にぴったりのサイズなのも不思議だった。どうやら、買い物代行のサービスをする人を雇っているらしい。サマンサは、ブルーと白の半袖のブラウスとジーンズを選んで、椅子の上のブラを取りあげると、ベッドルームと続きのリビングルームへ向かった。

気を失って倒れているあいだに胸を見られてしまったけれど、今朝はお見せするわけにはいかないわ。じらしたり、たわむれたりするのはまあいいとして、もっと大きなご褒美をアディソンにあげてしまったら、サマンサは切り札を失うことになる——それに、冷静な判断力まで失うはめになりかねない。だって、アディソンと一緒にいると、ぞくぞくするような興奮をおぼえてしまうから。サマンサはスイートルームのドアをロックし、広々とした浴室へ入った。ここもついでにドアをロックしておく。

シャワーは最高に気持ちよかった。傷口はほとんどヒリヒリしない。洗面所の戸棚にはデオドラントや歯ブラシ、歯磨き粉がそろっていた。髪の毛を乾かして櫛でととのえるころにはサマンサはようやく人心地がつき、いつもの自分を取り戻した気になっていた。いつなんどき逮捕されるかわからない不安な状況で、やたらにそそられる魅力的なイギリス人の存在さえなかったら、実に爽快な朝だ。

浴室から出ていったら、アディソンが（部屋に鍵がかかっていようといなかろうと）リビングルームに座って待ちかまえていたりして。なんとなくそう予感していたサマンサだったが、彼の姿は見えなかった。そのとき誰かがバルコニーのガラス扉をノックし、サマンサはびくりとした。もう少しで縫合した傷口が開くかと思うほどだった。「もう、いったいなんなのよ」とつぶやきながら大股でバルコニーに歩みよると、カーテンをぐいと開ける。「お腹はへってない？」アディソンがガラス扉の向こうに立っていた。サマンサのむっとした表情を見てにやにや笑っている。

しかたなく鍵をはずしてドアを開け、「あなた、いつ仕事するの？」と訊く。階段の下にはテーブルと二脚の椅子がおかれ、二人分の食器セット、パンケーキを何枚か重ねた皿が二枚、オレンジジュースのグラス、そしてイチゴを山盛りにしたボウルらしきものが用意されている。プールデッキにはレイナルドが立って、指示を待っているらしい。

「コーヒーでいいかい？」

「もしあれば、ダイエットコークがいいわ」

アディソンは片方の眉をつり上げたが、批判するでもなく、レイナルドに向かって手を振る。「ダイエットコークを。それと、俺には紅茶をくれ」そしてサマンサのために椅子を引いた。「どうぞ、座って」

「今朝はどう、ハーバード出の先生か、カスティーロ刑事から何か伝言はあった？」サマンサは訊き、イチゴに手を伸ばして半分かじった。

「まだ七時半だよ、もう少し経てば彼らも動きだすさ。それより気分はどう、少しはよくなった？」

「ええ」サマンサは顔をゆがめた。「いつもはあんなことにはならないのよ。約束どおり、事件の手がかりを見つけるための協力は惜しまないつもり。ただ、ふだんよりちょっと疲れてたものだから――」

「サマンサ」アディソンが真面目な表情で口をはさんだ。「状況を考えてごらん、あれだけの傷を負ったんだ。言い訳なんかしなくていいんだよ」

アディソンに見つめられて、太ももの裏がちくちくした。彼から発せられるなんともいえない熱気。今まで何人かの男性とつきあってきたが、リチャード・アディソンほど強く訴えかける色気というか、びりびりくるような熱を感じさせる相手には出会った経験がない。もしかしたらこの人、たまには気分転換にBカップの胸もいいだろうと思ったのかもしれない。

「わかったわ」

「ほら、パンケーキをどうぞ」

レイナルドが紅茶とダイエットコークを持ってきた。サマンサは缶のプルトップのタブを開け、趣味のいいグラスにコーラを注ぐのに専心した。グラスの氷はなんと、ヤシの木の形をしている。昨日の時点で、サマンサの心の中にはアディソンを信用したいという気持ちが生まれていた。自分以外は誰も信用できない、一人で生きていこう。そう心に決めてから、ずいぶんになるというのに。

「そんなふうに高潔な人物を気取ってみても無駄よ」メープルシロップをかけたパンケーキを口いっぱいにほおばりながらサマンサは言った。「わたしの服を脱がせたくせに」

「ああ。でも何も見てないよ」

「嘘つき」

アディソンは笑った。その笑い声は低く、心から楽しんでいるといった余裕を感じさせ、サマンサもつられてくすくす笑った。二人の目と目が合い、サマンサの笑い声が少しずつ小さくなる。

誰が想像しただろう。サマンサ・ジェリコがリチャード・アディソンのような人物と一緒にいるのをこれほど楽しむなんて。いいえ、「アディソンのような人物」じゃない。アディソン自身のことだ。それぞれの役割を演じることや、予期せぬ欲望の芽生えを超えた形で、サマンサは彼と一緒にいるのを楽しむようになっていた——困った傾向だわ。

「ああ、確かに少しは見た。でも必要に迫られてだよ」アディソンはオレンジジュースをひと口飲んだ。「しかし、あんなにひどいけがだったのに、俺のオフィスに忍びこんだときに優雅な宙返りを演じてみせたり、トムをプールに投げこんだりするとはね。信じられない」

話題が変わったのにほっとして、サマンサは肩をすくめた。「あなたのほうは傷が痛いふりをしてたんでしょ」

「ああ、でも俺はちゃんと病院へ行ったからね」

「ニュースで見たわ」サマンサが手を伸ばしてアディソンの顔にかかった黒髪をよけると、

左のこめかみの切り傷に貼られたバタフライ型の絆創膏が見えた。

アディソンはサマンサの手首をつかんだ。「俺について報じられたニュースを見てたのか？」と訊く。なかなか消えないそのほほえみが、サマンサの中の微妙な場所に警告を発している。距離を保つのよ、サム。

「わたし……自分が巻きこまれたトラブルがどれぐらい深刻なものか、知りたかったの」

「以前に、これほどのトラブルに巻きこまれたことはあるのかい？」

アディソンはまだ腕をつかんだままだ。指がサマンサの手首の脈にそっと触れている。プールサイドを囲むヤシの木のあいだをそよ風が通りすぎ、サマンサの肌をなでてゆく。風に吹かれた髪がひと房、左目にかかる。

「いいえ、ないわ。こんなのは記憶にない」

アディソンはサマンサにキスしたかった。テーブルの上に身を乗り出して唇を重ねて、メープルシロップとイチゴの甘さを味わってみたかった。ほかの女性だったら、そうしていただろう。しかしこの女性には注意が必要だ。気をつけねばならない。アディソンは自分でも意外なほどふしょうぶしょう、つかんでいた手首を放した。上体を少しかがめ、サマンサの目にかかった髪の毛を払うだけにとどめた。「大丈夫、救い出してあげるから」

アディソンのベルトにつけた携帯電話が鳴った。端末を開いて「もしもし」も言いおわらないうちに、ドナーらしき声がわめきだした。「おいおい」アディソンはぼやき、サマンサに向かって顔をしかめてみせた。「お願いだから、そんなに怒鳴らないでくれないか？」

ドナーは声を低くした。が、そうしたからといって不運なできごとが嬉しい知らせに変わるわけではない。ドナーが吐きちらすののしりの言葉をアディソンはさえぎり、「なんでもいいから、保険関係の書類を持ってこっちに来てくれ」と荒々しい声で言うと、携帯電話をふたつに折って閉じた。

「何か悪いことでもあった？」サマンサは訊いた。二人のやりとりのあいだじゅう、無意味なことと知りながら、ダイエットコークを入れたグラスを両手で握りしめていたのだ。

深いため息をつくと、アディソンはテーブルから離れた。「エティエンヌ・デヴォアを知ってるか？」

サマンサの顔が曇った。グラスを握る指に力がこもる。「どうして訊くの？」

「知り合いなんだな」アディソンは、テーブルの周囲を回ってくるとまたサマンサの腕をとり、引っぱりあげるようにして立たせた。サマンサの目に警戒の色が宿ったが、それにもおかまいなしに、アディソンはサマンサを引っぱってスイートルームのほうへ戻っていく。急にキスどころの気分ではなくなり、たまらなく魅惑的なこの女性の命が心配になっていた。

「デヴォアとは親しいのか？」鋭い口調で訊く。

「あまりよくは知らないわ」サマンサはそっけなく言うと、つかまれた腕をふりほどいた。

「なぜそんなことを？」

「実は……」アディソンはドアのところまで歩いていったかと思うとすぐに戻ってきた。いち、にい……五つまで数えたことになる。「今朝、警察が彼を発見した」

サマンサは眉間にしわを寄せた。「エティエンヌを？　冗談でしょう。たとえスパイダーマンだって、エティエンヌ・デヴォアをつかまえることはできないのに。パームビーチ警察は——」

「死体で発見されたんだ」

サマンサの顔が真っ青になった。倒れるのではないかと案じたアディソンが歩みよると、追いはらうように手を振り、ジョージア王朝時代のふっくらとした布張りの椅子に座りこんだ。「ああ……なんてこと」

アディソンは隣の椅子に腰かけた。「親しかったんだね。気の毒に」サマンサがどんなに気丈でも、こんな衝撃的な事実をいきなり知らせたのは酷だった、とアディソンは後悔した。それと同時に、パリ警察が「夜の猫《ル・シャ・ド・ニュイ》」と呼んでいた男と、サマンサがどのぐらい親しかったのかを知りたかった。当然ながらサマンサ自身も、夜に活躍する生き物だ——だから彼女だって、死体となって大西洋を漂い、国際刑事警察機構《インターポール》によって身元を割りだされる可能性は十分にあるのだ。

「どんな——」サマンサは言いかけてやめた。「どこで？」

「ボカ・ラトンの北のほうだ。浜辺に打ちあげられていたところを発見されたらしい」そこで息をつく。にわかに、この悲報を知らせたのが自分でなければよかったのに、と思えてくる。「ドナーが言うには、まだ検視報告書はできていないが、銃で撃たれていたことは確かだそうだ」

サマンサは手を握りしめて、目に押しつけた。「撃たれてたの」ぼんやりとくり返す。「エティエンヌは言ってたわ。死ぬときには、年取って大金持ちになって、自分が買いとった島で半裸の女たちに囲まれて死にたいって」ふいに立ちあがり、中庭《パティオ》につながる扉のところまで歩いていくと、また戻ってきた。「わたしたちって、自分が銃で撃たれたり、爆弾にやられたり、逮捕されたりすることはない、と信じてるのよ。仕事で失敗するんじゃないかと不安に思うようなら、最初からやらないわ。でも……なんてことかしら。エティエンヌのこと、好きだったのに。腹の立つ奴だったけど、彼って……いつも生き生きとしていたわ」

「気の毒に。悲しい思いをさせて悪かった」アディソンはくり返した。以前にも何度か気づかされたが、これが本当のサマンサなのだと感じていた。欲望より何より先に、彼女という人間が好きだと思えた。

「あなたのせいじゃないわ。エティエンヌにとって、泥棒稼業は自分の選んだ生き方だったんだもの、わたしと同じくね。彼は――」サマンサの顔からまた血の気がひいた。「しまった。電話をかけなくちゃ」廊下へ続くドアのほうをさっとふりむいて行きかけたが、またアディソンのところへ戻ってくると、椅子に座った彼の足元に文字どおりひざまずいた。「警察に逆探知されない電話を使いたいの。どうしても――」顔色は真っ青で、心配でたまらないといったようすだ。

アディソンは立ちあがり、サマンサの手をつかんだ。彼女は慰めてもらいたいとは思っていないようだったし、どうやって慰めればいいのかもわからなかった。「ついておいで」

サマンサは驚くほどの強さで手を握り返してきたが、アディソンは気づかないふりをした。二人は廊下を歩いてアディソンのオフィスに向かった。中に入るとアディソンはドアの鍵を閉め、サマンサを机のそばへ案内した。

「こんなことしてもらうと、あなたの立場がまずくなるかも」アディソンに身ぶりでうながされて、サマンサはクロムめっきをほどこしたスチールの机の前に座った。

「なんとか切り抜けられるさ。三番の回線だ。直通電話だから」

サマンサは受話器を取りあげると少しためらって、アディソンを見た。電話をかけるあいだ部屋を出ていてくれと言われるのではないかと思いながら、アディソンは待っていた。あえて自分から出ていこうかと申し出ないつもりだ。

どんな判断をしたにせよ、サマンサは何も言わずに、すごい速さで七桁の番号を押した。たぶん市内通話だな。俺には七つのうち二、三の数字しかわからなかったが。

「ストーニー？」肩の力が目に見えて抜けた。「ううん、大丈夫よ。いいから、黙って聞いて。ゴルフのとき、蜂蜜ぬきのビスケットは？」混乱したアディソンが顔をしかめていると、サマンサは電話に向かって軽くほほえんだ。「あなたの枕はどう？　ええ。いいわ。じゃあね」

「いったいなんなんだ、今のは？」

電話を切ると、サマンサは目を閉じた。「彼は無事だったわ。よく考えてみれば当然だけど、エティエンヌがあんなことになったから、確認したかったの」

ったわ」

ふたたび開いた緑の目が、アディソンの顔をまじまじと見る。「それはどうかしら」とつぶやく。サマンサは深く息をつくと、立ちあがった。「でも、またあなたの助けが必要にな

「それはかまわないよ——ビスケットだの枕だの、わけのわからないあの言葉の意味を説明してくれたらね。でなければ、助けるという話はなかったことにしてくれ」ストーニーという名前は、前にも聞いたことがある。そう、ドナーが持ってきたファックスに書かれていた、ウォルター・バーストーン。警察が監視下においているという男だ。彼がサマンサの「相棒」にちがいない。

「一種の暗号よ。フロリダに落ちついたときわたしたちのあいだで決めた、地域内の場所などを指す隠語のようなもので、どこに移動しても、そのつど考えて決めておくの」

「それで？」アディソンはうながした。

朝食のテーブルで携帯電話が鳴り、エティエンヌの死を告げられてから初めて、サマンサはいたずらっぽい表情を見せた。「あなたって、なんでも知らないと気がすまないのね」

それは俺だけじゃないだろうと言いたかったが、今は脱線している場合ではない。「説明してくれ」

「『蜂蜜ぬきのビスケット』はバターつき。つまりこれは、バタフライワールドのこと」

「高速九五号近くにある、鳥類や蝶のいる娯楽施設か」

「フロリダ州内の観光名所はちゃんとご存知なのね」サマンサは褒めた。「ゴルフでボールを打つとき、どんな――」

アディソンが先回りして言った。「フォアだ。ボールが行くぞ、と飛球方向にいる人に声をかける」なるほど、だんだんわかってきた。「フォアだから、四時。今日だな、俺たちが彼に会いに行くのは？」

サマンサは首を振った。「あのね、『俺たち』じゃなくて、『わたし』だけよ。あなたには関係ないの。市内まで連れていってくれれば、あとは自分で行くわ」

「だめだ。俺の目の届かないところに行かせるわけにはいかない」

「あなたは目立ちすぎるもの。どこへ行っても、リチャード・アディソンだと気づかれる。つまり一緒にいるわたしも、人目を引いてしまう。相棒も同じよ」

「相棒って、ストーニーだね」補足したとたんサマンサににらまれたアディソンは、片方の眉だけをつり上げて対抗した。「だって、君自身の口から出た名前だよ。それに、警察がウォルター・バーストーンという男を監視しているという情報をたまたま手に入れてたのさ。俺がいれば、結構役に立つと思うけどな」

「あなたがいると人目につきやすいから困るのよ」

たとえ反対されても同行してみたい、という思いがアディソンの中で強くなっていた。サマンサが情報を集めに行くなら、自分もその現場にいたかった。そうでなければ、サマンサと五分五分にわたり合えない。ましてや、半歩でも先を行くことはとうてい望めない。

アディソンの勘違いでなければ、サマンサはエティエンヌ・デヴォアの名を聞いても驚かなかった。「大丈夫さ、人ごみの中にまぎれて目立たないようにするから」

「バタフライワールドだから、大丈夫だっていうのね」

「ああ。それと、もし君がこの屋敷から外に出たいなら、俺と一緒に行くと約束してもらわなくちゃ」

サマンサは顔に手をやった。「アディソン。泥棒だの、隠語だの、警察の捜査だの、あなたのふだんの生活とはまったく違うし、刺激的で面白いと思うのはわかるわ。でも、もう二人の人間が死んでるのよ。あなたみたいな地位の高い人物が、危険をおかしてまでこんなことに関わるなんて、ばかげてるわ」

どうやらサマンサは、俺の生き方についてよく知らないようだな。アディソンは声を低くして言った。「君と同じように、俺も当事者としてこの件に関わっているんだ。それに、相棒のストーニーが警察につけられていたとすると、君が彼と会っている姿を見られたら、二人とも逮捕される。好むと好まざるとにかかわらず、身分を証明してくれる俺の存在が君には必要なはずだよ」

「あなたって人は、いつも自分の主張を通してるの?」サマンサはオフィスのドアまですたすたと歩いていく。

「そうだ」

ドアをあけながら、肩越しにふりかえってアディソンをにらむ。「まあいいわ。あなたの姿を見たらストーニーは驚いて、下手するとちびっちゃうでしょうけどね」

「おや、そりゃ光栄だな」アディソンは言い返した。サマンサは少なくとも、ユーモアのセンスを取り戻してくれた。「じゃあ、朝食のテーブルから俺の紅茶と君のコーラを取ってきて、散歩に出かけよう」

「散歩ですって」

「敷地内を回ってみるんだ。警察は、君が残したもの以外の侵入の跡を見つけられなかった。でも、とにかく一度君に見てもらいたいと思ってね」

「わかったわ」

「それに、最初に約束したろう、屋敷を案内するって」アディソンは自分が約束を破ったり、信頼を裏切ったりする人間ではないと、サマンサにわかってもらいたかった。

「でも、ハーバード出の先生がこっちへ向かってるんじゃなかったの?」

しまった。トム・ドナーのことを忘れていた。「大丈夫、彼のほうで俺たちを見つけてくれるさ」

サマンサはため息をついた。頰に少し赤みが戻ってきていた。「そうね、社長のおっしゃるとおり」

アディソンはレイナルドに命じて、冷えた缶入りダイエットコークを新たに持ってこさせた。ダイエットコークはどこでも手に入るわけではない。おいてあるとしても自宅か、品揃えのいいコンビニエンスストアぐらいで、一種の贅沢品だった。サマンサがそう言うと、アディソンはにっこり笑っただけだった。

大金持ちにしては、ユーモアのセンスがある人なのよね。今日はそれがありがたかった。張りつめた神経の糸が切れそうな、悪夢のような逃避行や、まったく予期していないときに友人が死体で見つかる悲劇ばかりが人生ではないことを思い出させてくれる。

昨日の時点では、セクシーで頭の悪い女を演じようと考えていた。自分がソラノ・ドラド館に侵入できたのは単なる偶然で、運がよかっただけだとアディソンに思いこませて、安心させようという計画だったのだ。だが今日、そんな芝居を演じる必要がなくなって、サマンサはほっとしていた。

困ったことに、アディソンはサマンサが今見せている性格や考え方が気に入り、その価値を認めている。サマンサは、素顔を人にさらすのには慣れていなかった。二人の会話を楽しんでいる自分がいやだった。アディソンでなく自分を助けなくてはいけないのに、それを忘れてしまっている自分が情けなかった。精神のバランスが崩れているんだわ。泥棒稼業では、いったんそのバランスを失えば、逮捕されるか、命を失うはめになる。

「侵入路として、ここはどうかな?」敷地の北側に曲線を描いてそびえる石塀の一部分を手ぶりで示してアディソンは訊いた。

「ありえるわね」玉石で舗装された小道をそれ、塀に近づきながらサマンサは答える。「あなた、こそ泥の才能があるかもね」

「それ、褒め言葉だろう？」

なんだかんだ言いながらアディソンは、サマンサが四度も道をはずれたのに、茂みの中までちゃんとついてきた。それは果たして、クモの巣をかきわけて進むのが楽しいからか、それともサマンサが逃げてしまわないように見張りたいからなのか、定かではない。リチャード・アディソンの性格からして、たぶん両方の理由が入りまじっているのだろう。

「止まって」サマンサは命令した。塀に取りつけられた監視カメラが二人のいる方向を向いたのだ。

ところがアディソンは、そのままサマンサの前を通りすぎた。「俺たちはカメラに映ってもいいんだよ」愉快でたまらなそうなのが声でわかる。「俺はこの家の主人だよ、忘れてもらっちゃ困る」

もう、ばかみたい。「そうよね。いつもの癖が出ちゃった」半円を描きながら回る監視カメラのゆっくりとした動きをサマンサは目で追った。塀にそって三五、六メートルの間隔で設置されたカメラの作動パターンは不規則だったが、それも当然だ。塀と家を隔てる空間の真ん中あたりには電燈が半円形に並んでおり、それぞれに行動探知機がついている。「これはマイヤーソン・シュミットの助言に従って入れた設備かしら、それともあなたがこの屋敷を買ったとき、すでにあったもの？」

「両方だ。監視カメラは最初からあった。でもうちのスタッフが新たに行動探知機を入れた。なぜそんなことを訊くの？」

「設備に死角があるのよ。アディソン、お宅の警備システム、どうしようもない役立たずね。特に屋内に監視カメラがないんじゃ、夜中に警備員が巡回していても意味ないわ」

「うちの設備がおっしゃるとおり『どうしようもない役立たず』なら、なぜ君はわざわざ正面ゲートのセンサーを無効にしたり、ガラス扉に穴を開けたりしたんだ?」

サマンサはふっと笑顔になり、特大のシダと石塀のあいだに体をすべりこませた。「警備を破って侵入しなければ面白くないからよ」下を見おろし、足を止める。

「すると設備や建物を壊して無理やり侵入するのは、自分の能力を証明するためか」

「まあ、そんなものかな」サマンサはつぶれたベゴニアの葉を指先でいじりながら、ぼんやりと答えた。

「おい、何か見つけたのか?」アディソンの口調が鋭くなり、すぐにサマンサの隣にしゃがみこむ。

「侵入の跡かどうかはわからない。誰かがこの葉を踏みつぶしたのは確かだけど、もしかすると捜索中の警官かもしれない。このへん、そこらじゅうに足跡があるわ」サマンサは立ちあがると塀から離れて後ろに下がり、上を見あげた。

「死角だな」アディソンが言った。

「ええ。ここから小川にそって建物につながる道は、ほとんど監視の目が届かない。一個か二個、センサーを避ければいいだけ。ふうん、なるほど」

「何だい?」

石塀の中ほどに目をとめ、あるものを見つけたサマンサは、にこりと笑わずにいられなかった。よし、わかったわ。「わたしを塀の上のほうまで押しあげてくれる？」

気さくに応じたアディソンは、塀の下に立って両手のひらを少し丸めて上に向けた。その上に足をのせたサマンサの体をしっかり支え、上に向かってぐっと持ちあげる。

サマンサがその高さから見ると、塀についた跡がはっきりとわかった。

「爆発物を仕掛けたのはデヴォアだったと、君は最初からわかっていたんだろう？」アディソンが下から訊く。

まいった。サマンサがつまらぬ間違いをしでかしたか、でなければアディソンが人の心を読めるか、どっちかだ。「泥棒としての技術と、狙う品物の価値が一定のレベル以上になると、その範疇に入る人は数が限られているから、自然に絞られてくるの」サマンサはぼかして答えた。

「エティエンヌ・デヴォアはそのうちの一人なんだね」

「そうよ」

「君もその範疇に入るのか？」

サマンサはその問いかけを無視した。地面についた靴跡のゆるやかな曲線に指先を走らせる。エティエンヌは慎重な男だったが、真夜中の暗闇の中で、壁をよじ登る前に靴の泥を落としておこうと思っても、完全に落とせるとはかぎらない。しかし、少なくともエティエンヌは誰にも見つからないよう細心の注意を払ってこの屋敷を出た。自分が侵入した事実を誰にも知られたくなかったということになる。どうしてだろう？　エティエンヌの仕事のやり方はサマンサの流儀に似ていて、侵入の跡を平気で残していくのが常だった。ではなぜ、今回だけはこんなに用心深く証拠を消そうとしたのか？

「何を見つけたんだい？」アディソンが訊いた。

サマンサは体を震わせた。何やってるの、集中するのよ。まだ殺人と爆破の嫌疑を晴らしてないんだから。

「靴跡の、前の部分」サマンサは塀についた跡を指さして言った。「彼は塀をよじ登っているときに、足場を確保するためにつま先を強く押しつけたのね、泥がついたままの靴で。泥のほとんどは乾いてはがれ落ちているけど、それでも汚れだけは残ってる。脱出するときはアドレナリンが亢進している状態だから、慎重に行動するのがより難しくなるの」

「見つけられてよかったな」

「もういいわ。下ろしてちょうだい」

サマンサはアディソンの肩につかまって地面に下りた。体を起こしたアディソンの息づかいはほとんど乱れていない。身長は一八〇数センチはゆうにあるにちがいない。姿勢を正すと、サマンサの目の高さに彼の鎖骨があった。

「誰がやったか初めから知ってたのに、なぜ黙ってた？」

サマンサは肩をすくめた。「泥棒の仁義のようなものかしらね。それにわたし個人としては、エティエンヌの雇い主のほうに関心があるの。それと、犯人の本来の目的。石の銘板を盗むことか、それともあなたを殺すことか。エティエンヌは……電話をかけてきたのよ。この件から手を引け、って言ってた」

「だけど君は手を引くどころか、ここにいるじゃないか」

「わたしって、そういう頑固者なの。それに、エティエンヌが警告してきたタイミングがちょっと遅すぎた。自分としても事件の全容を知りたいしね」

「俺もそれが知りたいんだ」アディソンはうなずいた。が、視線の先にあるのは石塀ではなく、サマンサだった。アディソンはゆっくりと近づくと、その優雅な長い指で、まるで逃げられてしまうのではないかと恐れるように、サマンサのあごをそっと持ちあげた。上体をかがめて、唇と唇を触れあわせる。

アディソンを押しのけるべきか、それともその首に腕を巻きつけてベゴニアの上に一緒に倒れこみ、裸になって転げまわるべきかをサマンサが決めかねているうちに、柔らかく温かい唇は離れていった。アディソンは体を起こし、その魅力的な口元にかすかな笑みをたたえてサマンサを見つめた。

冷静さを保つのよ、サム。アディソンがわたしの助力を必要としている以上に、わたしはアディソンの助力が必要なのだ。ただ、どちらがどちらをより強く求めているかということになると、それは疑問のままだ。「あつかましいわよ、アディソン。今のはどういう意味？」

「敬意を表してるんだよ、サマンサ」アディソンはつぶやき、サマンサの下唇に優しく親指をはわせた。

「あら」すてきな感触だったから、それにアディソンがあまりに自信満々で、主導権を握ったつもりのようだったから、サマンサは伸びあがってキスを返してやった。唇を重ねあわせた瞬間、アディソンが驚いたのが感じられ、次に熱気が伝わってきた。そこでサマンサは自分から身を引いた。

「わたしもあなたに敬意を抱いているわ、アディソン」サマンサはそう言うと、いつもの優雅さと落ちつきをほとんど失いつつも、ふりかえらずに立ちさった。

10

土曜日、午前一〇時三九分

オフィスに戻ってみると、トム・ドナーが待っていた。それから留守番電話のメッセージが四件。アディソンはサマンサを連れてきていたが、それは目を離しているすきに、一人でバタフライワールドに行かれたらたまらないと思ったからだ。この屋敷から逃げようと思えばいつでも逃げられるプロのことだから、一瞬でも油断したらおしまいなのだ。

「散歩だったんですね、レイナルドから聞きました」ドナーが言った。会議用の椅子に長い脚を投げだし、ゆったりと座っている。

「外の警備状況を自分でも見てみたかったんだ。あれは、役立たずの防犯システムだな。どうしようもない」アディソンがそっと目を走らせると、サマンサは窓辺まで歩いていって、外の池を眺めている。キスを交わしてから二人はほとんどしゃべっていない。お互い、あやまったり言い訳したりするつもりはないというわけだ。「敬意」を表したあと、アディソンはまた冷たいシャワーを浴びたくなっていた。

「でも、最先端の役立たず、でしょう」ドナーはサマンサを見ながら言った。「カスティーロ刑事がエティエンヌ・デヴォアの写真を何枚か持ってくるので、社長か、屋敷内の誰かが見覚えがあるかどうか、見てほしいそうです。このデヴォアという男、窃盗および窃盗未遂容疑で、八カ国で指名手配されているらしいですよ」

「彼が殺されたのはいつごろ？　警察は何か言っていた？」身動きひとつせずに静かな声で、サマンサは訊いた。

ドナーは両足を床に下ろした。「デヴォアと知り合いだったんだな？　なるほどね。ここで泥棒の定例集会というわけか。じゃあ、参加者に飲み物やオードブルをお出ししようか、それともそれぞれ、勝手に押し入って取ってもらったほうがいいのかな？」

「やめろ、トム。二人は友人だったんだぞ」アディソンはサマンサを気にしながら、彼女の場合、夜間の活動によって何カ国で指名手配されているのだろう、と思っていた。

「なるほどね」ドナーはまた言った。「デヴォアがいつごろ死んだか、私は知らない。検死解剖がすめば、カスティーロ刑事からもっと詳しい話が聞けると思う」

「エティエンヌは、爆破事件のあと、木曜に電話してきたの。この件から手を引けと言われたわ。わたしがあとから現場に現れたのを知って、相当むかついているようだった。もしあの会話を仲間に聞かれていたのだとしたら……」サマンサは息を吸いこみ、姿勢をととのえて二人と向かい合った。「だとしたら、口封じのために殺されたのかもしれない。それ以外だとしたら……わからない。心当たりがないわ。通り魔的な犯行も考えられなくはないけど」

「だけど君は、通り魔じゃないと思ってるんだろう」アディソンはオフィス備えつけの冷蔵庫からダイエットコークをもうひと缶出してすすめたが、サマンサは首を横に振って断った。

「見知らぬ人に簡単に殺されるような男じゃなかったもの、エティエンヌは」

「相棒はいたの？」

サマンサは一瞬、ほほえんだ。「これと決まった仲間はいなかったわ。仕事の依頼主と直接取引するほうが好みだったから」

「銘板を盗んで爆弾を仕掛けたのがデヴォアだという確信はあるのか？」ドナーが訊いた。

サマンサの目の焦点が定まらなくなった。はるか遠くに思いをはせているかのようだ。そして、またかすかにほほえむ。悲しそうな、孤独な表情だった。アディソンは思わず歩みよりそうになったが、椅子の背をつかんで自分を押しとどめた。

「わたしに電話してきたとき、エティエンヌは自分の仕業だと認めたも同然の言い方をしてたわ。でもその言葉がなかったとしても、ほぼ間違いない。さっきアディソンにも話したんだけど、エティエンヌほどの腕の持ち主は片手で数えられるぐらいしかいないから。でも念のため、敷地の北側から撮った監視カメラのビデオ映像を見てみたいわ」

「ビデオは出かける前に見ることにしよう」アディソンは言った。

「どこへ行くんですか？　私もご一緒したほうがいいんじゃ」ドナーが尋ねた。

サマンサは鼻先で笑った。「まさか、あなたに行き先を教えるわけないでしょ」

「ちょっとした観光だよ」アディソンが言いそえて、椅子に腰を下ろした。「トム、ほかに書類か何か、持ってきたものがあるんだろう？」

「爆破で被害を受けた品の保険金支払額の見積りです。あくまで仮の数字ですが。じきにダンテ・パルティーノが貴重品の正式なリストを持ってくることになってますから、それで推定市場価格と保険会社が支払ってくれそうな金額との比較ができます。それから、WNBT買収の件で、最新の視聴率統計データがあります。社長がこの前の会議の予定をキャンセルしたあと、コナー氏が送ってよこしたものです。たぶん、土壇場で手を引かれたらどうしようと、気が気じゃないんでしょう」

「家が爆破されてこんな目にあった俺が、いろいろと片づけなくちゃならないことがあって忙しいんだろうぐらいの想像力はないのかね、コナーには？」

ドナーはにやりと笑った。「まあ、ないんでしょうね」

「じゃあコナーの負けだ。交渉が多少遅れたぐらいでそんなにあせるようなら、買収価格を下げさせてもらわなくちゃな」

サマンサはため息をつき、窓際から離れて歩きはじめた。「大変面白そうなお話だけど、わたしはこの場にいる必要ないわよね」

「おい、どこへ行くんだ？」アディソンが訊く。サマンサが答えなければ椅子に縛りつけでもしかねない剣幕だ。

サマンサは肩をすくめた。「この屋敷からは何も盗《と》らないって、約束したでしょ」そう言いながらドアを引いて開ける。「だけど、ご近所にもお屋敷があるわよね」

アディソンはすごい勢いで立ちあがった。「サマンサ！　俺の家を仕事の拠点にしてもらっちゃ困る。近所の家から何か盗んだら承知しないぞ」

心外だわ、とでも言いたげなサマンサの表情の中に、愉快がっているようすも感じられる。「冗談よ。わたしにだって自制心ぐらいあるんだから。外に出て、池のあたりにいるわ」ドアから出かけたところで立ちどまる。「だけど口のきき方に気をつけなさいよ、アディソン。誰に対して命令しているのか、考えてみることね。わたしたちの取り決めは、このソラノ・ドラド館についてだけでしょ。それ以外の場所では、世界中どこでも、わたしは自分のやりたいようにする。ステーキとダイエットコークを多少ごちそうになったからといって、あなたの家来になったわけじゃないのよ」

サマンサがドアを閉めて出ていくと、アディソンはふたたび椅子に腰を下ろした。「くそっ、いまいましい」

「社長。あの女は泥棒なんですよ。今のところは役に立ちそうだし、それはそれでかまわないでしょう。しかしですね——」

「しかし、なんなんだ？」アディソンはつい冷静さを失って、かんしゃくを起こした。「俺には彼女を助けられない、とでも言うのか？　慈善事業でやってるんじゃないんだぞ」

「社長は慈善家ですからね。ついつい、人助けしたくなってしまうんでしょうけど」

アディソンは無理やり笑みを浮かべながら、承認をもらうためにドナーが持ってきた書類の束を手にとった。「サマンサは自制心があるなんてうそぶいてたが、自制心だったらこっちも負けない。だけど俺だって、自分のやりたいようにやるつもりだからな」

「はいはい。だけど私に怒りの矛先を向けないでくださいよ。社長のために一所懸命、働いてるんですから」

「ああ、わかってるよ。さっき電話で言ってたけど、サマンサの父親について調べてわかったことがあるそうだな？」

ドナーに問題があるわけではなかった。サマンサが問題なのでもない。お互いのことを知るにつれ、アディソンはサマンサの行為を許す口実を探すようになっていた——きっと貧しい家庭に育ったのだろう。盗みで稼いだ金は恵まれない人々に分け与えているにちがいない。誰かに脅迫されて、しかたなく犯罪に手を染めたのかもしれない、などなど。しかし同時に、そのどれもが真実ではないことぐらい、十分わかっていた。

サマンサ・ジェリコは泥棒だ。泥棒稼業を楽しんでいるからこそやっているのは確かだし、その腕は抜群だった。

ジェリコという名を聞いたときのカスティーロ刑事の反応からして、おそらくサマンサの父親は名を知られた泥棒だったのだろうと想像はついたが、父親が何者であるにせよ、サマンサはすばらしく聡明な女性だった。しかも若い。ほかの道を選びたいと思えば、どんな道へも進むことができただろうし、またそうしていただろう。

「ええ、じゃお話ししましょう。地方検察庁に頼みこんで調べてもらったところ、マーティン・ジェリコという人物がいたことがわかりました。懲役三〇年の刑を受けて、重警備の刑務所で五年服役してます」ドナーは書類をひっくり返して、パラパラめくった。「警備の厳しい施設に入れられたのは、普通の刑務所では脱獄してしまうからでしょうね。なんと、脱獄歴三回です」

「何をやったんだ?」

「窃盗です。ありとあらゆるところから、数えきれないほどのものを盗んでます。しかも、起訴されて有罪が確定した事件は氷山の一角で、実際にははるかに多くの盗みを働いているものと思われます。二〇〇二年にはフィレンツェとローマの検察庁が身柄の引渡しを求めたんですが、のちにその要求は取り下げられています」

「どうして?」

「どうしてかというと、ジェリコがその年に刑務所内で死んだからです。検視報告によると死因は心臓発作となっていますね」ドナーは書類から目を上げてアディソンをちらりと見た。「数年前、世間を騒がせた『モナリザ』窃盗未遂事件を覚えてますか?」

「あの犯人がサマンサの父親だったのか? 信じられない」アディソンは急に、ある恐ろしい考えに襲われてびくりとした。「父親の仕業だったんだろう、娘ではなく?」

「ジェリコはその未遂事件でも有罪判決を受けています。それに、社長のお気に入りのミス・サマンサ・ジェリコは何歳ですか? せいぜい二四か、二五歳ぐらいでしょう? 事件当時たった一六歳の女の子が、そんな大それたことをやってのけられたとは思えません。父親が手がけた仕事の一部では、共犯者がいた疑いがあります。だが彼は、誰の名前も一切、警察には漏らさなかった。ただサマンサが相棒を務めていたとすると、そこらのスリなんかとは比べものにならないぐらいの大物ってことになります」

「大物だってことは知ってるよ」

「社長、私は真面目に言ってるんですよ。あの連中は名だたる富豪や有力者からもさまざまなものを盗んでいるんです。そのほとんどが発見されていない。王冠にはめられた宝石やら、モネの絵やら、メイフラワー号の航海日誌やら」

アディソンは椅子に深く腰かけ、窓の外に視線を向けた。サマンサは池に面したベンチに座って、池の魚と集まってきたカモにパンくずのようなものを投げてやっている。アディソンはサマンサに敬意を抱いていると言い、そして実際、敬服していた。その職業にではなく、彼女が示した気概とすばらしい技量に。

「ですから、今回の件がうまく片づいて、爆弾犯の疑いを晴らしてやれたとしても、ミス・ジェリコは学校の先生に転身したりはしないってことを言いたいんです」

「よせよ、トム」

「今度彼女が何か盗んだら、それはあなたが警察に嘘をついてまで彼女をかばったせいだと――」

「もういい、やめろ」アディソンはゆっくりと、深く息をついた。「一度にひとつずつだ」

「じゃあ、あとひとつ見ていただきたいものがあります」ドナーは『パームビーチ・ポスト』紙の「社交・行事」面をアディソンの目の前に突きだした。「三ページ目です」

この新聞の三面がどんな紙面かはすでに知っていた。いわゆる社交欄で、パームビーチ在住の富豪や著名人の写真や経歴、行動、エピソードなどを扱っている。アディソンの離婚の直後、世界じゅうのタブロイド紙がそれこそ毎日のように、違う女性と一緒にいる彼の写真を載せていた。問題の女性をアディソンが実際に知っていようがいまいが、通りを横断するときたまたま横を歩いていただけの女性だろうが、おかまいなしだった。顧問弁護士たるトム・ドナーが一〇件以上の訴訟で思い知らせてやったため、タブロイド紙も少しはおとなしくなった。

だがアディソンのほうはその後の一年半で、女性関係でマスコミに嗅ぎまわられることについてはさほど用心しなくなっていた。離婚したからといってまさか、修道僧のような生活を送っていたわけではない。

今回の写真は、カメラマンとの距離が相当あったにしては、かなりはっきり撮れていた。ドナーがリムジンにもたれかかっている。そばに立ったアディソンはうっすらと笑みを浮かべて「謎の女性」と話している。幸い、女性はカメラに半分背中を向けており、顔は見えない。「この写真のこと、サマンサにしゃべるなよ」

「私は何もしゃべりませんよ。それは社長の担当でしょう」

最後にもう一度だけ写真を見ると、アディソンは新聞をたたんでドナーに突き返した。

「よし。じゃ今度は保険の書類を見せてくれ」

二人が損害保険の補償額見積書を確認しおわり、ギャラリーの壁と床の修理代金の見積書を見ていたとき、ドアをノックする音がした。美術品の管理をまかされているダンテ・パルティーノだった。テーブルの前に座る前に二人に向かって軽く会釈すると、ダンテは切り出した。「社長、最新版の書類を――」

「石の銘板以外になくなったものはあるのかな?」アディソンがさえぎって訊いた。もしほかの品が消えていたら、サマンサとの協力関係も考え直さなくてはならない。アディソンはサマンサを信用しはじめていた――少なくとも、盗難事件に関する意見については。だが彼女がもし、嘘をついていたら……。

「盗られたのは銘板だけです。でも、ほかの美術品の中には、取り返しのつかないほどの損害を受けたものがあるんです。私としては――」

「ちょっと待ってくれ」

アディソンは立ちあがると、窓のほうへ向かった。銘板以外は何もなくなっていなかったのか――よかった。だが、ここで安心するのはおかどちがいだろう。ドナーが指摘したようにサマンサは、ほかでは多くのものを盗んできたにきまっているからだ。ともあれ、アディソンは心からほっとしていた。

サマンサは今まで、一度も逮捕されたことがないらしい。一方、さっきドナーがあげていた犯罪の一部に加担したのはほぼ間違いないだろう。熟練を思わせる動作といい、物慣れた態度といい、今回が初めての仕事であるはずがない。アディソンもそれは十分認識している。

ただろう。

そう、現実から目をそらすような男だったら、事業でもここまでの成功をおさめられなかっただろう。

アディソンは窓の掛け金をはずし、押し開けた。「サマンサ！」

サマンサはびくりとし、肩越しにふりかえった。

「ちょっとだけ、こっちに来てくれないか」

こくりとうなずくとサマンサは立ちあがって建物へ向かう道に戻り、アディソンの視界から消えた。サマンサについて警察や関係者が知っている（あるいはそう思いこんでいる）ことが何であれ、正体をせんさくするのは今でなくてもいい。俺は二人の合意にもとづいて取引をした。協力すると約束したのだから、その約束はどんなことがあっても守るつもりだ。ドナーにも言ったように、「一度にひとつずつ」片づけていこう。この件が一段落したら、サマンサをどうするか——それについてはあとで悩めばいい。

人は誰も皆、自分の所有財産を守り、自分の領域を侵されるのを阻止する権利がある。エティエンヌはうぬぼれが強く、貪欲さでも相当なものだったが、サマンサと同じく、最低限守るべきルールや、仕事に伴う危険については理解していた。体中に銃創がある状態で、海に浮かんでいるのを発見されたエティエンヌ。泥棒稼業をしている者にとっても普通ありえない、あまりにむごい死に方だった。

これは、あくまで殺人だ。どこかの誰かが楽しんでやるゲームではない。確かに最初は、依頼されたものを盗みだすというゲームではあった。しかしあの大爆発が起こった瞬間に、ゲームの面白さはなくなってしまった。

「何か新しい情報でもあったの？　エティエンヌの――」話しながらオフィスのドアを開けたサマンサは、中にもう一人、知らない男性がいるのに気づいて言葉を切った。「もしかしたら、ダンテさん？」

アディソンはイギリス流のレディファーストの礼儀を守って、サマンサが入ると同時に席を立った。「サマンサ、彼がうちの美術品取得管理の責任者をしているダンテ・パルティーノだ。ダンテ、こちらは防犯コンサルタントとして俺が新しく雇ったミス・サマンサ・ジェリコ」

もう。わたしの名前を誰彼なしに紹介するのはやめてほしいわ。自分の名前がアディソンの口に上るたび、ひやりとさせられてしまう。「初めまして」

テーブルにつくよう身ぶりでうながされて、サマンサはしぶしぶアディソンの隣に座った。

「何をしてたの？」

「ダンテが、損害を受けた美術品のリストをまとめているところなんだ。読みあげさせるから、君にも聞いてほしいと思ってね」

「わたしを後ろめたい気持ちにさせようというわけ？」サマンサはつぶやいた。

「違うよ。爆破は君のせいじゃないだろう。意見を聞きたいんだよ」

なぜそんなことを言うのかわからない。わたしが関心を持っているのは、爆弾と、銘板を欲しがっていた依頼主のこと――そして今は、銘板を盗んだエティエンヌを殺した人物が誰か。それだけなのに。それでもサマンサはうなずいた。

「防犯コンサルタントですって？」ダンテ・パルティーノはくり返した。初対面のときのドナーと同じように、彼もやはりサマンサをじろじろ見つめている。「マイヤーソン・シュミットから派遣された？」

「いや、どこにも属してないフリーランスだ」アディソンが答えた。サマンサを見る目には楽しげな光がかすかに宿っている。「ミス・ジェリコは、貴重品の防犯が専門なんだ。さあ、始めていいよ」

パルティーノはリストを読みあげていった。美術品一点一点について、取得価格、現在の推定市場価格、損害額、そして修復可能な場合は修復費用の見積り額が記載されている。さすがに、専門知識は確かなようだ。

サマンサは、アディソンが少なくともあと三軒の住宅を持っているのを思い出さずにはいられなかった。どの屋敷にもアンティークや美術品、工芸品があふれているという。サマンサから見れば、クリスマスと、独立記念日と、感謝祭がいっぺんにやってきたようなものだ。

だが、読みあげが長々と続くうちに、サマンサは集中して聞いていられなくなってきた。すぐそばに座っているアディソンの体から熱気が放たれ、自分の体に徐々にしみこんでいくような気がしたからだ。もし、この顔をぐいと引きよせて、今は笑っていないが敏感にちがいない唇にもうひとつキスをしたら、どう反応するかしら、とつい考えてしまう。

そう、確かにこれは、アディソンにとってはゲームの一種だろう。でもわたしにとっては、危険すぎる賭けだ。どんなに魅力的でも、気にしないように。サマンサは自分に言いきかせた。大変なトラブルに巻きこまれている最中なのに、ほかのことはかまっていられない。エティエンヌが射殺されたのなら、サマンサだって似たような目にあわないともかぎらない。アディソンが持った書類をよく見ようと、サマンサは体を寄せてのぞきこんだ。そう、彼も似たような目にあう可能性がある。

「何か気づいたことは?」アディソンはサマンサを横目で見ながら訊いた。

サマンサはまばたきをした。「いいえ。どれも売れる品ばかりで、その点、大差はないようね。ただし石の銘板をのぞいて、だけれど。依頼主はよっぽどこの銘板が欲しかったんでしょうね」

「ミス・ジェリコ」パルティーノが口をはさむ。「あなたの専門知識を疑うわけじゃないですが、鑑識眼のあるすぐれた収集家であれば、このコレクションの一点一点のすばらしさがわかるはずですよ」

「コレクションの中からたった一点しか盗まずに、ほかのものを平気で爆破した人物に、それを言ってやったらいいんじゃないですか」

パルティーノの顔が引きつった。「私は専門家として、質の劣る美術品の購入は絶対にお勧めしません。ここにあるものはすべて、第一級の品ばかりです」

「君は、会う人ごとにみんなを怒らせるのが趣味なんだな?」含み笑いをしながらドナーが訊いた。

また始まった。もうたくさんだわ。「あら、ハーバード出の先生。レンブラントとドガの作品の区別もおつきにならないのに、何をおっしゃるやら」サマンサはやり返した。

ドナーは目を細めた。「何を言いたいのか知らないが、私はそんな――」

「わたしはこのショーに招かれたのよ」ぴしゃりと言い放って立ちあがる。「アンコールの部分はみなさんだけで演じてくださいね」

アディソンが呼びもどしてくれるのを半ば期待しながらオフィスを出たサマンサは、廊下を通って自分のスイートルームに向かった。部屋に入ってみると、たぶんレイナルドが気をきかせてくれたのだろう、コーヒーテーブルの上にボウルに入った新鮮な果物がおいてある。そこからリンゴを取り、軽く上に放り投げてはキャッチしながら、大画面テレビのリモコンを探して電源を入れた。

チャンネルをつぎつぎと変えながら探していると、ほどなく画面にWNBTが出てきた。アディソンが買収しようとしているテレビ局だ。予想どおりゴジラ映画をやっていて、東京がまたゴジラに襲撃されている。今回はモンスターXとラドンも一緒だ。

二〇分ほどして、カチャカチャいう音とともに、後ろのドアのノブが回された。誰かはわかりきっていたが、いつもの癖と自衛本能から完全にはふりかえらず、肩越しに見あげる。

「テレビ局を買収するときには、新オーナーとして番組構成も変えるの?」

アディソンはドアを閉めてロックし、サマンサの横の椅子に座ると、コーヒーテーブルの上にコーラを二缶おいた。「変えるとはかぎらない。どうして？」

「その答より先にまず、コースターぐらい使ったら？」サマンサはそう言いながら身をかがめ、ヴィクトリア王朝ふうの花模様のコースターを缶の下に敷いた。「これ、ジョージア王朝時代のテーブルじゃないの。二五〇年前の」

「二三一年前だよ」アディソンが訂正する。

「それからもうひとつ。WNBTって、フロリダ周辺では、クラシック映画をやっている唯一のテレビ局なのよね」かじりかけのリンゴでテレビの大画面を指さす。「たとえば今週はゴジラ映画特集なの」

「なるほど」アディソンはボウルから桃を取ってかぶりついた。あごからしたたり落ちる果汁を親指でぬぐうと、何気なく舌でなめて甘さを味わう。「ゴジラ映画シリーズは当然、クラシックに分類されるわけだね」

まあ、おいしそうな食べ方。「ほとんどがそうね。七〇年代中ごろの作品では、ゴジラは環境破壊に立ち向かう人類の味方になってしまっていて、ばかばかしいんだけど。だってゴジラは、核実験の落とし子だったのよ。悪者じゃなくちゃ、面白くない」

「君はなぜ、盗みをするんだ？」アディソンは出し抜けに尋ねた。視線はまだ、画面の中で暴れまわるゴジラに向けられている。

純粋な好奇心から訊いているようだった。だが個人的なことを知られれば知られるほど、彼は危険な存在になる。「あなたはなぜ、前の奥さんと結婚したの？」サマンサは逆襲した。

アディソンは椅子の上で体の位置を変えた。「まあそのうち、君も僕のことを信頼して打ちあけてくれるようになるさ」そっけなく言う。

「そのうち、あなたは約束どおりわたしにかかった嫌疑を晴らしてくれる。そしたらわたしは消えるわ」サマンサは言い返すと、ドアのそばのくずかごに向かって食べおわったリンゴの芯をぽいとほうった。やった、二点ゲット。

「今すぐ消えてしまいたいのか？」

「今？」

「ああ、今だ。今日、この瞬間、君はどこかに消えたいと思ってる？」

いいえ、思ってないわ。「今、わたしがしたいのは」サマンサはゆっくり言った。深みのあるグレーの瞳に目を合わせるのが難しくなっていた。こんなことは初めてだ。「それは、バタフライワールドへ行くことよ」

アディソンは立ちあがって手を差しのべると、サマンサの手をとって引きあげ、横に立たせた。「よし、じゃあ今から出かけよう。それだと少し観光の時間もとれるしね」

「あなたって、変な人」含み笑いをするアディソンの表情に、サマンサはほほえまずにはいられない。

「変じゃなくて、謎の多い人物と言ってほしいね」アディソンは訂正した。「君には、俺のよさをもっとわかってもらわないとな」

もうすでにアディソンのよさがわかり始めているのに、これ以上わかってしまったら危険だわ。二人は今すぐにでも、裸になってこの部屋のベッドに倒れこむことになり、すべてを台無しにしてしまうだろう。

11

土曜日、午後一時一八分

「まさか、リムジンになんか乗っていかないわよね」ソラノ・ドラド館の正面階段で、サマンサは腕組みをしている。

その横に立ったアディソンはほほえみがこぼれそうになるのを抑えていた。サマンサはどうしてそこまで、俺のリムジンに偏見を抱いているのだろう。だが理由はあえて訊かないでおこう。「リムジンに乗るなんて言った覚えはないよ」

「車を玄関に回しておいてくれって、ベンに指示してたじゃない」

黄色のオープンカー、メルセデスベンツSLKが建物の裏から姿を現して、二人の前に停まった。「ああ、でもどの車とは指定しなかったよ」

「ジェームズ・ボンドって、BMWか何かを運転するものじゃないの?」ベンが運転席から出てくるあいだに、サマンサはすばやく助手席側に回る。「バナナイエローの車か。すっごく、目立たない色よね」

「いいんだ、俺はジェームズ・ボンドじゃないんだから。黙ってさっさと乗りなさい」
サマンサは車が気に入ったようだ。座席に座ったときのからかうようなほほえみでわかる。今度はダッシュボードをなでている。これもまた、いい兆候だ。サマンサは触覚によってものを把握するタイプらしい。ベッドでもそうなのだろうか。だとしたら面白い。そう考えたとたん、アディソンは落ちつかなくなり、体をもぞもぞさせた。冷たいシャワーだ。そう、冷たいシャワーを浴びることを考えるんだ。

サマンサはようやくシートベルトを締め、アディソンに向かってにっこり笑った。「このバナナ車のルーフトップ、オープンにしてもらえる？」

承知したとばかりにアディソンはダッシュボードのボタンを押した。するとトランクの蓋が開き、持ちあがったルーフが後ろに向かってするすると動きだし、実にスムーズにトランクにおさまった。

「最高よ」サマンサはそう言っただけでしばらく黙っている。車は私道を走りはじめた。「これでいい？」

正面ゲートにはまだ警官が立っていたが、爆破犯人探しにはりきっているというより、退屈しているように見えた。ここにいる警官たちが知っているか否かはともかくとして、問題の爆破犯人はとっくに浜辺に打ちあげられて、発見されているのだが。運転席のアディソンが横を見ると、サマンサは片腕をウインドウフレームにもたせかけ、その上にあごをのせている。

「警察はエティエンヌ・デヴォアの身元を確認して、いちおう容疑者と結論づけた。ただし、事件の夜に女性が一人自宅に侵入していたという俺の証言があるから、まだあきらめずに女性の行方を追っている」

「警察は、エティエンヌに共犯者がいたとみているんじゃないかしら。彼の身辺を洗ったところで、わたしにたどりつく可能性はほとんどないけど、かといって疑いは完全に晴れてはいない」アディソンをちらりと見る。「まだ、今のところは」

「デヴォアは過去に爆発物を使ったことがあるのか？」

「彼のやった仕事をすべて知っているわけじゃないけど、使った経験があったとしても驚かないわ。わたしたち二人が単純な盗みで競い合っていたんだったら、わざわざ電話してきて手を引けと警告したりしなかったでしょうし」サマンサは肩をすくめた。「以前、殺しにも手を染めたみたいだけど、盗みほどやりがいがないっていつも言っていた。人間はあちこち動きまわって、よけい自分を攻撃されやすくしてしまうからだって。その点、品物は動かないから、それを狙って取りにいかなくちゃならない」

「君とデヴォアは以前に……パートナーだったことはあるの？」

サマンサは座席に深くもたれて、カーステレオのボタンを押した。「あら、やっぱりそう来たわね」モーツァルトの曲が流れてきて、顔をしかめる。「つまり犯罪のことだけじゃなく、ベッドをともにするパートナーだったかって訊いてるんでしょ。犯罪では、パートナーじゃなかったわ」

ハンドルを握るアディソンの胃がギュッと縮んだ。嫉妬か。ばかげている。予想もしなかった感情だったが、とにかくうなずいた。「だとしたら、訊いて悪かった」

「あやまるのはやめてよ。あなたのせいじゃないんだから。わたしの人生にはつねに、いろいろな人が出たり入ったりするの。別れには慣れてるわ」

「世をすねてるみたいな言い方だなあ」

「わたし、自分が得意なことに専念するようにしてるの。それにあなた、不平を言う立場じゃないでしょ。あなたは今、わたしの人生に『入ってる』状態なんだから」

でも、いったいいつまで？ アディソンは思った。「不平じゃないよ、単なるコメントさ」

サマンサはいつもの快活な笑みを浮かべた。「わかったわ。とにかく、エティエンヌが誰と契約を交わしてあの仕事をやったか、ストーニーが知ってることを願うわ。もし知らなかったら、わたしたちも警察と同じところで行きづまっちゃうもの」とび色がかったブロンドの髪が風に吹かれて顔にかかっている。サマンサはグッチのハンドバッグからゴムバンドを取りだし、カールした豊かな髪を後ろに上げて、粋なポニーテールにまとめた。

「俺たちは人ごみにうまくまぎれこむはずだったよね。なのにどうしてそんな高いハンドバッグを持ってきたの？」

「これしかなかったから。それに、こういうバッグを持ってると、いかにも観光客って感じに見えるでしょ。あなただって、野暮ったい野球帽かなんか持ってくればよかったのに」

「悪かった。今朝、自分のワードローブの野暮ったいセクションを調べるのを忘れたんだ」

サマンサはアディソンの横顔をしばらく眺めながら、目の前の道路に注意を向けているふりをしていた。幸いなことに、交通量は少ない。

「サングラスはかけたままでいてね。いつもと違ってスーツは着てないから、その分、人に気づかれにくいかもしれないけど。あとで『ギリガン君SOS』の主人公みたいな帽子でも買いましょうよ」

「いや、それは遠慮しとくよ」

サマンサはしばらく黙っていた。だがカーステレオの音楽によっぽど不満なのか、恨めしそうに見ているさまが、ほとんど滑稽と言ってよかった。「あのお目付役のドナーに、行き先を教えたんでしょう?」

「彼を信頼してるからだよ。それに――」

「わたしはあの人、信頼できない。あなたの財産がどのぐらいあるかを知ってる人間は、絶対に信用しちゃだめよ」

「俺の財産がどの程度かぐらい、誰だって知ってるさ」

「それはそうね。でも、誰もがドナーみたいに、あなたの財産をどうこうできる立場にあるわけじゃないわ」指先でウインドウフレームを叩いている。「あなたが死ねば、ドナーには巨額の利益が転がりこむはずよ」

アディソンは眉をひそめ、その考えをすぐに頭から追いだした。トム・ドナーは個人的にも一番親しくつきあっている友人だ。ばかげている。それに俺は最近、自分の人生にかかわる人間は慎重に選んでいる。「彼を信頼してるんだ」とアディソンはくり返した。「だからその話はもうやめだ」

「わかったわ、そのほうがいいなら。確かにわたしも、あなたの立場だったら、わたしみたいな人間と一緒にどこかへ行くときには、誰か信頼できる人に行き先を伝えておくでしょうね。ただ、自分ならドナーは選ばないな、と思うだけで」

その言葉は肯定と批判の両方を含んでいたが、アディソンは納得できた。「別のCDを聴きたいならそうしてもいいよ、ただ――」

サマンサは飛びつくようにしてカーステレオを操作した。曲はモーツァルトからベートーベン、ハイドンに変わったが、また深く腰かけて腕組みをする。「あなたのCDチェンジャーって、死んだ人の音楽しか入ってないの？」

「アンティークを好む君のことだから、クラシック音楽も好きだろうと思ったのに」

「好きよ。でもジェームズ・ボンドの車に乗って、ルーフを開けて走ってるのに、クラシックは合わないもの」

「だから俺はジェームズ・ボンドとは違って――」

サマンサはCDプレーヤーのスイッチを切ってラジオモードにし、お気に入りの音楽をかけているラジオ局を探しはじめた。イコライザーの画面には周波数が次々と表示され、電波の入りにくいところではジジーという音がする。ようやくヘビーなドラムとエレキギターが響く曲を流している番組にたどりつくと、音量を調整して、もとどおりゆったりと座席にもたれた。アディソンは笑っている。

「なんだこれ、いったい？」

「なんでもいいじゃない？　ビートのきいた音楽なら」

あごをふたたび腕の上にのせてもたれかかりながら、サマンサは車内に吹きこんでくる生暖かい風に目を細めた。フロリダという土地が好きだった。ヨーロッパでよく見られる、マツと樫の森の陰にひっそりとたたずむ絵のように美しい村々もすばらしいが、フロリダの持つ二面性のようなものに魅了されていた。

疾走する車から眺める景色はどんどん後ろへ飛んでいく。草がうっそうと生い茂る湿地が広がり、そのあいまに小さな家々が、国道から離れた未舗装の道路ぞいに建っている。前庭の芝生にさびだらけの車が停めてある家もある。小川の土手にそって、樹齢二〇〇年にはなりそうなニレや、シダレヤナギの木立が散在している。ハリケーンの強風に耐えてきたために曲がった大木の姿も、ビジネス街にそびえるガラスと鋼鉄でできた高層の建物に比べると小さく見える。

そして、パームビーチという楽園都市。このたった数キロ四方の街に、全米でも有数の大富豪の住む邸宅が集中している。それがサマンサの心を惹きつけてやまない。世間一般の目から隔離された美術品やアンティークの品々、そして現代の腐敗の象徴のような富の顕示──高級品だけを狙う泥棒にふさわしい、最高の稼ぎ場所だ。

サマンサはふたたびアディソンに目を走らせた。泥棒という職業にたずさわる者なら、普通、不意打ちは歓迎しないものだ。だがサマンサはまた、予期せぬ新鮮な驚きを楽しんでいる。

その一方で、予期せぬ驚きには難点もある。サマンサは頭を傾けて、サイドミラーをのぞきこむと、「車線を変えて」と言った。

「どうして？」

アディソンは実業家であって泥棒ではないのだ、とあらためて意識したサマンサは、リラックスした姿勢をくずさずに言った。「後ろの車も同じように車線変更するかどうか、確かめてみたいのよ」

アディソンは道路の前方を見つめたままだ。「あのベージュ色のセダンか？」

「気がついてたの？」サマンサは驚いて、思わず体を起こした。

アディソンはうなずいた。「あの車、俺たちが国道に入る前からずっと後ろにいる。でもここは主要幹線道路だからね、不自然じゃない」

「あなたの観察眼が鋭いのは認めるわ。でも、ちょっと妄想にとらわれる練習をする必要があるわね。とにかく車線を変えて、出口方面に向かって」

「つけられたりすること、よくあるのかい？」

サマンサはにこりと笑った。「ここ一週間だけよ。もともと、わたしの正体は誰にも知られてなかったから」

「だけど、もう知られてしまったというわけか」ハンドルを切ったアディソンはバックミラーに目をやった。三〇秒後、問題のセダンも同じ車線に移ってきた。

「でも、単なる偶然という可能性はある」そうつぶやくとアディソンは外側の車線に移り、バックミラーを注視しづけた。セダンはやはりついてくる。「偶然じゃないかもな」

「ほらね、妄想にとらわれる習慣が命を救うのよ。スピードを上げて。アクセルをいっぱいに踏みこんで」

「誰につけられてるか、知りたくないのか？」

「勘弁してよ、アディソン。好奇心は身の毒、猫でも殺すっていうじゃない。どこでも忍びこめる泥棒猫のわたしが言ってるのよ」

「なら、俺はオオカミだ」アディソンは言い返し、サマンサの指示とは反対に思いきりブレーキを踏みこんだ。

最先端のアンチロック・ブレーキシステムのおかげか、メルセデスベンツＳＬＫはがくがくと揺れ、タイヤから煙を出しながらも無事、急停車した。道路を走っている車はまばらだったが、後ろで急ブレーキをかけた大型トレーラーが、ＳＬＫのまわりをぐるりと回って衝突を免れ、横にそれて停まったときには、サマンサははっと息をのまずにはいられなかった。運転手はクラクションを大きく鳴らし、中指を一本突きだして毒づいた。「ばっかやろう、ふざけんじゃねえ」

すぐ後方を走っていたセダンは、アンチロック・ブレーキシステムがついていないのか、キキーッという音とともにスリップして後部を激しく左右に振りはじめた。わずか一〇センチほどの距離でかろうじてＳＬＫをよけ、幅の狭いサービスレーンからはみ出して横滑りしていく。運転者は危ういところで車の体勢を立て直し、草の茂った湿地に転がり落ちるのを防いだ。ドライビング技術は相当なものだ。それだけでも、やっぱりと思い当たるふしがいくつもある。セダンはけっきょく、ＳＬＫの前を通りこして一〇メートルほど先の路肩でようやく停まった。

「ほらね」アディソンは言うと、車をふたたび発進させてセダンのすぐ前で停めた。

「お見事。ただし向こうが武器を持っていなければの話よ」

アディソンは体の位置を変えてシートベルトをはずしたかと思うと、グロック三〇らしい銃をグローブボックスからすばやく取りだした。「いつも用意してあるのさ、抜かりなく」

「銃はだめよ」サマンサは厳しくはねつけ、シートベルトをはずすと車の外に飛びだした。「それに、銃なんかふりまわしていたら逮捕されるのがおちよ」

セダンの助手席側のドアがきしるような音を立てて開いた。

「こんにちは、カスティーロ刑事」サマンサが車に近づきながら声をかけると、刑事が中から姿を現した。できるだけ愛想よくね、と自分に言いきかせる。

「いったいなんのつもりですか、今のは？」刑事がうなり声を出した。

「わたしが悪かったんです」アディソンが後ろから近づいてきているのを感じながらサマンサは答えた。「あとをつけられてるのに気づいて、アディソンさんに車を停めてくださいってお願いしたの」無理やり笑顔を作る。「彼がパニックになるといけないと思って」

「いやあ、実際、ひどくあわてちゃって」アディソンが口をはさむ。「どうして私をつけて

「あなたじゃないわ。刑事さんたち、わたしのあとをつけてたのよ」サマンサが言う。「でもわたし、前に言いましたよね、何も悪いことはしてませんって。ただ、言わせていただくと、今みたいにつけてきたら、アディソンさんを追跡してる人たちにあなたが居場所をわざわざ教えてるようなものですよ」サマンサは軽蔑の色をあらわにしてセダンを手ぶりで示した。「観光客に九一年型のビュイックを貸しだすレンタカー業者はまずいないだろうし、いやしくも自尊心のある泥棒や人殺しなら、ベージュ色の古い車は絶対に運転しない。そこでドライビング技術を見ると、記者連中よりはるかにまし。ということで、刑事さんたちだと察しがついたわけ」

「なるほど。だったらなぜ、あんなふうに私たちを殺そうとした?」

アディソンはサマンサを押しのけて前に出た。「運転してたのは彼女じゃありませんよ。私がパニックに陥ってしまったって言ったでしょう? 刑事さん、何かご用がおありでしたか?」

「いいえ、特に何も。だがアディソンさん、憶えておいてくださいよ。あなたが殺されたら、私の首が飛ぶんですから。こんなところまで出かけられちゃ困るんです」

「できるだけ気をつけます」アディソンはサマンサの二の腕に手を回した。「じゃあ行こうか、サマンサ? 遅れるといけない」

「ええ。それからカスティーロ刑事、ご心配なく。アディソンさんの身を守るのは私の仕事ですから」一瞬、にこっと笑う。「それがどんなに厄介な仕事でもね」

カスティーロ刑事の口ひげがぴくぴく動いた。「まあ、少しは信じてやるさ、ジェリコ」

「あら、じゃあもっとがんばって働かなくちゃ」

二人はまたSLKに乗りこみ、車は順調に走りだした。「あいつらもう、追跡をあきらめるかな?」バックミラーをちらちら見ながらアディソンが訊く。

「たぶんね。でもカスティーロ刑事と同じことを考える奴がいるといけないからいちおう訊いておくけど、この車、最高時速はどのぐらい?」

アディソンはふたたび国道に戻り、おかしなロック音楽を流すラジオ番組の音量を上げて、アクセルを力いっぱい踏みこんだ。「どのぐらい出るか、試してみようじゃないか」

明るい黄色のSLKが南に向かい、途中でワープするかのような猛スピードで走りだすのをカスティーロ刑事はじっと見守った。「くそっ」

刑事がビュイックの助手席に戻ると、運転席のケネディ巡査は車を発進させた。「引きつづき、あとをつけましょうか?」

「いや、いい」

「ハイウェイ・パトロールに連絡して、スピード違反で捕まえさせますか?」

「いや」

「じゃあ、どうするんです?」

「署に戻ってアディソンの美術品にかけられた損害保険の請求関連書類を調べてみよう。奴がいくら金持ちだからって、捜査の対象にしちゃいけないってことにはならんからな」

「アディソンが一枚かんでいると思いますか？」

カスティーロは、熱意のこもったケネディ巡査の顔を見た。「一枚かんでるのはジェリコのほうだな。アディソンが彼女と一緒に行動しているのは、おそらく自分の意思だろう。これは単なる盗難と爆破の事件じゃない。だが考えをめぐらしてるだけじゃ刑事《デカ》の本領は発揮できないし、ここにいるのも時間の無駄だ」

ケネディ巡査は国道の下で方向転換し、北行きの高速入口ランプに入っていった。「ふん、俺、アディソンの弁護士に言ってやったんですよ。身辺警護なら俺に頼めばよかったのにって。おそらくあいつもなんか隠してますね、あんな尻軽そうな女を雇うなんて」

カスティーロはポケットからガムを一枚取りだして包み紙を開いた。「今朝、海から引きあげられた死体の身元を考えれば、もしかしたらあの尻軽女が世界一の泥棒ってことになるかもしれないんだぜ。少しは敬意を払えよ」


カスティーロ刑事らを乗せたビュイックが国道九五号に乗って北に向かったころ、反対側のガソリンスタンドでは、ウインドウにスモークガラスを使った黒いＢＭＷが発進していた。車はスピードを上げて南へ向かった。

バタフライワールドの駐車場は、かなり混んでいた。しかしそれもサマンサから見ればありがたかった。アディソンと一緒にいて目立たないようにふるまうのは難しい。たとえ人でごったがえす娯楽施設であってもだ。サマンサは空いているスペースを指さした。「ここらへんでいいわ」

アディソンは車を指定の位置に停めた。「どこにわなが仕掛けられているかわからないから、そのつもりで行動せよってことかな？」シートベルトをはずし、車の外に出ながら訊く。「だから出口からたった一メートルで、入口から四〇〇メートル離れてるところに駐車するんだろう」

「今日は、どこへ行ってもわなに引っかかる可能性があるわ」そう言うとサマンサはハンドバッグを肩からかけ、バナナ色の車のドアを閉めた。「でもね、あとをつけていたのが刑事で、運がよかったのよ」

「だけど君、車を停める前から刑事だってお見通しだったんだろう？」

悪賢さを責めるような口調でアディソンは言ったが、サマンサは肩をすくめて軽く受けながした。「さっき言ったように、年式の古いベージュの車に乗ってるような人は、味方ではないの。かといって敵でもないけど。それからわたしが知っている同業者は、もっと自分の趣味を大切にするわ。つまり残るは警察か、マスコミでしょ。記者連中でなくてありがたかったわ」

アディソンの敏感そうな唇に笑みが宿った。「君っていう人は、俺よりもカメラ嫌いなんだな、よーくわかったよ」

サマンサはうなずいた。「だからこそまわりに溶けこまなくちゃならないの」

「溶けこむ、ね。なるほど」差しだされた手に、サマンサはためらった。「楽しそうな観光客を演じなくちゃ、だったよね？」アディソンはからかうように言うと、指を動かして手招きした。「ハネムーン中の新婚ホヤホヤのカップル、なんてどうかな」

「深く考えすぎよ、アディソン」そう言うとサマンサは差しだされた手をとった。実は自分も想像力をたくましくしていたのだが、平気なふうを装う。

アディソンは温かい指をからめてきた。「リックって呼んでいいよ」

サマンサはうなずいた。でもまだリック、と自然に呼べるところまでいっていない。「行きましょう。入場受付は四時までで、五時には園内の客は全員、追いだされることになってるの」

「つまり四時に待ち合わせる理由は、俺たちが入場したあと、誰もよけいな奴が入ってこないからなんだな」

「つまり、そういうこと」

アディソンはサマンサの使う裏技の意味や奇妙な習性の理由について、驚くべき早さで理解できるようになっていた。もちろん、アディソンが飲みこみの悪い男だとは最初から思っていなかったが。

アディソンに教えてしまったものも含めて、ストーニーとのあいだで決めた暗号や合言葉はすべて変えなくてはならないだろうが、今までにもそういう経験はあった。父親が逮捕されたときのことだ。一から作り直すのは面倒とはいえ、身の安全を確保しつづけるためには欠かせない作業だった。

チケット売場に近づくにつれ、サマンサは肩越しに何度も後ろを見ずにはいられなくなっていた。だがベージュ色のビュイックは駐車場に入ってきていない。アディソンはバタフライワールドへ着くまでのあいだ、地上最高速度記録を破る勢いで吹っとばしてきたから、航空宇宙局《NASA》の宇宙船ぐらいのスピードで走れる車以外は追いつけなかったはずだ。それでも安心できなかった。後ろをふりかえらないでいると、イライラして気が変になりそうだった。

「大人二枚ください」アディソンがチケット売場の若い女の子に言った。

「閉園時間まであと一時間しかありませんが、それでもよろしいですか」穏やかな南部なまりが返ってきた。

「ええ、かまいません」

「二九ドル九〇セントです」

サマンサに有無を言わせず、アディソンはぴったりしたジーンズのポケットから札を出して払い、にっこり笑いながらチケットとおつりを受けとった。またサマンサの手をとり、入口へと向かう。「俺が現金で払ったのに気づいただろう。クレジットカードで買ったんじゃ、証拠が残るものな」体を寄せてそっとささやく。

サマンサの腕に鳥肌が立った。「物覚えが早いのね、アディソン」と言いながら、ストーニーが見ていませんようにと願った。アディソンの唇が耳たぶに触れたとき、体に震えが走った。筋肉も張りつめている。サマンサは速くなる呼吸を必死で抑えようとした。なんなの、この反応。やめるのよ、今すぐ。と、サマンサが自分に言いきかせているうちに、二人はバタフライワールドに入っていった。

蝶を放し飼いにしている展示施設は二重扉で守られ、蝶が逃げないよう工夫されていた。二人は無事最初のドアを抜けたが、次のドアの前で引っかかってしまった。アディソンはサマンサをそばに引きよせて、低い声で命令した。「俺をファーストネームで呼んでごらんよ」

「やめてよ、ストーニーが待ってるんだから」

「呼んでみて」

「もう、何よいったい」

「言ってくれよ、サマンサ」

「あなたって、なんでもかんでも思いどおりにならないと気がすまないのね」サマンサは無理やり含み笑いをしてみせた。「相手が自分の言うとおりにしないと、頭にきちゃうんでしょ。おあいにくさま、わたしは自分がやりたくないことはしな――」

アディソンは上体をかがめて唇をサマンサの唇に近づけた。自由になるほうの手をさっと彼女のウエストに回すと体を引きよせて、硬く引きしまった自分の下腹に押しつけた。唇がぴったりと重なり、サマンサの背筋を熱いものが走りぬけた。屋敷の庭で交わした最初のキスと違って、ためらいというものがない。アディソンが求めているのは何か、どんなに強く求めているかを思い知らせるような激しいキスだった。なんといっても最高なのは（そして最悪なのは）、サマンサもそれを強く求めていることだった。

湿度が高く暖かい空気が、建物の薄暗い入口付近によどんでいた。動かない空気がこもってむっとする。アディソンはサマンサにおおいかぶさり、展示室につながるドアに彼女の背中を押しつけた。重ねた唇は容赦なく動き、変化し、むさぼるように彼女を味わう。

「落ちついてよ、ターザン」やっとのことで声をしぼり出したサマンサは、あえぎながら熱く湿った空気を吸いこんだ。「人に見られたら――」

「俺の名前を言え」サマンサの下唇を歯で軽くはさみながら、アディソンはくり返した。

もう、しょうがない。「リック」くぐもった声でつぶやく。ますます強くドアに押しつけられて、頭の中はかすみがかかり、アディソン以外のことが考えられなくなっている。「あの――」

サマンサのお尻が当たってドアノブが少しずつ回りだし、ついに二人の体重を支えかねたドアが大きく開いた。唇を重ねあわせたまま、二人は温室の中になだれこんだ。

午後遅くに入園した観光客たちの何人かが、好奇心をあらわにして見ている。サマンサは無頓着そうな笑い声をあげ、アディソンの手をとってふざけるように大きく振った。「わたしたち、新婚さんですものねえ」誰ともなしに言う。肺の中の空気が残らずなくなって息切れしている状態で、しかもキスだけでほとんどオーガズムに達しそうになっているのに、そんな演技をするのは難しかったが、どうやらうまくいったようだ。

サマンサはアディソンから離れようとしたが、一メートルも進まないうちに手をとられてまた引きよせられた。「俺のそばにいるんだ、サマンサ」

「ふーん。今のキスも敬意の表現かしら、アディソン?」サマンサはささやき返す。

「いや、今のは欲望からだった。さっきのはなんだい、ハミングしたり、手をつないでふりまわしたりして?」

「まわりに溶けこもうとしてたのよ。新婚カップルはあなたが始めたお芝居じゃない。わたしは帽子をかぶったほうがいいってちょっと言ってみただけなのに、あなたったら、それをまるっきり鵜呑みにしたみたいにふるまうんだもの」

「君だって少しはのってやってたじゃないか。だったらあれも演技なのか? プールに投げこまれなかっただけありがたいと思えってこと?」アディソンは穏やかな声で続ける。

「あのときあなたをプールに突きおとしたいと思ってたら、やってたわ」サマンサはアディソンの体を引きつけながらささやいた。「もう、何言ってるの、ハニー」

「さっきのは演技だったのかな、ジェリコ?」アディソンは重ねて訊いた。

「もしかしたら、ね」うわ、言っちゃった。「そんなに男性ホルモンをむんむんさせないでよ、アディソン。あなたとチームを組んで成功させるのはただでさえ難しいのに、これ以上ものごとを複雑にしたくないの、今のところは」

アディソンはふたたび近づいてきた。黒く光って熱っぽい目だ。「もう、ちょっと複雑なことになってるさ」

まずいわ。「ちょっと、やめてくれない？　いったいどうしちゃったの？　車の中じゃ紳士的にふるまってたのに」

「ほんとは一日じゅう、我慢してたんだよ」ちょっとしたユーモアを交えて言う。「だけど車の中じゃ、運転してたからさ。今は運転してないだろ」

女性の観光客が数人、夫の肩越しに、あるいは熱帯雨林地域のシダのあいだからアディソンを見つめていた。リチャード・アディソンその人だと気づいたからなのか、それとも獲物を狙う肉食獣のような野性味のあるいい男に見えたからなのかはわからないが、サマンサはそこはかとない満足を覚えた。アディソンが求めているのはサマンサ・R・ジェリコなのよ。どう、うらやましいでしょ、奥さま方。

「蝶々でも見なさいよ。そのためにここへ来たんじゃないの」さとすような声で言いふくめる。

サマンサの手を握るアディソンの手に一瞬、力がこもったが、すぐにまたゆるむ。

「相棒の姿は見かけた？」

「まだよ。たぶん、本館の裏にある植物園にいると思う」絵はがきほどの大きさがある明るいブルーの蝶がひらひらと飛んできて、アディソンの黒い髪の上にとまった。「動かないで。蝶々のお友だちがご挨拶してるわよ」

「そりゃありがたい」

サマンサはくすくす笑った。「カメラを持ってくればよかったわ。蝶のフンって、どんな形かしら？」

アディソンがそっと頭を振ると蝶は軽やかに舞い、人工の暖かいジャングルへと飛んでいった。室内に流れているのはクラシック音楽で、その場にふさわしく、耳に快かった――誰でも評論家みたいなコメントをしてもいい雰囲気。

ドーム状の天井の下、何百匹という、ありとあらゆる色や大きさの蝶が木々や花のあいだを飛びまわっていた。暖かく細かい霧が、壁や熱帯植物の中に隠された機械から噴出している。

「きれいだな」アディソンが言った。サマンサも同感だった。

「もしかすると、もっと早く来たほうがよかったのかもね」

「もしかすると、今度また来て、本気で観光したほうがいいかも」

「そうね。デートみたいに？」サマンサはつぶやいた。

「閉園したあとの時間、借りきってあげてもいいよ。二人きりで楽しめるように」

シダ植物の中で手足を広げ、アディソンにおおいかぶさられている自分の姿を想像せずにはいられなかった。二人の頭上を、蝶がひらひら飛ぶんだろうな。「もう、少しは自制しなさいよ」

アディソンのほほえみを見ただけでサマンサは濡れてきた。「これでも、かなり自制してるつもりだよ」

二人はあわてず急がず、ドーム状の温室に作られた曲がりくねった小道をぶらぶら歩いて、奥のドアに向かった。「ストーニーってどんな男か、特徴を教えておいてくれる?」

室内に張られた透明感のある網を通して、はるか向こうのバラ園のベンチに座っているストーニーの姿が見えた。あ、いた。よかった。安堵感のあまり、体が震えだした。握っている手の感触でわかったのか、アディソンは歩みをゆるめてサマンサを見おろした。

「どうしたの?」

「ストーニーの特徴はね」サマンサはそう言ってアディソンの手を放すと、また歩きはじめた。「彼はプロレスラーのハルク・ホーガンと、ダイアナ・ロスをかけあわせたみたいな感じなの。鼻は今までに一〇〇回はゆうにつぶされてる。首には、銀の十字架のペンダントを下げてる」

サマンサはどんどん進んで二枚のドアを通りぬけ、「英国式バラ園」という標識にしたがって左手の道に入った。アディソンが追いついてくるころには、サマンサはペースを落としてゆっくり歩いていた。ストーニーと落ち合うためにせっかく慎重にお膳立てしたのに、ここで駆けだしてしまってはすべてが無駄になる。

サマンサの姿を見つけたストーニーは立ちあがった。しかし彼女の横にぴったりついているアディソンに気づいて、すぐにきびすを返し、バラ園の奥に向かって歩きはじめた。「危険なし」を示す暗号となる言葉はあるのだが、それを人前で叫ぶのをサマンサはためらった。

本当の意味では、まだ危険は去っていない。それにアディソンが一緒にいること自体、ストーニーにとってもサマンサにとっても、プラスにはならない。だがサマンサは、アディソンと組むと約束してしまった。だからといってストーニーと話せないまま帰ったりしたら、サマンサの中で何かが崩壊してしまいそうだった。

「マイアミ・ドルフィンズはどうなのかしら？」よく通る声で言うと、サマンサはアディソンと向かいあった。

「なんだって？」

「いいから黙ってこのまま続けて」押し殺した声で言う。「あのチーム、今回はスーパーボウルに出られると思う？」

「ああ、そうだな、伝説のクォーターバック、ダン・クエールが――」

「クエールは元副大統領。そうじゃなくてマリーノでしょ」

「――ダン・マリーノが引退した今となってはどうかなあ、わからないな」

「おたく、ドルフィンズのファンなんだろう？」深みのある、耳ざわりのいい声がサマンサの背後で聞こえた。

サマンサはアディソンを指さした。「外国から移住してきた人でね、今教育中なの。こちら、リチャード・アディソンよ」

「ウォルターっていいます」ストーニーは愛想よく手を差しだした。ただし次の瞬間、辛辣な言葉が飛びだした。「サム、頭がおかしくなったんじゃないのか。三人で一緒にいるところを見られたらおしまいだぞ」

アディソンが握手したのに続いて、サムもストーニーの手を握った。太くて節くれだっているが器用な相棒の指。なつかしくて、握った手がなかなか放せない。「エティエンヌのこと、聞いた？」

「ああ、聞いた。電話してくれるまでは、次に水死体となって浜辺に打ちあげられるのはサムにちがいないと、ずっと思ってたんだ」感情を声の奥に押し隠してはいるが、ストーニーのことだもの、どんなに心配していたか、わたしにはすぐわかる。

「エティエンヌは、警察がわたしの家に現れる直前に電話してきたの。深入りするな、やばいぞって警告したかったみたい。エティエンヌの今回の雇い主は誰か、あなた知ってる？」

感傷に浸るのは、あとに取っておこう。

ストーニーはアディソンをちらりと見やった。「サム、それより先にちょっとばかり事情を説明してもらわないと」

「二人で取り決めをしたんだ」アディソンが助け舟を出した。「サマンサは、俺の家を爆破しようとした犯人をつきとめるために力を貸す。俺はサマンサにかけられた容疑を——不法侵入と殺人の疑いを晴らす手助けをする、ということで」

「サムはあんたの命を助けたんだぜ」

「わかってる。だから俺はここに来たんだ」

「サムがあんたの体を引きずって階段を下りたって言うから、俺は忠告してやったんだ。わざわざ現場に居残ってそんなお節介焼いてどうするんだって。とんでもないトラブルに巻きこまれるぞって。実際の話、サムはクモ一匹だって踏みつぶせないんだぜ」

「ストーニー、よけいなこと言わないの」サマンサはぶっきらぼうに言った。あーあ。誰にも知られたくない秘密がばれちゃった。「わたしの想像では、エティエンヌを殺したのは、彼に仕事を依頼したクライアントか、でなければ仲介を務めた人物じゃないかと思うの。エティエンヌが誰に頼まれて仕事をしたか、心当たりはある？」

「それじゃ、話そう。たぶんヨーロッパ人だ。今回フロリダ入りしたとき、エティエンヌは海外から飛んできたからね。もし仲介者がいたとしたら、俺のほうでつきとめられるかもしれない。でもそんな奴はいなかったんじゃないかな。直で請けた仕事だと思う。エティエンヌは、仲介手数料を取られるのをいやがってたから」

ストーニーが「仲介手数料」という言葉を使ったのにあきれて、アディソンは舌打ちをしたが、そんな彼にサマンサは一瞥もくれない。「さて、危険なクイズの最後の質問よ、ストーニー。わたしたちの雇い主は誰だったの？」

「知らなかったのか？」アディソンはサマンサのひじをつかみ、小声で言った。

ストーニーは半歩後ろに下がって咳払いをした。「依頼の電話をかけてきたのはオハノンだ。こういう一大事になってから、問いつめてやろうと電話してみたんだが、切られちまった。今じゃ何度かけても出ない」

とんでもない。サマンサはストーニーにかみついた。「あなた、実際の依頼主が誰かも知らないで仕事を請けたの？　そうならそうと、なぜ言ってくれなかったのよ？」

「なぜって、謝礼の額がすごかったからさ。それにオハノンを通しての依頼だって言ったら君は引きうけなかっただろ。ショーン・オハノンのことなら、俺も一五年来のつきあいでどんな奴か知ってるしね」

「確かにそうね。オハノンの仕事だったらわたし、絶対に引きうけたりしなかった。オハノンなんて最低、人間のくずみたいな奴よ。ストーニー、あいつが誰のために仲介を務めてたか、調べてちょうだい」

ストーニーは山のような体を動かしてうなずいた。「君への連絡はどうやって?」

「俺の携帯電話にかけてくれ」アディソンが言い、入場券の裏に番号を書いた。「登録されてない電話番号だから」

「サム、君もそれでいいのかい?」

「よかないけど、まあ一番安全な連絡方法でしょうね。この事件、なんとしてでも解明しなくちゃ。それも、できるだけ早く」

ストーニーは一瞬、サマンサを見つめた。「サム、二人だけで話がしたいんだけどな」

「おい、秘密はなしだよ」アディソンが歯ぎしりせんばかりに言う。

「ほっとけばいいわ」そっけなく言うと、サマンサはつかまれていたひじを振りほどいた。

「すぐに戻ってくるから」

「サマンサ――」

「ここで待ってて」サマンサはゆったりとしたほほえみをたたえながら、アディソンに体を寄せて甘い声でささやいた。「待っててね、リック」

数メートル歩くと、サマンサとストーニーは香り高いバラに囲まれた小道に入った。アディソンはさっきまでストーニーが座っていたベンチに腰かけ、苦虫を嚙みつぶしたような顔をしている。相当、頭にきているようね。でも動かずにじっとしているから、努力を認めて一ポイントか二ポイントあげてもいいかもしれない。

「いったいぜんたいどうしちまったんだよ、サム？」話し声を聞かれないところまで来るやいなや、ストーニーがうなるような声で文句を言いはじめた。「アディソンのことを言ってるんでしょ……必要だから、今のところはとぼけている暇はない。

「必要って、なんのために？

ストーニーは首をかしげてサマンサの前に顔を突きだした。「必要って、なんのために？君の身の安全のためか？　へっ。もう、二人死んでるんだぞ。二人とも、石の銘板とあの屋敷と――あの大金持ちと関わりがある」

「わかってる」

眉をしかめながらも、ストーニーはまたサマンサの手をとった。「なんだかわからんけど、とにかく俺は君を信じてるから」

サマンサはストーニーの指をぎゅっと握りしめた。「うん、そう言ってもらえると、嬉しいけど」

「最初っから、うまくなかったんだ、この仕事は。こんなのに関わっちまったのは、俺のせいだよ。だけどサム、アディソンにくっついてたら、かえってますますドツボにはまっちゃうぜ」

「ほかにも何か知ってるんでしょ」サマンサは言い返した。「なんなの?」

「何かが狂っちまったんだ。俺が電話したとき、オハノンは震えあがってた。それに、エティエンヌが爆弾を使うなんて、普通だったらありえない。あまりにずさんすぎる。何か特別な理由があるんだろうけど、俺には想像がつかない」

「なんか、すべてがどこか変で、引っかかることだらけなのよね。お願い、探りを入れておいて。例の銘板が屋敷から消えてたから、エティエンヌがどこかに隠してないかぎり、誰かが手に入れたってことになる。あの品の売買の噂でも聞いたら、すぐに教えて。なんでもいいから情報をつかんだら、知らせてほしいの」

「で、サム。今回の謎解きがすむまで、あの大金持ちと一緒にいるつもりかい?」

「わからない」

「まあね、君を見るときのあいつの目つきにはすぐにピンときたよ。あいつのもくろみが君のためになるとは思えない。欲しいものはなんとしてでも手に入れて、そのあとはおかまいなしって奴にきまってるからさ」

それが本当かどうか、サマンサは確信が持てなかった。昼日中から、アディソンとのセックスを思いえがいてしまうような自分なのだ。「わかった、気をつけるわ。いつも自分の身を守ることだけはちゃんとやってるんだから。ストーニー、あなたのほうでできることをしてちょうだい、お願い」

「くそっ、わかったよ」

ストーニーは背を向けた。サマンサは彼の腕をつかんだ。「あなたも用心してね、わかった？」優しくささやく。「わたしにとって家族と呼べるのは、あなただけなんだから」

ストーニーは一瞬、笑顔になった。だがその表情から不安は消えていなかった。「おやおや、俺だけが家族。なんてこったい、気の毒に」

立ちさるストーニーの姿が消えるまで見守っていたサマンサは、アディソンのいるところへ戻った。「さあ、バラ園の見学、すませてしまいましょうか？」

「サマンサ。秘密は嫌いなんだよ、俺は」石のような硬い表情で、ベンチから立ちあがろうともしない。

「あなたにだってこの騒ぎとは別の、自分の人生があるでしょ」サマンサは熱をこめて言い返した。「あいにく、わたしにもわたしの人生があるのよ。ストーニーは、生まれてこのかた、ずっと知ってる家族のような存在よ。彼はわたしのことを心から心配してくれてるの。だから二人きりで話したいって。わかった？」顔にひとすじかかった髪の毛をふっと吹きとばすと、アディソンに手を差しのべる。

アディソンはゆっくりと手を伸ばし、サマンサの指をつかんだ。「実は、驚いたことに」立ちあがりながら言う。「俺も、君のことを心配してるんだよ」

12

土曜日、午後六時一五分

人生において、忍耐というのはひとつの美徳かもしれない。しかしリチャード・アディソンの場合、じっと耐えたり、気長に待ったりといった経験はあまりなかったし、第一、好きではなかった。疑問に対する答が、とにかく早く欲しいのだ。

北に向かって走る車の中、サマンサはカーステレオをいじるのをとうにあきらめていて、スピーカーからは静かなハイドンの曲が流れていた。オープンにしていたルーフを勝手に閉められても、文句ひとつ言わない。おそらくほかのことに気をとられているせいで、観光客の芝居で疲れたからではないだろう。

指でドアハンドルをとんとん叩いて、サマンサは言った。「事件について、あなたに知っておいてもらうべきだと思うことを、もし何もかも包みかくさず話したら……」一瞬、口をつぐんだ。「わたしは、自分の自由と安全以外のものまで、あなたの手に握られてしまうことになるのよ、リック」

リックだって。少しだけ、俺を受けいれてくれたわけか。「君は、俺の疑問の解明に協力するためにここにいるんだろう」

「そうね、どちらかというと、あなたに助けてもらうためにここにいる——でもその間《かん》、ちゃんと約束を果たそうとは思ってるわよ」

「じゃ、俺に何を求めてるんだい？　君から聞いた話をほかには絶対漏らさない、という約束の言葉が欲しいのか？　それは無理だよ、サマンサ。第一、俺は、自分が稼いで手に入れたり収集したりしたものが人に盗まれると考えただけでいやなんだ。第二に——」

「あのね」サマンサが体を起こして、さえぎった。「盗みよりも爆弾のためなの。こうして一緒にこの車に乗ってるのは、爆弾について事実をつきとめたいからよ」唇をゆがめて、次に言うべき言葉を慎重に探す。

「じゃあ、取引をしましょうよ。エティエンヌ・デヴォアに関してわたしが話したことで、使いたいと思う情報があればどうぞ、自由に使ってかまわないわ。それ以外でわたしが話したことや、あなたが自分で答を見つけたことも、自分の美術品や財産を守るのに活用してもらえばいい。ただしその情報は、警察には漏らさないという約束で」

「だめだね、そんな取引条件は呑めない」

「じゃあ、車を停めて、降ろしてちょうだい」

「だめだ」

サマンサはボタンを押してウインドウを下げた。「じゃあいいわ。飛びおりるから」

「ばかなことを言うんじゃない」アディソンはウインドウを上げ、また勝手に下げられることがないよう、制御盤のほうでロックした。

アディソンをにらみつけながら、サマンサはシートベルトをはずして後ろに手を伸ばし、自分の側のドアロックを解除した。「これ以上、譲れないわ。条件がお気に召さないのなら、わたしたちの協力関係は解消よ、今すぐ」

物品を手に入れるために人を殺すという考え方が、サマンサを怒らせているのだな——それは、最初に会ったときから感じていた。そんな怒りとこだわりがあるのなら、とりあえずこの協力関係を維持するための保証にはなる。まあ、条件を呑んでやってもいいか。

そう決断した心の底には、サマンサと寝てみたいと思う気持ちもあったことは否めない。それにサマンサだって、俺といちゃつくのもまんざらじゃないみたいだった。欲得ずくで演技をしているとはとうてい思えない。

「シートベルトを締めろ」

「それって、取引に合意するってこと？」

「ああ。ただし詳細はあとで話し合うという条件でだ」

サマンサはうなずいて、シートベルトを締めた。「なんか、物事がいちいち複雑よね」

こいつ、全然わかってないな。「俺は複雑なのが好きなんだよ。それはさておき、夕食はどうしようか。ルーニーズ・パブに寄ってアイルランド料理をつつくか、それともうちのハンスに電話してイタリア料理でも作ってもらう？」

「あなたって、そういうパターン多いわね」

「どんなパターン？」

「相手に選択肢を与えてるでしょ。そのうちひとつを選んだ相手は、これは自分で決めたことなんだと思いこむ。でもその実、あなたが主導権をすべて握ってるのよね」

アディソンはほほえんだ。「アイルランド料理か、イタリア料理か、どっち？」

「ルーニーズ・パブって、ダイヤモンドをたっぷりお持ちのジェームズ・ボンドさんにしては、ちょっと王道からはずれてない？」

「俺はイギリスのスパイじゃない。はぐらかすのはやめろよ」

「じゃ、アイルランド料理がいい」

なるほど。サマンサがなぜパブを選んだのか、わかるような気がした。人が集まる場所では、あまり個人的なことに立ち入った話はできないからだ。それなら、パブに着く前に会話をそういう方向に持っていっておかなければ。

「アイルランドといえば、さっき話に出てたオハノンはアイルランド系の名前だよね。ストーニーに依頼して、君を雇わせたっていう」

「くずみたいな奴よ」

「そう言ってたね。でもそれ以外の部分ではどう？　オハノンというのは率直に言って、どんな男？」

サマンサはいつもの快活そうな笑みを浮かべた。「切れ者よ。ロンドンを拠点にしてて、イギリス国外には出ない。といっても、実は飛行機に乗るのが怖いからなの。おまけに水恐怖症で、閉所恐怖症」サマンサは片方の脚を上げ、もう片方の脚の下に巻きつけるようにして組んだ。そのためアディソンと半ば向き合う形になった。「わたし、オハノンの仲介で仕事をするのはいやなの。だって、いつもわたしたち下請けの泥棒から搾取したり、とんでもない上前をはねたりするから」

「どんなふうに？」

「オハノンは下請けに仕事を持ちかけるとき、たとえばこんなふうに言うの。ある品を市場価格より五万ドルから一〇万ドル低い値段で欲しがっている買い手がいる、でもちょろい仕事だから、とかなんとか。それで下請けが引きうけるでしょ。すると仕事をしたあとになって、買い手が実は、市場価格より五万ドルから一〇万ドル高く払っていたとわかったりするのよ」

「それはすべてオハノンの儲けになるわけだな、下請けには一銭も渡さずに」

「そのとおり」

暗くなりはじめた道路に目をすえながら、アディソンはハンドルを握る手に少し力をこめた。「こんな考えはどうかな。オハノンに実入りの多い盗品取引のチャンスがめぐってきていたとしよう。だが問題の美術品は、盗まれたら広く報道されて大騒ぎになりそうな話題の品だ。そんな状況で、オハノンは下請けの誰かをわなにかけようとたくらむことをするタイプかい？　特に、ふだん仕事を引きうけない誰か、オハノンに対してあんたはくずよ、みたいなことを平気で言う誰かをはめて、濡れ衣を着せようと？」

答がないので、アディソンはちらりと横に目をやった。サマンサは唇を一文字に結んだ険しい顔をこちらに向けている。その緑の瞳は黄昏どきのかすかな光の中で、茶色がかったハシバミ色に見える。「あの爆弾があなたを狙ったものじゃなかったって、言いたいのね」

「そのぐらいやりかねない男なのか？」アディソンは問いつめた。

「そうか！」サマンサは頭に手をやり、ポニーテールをとめていたゴムバンドを引きぬいた。柔らかいとび色のブロンドが乱れて、ふわりと肩にかかる。「あいつだったら、やりかねないわ。だとするとつじつまが合うことがいくつかある。まったく……オハノンの奴、許せない！」

自分自身も小声で悪態をつきながら、アディソンはSLKを国道の路肩に寄せた。サマンサが車内のものを殴りはじめる前に、と思ったのだ。車が完全に停まらないうちに、サマンサは外に飛びだした。脇につけた両手をこぶしに握りしめ、大股でそこらを行ったり来たりしている。続いて降りたアディソンは、車によりかかって立ちながら、サマンサの怒りがしずまるのを待った。

爆弾の標的がサマンサだったかもしれないという可能性に思いあたったのは、彼女が屋敷の天窓から下りてきた夜のことだ。そのときは特に根拠があったわけではなく、なんとなくそう感じただけだった。いろいろな材料が出てきたのはそれ以降だ。今は亡き名うての泥棒、エティエンヌの警告。サマンサが信頼していない仲介者から請け負った仕事。そして、屋敷から消えたトロイの石の銘板——でも、それ以上の情報はまだ得られていない。警察がつかんでいる情報はさらに少ないはずだ。

「もしオハノンが君をはめたとすると、動機はなんだ？」アディソンは訊いた。

「金目当てでしょうね。オハノンはお金以外のものにつられて動くことはないし、それ以外には何も興味のない男だから」

サマンサがまた歩きまわりはじめるのをアディソンは見守った。「君はどう思う？ この筋書き」腕時計を見ながら言う。もうすぐ日が沈んであたりは真っ暗になる。もしサマンサが狙われているとすれば、こんなふうに道路脇に立っているのは危険だ。「オハノンは銘板を盗ませるためにデヴォアを送りこんだ。さらに都合のいい身代わりに仕立てようと、君を選んで仕事を依頼した——この筋書きだと、君は屋敷を逃げだすときに、もともとは警備の注意をそらすために自ら仕掛けた爆弾で死ぬことになる。ワイヤーを誤って引っかけて起爆させせて、ボンッ。そのあと『くず』のオハノンは、デヴォアを殺す。儲けを独り占めしようって魂胆だ、どうだい」

「考えられなくはないけど、ふたつだけ引っかかることがあるの。まずひとつめ、オハノンは臆病なところがあるのよ。人を殺せる度胸があるかどうか……」

サマンサの声がしだいに小さくなった。国道を走ってくる黒いＢＭＷが視野に入ったのだ。二人が立つ路肩に近い外側の車線に移り、スピードを落としながらだんだん迫ってくる。アディソンは一歩大きく踏みだして助手席側のドアを開け、サマンサに反対されてグローブボックスに戻しておいたグロック銃を取りだした。だが前後をほかの車にはさまれて走っていたBMWは停まることなく、二人のそばを通りすぎるとぐんと加速して離れていった。おい、ヒヤリとさせてくれるじゃないか。憐れみ深いよきサマリヤ人だか、警官だか、人殺しだか知らないが、注意しろよ。

サマンサもBMWに視線を注いでいた。「ふたつめは、もしわたしが爆弾で死んでいたら、盗みだした銘板を身につけたまま警察に発見されるだろうと考えるのが普通でしょ。でも銘板はなくなっている。だから誰か別の人間が関わっているってことになる。もしその別の人間がエティエンヌだったとしたら、彼から銘板を奪ったのは誰か、という疑問もわいてくる。飛行機嫌いのオハノンは、自らフロリダまで来られるわけがないから、誰かを雇ってやらせる必要があるわけよ。そうなるとオハノンの取り分は減ることになる」

「もしかしたらオハノンは、爆発で君と一緒に銘板も吹っとんでしまった、と警察に思いこませたかったのかもしれない」

「もしかしたらね。でも黒幕がオハノンだったら、彼はなぜ、わざわざ雇ったエティエンヌを消したかったのかしら。そこのところがどうも解《げ》せないのよ。盗品を提供してくれる泥棒を殺すような奴は、この世界では長く商売をやってられないから」

いろいろと考えをめぐらせているうちに落ちついてきたのだろう。サマンサの握りしめていた手からはしだいに力が抜け、せわしなく大股で歩きまわっていた足取りもゆっくりになってきた。「この事件、とことん考えぬく必要があるわ」そうつぶやくと、アディソンの目の前に来て止まった。

「それじゃ、羊飼いのパイ《シェパーズパイ》でも食べながら、じっくり考えてみようじゃないか」アディソンは言うと、サマンサのために助手席側のドアを開けた。「さあ、行こう」

パームビーチに近い地点だったが、国道はかなり混雑していた。だが道路脇に立つ二人を見かけてスピードを落とす車はもうなく、SLKは無事に車の流れに乗った。アディソンは車の往来よりも、サマンサ・ジェリコのことを心配していた。泥棒という職業は道徳的に許せなかったが、その反面、もし誰かがどんな理由にせよ、仕事がらみでサマンサを殺そうとしたら、それを阻止するためにひと肌脱ぐつもりだった。自分の中でいつそんな決意が芽生えたのか、いつのまに自分のほうがサマンサのボディガードになってしまったのか（実際、なっていた）、定かではなかったが。

一五分後、車はクレマティス通りに入り、ルーニーズ・パブの駐車場に乗りいれた。パブにはいつものように大勢の客がつめかけており、アイルランド音楽が外の通りにも響いていた。一見、プライバシーも何もあったものではないが、アディソンはこの店が好きだった。イギリスに戻ったかのような本格的な雰囲気を味わえる場所は、フロリダではそう多くないからだ。

「いらっしゃいませ、アディソンさま」女性の接客係が喜色満面で迎える。「今夜はお二人ですか？」

「アニー、すまないが、できれば奥のテーブルにしてもらえるかな」

「もちろんご用意できますわ」

アディソンは、店の奥へと歩きはじめるアニーのあとについていくよう、手ぶりでサマンサをうながした。このパブでは、アディソンがフロリダに滞在しているあいだは、静かでプライバシーが保てる空間を好む彼に配慮して、混雑しているバーから離れた奥のテーブルを取っておいてくれるのだ。

サマンサは正面のドアが見渡せる席を確保した。当然と言えば当然だろう。アディソンは自分の椅子をテーブルの横に動かし、角度を調整した。サマンサの肩越しに、ビリヤード室への出入りが見える位置だ。ジェームズ・ボンドばりかどうかはともかく、自分が秘密諜報員になったような気がしはじめていた。

アディソンはギネスビールを一人一パイントずつ注文した。ウェイトレスが去るやいなや、サマンサのほうに体を寄せて小声で言う。「君にとって、こういうのは珍しいんだろう？パブじゃなくて、爆弾のことだけど」

「どうも信じられないの、エティエンヌがまさかああいう……」サマンサはつばを飲みこんだ。「とにかくエティエンヌは、わたしが同じ夜に屋敷に忍びこんでいたとは知らなかったと思う。でなければ、電話してきたときあんなにむかついてはいなかったはず」

「しかしオハノンもあきれた奴だな。君を殺して、『死人に口なし』とばかりに都合よく利用しようとたくらむとは」

「でもそれだって、まだ推測にすぎないわ。好都合だから、という単純なことではなくて、もっと根が深いような気がするの」

「だったら、君の推理を聞かせてくれよ」

店内を見まわして観察していたサマンサの目が、急にアディソンに向けられた。唇にかすかな笑みが浮かぶ。「あなた、怒ってるみたいね」

「ああ、怒ってますよ」アディソンはテーブルの上におかれたサマンサの手をとると、手のひらのまわりに自分の指をかぶせた。

サマンサは少しびくりとしたが、手を引っこめようとはしなかった。「狙われているのがわたしだとすると、状況がすべて変わってくるわ。あなたとしては自分の身が危険でないのなら、わざわざわたしを助ける理由がなくなるもの」大きく息を吸いこむ。「そんな状況だと知りながら関わりつづけるとしたら、あなたちょっとアホよ」

「俺のトロイの石の銘板はまだ見つかっていない」アディソンは低い声で言った。「それに、うちにひと晩でも泊まった人は、俺の保護下にあることになる。君もそうだ」

「また封建領主みたいなことおっしゃるのね、パームビーチ伯爵？」

アディソンの唇の両端が上がった。「君が以前言ったように、どんな人間だって、たかが品物のために死ぬようなことになってはいけないんだ。俺が、君がそんな目にあわないですむようにしてやる」

「閣下ったら、ずいぶん傲慢でいらっしゃるのね」そう言いながらもサマンサは指に力をこめてアディソンの指を握った。「でも、ありがたいわ」

「サマンサ、君は俺の命を救ってくれたじゃないか、だからお互いさまだよ」

ウェイトレスが持ってきたビールを、サマンサは長いこと息もつかずにごくごくと飲んだ。今までの人生で、こんな目にあったことは一度もない。父親が古代ギリシャ建築の小型のフリーズ（彫刻などの装飾をほどこした小壁）を盗むという「ちょろい」仕事にかかっているあいだに警察に逮捕されたときは、サマンサはひどく打ちのめされた。父親を脱獄させる、国外へ逃亡させる、あるいは無実を証明するために別の事件を起こすなど、何千という筋書きを考え、何千という計画を練ってみた。どれも実現にはほど遠かった。だが、どんなに浅はかな、役に立たない計画であっても、考えているほうがましだった。一人ぼっちになったという、目の前が真っ暗になるような恐怖に襲われるよりも、ずっとよかった。

けっきょくサマンサは、父親にもう二度と会えず、裁判も傍聴できず、刑務所へ面会にも行けないという現実に慣れていった。そして二年と少し前、父親が獄中で死んだときには、かえって気が楽になった。それ以降はもう、脱獄した父親が自分の家に突然現れたらどうするか、という想定のもとに計画を考える必要がなくなった。また、父親が狭い監房に閉じこめられて一生を過ごすことになるのに、自分がのうのうと自由気ままに暮らしていることに対する後ろめたさを抱かずにすむようになったのだった。

今まで手がけてきた仕事はどれも、ある程度危険を伴うものだった。しかし、サマンサをわざわざ狙ってまで殺そうとした者はいなかったし、ましてや誰かの身代わりとして濡れ衣を着せるための便利な道具として利用しようとした者など皆無だった。アディソンの推理による筋書きは少々無理があるにしても、めぼしい材料がまだない中で、ある程度は納得できるひとつの可能性だろう。

一パイントのジョッキを飲みほしたサマンサが二杯目を頼むと、アディソンは羊飼いのパイ《シェパーズパイ》を二人前注文した。ひと晩たっぷり寝て、傷をきちんと縫合してもらったあとでも、サマンサは心身ともに疲れはて、傷ついていた。

オハノンが関わっていたという事実をストーニーから聞いたため、パズルのピースが何片か埋まってきた。もしアディソンの説が正しければ、ひどい話で腹も立つが、今のところはそう考えることにしよう。一方サマンサも、何通りかの説を立てていた。その推理が果たして当たっているかどうか、探ってみたい。そういう議論なら、すぐ隣に座っている男、サマンサよりもずっと節度のあるビールの飲み方をしているアディソンとしたかった。

「確か君は、デヴォアは殺しもやれる男だ、と言っていたよね」そう言うとアディソンは、通りがかりに興味しんしんで彼の顔を見つめていたカップルに軽く会釈をした。「だけど、君を傷つけるような人間ではないと、思ってるんだろう」

「ええ。ただ、もしエティエンヌが、自分が狙うことになる相手が誰か知らなかったか、あるいは誰かが彼に嘘をついていたと仮定すると、状況はもっと複雑になるわ。爆弾がわたしを狙って仕掛けられたものでないとすると、どうかしら。やっぱり誰かがあなたの命を狙っていたのかもしれない。そのほうが筋は通ってるけどね」

「俺が狙われるほうが筋が通ってるって、どうして?」

羊飼いのパイ《シェパーズパイ》がテーブルに並べられた。サマンサは、ジャガイモや玉ネギ、ニンジンなどの温かい野菜と、子牛の肉の香りを吸いこんだ。ウェイトレスが去って二人になり、サマンサがパイ皮代わりのマッシュポテトの層を切りわけると、皿から湯気が上がった。「わたしなんかを殺しても、意味がないもの」

「いや、そんなことはない。俺の意見は違う」アディソンはまだ、歯を食いしばった硬い表情だ。バタフライワールドから戻る車中も、抑えた怒りと緊張で目がギラギラしていた。

「いくらでも違う意見を言ってもいいけど、事実は事実よ。お金の面で、割に合わないの。銘板という高額の品があったって同じ。泥棒にとって、取引価格の一〇パーセントっていうのは悪くない分け前だけど、それでもエティエンヌが一五万ドルで盗みと殺人の両方を請け負うとは、ちょっと考えにくいわ」

「オハノンか誰かが、彼に割増金を払ったんじゃないのか？」

「なぜそんなことを？　関係者全員に儲けが行きわたらなくちゃならないのに」サマンサは顔をしかめた。「エティエンヌの場合、どんな仕事でもそんなはした金で請け負うかどうか、疑問だわ。わたしがあの仕事を引きうけたのは、ちょうど時間を持てあましていたところだったから。で、取り分は一〇パーセント。といってもわたしは殺されるはずだったから、どうせ勘定には入っていなかったでしょうけど。それと、エティエンヌを殺した奴にもいくらか支払われることになっていたはず。でも殺しだったら絶対に、もっと大きな額のお金が動くはずなのよ」

「だけど、個人的な恨みが動機だったとしたらどうだい？」

「わたしに対する恨み？」

アディソンは肩をすくめた。「最近、誰かをひどい目にあわせたことある？」

「憶えているかぎりでは、ないわ。あなたはどう？」

「俺も、特に記憶にない。君は、デヴォアとはうまくいってる——いや、いってたの？」

「まああだったわ。といっても最後に会ったのは、一年近く前だけど」サマンサは羊飼いのパイ《シェパーズパイ》に集中することにした。舌触りの柔らかさと軽くスパイスのきいた風味を楽しみながら、ギネスビールで流しこむようにして食べる。アディソンがこのパブを気に入るのも当然だわ。「わたしは最近……なんていうのか、おとなしくしてたから」

　グレーの目が急にサマンサを見あげる。「なぜ？」

もう、この人ったら何ごとにも口をはさまずにはいられないのね。「おやまあ、そうきましたか」アディソンの穏やかなイギリスなまりを誇張してまねる。強い自意識からくる警戒心を隠したかった。自分自身について語るのはひどく不慣れなのだ。「大した理由じゃないわ。ノートン美術館が昨年の秋に寄贈を受けて、ありとあらゆる作品が入ってきてるの。で、わたしは作品の清掃やカタログ作りを手伝っているわけ」

「君の合法的な仕事だな」アディソンは優しく言った。唇にはまたゆったりとしたほほえみが漂っている。

「やめてよ、イギリス紳士さん」

「わかったよ。まあ、パイを食べて。でも、デザートの『究極のチョコレートケーキ』のために少しはお腹を空けておくんだよ、ヤンキーのお嬢さん」

ふいに、明るい閃光に目を射られて、サマンサはびくりとした。アディソンを守ろうと本能的に片腕を突きだす。彼も負けずにすばやくサマンサの肩をつかみ、椅子から立ちあがらないよう押さえる。

「落ちついて」そうささやきながら、アディソンは二、三メートル離れたところにカメラを手にして立っている男を見すえた。「記者だ」

「いやだ、どうしよう」

「ご満足ですか？」アディソンは大声で言った。「もう写真は撮ったんだから、いいでしょう。友だちとの夕食を静かに楽しませてくださいよ」

カメラを持った記者はにやにや笑った。あまりにいやらしい流し目に、サマンサは足蹴りをくれて歯をへし折ってやりたくなった。「そちらのお友だちですが、お名前はあるんでしょうね、アディソンさん？」

サマンサの肩をつかんだアディソンの手にぐっと力がこめられた。「名前を言っておかなければ、つけこまれて大変なことになるぞ」耳元でささやく。まるで愛撫のようなしぐさだ。

また、フラッシュがたかれた。「お願い、やめてください。困るわ」サマンサは抗議した。

「サマンサ・ジェリコさんです。彼女はしかるべき理由があって、こうして私と一緒にいるんだ」アディソンは驚くほど優しい声で言った。「少しは私の言うことを信じてもらいたいですね」

逃げてどこかに隠れろ。体じゅうの神経がそう叫んでいたが、同時にサマンサは、確かにアディソンの言うとおり、正々堂々と名乗るべきだと感じていた。「サム・ジェリコです」プロらしく見えますようにと願いながら、作り笑いをする。

「ジェリコという苗字のスペルは、最後がoとeですから」アディソンが親切そうにつけ加える。

「お二人はどういうご関係ですか？」

「わたしは、アディソンさんの美術品防犯コンサル――」説明しようとするサマンサの声にかぶせて、アディソンが言った。「交際中です」

「ちょっと、何を――」

「今日は、身辺警護や防犯について彼女に相談にのってもらっているんです」アディソンはすらすらと続けた。「ほかに何かお訊きになりたいことは？」

「ついでに住所も教えていただけるとありがたいですね」

「そうやって調子にのってつついているうちに、私を本当に怒らせることになっても知りませんよ。我慢にも限度がある。君の名刺をもらおうか。今すぐ、出すんだ」

愛想のいいリチャード・アディソンは消えてしまっていた。代わりに、噂話で耳にし、ウェブサイトの記事などで読んだとおり、攻撃的な性格の実業家がそこにいた。記者はすぐにかまえていたカメラを下げ、ポケットを探って名刺を一枚取りだすと、黙ってアディソンに手渡した。当然よね、あれだけ脅されれば。

「ありがとう、ミスター……マディロですね。『ポスト』紙には、この事実を正確に、また品位を持って報道してくださることを期待しますよ。それでは、ごきげんよう」

「し、失礼します」

記者が二人に背を向けて歩きだすのを待って、サマンサはアディソンの肋骨のあたりにひじ鉄をくらわせた。アディソンはうっとうめいて体をふたつに折る。

「二度とこんなことしないでよ」押し殺した声で言うと、サマンサは椅子を押しやって立ちあがった。

アディソンはさっと体をひねるとサマンサの腕をつかんで引っぱり、椅子に無理やり座らせた。「くそいまいましい紹介は俺にまかせてくれ」うなるような声で言う。サマンサがふたたび立ちあがろうとしても、手を放そうとせずにがっちり押さえこんでいる。

「あんな紹介をしなくちゃまずいことでもあるっていうの？」

「君が俺と組んで事件の謎を解こうとしてるのを、マスコミに嗅ぎつけられないようにしたくて、交際相手だと言ったまでだ」空いている手で肋骨の打たれたところを押さえながら、アディソンは言い返した。「デヴォアを雇って爆弾を仕掛けさせた奴は、あのとき屋敷から逃げだした泥棒が女だという情報以外はつかんでないかもしれないだろう。俺がときどき女性とデートすることも、ふだんはボディガードをつけないことも世間では知られている。だから交際相手と言ったんだ。ところが今や、君が美術品と防犯の専門家でもあることが知られてしまった」

サマンサは抗議しかけていた口を閉じた。しまった。アディソンの手からようやく解放されたサマンサは、椅子に座ったまま、ゆっくり呼吸をととのえた。そしてめったに、というよりけっして使わない言葉を口にした。「ごめんなさい。せっかくの努力を、わたしが台無しにしちゃったわね」

「しょうがないさ。今後は、君の扱いにもっと気をつけなくちゃいけないな。要するにそういうことだ」

「強く突いたつもりはなかったんだけど」サマンサは手を伸ばしてアディソンの胸郭のへんに触れた。「大丈夫？」

「俺はこのあいだの夜、親切な若い女性にタックルされて命を救われたとき、あばら骨にちょっとした打撲傷を負った。そこんとこをやられた」

「まあ、どうしよう。そんなにひどかったなんて。本当にごめんなさい、リック。わたし、ただ——」

「君は、個人的なことに触れられるのがいやなんだな、わかったよ。バタフライワールドで新婚さんみたいにキスしたり手をつないだりしたのは人に見せるためで、あくまで芝居だったんだろう」

アディソンは誤解していた。だからといってサマンサの気持ちは楽にはならなかった。マスコミ向けのちょっとした言い逃れに対して、あれほど激しく反応するなんて、わたしらしくない。そう、自分だって言い逃れをして生きてきたのに。

「ストーニーが言ったとおりだわ」ビールの残りを飲みほしながら、サマンサはつぶやいた。「わたし、頭がおかしくなってるんだ」

けっきょくアディソンにすすめられて、デザートまでつきあわされたサマンサだったが、まさに『究極のチョコレートケーキ』だったため、強くは抗議しなかった。車に戻るとき、サマンサはアディソンの腕に手をそえた。

もし何者かに命を狙われているとしたら、ここから一六キロも離れた場所に仕事用の道具類を放置しておきたくはない——そう考えたサマンサは、思いきって言った。

「さて、わたしたちの協力関係も、今のところまあうまくいっているみたいだから、あなたがすすめてくれたように、わたしの車をお宅のガレージに移動させてもらってもかまわないかしら?」

「もちろん、かまわないよ」突然の歩み寄りに驚いたかもしれないが、アディソンはそれを表には出さなかった。横顔を見せながら、リモコンを押してSLKのドアロックを解除している。「まずはどこへお連れしましょうか?」

サマンサの指示にしたがって、車は走りだした。一五分後には、スーパーマーケットの駐車場に停めてある目立たない青のホンダ車のそばの路上に着いていた。「じゃあ、ガレージまで先導してくれる?」サマンサはSLKから降りながら訊いた。

街路灯の下で、アディソンはサマンサの顔をしばらく眺めていた。「どこへも逃げたりしないか?」

　サマンサは首を横に振った。アディソンにしがみつくか、あるいはこのまま夜の闇に消えられるぐらいの勇気があればいいのにと願いながら。「まだ今のところ、あなたと一緒にいるのが一番安全だから」

　アディソンは顔を少ししかめながら、ホンダが発進し、路上へ出てSLKの後ろにつくのを確かめてから出発した。アディソンの運転は慎重だった。信号のところで二台が離れたり、車間に別の車が割りこんできたりしないよう、懸命に気を使っているらしく、ふだんならほほえましいと思うほどだったが、サマンサにはまだそんな余裕がなく、ほかのことで頭がいっぱいだった。考えてみれば、わたしが命を狙われているからこそ、こういう状況になっているんだわ――果たして、喜んでいいものかどうか。

　ガレージの夜間担当の係員はまばたきもせず、手を振ってSLKを迎えいれた。アディソンが係員に何を告げたかはわからないが、サマンサの車も問題なくガレージに入ることができた。サマンサは出口に近いが通りからは見えない場所を見つけて車を停め、外に出た。

「車のトランクに、わたしの仕事道具を入れてもらえるスペースはあるかしら?」SLKのウインドウをのぞきこんで尋ねる。

「道具の大きさによるよ。はしごとか、引っかけ鉤《かぎ》とか持ってる?」

「そういうのはハンドバッグに入れてあるの」

「やっぱりね、そうじゃないかと思った」

アディソンはＳＬＫのトランクを開けるためのボタンを押した。サマンサもホンダの後ろに回ってトランクを開ける。よかった、何も盗《と》られていない。ＳＬＫのトランクにナップサックを放りこむと、アディソンが車の外に出てきた。続いてダッフルバッグと、取り扱いに特に注意を要する道具を入れた硬質素材のケース。すべて運びおえたサマンサはバタンと音を立ててトランクを閉め、そこに背をもたせかけた。「ありがとう」

「どういたしまして。ところで、またひとつ質問があるんだ」アディソンが言う。サマンサはふたたび助手席に乗りこみ、ＳＬＫはソラノ・ドラド館に向かった。

大切な仕事道具を手元におけるようになって安心し、くつろいだ気分になれたのか、サマンサは革のシートにゆったりと身を沈めた。「どうぞ、質問してもいいわよ」

「君は、自分が仕事をもらっている美術館からものを盗むことはあるの？」

無駄話はもうたくさん。「もし奥さんが、名前は忘れたけど貴族のサー・なんとかと一緒にベッドにいる現場を見つけなくても、あなたは離婚してた？」

「サー・ピーター・エマーソン・ウォリスだ」アディソンは答えたが、声が硬くなっている。「こういう会話を、イギリスでは『報復合戦』と呼ぶんだけどね。それをやってるつもりなのか？」

「そうよ」アディソンが前妻について語るのをいやがっているのを読みとりながら、サマンサはきっぱり答えた。「わたしの質問に答えてくれたら、わたしもあなたの質問に答えてあげる」

「取引しようとしてるな。さっきの質問の答はイエスだ。たぶん、いずれにしろそのうち離婚していただろうな」

予想外の反応だった。「なぜ？」

「まず俺の質問に答えてからにしてくれよ」

サマンサは息を吸いこんだ。なんでも知りたがるアディソンに対し、どの程度まで話せるか。問題が刻一刻と複雑になっていく。「答はノー。自分が仕事をしている美術館からは、わたしは盗まない。次、あなたの番よ」

アディソンは肩をすくめた。「結婚生活は三年で終わった。もう少し長く続けようと思えば続けられたかもしれない。でもやっぱり、どのみち離婚していたと思う。浮気の現場を見つけていなかったとしても。彼女は……俺のライフスタイルが好きになれなかったんだ」

「あなたが家の外に一歩出たとたん、女の人が寄ってたかって気を引こうとしたり、あなたが服を脱いだところを想像したりで、大もてだってことが理由？」

「それもあるけど、俺が四六時中、仕事のことばかり考えているのもいやだったんだろうね」車は主要幹線道路に入っていった。「今度は君の番だ。なぜ、自分が働いている美術館から盗まない？」

「どの美術館や博物館からも盗んでないわ」サマンサは暗がりに向かって顔をしかめた。車のウインドウにかすかに映る自分の姿を見つめている。「わたしには、くだらないこだわりがあるから。ああいうところに所蔵されているものは……あるべき場所にちゃんとおさまっている、と考えるの。でも誰であろうと、一人の人間が美術品の物語る歴史を支配することは、あってはならないと思うのよ」

「くだらないこだわりなんかじゃないよ、面白い」

だがサマンサの父親は、くだらない考えだと一蹴した。娘とは反対に、美術館や博物館、画廊にこだわって荒らしつづけ、そのせいで最後には逮捕され、有罪判決を受けたのだ。一人の収集家のものを盗んで怒らせるのと、国宝級の美術品を盗んで国家を怒らせるのとの違いからくる、当然の帰結だった。

サマンサはとめどもない回想をふりはらった。「サー・ピーター・ウォリスとは、友だちだったの？　その、浮気が発覚する前ってことだけど？」

「ああ。ケンブリッジ大学で同窓生だった。一年間、ルームメイトだったこともある」

「仲のいい友だちだったのね」

「しばらくのあいだはね。でもあいつは大変な負けず嫌いで、少しうんざりさせられるときもあった。車や、商取引や、女。何につけ、すごい対抗意識を燃やしていたな」

「じゃあ、彼が勝ったわけ？」

アディソンはサマンサをちらりと見た。「俺からパトリシアを奪ったから、勝ったっていうのか？　まあ、そうかもしれないな。彼は……友情の仮面の下で、俺を欺いていた。その事実のほうが、妻を寝取られたことよりよっぽどくやしくて、腹立たしかったよ」

「あなたは、そう簡単に人に欺かれたりしないものね」

「ああ、しない」

「それほど恨みのあるウォリスなのに、あなたの所有してるロンドンの別宅にパトリシアと一緒に住むのを許してるのはなぜ？」

「俺について、ずいぶん詳しく知ってるんだな」

サマンサはふっとほほえんでみせた。「インターネットで調べれば、あなたに関する記事がそこらじゅう、わんさと出てくるもの」

「そりゃすばらしい。ロンドンの別宅に二人を住まわせてる理由は、それで離婚手続きが短縮できたからなんだ。それと、まあ……そのぐらいはしてやってもいいかなと、思ったから。もちろん、どうぞお使いください、と嬉々として差しだしたわけじゃないよ。俺は、パトリシアに幸せな結婚生活を送らせてやれなかった。なのにその状況をよくする努力をあまりしなかったからね」アディソンは肩をすくめた。「もしかしたら俺は、努力しないでほっておくことで、離婚を決定的にしたかったのかもしれないな」

自分に対するたったひとつの質問に答えただけでアディソンから答をいくつも引き出せたことで、サマンサが一人悦に入っているうちに、SLKはスピードをゆるめ、ソラノ・ドラド館の私道に入った。正面ゲートには警官が二人、退屈しきって立っていた。今回は車内の二人をろくに見もせず、ゲートを開けて通してくれた。

車はヤシの木立を通りぬけ、屋敷の正面玄関の前に止まった。「警察の連中、自己満足して、もうどうでもよくなっちゃったみたい」サマンサが批評する。「もともとどうしようもなく甘い警備だけど、その効力はさらに半減ね」

二人が車を降り、玄関の前に着くと、アディソンはサマンサの腕をつかんだ。「まだひとつ、君に答えてもらわなきゃならない質問がある」そうつぶやくと、サマンサを自分のほうにふりむかせる。

サマンサはどうにか作り笑いをしてみせた。「もう免除されたと思ってたのに。まあいいわ、質問って何？」

アディソンはしばらくのあいだ、サマンサをじっと見つめていた。そして手を伸ばすと、サマンサの顔にかかった髪の束をなでるようにふりはらい、上体をかがめてキスした。優しく、温かく、余韻の残るそのキスは、唇からつま先まで、サマンサの全身にしびれるような熱気を送りこんだ。舌が歯のあいだにすべりこもうとしている。サマンサは何も考えずに、自然に口を開いて受けいれていた。体の奥深い部分が潤いはじめた。体と体が溶けあってしまいそうに思えたその瞬間、アディソンはほんの少し後ろに下がった。

「どうだいサマンサ、君の答は？」重ねた唇の下からささやいた。

13

土曜日、午後九時二一分

抱きあった二人は唇を重ねたまま、正面階段を少しずつ上っていった。いつのまにかサマンサがリードする形になって、アディソンは体を引っぱりあげられるにまかせている。ドアの鍵を取りだそうとアディソンのジーンズのポケットを探るサマンサの手がデニム生地越しに、硬く張りつめたものに触れた。びくりとして飛びあがりそうになる。ああ、なんて刺激なんだ。にこりとしたサマンサは彼の顔を下げさせ、口を開けたまま熱いキスを続けながら、手探りで見つけたドアの鍵穴に鍵を差しこみ、ドアノブを回した。

二人は倒れこむように玄関ホールに入った。重厚なヨーロッパオークのドアを閉めたアディソンは、そこにサマンサを押しつけ、頬を両手ではさんで唇をむさぼった。渦巻く情熱と強い欲求の中で、二人の舌がお互いを求めてじらすように離れてはからみ合う。アディソンはその波に呑みこまれそうになるほど酔いしれていた。いいぞ。彼女はいったん心を決めたら、とどまるところを知らないんだな。

今すぐ、サマンサが欲しかった。この大理石の床の上で、玄関から一番近いリビングルームのソファで、階段の上で。だが、ソラノ・ドラド館では警備員が数人、つねに庭や邸内を巡回している。そのことが意識にあったから、なんとかサマンサを床に押したおさずにいられた。

サマンサの背筋にそって上から手をすべらせ、彼女の体を自分の腰に引きつけながら、アディソンは、こんなふうに感じたのは久しぶりだと気づかされた。

セックスは単に楽しむためのものであって、エネルギーのすべてを注ぎこんで相手を所有したいという欲求ではないと思っていた。でもそれも今夜までのことだ。サマンサ・ジェリコが現れてからは、考え方が変わった。

「リック」サマンサはうめき、オープンシャツをつかんで引きおろすと腕から脱がせて、偽物の明朝《みんちょう》の花瓶の上に放り投げた。続いて黒いTシャツのすそをジーンズから引っぱりだす。

「二階へ行こう」やっとのことでかき集めた意志の力を総動員して、アディソンはふたたびサマンサを押しのけた。有無を言わさず、彼女の手をつかんで階段へと引っぱっていく。

もしここで「ノー」と言われたら、アディソンはどうしていいかわからなかっただろう。今日の午後、二人して車に乗りこんで以来、サマンサが欲しくてたまらず、体じゅうがうずいていた。サマンサという女性から、泥棒という彼女の仕事を切りはなしたくて、気が変になりそうだった。抱きたいという欲求と、盗みに対する非難の気持ちとが同居している状態は、どう考えてもおかしい。そのためアディソンは、自分が納得できる抜け道を探しつづけていた。

サマンサは美術館の仕事が好きらしい。職場からものを盗むことはないという。それなら泥棒稼業をやめて、まっとうな道を歩むことだって可能じゃないか、それほど好きな仕事なのだから。

階段を上りきるころには新たな欲求が沸きあがり、抑えきれなくなっていた。アディソンは踊り場で足を止め、サマンサの体を引きよせて唇をむさぼり、喉のところの柔らかく温かい肌を味わった。自分の体の重みでサマンサを壁に押しつけながら、手を伸ばして彼女のジーンズの前を開ける。パンティの中に手をすべりこませると、そこはもう濡れて、彼を受けいれたがっていた。

「もう、お行儀悪いんだから」サマンサはあえぎながら言う。

敏感な部分に指を入れられて、サマンサはうめき声をもらし、自分の体をアディソンにさらに密着させた。これまでの人生で、自分自身の経験と同業者に聞いた話から学んできたことのすべてが、今やっていることは間違っている、と警告していた。仕事の依頼主と、被害者——どちらも信用してはいけない。それなのに、爆発が起きた夜以来の自分の行動はどう見ても理にかなっていなかった。

廊下のつきあたりで人影が動き、サマンサは体を緊張させた。お楽しみもいいけれど、見物客がいるところではしたくない。「リック」唇を無理やり引きはなして彼の体を押しのけ、乱れた息の下からつぶやく。「やめて」

そのひと言で、本当にやめてほしいのだと感じたアディソンは、ジーンズの中に入れていた手を引きぬき、ふりかえった。廊下の向こうから警備員が一人、二人のいるほうへ近づいてくる。何気なさを装おうとしているその表情からすると、雇い主の手が今の今までどこに入れられていたかを目撃したにちがいない。だが警備員は軽くうなずくと、西側の棟に向かって歩いていった。

「くそっ」息づかいも荒くアディソンは言った。「さあ、行こう」

「いけないわ、こんなことしちゃ」サマンサは最後に残ったわずかな理性をふりしぼって訴えた。アディソンと一緒にいるのも、彼の注意を引くのも楽しかった。それに、あの官能をめざめさせるような手の動きも好きだった。でも、アディソンとベッドをともにすべきではない。彼がいると集中できなくなる。ここで感情に流されてはいけない。しっかりしなくちゃ。自分の命が、おそらく彼の命も、それにかかっているのだ。

「いけなくなんかないよ、すごくいいことさ」そう答えると、アディソンはまたサマンサの唇を奪った。熱く、攻撃的なキスだった。「君の中に入りたいんだ」

「ビジネスの取引のはずでしょ」サマンサは抵抗しながらも、けっきょくアディソンに引っぱられて前に進んでいた。二人は屋敷の東側へ向かっている。サマンサが行ったことのない棟だ。

「いや、ビジネスじゃない」アディソンはサマンサをじっと見つめながら答える。「怖いのかい？」あざけるような口調で、怖いと認めさせようとしている。

サマンサはふたたびキスを返した。「いいえ、全然」

アディソンはサマンサの手を引いて部屋に入り、ドアを閉めて鍵をかけた。ここね、彼の私室は。それが直感的にわかった。照明は、ロイヤルブルーを基調に、オークの家具で統一された広々としたリビングルームだった。部屋の隅におかれたほのかなランプだけ。警備員も立ち入りできず、監視カメラのたぐいも設置していないにちがいない。完全にプライベートな空間だ。

「すてき。さすが君主さまね」サマンサはつぶやいたが、次の瞬間、はっと息をのんだ。シャツの中に入りこんで乳房を包むアディソンの手を感じたからだ。

「うん、とてもすてきだ」アディソンは同意し、耳たぶを優しく噛んだ。

自制心なんか、くそくらえだわ。あとで身を引けばいいことよ。サマンサはアディソンのシャツを頭から脱がせた。肋骨のまわりに巻かれた包帯と、肩の上部に貼られた絆創膏に目をとめずにいられない。爆発で受けた傷だ。

この魅力あふれるセクシーな男がわたしを求めているのなら、逆らわないことにしよう。明日のことは明日考えればいい。今夜は、ラッキーな夜にしたい。

次に床に投げ捨てられたのはサマンサのTシャツだった。背中に腕を回されてブラのホックをはずされるあいだ、ふたたびとろけるようなキスに身をゆだねる。かすかにチョコレートの味がした。親指で乳首をこすられ、またうめいた。

「前から言おうと思ってたんだけど」アディソンは言うと、サマンサの体を少し後ろに傾けて胸に手をあて、乳房のまわりにゆっくりと円を描きはじめる。乳首をつまみ、親指と人差し指のあいだで転がす。乳首がたちまち硬くなる。「君の胸は、可愛らしい」

「嬉しい――」

アディソンはかがみこみ、左の乳首を口に含むと、吸いあげ、舌の先を使って愛撫した。「ああ、いいわ」サマンサはつぶやき、背を弓なりにそらして、ウェーブがかった彼の黒髪に手を差しいれた。膝ががくがくしてまっすぐ立っていられない。

二人は戸口のすぐ近くの床に倒れこんだ。リビングルームに続く入口の残りの部分と同じように、濃い藍色の分厚いカーペットが敷かれている。アディソンはサマンサの体を横たえて、借り物のジーンズを脱がせた。「それからこれも前から褒めようと思ってたんだけど、最高のお尻だよね」そう言うとサマンサにおおいかぶさり、胸とパンティのウエスト部分とのあいだに、じれったいほど悠長に舌をはわせる。「強力接着剤をつけてたときにそういうことを口にするのは、どうも気がひけたんだ」

「あなたって、正真正銘の紳士ね」サマンサはやっとのことで言い、パンティが脱げやすいように腰を持ちあげた。

にやりと笑いながら、アディソンはその薄く小さい布切れを肩越しにどこかへ放り投げた。「いや、紳士なんかじゃないよ」と言ってサマンサの膝を大きく広げ、脚側に向かって舌による攻撃を続ける。頭をさらに下げて、濃い色の茂みに達し、絶妙な動きをする唇と舌を使ってサマンサを激しくもだえさせた。また彼女の中に指を入れると、体がびくりと大きく跳ねあがる。

すごい、いい感じだ。でも、自制心を忘れて身もだえするのはどうやら彼女だけじゃなさそうだ。

「立って」サマンサはあえぎながら言うと、ぱんぱんに張ったジーンズの前に手が届くようにアディソンを立たせた。自分も体を起こし、息をはずませながらも笑みをたたえ、ジーンズのジッパーを下げにかかったが、わざとじらすようにやっていると、上から手がかぶさってきて、せきたてられた。サマンサはベルトのループをつかんでアディソンの体を引きよせ、唇をすぼめて彼の硬い乳首を口に含んだ。アディソンはうめき声をあげて、片方の手をサマンサの髪にからませ、もう片方でジッパーを下まで下ろした。

水着のグラビアモデルたちを満足させているのはこの人の持っているお金だけかしら。一瞬、そんな疑問が頭をよぎったが、サマンサはアディソンのジーンズを膝まで引きおろした。いいえ、違う。お金だけじゃなさそうね。「とっても立派だわ」そうささやくと、サマンサは硬くいきり立ったものに指をそっとからめ、上から下まで愛撫した。アディソンは頭をのけぞらせている。

「ああ、おかげさまで。一番いいときに見てくれてるからね」

アディソンはすばらしい体をしていた。ぜい肉がなく引きしまった筋肉質で、億万長者というよりプロのスポーツ選手と言ったほうが似合いそうな精悍さだ。あおむけにされたサマンサの頭の中には、熱いかすみのようなものが広がっている。アディソンはおおいかぶさってくると、また唇を求めた。強烈なディープキスだ。サマンサは黒髪に指を差しいれながら、体じゅうを攻められるままにまかせた。アディソンは彼女の脚の奥をもう一度味わっている。ああ、すごいわ。インターネットのサイトには、ベッドでの――もしくは床の上での――彼のテクニックがこんなにすばらしいなんて、ひと言も書いてなかったのに。「ううっ」彼女はうめいた。

「サマンサ」アディソンはつぶやき、ふたたび伸びあがって、彼女の肩から乳房にかけてゆっくりと円を描きながら舌で探検し、乳首を吸った。

サマンサはアディソンの背中の筋肉の張りつめた隆起を指でこねるようになでた。忘れるのよ。自分に言いきかせる。自制や決断については、あとで悩めばいい。ただ楽しむのよ。なすがままに。アディソンの手が巧みに、急がずあわてず、体じゅうを動きまわるうちに、サマンサの中に熱く切迫した感覚が高まっていく。彼の手は乳房からつま先まで行ったかと思うとまた戻ってくる。今度は唇が中心の愛撫が続く。サマンサはもう、ほとんど息ができなくなり、ただあえぐだけだ。「リック――リチャード。中に入ってきて、今すぐ」

「俺――あっ、しまった」アディソンは急に起きあがり、サマンサから離れた。

「何？　なんなの、いったい？」熱が急に冷めていく。いや、なぜここでやめるの。めちゃくちゃに殴ってやりたい。

「動かないで。すぐに戻ってくるから」

見ていると、股間を見事なほどにそそり立たせたままのアディソンは浴室に向かってすたすたと歩いていき、まもなく出てきた。「ああ、防弾チョッキね」サマンサは息をついて、アディソンの肩に手を伸ばし、自分の体の上にふたたび引きよせた。激しい欲望のために思考力が曇って、避妊のことなど考える余裕さえなかった。まったく、サマンサらしくない。ただ、リチャード・アディソンのような男とベッド（この場合は床だが）をともにすることも、サマンサらしくない行動だった。

「準備はできてるかな」アディソンはつぶやくように言い、サマンサの膝を少しずつ開いていく。

「もちろんよ、いつでも」

耐えられないほどゆっくりと、アディソンが中に入ってくる。サマンサは頭をのけぞらせて受けいれた。熱く、怒張したものが体の奥を満たしていく感覚がたまらない。息が止まりそうになり、目を閉じた。

「だめだ、目を閉じちゃ。俺を見て」アディソンはうなるような声を出し、根元まで埋めこんだ。

サマンサはアディソンにしがみつきながら無理やり目を開けて、濃いグレーの瞳を見つめた。彼はすごく大きくて、岩みたいに硬い。

アディソンが腰を動かしはじめると、サマンサは体を弓なりにそらせてそれに応えた。彼はまるで火のようだ。サマンサはその火に焼かれた。肩に腕を回し、自分の足首をその腰にからませて、動きに合わせる。ますます膨張するもので突かれるたびに、手を彼の背中や臀部に食いこませ、高まっていく。そして弱々しい泣き声とともに、サマンサは砕けちった。

アディソンはペースをゆるめながらもやめようとしない。出したり、入れたりをくり返す。

「ああ、すごくいいよ」

サマンサはもう、声が出なかった。空気を求めてあえぎ、頭の中にたちこめる白いかすみの中で漂う以外、何もできない。長く続くオーガズム。アディソンが漕ぐゆっくりとしたリズムに乗って、サマンサは今まで経験したことのないところまで上りつめた。

「すごかったわ」ようやく口がきけるようになったサマンサはつぶやいた。定まらない目の焦点を合わせようとしている。「もう一度、して」

アディソンはくすりと笑い、上体をかがめてまたディープキスをした。「俺はもう、止まらないよ」

今度は動きを速めたアディソンは、後ろに手を回してサマンサの脚を持ちあげ、自分の腰の高い位置にからみつかせようとする。サマンサがそのとおりにすると、彼のものがぐっと奥まで深く突きささった。二人の興奮がしだいに高まっていくのを感じながら、サマンサは下腹の筋肉を動かして、彼を締めつけた。ふだんのトレーニングも無駄にはならないものね。快感にうめき声をあげ、アディソンはサマンサの肩に手をついて、深く、激しく、速く突きいれる動作をくり返す。意外な攻撃を受けて、サマンサはまた絶頂に達した。彼の体にしがみついて、引きよせる。

アディソンは満ちたりた低いうめきとともに達し、サマンサの体におおいかぶさった。彼女の首のすぐ横の床に頭をもたせかける。その背中に腕を回して抱きしめながら、サマンサはようやく目を閉じた。彼の荒い息づかいを聞き、同じリズムで鳴る心臓の鼓動を感じているあいだに、サマンサはなぜ自分が彼をあんなに強く求めていたかに気づいた。リチャード・アディソンの腕の中にいると、安心できるのだ。

ややあって、アディソンは頭を上げた。片目の上に黒髪がかかったまま、サマンサを見おろす。「寝室は向こうだ。行こうか？」

サマンサは浅い呼吸の下でくすっと笑い、アディソンにまたキスすると、彼の汗ばんだまっすぐな背筋を指でたどった。「防弾チョッキ、何枚ある？」

「とても十分とは言えないのは明らかだな」と答えてアディソンは立ちあがり、裸のサマンサを腕に抱えると、ダークブルーで統一された寝室へ運んでいった。

体を動かさないように注意しながら、アディソンはゆっくりと目を開けた。数日前の自分なら、サマンサ・ジェリコと同じベッドで朝を迎えるなんて、夢にも思わなかっただろう。だが今はどうだ。すぐ脇に寄りそって眠るサマンサがいる。その片手は軽く握ったままアディソンの胸の上におかれ、呼吸は規則正しく柔らかく、彼の耳をなでている。寝顔に乱れかかったとび色のブロンドが、アディソンの肩をくすぐる。腕枕をしてやっているほうの腕はしびれきっているが、彼はかまわなかった。

すばらしい一夜だった。サマンサは触感でものを把握するタイプではないかと想像していたが、やはりそのとおりだった。アディソンの体で、サマンサが手や口で探検しなかった部分はひとつもないぐらいなのだから。

パトリシアと出会う前も、そして別れたあとも、アディソンのまわりにはつねに女性がいた。たいていはモデルや女優だった。アディソンとつきあっているとプライバシーは失われ、デートの時間もなかなかとれないが、それを気にしない人種だからだ。

サマンサとつきあうには、その両方が問題になる。プライバシーを守ることは、サマンサにとっても、彼女の仕事にとっても不可欠だ。それに、二人が事件の謎を解明したら、サマンサはすぐにでも姿を消し、もとの生活に戻るつもりでいる。いや、そんなことはさせるものか。

サマンサは目を開け、たちまち警戒の表情になったが、ここがどこか、なぜここにいるのかをすぐに思い出したらしい。「おはよう」恥ずかしそうな笑みを浮かべて言うと、猫のように伸びをした。

「おはよう」

腕枕ですっかりしびれていたアディソンの腕はやっと解放された。指を曲げ伸ばしして血液の循環をよくする。そして大丈夫なほうの腕を自分の頭の下に入れて、サマンサを眺めた。ベッドの上に起きあがったときに皮膚の下で筋肉が動くさま、いかにも満ち足りたといった感じの表情、腕を頭の上まで上げて伸ばしたときに持ちあがる小ぶりな乳房。またコンドームをひと箱、買い足さなければならないのも面倒でいまいましいが、それにもかかわらずアディソンの股間はまた硬くなった。

サマンサは、アディソンのウエストのすぐ下にかけられた毛布の状態を横目で見た。「あら、大変なことになってる。イギリス人って穏やかで、反応が鈍いんだと思ってたのに」「七回の表裏《おもてうら》の攻防、いくかい？」アディソンは起きあがってサマンサの横に並び、左の乳房に片手をあてがった。手のひらを押しつけてみると、乳首が尖るのが感じられる。「こういうのって野球っぽくて、アメリカ風だろ？」

「わぉ、今度で七回目？」巧みな手にまさぐられて、サマンサは背を弓なりにそらす。「一回のオーガズムがずうっと続いてるんだと思ってたのに」

「君の感じ方はそうだったかもしれないね。でも俺は、コンドームを使うたびに数を数えなきゃならなかったからさ」

サマンサは声をあげて笑い、アディソンの首に腕を投げかけると、口に、耳に、喉に、胸に、体じゅう、唇の届くところすべてにキスを浴びせた。

昨夜のサマンサはあけっぴろげで、打てば響くように反応していた。でも本気で笑っているところを見せてくれたのは、これが初めてだった。アディソンはにっこりとほほえみ返すと、サマンサを向かい合わせに膝の上に座らせた。太ももの縫合跡を引っぱらないよう気をつけながら、彼の腰をはさむ形で脚を広げさせて、ゆっくりと貫いた。

終わるころにはすっかり日が高くなっていて、アディソンはＷＮＢＴの買収に関する会議にまた出られなかった。それに二人ともお腹がぺこぺこだった。

「レイナルドに電話して、朝食を持ってこさせるよ」アディソンは言い、ナイトテーブルに手を伸ばして電話をつかんだ。

サマンサは、アディソンの最後の「打席」でさせられた格好のまま、うつ伏せに寝ていた。

「ううん、先にシャワーを浴びたい。それと、服がいるわ。清潔な下着もね」

「取りよせて届けさせるよ」

サマンサはくるりと顔を向けた。「あなたに下着を買ってもらうつもりはないわ」きっぱりと言う。「車の中のバッグに何枚かあるから」

「わかった。じゃ、それを持ってくるように言おう」かすかな不快感を覚えながらアディソンは応じた。「君が逃げようとしたりしないんなら、ね」

にやにや笑いながらサマンサは体を半分だけ起こし、脇腹を下にしてアディソンの顔をまともに見つめた。「閣下、わたしは今、閣下のベッドで裸になっていますけど、わたしたちのあいだでは、セックスには関係のない取引がまだちゃんと生きてますから」

「俺が食事と服を注文して持ってこさせてもいいなら、取引はまだ有効としよう」

「ねえ、億万長者さん」サマンサは反発した。体をひねって起きあがると、脚をずらしてベッドの脇に垂らす。「見せびらかすのはやめることね。あなたがピンクのパンティを買える能力を持ちあわせていたからって、わたしは感心したりしないから。ねえ、上にはおるバスローブかなんか、取ってきてくれない」

「バスローブは浴室のドアの後ろにかかってるよ。自分で取っておいで、泥棒さん」

一瞬、にこりとしたサマンサは、アディソンの頬に軽いキスをしてベッドから下り、裸のまま、大急ぎで寝室から走り出た。アディソンは起きあがり、サマンサの姿を見送った。サマンサ・ジェリコのことがいまだによくわからなかった。驚くほど強情で強靭で、それでいてかよわく繊細なところがある。そんなサマンサに、アディソンは魅せられていた。彼女の中に入り、上になったり、下になったり、横に寄りそったりして一夜を過ごしたが、興奮はいささかも冷めていない。

俺もシャワーを浴びたくなってきた。浴室でサマンサと一緒に浴びたら最高だろうな。アディソンは低くうなると、立ちあがった。これまで生きてきた三三年間で、昨夜のようなすばらしい夜はそうなかった。いや、一回でもあったかどうか、すぐには思いつかない。にやにや笑いながら、リビングルームに投げ散らされた服のあいだを通って浴室へ向かう。ドアの前まで行くと、サマンサがちょうど出てきた。

「今から、車のところへ行ってくるわ」白いシルクのローブのひもを結びながら言う。

アディソンはドアの裏に手を伸ばし、ブルーのローブをフックからはずした。「俺も一緒に行くよ」

「わたし、逃げたりしないのに」サマンサは言いながら、ブルーのローブの前を合わせ、ウエストの位置でひもを結んでくれた。それで雰囲気がなごんで、文句が文句に聞こえない。

サマンサが「まだ、今は」という言葉をつけ加えるのではないかという気がして、アディソンは待った。彼女はそれ以上何も言わなかったが、その言葉は二人が立っている空間に漂っているように思えた。

アディソンは無理してほほえみながら、サマンサの体を引きよせてキスした。「車から戻ったら、朝食にしていいよね」

「いいわ」

使用人を驚かせないよう乱れた髪の毛を手ぐしですいて、アディソンはサマンサのあとから階下へ下りた。正面のドアから出ようとするサマンサのウエストに腕を回し、「ガレージにおいてあるんだった」と言うと、方向を変えて建物の奥へ案内した。

サマンサは予想どおり、いっときは体に回された腕をそのままにしていたが、すぐにふりほどいた。人前で愛情表現をすることに対する抵抗感ではないだろう。それよりサマンサには、昨夜は別として、つねに自分のまわりにスペースを作っておく必要があるようだ。心理的にも、肉体的にも。

そういうことなら、俺が気づかせてやろうじゃないか。手をつないだからといって、自分のもろさを見せたことにはならないし、わなにはめられたとか、弱みを握られたと感じる必要はないのだと、サマンサに気づかせてやるために、少しばかり努力してみようとアディソンは思った。だが今朝のところは、一歩後ろからついていって、柔らかいシルクのローブの下で左右に揺れるヒップを鑑賞させてもらうだけで、まあよしとするか。

ガレージの場所がどこかぐらい、サマンサは承知しているにちがいない。以前、この屋敷の見取り図を研究したと言っていたからだ。かといって、調理場の脇のドアを通りぬけたときの彼女の反応を見ても、アディソンは驚かなかった。

「何これ！　すごい」叫び声が高い天井に跳ねかえってこだました。「ガレージじゃないみたい。これじゃまるで……スタジアムだわ」

「俺は車が趣味だから」弁明のつもりでアディソンは言い、サマンサの手をとって車の群れの中を案内した。ぴかぴかの新車、クラシックカー、そしてあの黄色いメルセデスベンツSLK。

「ロールスロイスの後部座席でセックスしたことあるかい？」サマンサのローブのポケットに手をすべりこませたアディソンは、薄い生地越しに太ももを愛撫した。

サマンサは作り笑いをしてみせた。「いいえ、記憶にあるかぎりでは、したことないわ」

「それは改善しなくちゃいけないね。じゃあ、ベントレーではどう？」

「勘弁してよ。わたしを殺すつもりね」

アディソンはSLKのトランクを開けたとき、自分はたぶんひとりよがりで、自己満足な男に見えるのだろうなと思ったが、それでも気にしなかった。「この中のもの、全部二階へ持っていったほうがよさそうだな」そう言いながらバッグのひとつに手を伸ばす。

サマンサは愛用のナップサックを引っぱりだした。「わたしのものをこの屋敷においてもかまわないっていうこと？」

「だって、君は泊まってるんだから……」アディソンはトランクの中を見おろしながら答えたが、みなまで言いおわらずに黙りこんだ。

　指の関節が、何か硬くて平たいものに当たったのだ。それはサマンサのダッフルバッグから半分外にはみ出していた。眉をひそめながらアディソンはバッグを開け、ファスナーの間にはさまれている、布に包まれたものを中に戻そうとした。

「ちょっと、人の私有物を勝手に……」さっきまでリラックスしていたアディソンの表情が凍りついているのに気づき、サマンサの声がしだいに小さくなった。

　固唾を飲み、アディソンの視線の先をたどっていく。

「信じられない……」

14

日曜日、午前一〇時三六分

「アディソンさん、おはようございます。いきなり押しかけてきてご迷惑だったかもしれませんが、お宅の警備員に聞いたら、こちらにおられるということだったので」ガレージ正面の広い両開きのドアから入ってきたのはカスティーロ刑事だった。

ののしりの言葉を吐きながら、アディソンはたった今見つけたばかりのトロイの石の銘板をダッフルバッグに戻し、くるりとふりむいた。なんてこった。こんなときに、どうして。その横で、サマンサは真っ青な顔をしている。ナップサックを両手できつく握りしめているため、指の関節の腱《けん》が浮きだして見えるほどだ。アディソンがなんとか平静な表情を保っていられたのは、自分を律するすべを身につけた、成功した実業家としての経験のおかげ以外の何ものでもなかった。「カスティーロ刑事。予定では、後ほどドナーのオフィスでお会いすることになってたはずですが」

「ええ、でもご自宅のほうがくつろいでお話しできるだろうと思ったものですから。それに、アディソンさんがむしゃくしゃしているときの運転ぶりを見させていただいたので、一般市民を危険な目にあわせるに忍びなくて」黒く鋭い目は、二人のローブ、裸足、お互いの肩を寄せあっているようすを観察している。

　わずかに不快感をにじませた冷静なほほえみを保ちながら、アディソンはなるほどとうなずいた。カスティーロは俺たちがいちゃいちゃしていたのを見たにちがいない。これからは、二人がつるんで行動しているとみなされる。サマンサのダッフルバッグに入っていたのが盗まれたはずの銘板だったことを考えると、二人はもがいてもどうにもならない泥沼にはまってしまったようだ。

「そうですね、でもここよりは調理場のほうがくつろげるんですが。刑事さんさえよかったら、そちらで」

「コーヒーつきってことですか？」

「ええ、ごちそうしますよ」

　サマンサの持ち物は一見すると泥棒の商売道具のようには見えないが、カスティーロ刑事は以前から、彼女の話に疑いを抱いていた。そして、サマンサのダッフルバッグに銘板が入っているという事実にもかかわらず、アディソンの頭に最初に浮かんだのは、驚いたことに、彼女を守ろうという思いだった。いまいましい。アディソンは何かにこぶしを叩きつけてやりたい気分だったが、なんとかこらえてダッフルバッグと硬質素材のケースをトランクから引っぱりだした。「着替えをしてきますので、少しお待ちいただけますか？」

刑事は肩をすくめた。「どうぞ。荷物を運ぶのをお手伝いしましょうか?」

「いえ、自分たちで運べますから」口をきけるまでに立ち直ったサマンサが言う。もう、いつもの冷静さと落ちつきを取りもどしている。プロの泥棒で嘘つきの涼しい顔で言葉をつぐ。「わたしの……私物を少しおかせてもらうことになって」

「なるほどね、今朝の新聞で読みましたが、お二人は交際中だそうですね」アディソンがダッフルバッグを肩からかけると、カスティーロ刑事は一歩後ろに下がった。「きっと、昨日の取材だったんでしょうね」二人の一歩あとについて歩きながら続ける。「ところでミス・ジェリコ、もしお伺いしてよろしければ、その私物はどちらから持ってこられたものですか? つまりですね、あなたについてコンピュータで調べてみたんですが、住民登録がないんですよ。運転免許さえも」

すばらしい。だとするとあの車も盗んだものか。アディソンは腹が立ってしかたなかった。だが腹を立てているのがサマンサに対してなのか、それともだまされた自分に対してなのかはわからなかった。そのうえ今や自分は、警察に証拠を隠している——これは重罪にあたる。いつも嘘ばかりついていると自ら認めている女に対する執着心を捨てられないという理由だけで、証拠隠しをしようとしているのだ。

「ずっと友だちの家に居候してたんです」サマンサは顔をこころもちゆがめて答える。「気を悪くしないでほしいんですけど、わたしの場合、父親があああいう人でしたから、どこかに腰を落ちつけて暮らそうとすると、警官にいやがらせを受けることが多くて。一箇所に長く住まないほうが気楽だったの」

「誰かが――いや、あなたがお父さんについての本を書けばいいのに」

サマンサは鼻先でふんと笑った。「書いたって、誰も信じないでしょうよ。それに、父はつねにわたしを巻きこまないようにしていたから」

刑事もにやにや笑いを返した。「いや、それでもあなたには、ネタになるような話の二、三はあるはずだ」

「今度ビールでもおごってくださいよ、そしたら知ってることをお話しするわ」

「よし、取引成立だな」

まったく、サマンサはまわりにいる者は誰でも魅了してしまうんだな。「ハンスに言って、コーヒーを持ってこさせますよ、刑事さん」アディソンが口をはさんだ。「一五分ぐらい、お待ちいただけますか？」

「二〇分でもかまいませんよ」カスティーロ刑事は言った。アディソンは刑事を調理場に案内し、シェフにコーヒーと朝食を用意するよう指示を与えた。

ドアを後ろ手に閉めて二人だけになると、アディソンはサマンサに向かって怒鳴った。

「いったいぜんたい、これはどういう――」

サマンサは歩みよってアディソンにキスした。情熱的なキスではなかった。唇は硬くこわばり、少し震えていた。だがアディソンはそれで口を閉じた。「ここではだめよ」サマンサはささやいた。「防犯システムが作動してるから」

くそ、そうだった。「俺の部屋だ」アディソンは言いすてると、ふたたびダッフルバッグを肩にかつぎ、すたすたと先に立って歩いていった。サマンサは当然、ついてくるだろう。何しろ俺は、あのいまいましい石の銘板を持っているんだから。

アディソンに続いてサマンサが部屋に入ると、彼はバタンと音を立ててドアを閉めた。「なぜ俺に嘘をついた？」がなりたてると、ダッフルバッグをソファの上にほうった。

言葉にこめられた毒にサマンサはたじろいだ。「嘘はついてないわ」

「何言ってるんだ。今すぐ、カスティーロ刑事に突きだしてやってもいいんだぞ！」アディソンは髪の毛をかきむしった。怒鳴るだけでは足りず、暴力をふるいかねない勢いだ。氷のように冷たく、険しい目をしているこの男は、世界中の富の多くを所有する有力者だ——サマンサはその男の逆鱗《げきりん》に触れてしまった。一八〇数センチの長身に怒りをみなぎらせたこのイギリス人は、嚙みつくすきを狙うオオカミのようにサマンサをにらみつけている。

わたしだって、牙を持ってるんだから。それを思い知らせてやらなくちゃ。「こっちだって、いったいなんでこうなったのか、わからないのよ」と言い放って、あとへ引かない構えを見せる。「あれを入れたのはわたしじゃないもの」

「俺をばかにして。甘く見るなよ、サマンサ」アディソンが吼える。

「嘘じゃないわ。誰かが——」

「は？　君以外の誰かが銘板をバッグに入れたっていうのか？　ふざけるのもいいかげんにしろよ、ゲームはもう終わりだ」

「トム・ドナーに訊いてみたらどうなの？　あの弁護士先生、あなたの腰巾着みたいなものでしょ。あなたに対しても、この屋敷に対しても、しようと思えばなんだってできるのは彼――」

「問題をすりかえるな！　これは君のダッフルバッグじゃないか！」

「リック、わたし、やってないわ」サマンサはつぶやいた。声の震えを隠せない。これまでの人生、つねに、渦巻く竜巻との境目で生きてきた。父親が逮捕されたとき、その竜巻に呑みこまれて、二度とはいあがれない深みにはまってしまうのではないかと感じたものだ。それでもサマンサは、なんとかふんばって、足場を失わずにいられた。しかし今初めて、足をすべらせてその深みに落ちてしまった。自分を救いだすためにどんな行動をとっていいかわからない。どんな嘘も、それどころかどんな真実も思いつかない。

「わたしはやってない。それは本当よ」

「君はあの銘板を盗みにこの屋敷に忍びこんだんじゃないか」

「もちろん、そうよ。それについては認めてるし、嘘はついていないわ。でも、わたしは盗《と》ってない。もし手に入れていたら、わざわざ舞い戻ってきてあなたに助けを求めたりしなかったわ。それに、いくらなんでも自分が盗んだものを持ちこむはずがない。いったい何が起こってこうなったのかわけがわからないけど、わたしだって誰かにばかにされるのはごめんだわ」

「だったら、どうやってこれが、ここに入ったんだ？」アディソンは銘板を取りだして、語気荒く言った。

「そんなの知らない……」途中で口をつぐむ。アディソンに非難されたからといって、否定するばかりで防戦一方では、じっくり冷静に考えられない。「ちょっと待って、考えさせて」サマンサは少し落ちつきを取り戻した声で言った。

アディソンは深く息を吸いこんで肩を大きく上下動させながら、サマンサをにらみつけている。「冗談じゃない。なんでもいいから服を着るんだ。俺はカスティーロに感づかれる前に、トムに電話しておく」サマンサに指をつきつけ、口をきっと結ぶと、手をぎゅっと握った。「くそっ、君はいったい、何をしでかそうとしてるんだ?」

サマンサは首を横に振った。アディソンに信じてもらいたかった。「何も。誰かが――エティエンヌが――銘板を盗みだしたあと、警備員のプレンティスが死んだ。次に、エティエンヌが死んだ。たぶん雇い主に殺されたんでしょうね。この銘板がわたしのダッフルバッグにあるなんて、おかしいわ。この銘板のために人が二人死んでるんだから、なおさら。雇い主は人を二人殺すのもいとわないほど、銘板を欲しがっていたはずなのに」

二人が寝室に入って初めて、アディソンはサマンサから目をそらし、手の中の古びて欠けた石の銘板を見おろした。「ああ、確かにおかしい」アディソンはようやく言った。「この件は納得できないことだらけだ」

「ある人にとっては納得できるのよ」アディソンの怒りが少しおさまったのを感じて、サマンサは思いきって一歩踏みだした。「一〇〇万ドルを超える価値のある品物を投げだしてまで、わたしを殺人の疑いではめようとした人物にとっては。リック、それが誰なのか、考えてみたいの」

アディソンの視線はサマンサから、ナイトテーブルにおかれた電話へ移った。俺が頭の中でどんな考えをめぐらせているか、どんな決断をくだそうとしているか、サマンサにはわかっているんだな。一階にいるカスティーロに銘板のことを話したら、おそらく二人とも逮捕される。ドナーに電話すれば、アディソンはたぶん告発されずにすむが、サマンサは逃げられない。

サマンサの人生で一番長い三〇秒間が過ぎた。アディソンは銘板を彼女の目の前に突きだした。

サマンサはずっと止めていた息をようやく吐きだした。「ありがとう」そう言って差しだされた銘板を受けとる。

「なんで『ありがとう』なんだ？」アディソンがうなるように言う。

「それは……」思いがけず、涙が頰をつたった。自分でも驚き、不安に脅えながら、サマンサはその涙を拭いた。人前で泣いたことなどなかったのに。今まで、一度も。「このことについて考えるチャンスをもう一度くれたことに対して、お礼を言いたかったの」はっきりと言い直す。

アディソンは、まるで自分が、足元に橋があるにちがいないと理由もなくひたすら信じて、目をつぶったまま地面の深い裂け目に足を踏みいれたような気がした。だが、銘板を渡したとき、サマンサの手は震えていた。狼狽《ろうばい》している彼女を見たのは初めてだ。

「本当に、すばらしいわ」サマンサはつぶやき、銘板のざらざらした表面に指をすべらせた。そこには三〇〇〇年以上も前に死んだ書き手による、古代のルーン文字や記号が刻みこまれている。

銘板を持つサマンサのしぐさには、心からの畏敬の念がこもっていた。銘板に触るのはこれが初めてだったのか――アディソンは確信した。それは、言葉より何より説得力があった。

だがその思いは、彼女の無実を確信したかったからか。いやそれよりもアディソンは、胸をえぐられるような……失望を味わいたくなかった。二年と少し前、自分の寝室のドアを開けて、妻のパトリシアとピーター・ウォリスがベッドでもつれあっている姿を見てしまったときと同じ失望。数分前、ガレージでサマンサのダッフルバッグを開けたときに感じた、足元が崩れるような失望。そんな気持ちにまた苦しめられるのはいやだった。だからアディソンはじっと見守った。サマンサは銘板を手に、部屋の中を行ったり来たりしている。その指はそっと、刻まれた文字や記号のへこみをたどっていた。

「何を考えてる?」アディソンは訊いた。

「誰かが、大変な労力をかけて、わたしを陥れようとしてるんだわ」ゆっくりと話しだす。

「わたしの車がおいてあった場所は、誰も知らなかったはず。ストーニーだって知らなかった。ハーバード出の先生も」

ドナーに対するサマンサの被害妄想は気にもとめずに、アディソンはソファにおかれたダッフルバッグの横に腰を下ろした。「君が自分の車にバッグを積みこむ前にその『誰か』が銘板を入れた可能性はある？」

サマンサは首を横に振る。「ダッフルバッグはわたしのベッドの下においてあったの。ストーニーの家を出たあと、わたしは二日間、一人で家にこもりきりだったわ、警察が来るまでずっと」

「それじゃあまりちゃんとした証拠にならないな」アディソンは言ったが、サマンサの言葉になぜか希望を見出していた。もし彼女が銘板を盗んだのなら、もうとっくになんらかの言い訳を思いついていたはずだ。アディソンと同様、疑問が浮かんでくれば答を見つけたがり、自分でそれを見つけだすのが得意なサマンサなのだから。

「ガレージにいたとき、どうしてダッフルバッグを開けてみたの？」サマンサが訊く。

アディソンは片方の眉をつり上げた。「今度は俺のせいにしようっていうのか？」

サマンサはじれったそうな声を出した。「考えすぎよ。ダッフルバッグを開けるきっかけはなんだったの？」質問をくり返し、また歩きまわり始める。

「実を言うと、布の包みがバッグから一部はみ出していたんだ。で、ちゃんと中に戻そうと、バッグを開けた……」アディソンは顔をしかめた。「君だったら、あんなふうにバッグに突っこんでおいたりはしないはずだ。気を使って、敬意をこめて扱うだろうね。今そうして持っているのと同じように」

「だから、わたしがこの銘板を盗んだと、誰かがあなたに思いこませようとしてるのよ。その前にはわたしにこれを盗られないようにした人物が」サマンサはそう言うとソファのところに戻り、アディソンの隣に座った。

「ということはつまり、狙われてたのは君なんだな。俺や、うちのスタッフでなく」

サマンサは少したじろいだような表情を見せた。「驚いたわ。わたしのことをそこまで憎んでる人がいたなんて」

「でなければ、君が邪魔だから排除したかったか、だな。だけど、なぜそんなことを？　君をわざわざ雇ったのに、殺そうとした。で、あとになって、君が不利になるような証拠をこっそりおいておくなんて。どうせ、ばれるのに」

「しかも、どうして銘板をあきらめたりするの？」

「君の持ち物の中に銘板があるのを発見すれば、警察がもうほかの容疑者を当たらなくなるからだろう」

「そうね、わたしがカスティーロ刑事の立場だったら、その説をとるでしょうけどね」サマンサはうなずくと、銘板を手のひらにのせて持ちあげた。「ただ……うーん。どうも、何かが違うのよね」

「何が？」

「だって、ほかに容疑者と言えば、わたしだけ――というか、わたしたちはそうだと認めていないにせよ、あの爆発の夜にここにいた『謎の女』一人だけでしょ？　つまり、それだけでも、わたしはとっくにトラブルに巻きこまれてるのよ。銘板を盗んでいようといまいと、容疑者であることには変わりない」

アディソンは壁の時計をちらりと見た。「それで思い出したけど、そろそろ行かないと、カスティーロが俺はどこだろうって、不審に思いはじめるかもしれないな」

銘板を包んでいた布をアディソンから受けとると、サマンサはそれをまずコーヒーテーブルに敷き、上にそっと銘板をのせた。「この銘板について記した書類を何か持ってる?」

「保険書類一式のコピーと写真が何枚か、オフィスにおいてある。どうして?」

「あなたが着替えてるあいだ、それ取ってきてもいい?」

「ドアには鍵がかかってるよ」

サマンサは立ちあがると、アディソンにふっと笑いかけた。だが目には、やはりまだ不安そうな色が漂っている。「鍵はかかっててもかまわないから」

サマンサがドアのほうへ歩いていくのを見て、アディソンも立ちあがった。「サマンサ。俺は――」

サマンサはふりむき、すぐに戻ってきた。「自分がトラブルに巻きこまれるようなことは言っちゃだめよ、リック。あなたがわたしを助けようと何かするたびに、危ない目にあいそうになってるじゃないの」大きく息を吸いこむと、アディソンのローブの前に指を差しこんだ。「でも、もし――もしあなたがさっき起きたことについて、カスティーロ刑事に何か言わなきゃいけない状況になったら、まず叫ぶとかして、知らせてくれる? わたしが先手を打てるように」

事情はどうあれ、俺はカスティーロに何も言うつもりはない。まだ、今のところは。その理由はいたって単純だった。俺はまだ、サマンサを手放す心の準備ができていないのだ。

アディソンは彼女の耳の後ろにかかったとび色の髪の束を払いのけた。「もし俺が君をカスティーロに突きだすとしたら、それは君が銘板を盗んだと確信できたときだ。その場合は、前もって君に警告したりしないよ」

「結構よ、それで」

アディソンはサマンサにキスすると、廊下へ出ていく彼女をふしょうぶしょう見送った。二人はすでに、抜き差しならないところまで来ていた。もう、サマンサのことを放っておけない。そりゃそうだ、あの新聞記者に「交際中」だと宣言したのは俺だからな。

それに、これは単なるパートナー同士の協力関係ではない。サマンサの考えがどうあれ、アディソンはそう認識していた。過去に、ビジネス上の関係でだまされたことはある。だが、今朝ほど激怒したことは今までになかった。

この調子だと、もしサマンサが嘘をついていたとすれば、二人ともこの泥沼から生きて出られそうにない。

サマンサに言わせれば、道筋が複雑に入りくんでくればくるほど、その一部はきわめて単純になる。頭に浮かんできた新たな推理についてはまだアディソンに話していない。本当に確信できるまでは黙っているつもりだった。だが持てる本能のすべてが、その推理は正しいと叫んでいた——予期せぬ形で銘板を返したのは、屋敷に簡単に入れる者にちがいない、と。外部の者だったらあんなにたやすくはいかないはずだ。それがわかったからと言って、爆弾の謎が解けたわけではないが、サマンサはどんなことも、どの人物も、可能性はひとつ残らず見逃さないつもりだった。

サマンサはアディソンのオフィスにつながるドアを、ペーパークリップを使って開けた。これなら、鍵を持っているように装える。警備員の巡回にそなえるためと、自分の安心のためだ。アディソンの許可を得ているとはいえ、オフィスに入るのが当然の権利であるかのごとく気軽にふらりと入って、机の引き出しの中を探しまわるのは、思ったより気がひけて難しかった——いつもなら、誰の許可も得ずに探しまわっているのだから、そんなふうに感じるのも変なのだが。明らかにこれは、アディソンに振りまわされているせいだ。

石の銘板の写真と今までの所有者を詳しく記述した文書は、番号を打ったファイルのひとつに入れられていた。おそらくこのファイル番号によって、美術品と骨董品の膨大なコレクションを参照できるように整理してあるのだろう。オフィスに入りこんでファイルに目を通していると、この屋敷からは何も盗まないと約束したにもかかわらず、本当に盗みを働こうとしているような気になる。そこでサマンサは、問題のファイルを抜きとって早々にオフィスから退散し、より安全に感じられるアディソンの私室のスイートルームへ戻った。

安全——その概念が自分にとっていかに異質のものになっていたか、サマンサは昨夜まで気づかなかった。考えてみれば、最後に完全にくつろいで、気楽で、安全だと感じたのはいつのことだったか。

安全というのは強力な媚薬になる――リチャード・アディソンその人の魅力とほとんど同じぐらい、強力な媚薬だ。

「危険！　ウィル・ロビンソン！　危険！　きわめて危険！」サマンサは、『宇宙家族ロビンソン』に登場するロボットのフライデーのまねをしてつぶやいた。そして銘板のそばにファイルをおいて、ダッフルバッグの奥をごそごそやって清潔な下着を探した。

今や、きわめて危険な状況になっていた。それは人がつぎつぎと死んだり、屋敷内を警官が我が物顔で歩いたりしているからではない。今朝アディソンの視線の先をたどって、その手に握られた銘板を見たときに、彼の顔を見てとっさに思いうかべたのは、自分の身を守りたいということではなかった――むしろ、自分が盗んでいないというのに、アディソンは信じてくれないだろう、という思いだった。

でも、人のことなんか気にかけている場合じゃないでしょ。誰よりも、何よりも先に心配しなくてはいけないのは自分の身の安全なのに。自分の面倒は自分でちゃんとみる――それが第一のルールだった。

サマンサは、第一のルールを無視して（今朝はこれで二回目だ）、銘板をもう一度よく調べる代わりに、アディソンの浴室へ行ってシャワーを浴びた。謎を解くためにはじっくり考えなくてはならない。シャワーは熟考に最適なのだ。それに、銘板を調べるのなら、アディソンが一緒にいるときでなければいやだった。

サマンサが今、アディソンの保護を以前よりも必要としているのは明らかだった。だがそれよりも、アディソンの信頼を得たかった。ただしそれは、状況を考えればばかばかしい望みだ。サマンサは半時間前に、あやうく逮捕されかけたのだから。

シャワーを浴びて浴室から出てくるころには、サマンサの頭の中に、漠然としてはいるが容疑者のリストのようなものが浮かんでいた。ただ、屋敷への出入りを許されている者が誰と誰なのか、爆発が起きて銘板が盗まれた夜と、昨夜または今朝の両日、屋敷にいた者が誰なのかについては、アディソンに訊かなくてはならない。それから、今日の新聞も読みたかった。カスティーロが言ったように、サマンサの顔写真と氏名が新聞に出ているかどうかを確認するためだ。やれやれ。これでもかと言わんばかりに、次から次へと心配事が出てくるじゃないの。

ということで、銘板を触ってみたい誘惑をしりぞけて、サマンサはアディソンの私室のバルコニーへ出ると、ガーデンパラソルのつくる日影に座って髪の毛を乾かした。自分に与えられた寝室に戻ろうと思えば戻れたが、それはやめた。ダッフルバッグに銘板を仕込んだ犯人が、いつなんどきまたこのスイートルームに忍びこんで、銘板を取り返さないとも限らないからだ。

「どうして笑ってるんだい？」

突然の声に、サマンサはびくりとして飛びあがりそうになった。プールデッキの階段側からアディソンがバルコニーへ入ってきていたのに気づかなかったのだ。

「何よ、びっくりさせないで！」サマンサは息をのみ、心臓の上に手をあてた。「ごめんよ」面白がっているようすがアディソンの目に表れている。「君は鋼鉄の心臓を持ってるのかと思ってたからさ」

「それじゃ、スーパーマンみたいじゃない」

「ああ。君は女泥棒《キャットウーマン》だからな」

「いいじゃない。刑事《デカ》はどこ、バットマン？」

「今、カスティーロを彼の車のところまで送ってきたところだ」

「カスティーロの用は何だったの？」

「エティエンヌ・デヴォアの写真を何枚か俺に見せて、見覚えがあるかどうか訊いてきたよ。同じ質問を君にもしたかったようなんだが、いやがらせなんじゃないのかとか、弁護士に相談したいんだがとかなんとか言ってやったら、次のときでいいと引きさがったよ」

「つまり、エティエンヌが正式な容疑者ということになったの？」

「そうだ。デヴォアは盗みのあった日の三日前に飛行機でマイアミ入りしたらしい。泊まっていたホテルの部屋に、銅のワイヤーがあったのが発見された。警察の話では、爆弾を壁に取りつけていたのと同一のワイヤーだそうだ」

物的証拠と、エティエンヌ自身が犯行を認めたという事実があっても、サマンサはあの機知に富んだ、自己中心的なフランス男が自分を殺そうとしたとはいまだに信じられなかった。

「あなたが目撃したという『謎の女』はどうなったの？」

「どうやら俺は、幻覚でも起こしていたらしい」

「どうやら、ね」

「あと必要なのは銘板だけだ。そうすれば警察も満足するだろう」アディソンはサマンサの向かい側に座った。「で、どうして笑ってたんだい?」

「ああ。最初は銘板を盗もうとしてたこのわたしが、今やここにでんと座って銘板を守ろうとしてる。それが、なんかおかしくって」

アディソンの目つきが鋭くなった。「守ってるって? 何かわかったのか?」

「銘板はまだ詳しく調べてないの。どうせならあなたと一緒に調べたいと思って」答えながらサマンサは、今日のアディソンはスポーツ選手というより億万長者らしく見えるのに気づいた。黄褐色のスラックスに白いオープンシャツを合わせ、袖をまくり上げている。足元はソックスをはかずにローファーできめて、イメージを作りあげていた。この人はきっと、わたしが人格を使い分けるのと同じく、時と場合に応じて服装を使いわけているのね。「でも、いくつか仮説は立ててみたわ」

サマンサのイメージはどうだろう。金持ちの男とつきあっている女に見せたいか、それとも防犯コンサルタントに見せたいか、決めておく必要がありそうだ。今朝のサマンサは、ショートパンツとタンクトップという格好で、上からシャツをはおって、爆弾の破片でできた肩の傷を隠している。そんな彼女を上から下までくまなく見ているアディソンのようすからすると、交際相手としてふさわしい服装のほうがよさそうだった。だがサマンサは、自分にとって一番いいバランスを見出さなくてはいけないと思っていた。

「じゃ、君の推理を聞かせてくれ」

「ダッフルバッグについてなんだけど。わたしに罪を着せようとする狙いはともかくとして、タイミングの面から考えると、犯人があのバッグに近づくことができたのは、昨日わたしたちが正面玄関のところであなたの車を降りたときから、今朝二人でガレージに入ったときまでのあいだしかないの」

「誰かがまた、敷地内に侵入したってことだな。そうじゃないかと思ってたよ。すぐに防犯カメラの映像ビデオを見てみよう」

「犯人は、果たして外部から侵入したのかしら」サマンサはゆっくりと言って、アディソンの反応を見た。

「説明してくれ」

アディソンはあざけったりはせずに、わたしの推理を聞きたがっている。サマンサは少しほっとした。「エティエンヌが生き返って銘板をダッフルバッグに入れたわけはないから、ほかの誰かがやったんだと思う」

アディソンの口元の筋肉がぴくりと動いた。「うちのスタッフの誰かだっていうのか。だけど、君は二日前まで、彼らに会ったこともなかっただろう。知り合いでもない人物が、どうして君をはめたりするんだ?」

「わからないわ。でも、爆発が起きた夜と、銘板が戻ってきた昨日から今朝にかけて、両方の時間帯にこの屋敷にいた人間は、あなたと、わたし——そしておそらく、ここで働いているスタッフのうちの誰かしかいないのよ」

アディソンは目を細めると、立ちあがって、バルコニーの前に広がる広大な敷地を見渡した。「俺は最初、銘板をバッグに入れたのはデヴォア以外ありえないと思いこんでた。でも、考えてみれば君の言うとおりだ。あのいまいましい銘板は、屋敷から持ちだされてなかったんだ。くそっ」

「銘板と、関連資料を入れたファイルを詳しく調べてみたいの。ひょっとしたら、見落としている記録があるかもしれないし……何がつかめるかはわからないけど。でなければ、わたしたち何もしないで、警察がわたしのせいだと結論づけるのをただ待つか、どっちかよ」

「俺は、何もしないで待つのはいやだ。君が狙われてるってわかったんだから、なおさら」

アディソンはバルコニーのドアを引いて開けると、スイートルームに戻るようサマンサをうながした。二人がソファに落ちつくと、サマンサは関連資料のファイルを開いた。

「この銘板は大英博物館に売る予定だったの、それとも寄贈？」サマンサは訊いた。銘板のまわりに写真を広げて並べ、発掘されてから今までのあいだに銘板がたどってきた歴史に注目して調べはじめた。銘板は、所在のまったくわからない長い空白の期間をはさんで、人から人の手に渡って、世間一般に知られるようになっていた。

「寄贈する予定だった。売却と寄贈とでは違いがある？」

「わからない。これって、何もかもが、すごく……妙なのよ」サマンサはページをめくった。

のね」

「わお。この記録によると、あなたの銘板は、考古学者カルヴァートとシュリーマンが、トロイの場所について確信を得るきっかけを作ったもののひとつなんですって。だから彼らは一八六八年にトルコのトロイア地方への最初の調査の旅に出て、ヒサルリクの丘を発掘したのね」

アディソンはほほえんだ。「知ってたよ」

「わたし、知らなかったわ。依頼を受けてから仕事にかかるまでの日にちが限られてたから、下調べに十分な時間をとれなかったのよ」眉をしかめたサマンサは銘板から目を離し、一枚の写真を取りあげた。「わたしが犯人だったら、自分が容疑者リストにも入っていないのに、この銘板を使って誰かをはめたりしないわ、絶対に。そんな目的に使うなんてありえない、これほど価値のある、すばらしいものなのに……」声がしだいに小さくなる。目は写真の一点を見つめている。そこに写っている何かに注意を引かれたのか、サマンサは銘板のすぐ横に写真を並べた。「まさか、こんなこと」

「なんか変だな」ややあってアディソンが言い、サマンサの肩にもたれてのぞきこんだ。まず写真を指さし、それから銘板に彫られた記号のひとつを指さす。「写真では、こっちの記号がすりへって、ほとんど消えかけてるのに、銘板では両方ともはっきりと見える」

「写真で見るより、実物のほうが彫りこみが深いわ、どの文字も記号も」サマンサは半ばひとり言のようにつぶやくと、もう一枚、別の写真を取りあげて、そこに写っている銘板の彫りこみが浅く見えるのは光線の加減やカメラワークのせいではないことを確かめた。「わあ、信じられない。これは――」

「偽物だ」アディソンが補った。銘板を取りあげ、手のひらの上でひっくり返している。

銘板が偽物であることから導きだされる結果をいろいろ考えて、サマンサは本当にめまいを覚えた。「あなたって、細かいところに目がいく人なのね、すごいわ」ゆっくりと言いながら、頭の中では、銘板の盗難についてそれまでにわかったことをすべて洗いなおさなければ、と考えていた。

「君は、あまり驚いてないようだね」アディソンは訊いた。二人の太ももが触れ合う。

「さっきも言ったけど、貴重な本物の銘板を、理由もなしにわたしのダッフルバッグに突っこんでおく人がいることのほうが驚きだもの。問題は、この偽物が、大英博物館に寄贈しても通用するほど精巧にできているか、ということね」

アディソンはサマンサをちらりと見た。「しばらくのあいだは、ばれないですむだろうね。何しろ世界に三点しかない銘板だから、大英博物館の関係者は、寄贈してもらえるなんて大感激、って感じだった。それに盗まれる前までは、彼らも俺も、銘板が本物かどうか疑う理由もなかったし。もちろん展示したあとで、詳しい研究を行う予定だったはずだよ。だって俺は、研究してもらうために寄贈することにしたんだから」アディソンは姿勢を正した。

「まさか君、俺を疑ってるんじゃないだろうな。『実は銘板をしまった場所を忘れただけで、盗まれたと勘違いしてました』とかなんとか警察に報告しておいて、博物館に偽物を寄贈するとでも思った?」

サマンサは短く笑って、首を横に振った。まさか、彼がそんなことをするなんて、ありえない。「いえ、思ってないわ。でももしかしたら、偽物をそんなふうに利用しようと考えた人がいたかもしれない。つまり、ここにあるのが本物ではなくて偽物だということの説明がつくわよ」

「ということは、君を利用したのは単に犯人にとって都合がよかったから？『しまった、本物とすり替えておくのを忘れちまった』とか？　そうなると、爆弾を仕掛けた理由がまた問題になってくる」

「そうね。じゃあ、今度はこの疑問について考えてみて」サマンサはまた写真をぱらぱらめくりながら言う。「爆破してしまうつもりだったとしたら、なぜ精度の高い偽物を作ったのか？」

「わざわざそんなことをする人間は、いないよ」アディソンはゆっくりと言った。「銘板には保険がかけてあって、盗難でも紛失でも破損でも、同額が補償されることになっているんだ」

立ちあがったアディソンを見て、サマンサは自分が謎解きをするときと同じように部屋の中を歩きまわるのかと思った。だが彼はそうせずに、ナイトテーブルのそばへ行って電話をかけた。サマンサはじっと座って待った。この人は二人の立場を危うくするようなことはしないはずだ。というより、サマンサの身柄を拘束させようとはしないはずだ、と信じて待っていた。

「ケイトか？　おはよう、リックだ。トムはいるかな？」

弁護士に連絡するなんて。サマンサはあきれて目をぐるりと回した。想定している容疑者のうちには入っていないドナーだが、それでもサマンサはこの弁護士をからかって怒らせるのが面白い、と認めざるをえない。面白いだけでなく、ドナーがいらだちのあまり何か失敗をしでかすのではないかという期待もある。

「トム。ちょっと教えてもらいたいんだが、うちの従業員名簿の担当は誰だい？　いや、俺個人が雇ってる使用人じゃなくて、この屋敷で働いてるスタッフの記録だ。そうだな、過去三週間にさかのぼって、誰が勤務していたか知りたい」

サマンサは前かがみになり、写真をファイルにしまった。「それに加えて、定期的にサービスを委託している業者も調べてみたほうがいいわよ」

「ああ、そうだな。いいや、トム、わざわざ持ってくる必要ないよ。ファックスで送ってくれればいい。ただし今日中に欲しいから、君のとこの法律事務所で作業をしてもらうことになる。それから、定期的な業務でここに出入りしている外部の委託業者の雇用者名簿も、送ってほしい」そこでアディソンは言葉を切った。今度はドナーの言うことを聞いているが、その態度は警戒から攻撃に変わった。「そんなの、君には関係ない。余計なお世話だ」

「ドナーがまた、わたしのことで文句を言ってるんでしょ？」

「しっ、静かに」アディソンはサマンサに背を向けると、受話器を手にしたままバルコニーのほうへ大股で歩いていった。「うん、わかった。ああ――新たな事実が浮かびあがってきたんだ。明日朝一〇時に、法廷弁護士を一人連れてここへ来てくれ。メーコンでも誰でも、とにかく依頼人と弁護士のあいだの守秘義務を厳密に守る人間がいい」

電話を切ると、アディソンはソファのところまで戻ってきた。「議論はなしだ」サマンサが口を開くより先に釘を刺す。「いかなる場合でも不測の事態にそなえて、予備の計画を怠らないのが俺の信条なんだ。もしカスティーロか誰かが、これについて嗅ぎつけたら」銘板を手ぶりで示した。「君は大変なことになる。銘板が偽物であってもなくても、君をこの件で逮捕させるつもりはない」

「そう、逮捕させるのが、偽の銘板でわたしをはめようとした奴の狙いにちがいないわ。この偽物、わたしがどこかに隠しましょうか？」

「隠すのは俺にまかせてくれ」

「リック、あえて言わせていただくけど、あなたって頭脳は優秀だけど、わたしにかなわない部分もあるの。ものを隠すことにかけては、こっちがプロよ。わたしのほうがあなたより追いつめられてるんだし、手助けを頼んだからといって、あなたが刑務所に行くようなはめになったら困るわ、深入りしてほしくないの」

「いいんだ、もう遅すぎるよ」アディソンは言い、サマンサの肩にかかった髪を後ろにそっと払った。「ことわざにもあるけど、『毒を食らわば皿まで』だ」

もう。髪をなでられただけで、身震いしてしまう。衝動にかられてサマンサは身を乗りだし、アディソンにキスした。彼はサマンサの肩に腕を回して引きよせると、激しく唇をむさぼった。

アディソンに触れられると、サマンサはまた何も考えられなくなった。たまらない誘惑だった。彼にすべてをゆだねて、何もかも忘れてしまえたら、どんなにいいか。快感と、情欲と、リチャード・アディソンだけの世界。それでしばらくは楽しくやれるだろう——誰かが、エティエンヌの殺害に使われた銃をサマンサのハンドバッグか何かに入れることをたくらむまでは。

サマンサは身を引いた。が、アディソンに引き倒されて、ダッフルバッグを枕にする形であおむけになった。温かい手がシャツの下にすべりこみ、乳房を包む。

「リック、やめて」抗議するサマンサの声がくぐもって、快感のあえぎに変わる。

「君が欲しい」アディソンはつぶやいて、サマンサの首に顔を埋めた。

「やめて、お願い」サマンサは震えながら、アディソンの体を押しのけた。「わたしたち、ひと晩じゅう、セックスしてたんだからいいでしょう。気が散るようなこと、しないでよ」

そうつぶやくと、彼の腕から逃れる。

「あれ、今のは褒め言葉だろ」

「リック、昨夜と、今朝の分の防犯カメラの映像を見せてちょうだい」

「あとでだ」

「犯人が誰であれ、そいつはわたしたちよりつねに一歩先を行ってるのよ」サマンサは言い、アディソンの敏感な唇に手をおいて反論を封じた。「少なくとも、同じラインに立たなくちゃ。犯人に一歩先んじることができるのも、悪くはないと思わない？」

ひとしきり悪態をつくと、アディソンはふたたび立ちあがった。「わかったよ。ビデオを見よう」そばの銘板にちらりと目を走らせる。「で、この偽物はどこにしまっておけばいい？　ベッドの下とか？」

「それはだめよ」

サマンサは銘板をもとの布に包みなおした。そしていつも持ち歩いているナップサックの中身を全部空け、銘板の包みのまわりにさらにシャツを巻きつけて中に入れる。「ほら、部屋から持って出るまではこれでいいわ。あとでもっと安全なところに隠すのよ」

ところがアディソンは何を思ったか、ナップサックから出されたばかりのものをつま先でつついている。かがみこんでCPUらしきものを拾いあげた。「これは？」

「うちにあったパソコンの部品。パトカーのサイレンの音がして、警察に踏みこまれると思ったから、内蔵されてるデータにアクセスされたくなくて、ばらしたの」

アディソンはサマンサを見つめた。欲望を覚えながらも、気がかりでたまらないといった表情だ。「今回の騒ぎが一段落したら、俺たち一緒に、君の新しい職業について真剣に検討しよう」アディソンはつぶやく。

なるほど、当面のところは、それもいいアイデアかもしれない。

15

日曜日、午前一一時五四分

アディソンがサマンサを案内して警備室へ入ると、ロナルド・クラークがいた。不法侵入があった日以降、昼番を勤めるようになっていたこの警備員は、列になったビデオとコンピュータのモニター画面の前の椅子に座っていた。

「アディソンさん」クラークは立ちあがりながら言った。ネクタイの上で喉仏《のどぼとけ》が大きく動く。薄くなったブロンドの髪を後ろになでつけて、見栄えのしないオールバックにしている。警察官気取りね。サマンサはすぐにピンときた。採用試験の心理テストの部分で何度も落ちて、その理由が自分ではどうしてもわからないといったタイプだ。

「クラーク、ミス・ジェリコと俺にガレージの防犯カメラの映像ビデオを見せてほしいんだが。昨夜九時ごろから、今朝の一〇時までの分だ」

「それから、正面玄関前の私道付近のビデオも、お願いします」サマンサがつけ加える。

クラークはふたたび座って言った。「はい、わかりました。そちらの画面に映します。一分ほど、お待ちください」

「クラークさん、今朝、交代したのは何時でした？」サマンサが尋ねる。アディソンのそばを通りすぎたとき、腕に軽く触れた。

サマンサが同じ部屋の中にいるだけで、アディソンは酔いしれるような興奮を覚えた。なのに彼女は、「気が散るようなことをするな」とか言って俺を責めるんだからな。

サマンサが天窓からオフィスに現れて助けを求めてきたあの夜以来、アディソンは彼女に魅せられ、とりつかれたようになっていた。その結果、商談を三回、電話会議を四回取りやめ、マイアミへのフライトもキャンセルするというていたらくだ。この調子で仕事を怠けていると、何百万ドルも失うことになりかねない。だが、どっちに転んでもさほど違いはない取引を二、三回しくじったところで、大勢《たいせい》に影響はない。それより大切なことがあった。サマンサがそばにいると、胸は高鳴り、脈拍は速まり、そして人生が今までよりももっと……生き生きと輝いているように思えるのだ。プロに徹した冷静な外見の下に見えかくれする、聡明でユーモアのセンス抜群のこの女性に、アディソンはすっかり魅了されていた。

「交代ですか、私がここに着いたのが六時です」まず雇い主のアディソンを見、それからサマンサに目を移してクラークは答えた。「夜番はルイ・モルソンで、彼と入れ替わりでした。そのことが何か？」

「特に理由はないんだけどね」アディソンは答え、サマンサのあとに続いて、角に設置されたモニターの前へ行った。

理由は大ありよ、とサマンサの視線は語っている。だがアディソンは、よほどの事情がないかぎり、自分のところで働いているスタッフをむやみに叱責しなかった。サマンサはアディソンの肩をつかみ、つま先立って耳のそばでささやいた。「彼は例の晩も、今朝も、二度ともここにいたのよ。ただの偶然と判断するにはまだ早いわ」

「君の場合は、偶然として片づけてやってもいいよ」アディソンも小声で答えた。

サマンサはしかめっ面をした。「まあ、あなただって二度ともここにいたんだからおあいこね」

モニター画面が明滅して、映像が現れた。ガレージの南東から撮影されたものだ。屋敷の入口となる幅の広い正面のドアと、それより小さいもうひとつのドアを映しだしている。この防犯カメラは固定式で、屋外にあるものと違って回転しない。

サマンサはうなずいて認めた。「配置としてはいいわね。もう一台、重複させる形で設置してないのが難点だけど。このカメラをうまく避けて通れる方法がわかった者には、簡単に侵入されてしまう」

「みんながみんな、電子機器と窃盗の専門家ってわけじゃないからね」アディソンは、クラークに盗み聞きされないよう、声をひそめて話した。

「見とがめられずにここまで侵入できるほどの人間なら、誰だって専門家よ」サマンサはむっとして言い返した。

「君だったら、誰にも気づかれずに出入りできる?」

「もちろん、侵入されたことは気づかれるでしょうね。ただし、わたしが逃げたあとになって、あの明るいブルーのベントレー・コンチネンタルGTが盗まれた、と気づくのが関の山だけど」

なるほど、あのベントレーが気に入ったんだな。今度二人でどこかへ行くときは、サマンサに運転させてやろう。運転免許は持っていないらしいが、そんなことはほかの心配の種に比べれば大したことではない。

「このビデオ、早送りで見たいんだが、ここでコントロールできるかな?」アディソンは肩越しにふりかえって、クラークに訊く。

「ええ、アディソンさん。机のすぐ下にキーボードが備えつけてあって、そこから操作できます」

ビデオ画面の隅に表示されたタイムコードを見ると、録画時刻は午後九時三分。この時点ではまだ、SLKはガレージに戻ってきていない。サマンサはキーボードを引きだすと、キーを叩いて、画面を早送りしはじめた。およそ四五分後の映像に、ガレージ内の定位置に駐車しようとするSLKが映っていた。

サマンサはテープを巻きもどし、普通のスピードで再生して車の動きを追った。運転手のベン・ヒノックが車を停めたあと、降りてフロントガラスの汚れを拭きとり、広いドアから出ていく。ドアが閉まって誰もいなくなった。午後一一時の映像では、あらかじめプログラミングされたとおり照明が落ち、ガレージの中は薄暗くなった。

「何よ、ばかみたい」サマンサはつぶやき、ビデオテープをまた高速再生に戻す。

「照明を暗くして、車がゆっくり眠れるようにするっていうわけかしら」

「君、そんなに早送りにして、見えるの？」

「車のトランクに注目して。見てなきゃいけないのはトランクの動きだけ。普通のスピードで再生すると一三時間、そのあいだずっとここに座っていたいんなら話は別だけど」

「わかった。だけど、もしこのビデオで何か見つかったら、どうするつもりだい？」

「そしたら、カスティーロ刑事に見せればいいわ。で、こんなふうに言うの。『映像を見て気になったので、わたしのダッフルバッグの中を調べてみたんですが、なんと、すごいものを見つけちゃったんですよ』とかね」

アディソンは片方の眉をつり上げた。「まったく、君にはギョッとさせられるよ」

画面に目を注いだまま、サマンサは一瞬、唇を少しゆがめた笑みをたたえる。「わたしだって、あなたには驚かされっぱなしよ」

アディソンは腰をテーブルにもたせかけて体勢をととのえ、まばたきもせずにしばらく画面を見つめた。「先に朝食を食べておけばよかったな。せめてコーヒーでも」

「コークがいいわ。コーヒーを飲むのはアマチュアよ」

「君って、おかしな奴だよ」

「あらら、ちょっと待った」サマンサはすばやく動いて、ビデオを一時停止にした。「ねえ、見た？」

アディソンは体を硬くした。「何を？　何も動いてないけど」

「いえ、そうじゃなくて、時刻表示よ」サマンサはまたビデオテープを巻きもどし、普通のスピードで再生した。タイムコードの表示が七時一五分から、いきなり七時一九分に変わっている。それ以外、画像にはなんの変化も見られない。「四分、とんでる」

「爆発が起きた夜のビデオにもこれと同じように、とんでる部分があった」アディソンはサマンサの顔を見た。「こういう細工って、簡単にできるのか？」

サマンサは肩をすくめた。「自動録画装置のしくみがわかっていれば、簡単にできるわ。クラークがやったのでないとしたら……」警備員のほうを身ぶりで示してささやく。「この時間帯に銘板をダッフルバッグに入れた奴が、証拠を消すために装置をいじったにちがいないわ。気づかれないようにうまく処理したのね」

「もしクラークがここでモニターを見ていたら、画面が真っ黒になったのに気づいたんじゃないか？」

「防犯カメラの映像は正常に見えても、録画されていない状態だったんじゃないかしら。でなければ、静止画像だったのかも」サマンサは座ったまま椅子を回転させた。「クラークさん、朝はふだん、何時ごろに休憩をとってますか？」

クラークは頭のてっぺんに手をやり、薄い毛をなでた。「七時一五分ごろに、上の調理場にコーヒーを飲みにいってます。でもたった五分程度ですよ。そのあと、九時半まで休憩なしでです」

「そのパターンはだいたいいつも同じ？」

「ええまあ、そうですね。調理場に入って勝手にコーヒーを淹れたりしたらぶっ殺してやるって、シェフのハンスがうるさいので待つんですが、朝一番でコーヒーの準備をしてくれるのが、だいたい七時以降になるので」

「ハンスはご自慢のコーヒーの評判が汚されるのが耐えられないんだよ」アディソンが笑みで口元をゆるめながら説明する。「一度、コーヒーで賞を取ったぐらいだから」

「じゃあ、コーヒーを飲まないわたしは恩恵にあずかれなくて残念ね」

サマンサはビデオをまた早送りにして続きを見たが、しばらくは目を引くものは何もなかった。動きがあったのは一〇時の映像で、バスローブ姿のアディソンとサマンサが手をつないでガレージに入ってきたところからだ。二人がいちゃつくようすが高速で映しだされる。アディソンの横顔に見入っているサマンサ。画面を見ていてその熱い視線に気づいたアディソンは、しばし満足感に浸った。次は二人が前かがみになって車のトランクをのぞきこんでいるところへ、カスティーロ刑事が現れた場面。ありがたいことに、銘板はまったく映っていなかった。

サマンサはビデオの再生を終えた。「念のため、正面玄関前の私道を撮影したビデオも見ておきましょう。もしかしたら、出入りする犯人の姿が映っているかもしれない」

「でも君は、犯人が出入りしたとは思ってない」アディソンが指摘した。「そいつは初めから屋敷内にいた、そう言いたいんだろう」

「この屋敷のスタッフの日課を知っていて、防犯システムの実際的な知識を持った人ね。事情に詳しい人のしわざだという疑いがますます濃くなってきたわ」

「だけど、まだ爆弾の謎が残ってる」アディソンは言い、立ちあがるサマンサの手をとった。ばかばかしいと言われそうだが、アディソンは数分に一回はそうして触れていたかった。サマンサがそこにいるのを確かめるために。本人がどう思っているかはともかく、彼女は自分のものであると、まわりの人々や自分自身に見せつけるために。

「それでは、朝食、いやもう遅いからブランチかしら、とにかく何かいただけるでしょうか?」警備室から廊下に出ると、サマンサは懇願するような大げさな声で訊いた。「お腹がぺこぺこだと、頭が回らないのよね」

「うん、俺の部屋のバルコニーで食べよう」アディソンは賛成した。

「わたしの部屋のバルコニーにして」サマンサは言いはった。「あそこからだと、正面の私道が見えるでしょ」

神経質になるのも無理はない、とアディソンは思った。こんなふうにつねに警戒していなければ、サマンサは今ごろ死んでいただろう。「わかった、ハンスに頼んで食事を用意させるよ。それからオフィスへ寄って、ドナーから例のファックスが届いてるかどうか見てくる」

サマンサはうなずいて階段を上がろうとしたが、アディソンに手首をつかまれ、ふりむかされた。「なあに?」

「君を知れば知るほど、もっと欲しくなる」アディソンはつぶやくと、唇と唇を触れあわせた。

「あなただって、悪くないわよ、金持ちのイギリス人にしては」サマンサは少し息を殺すようにして答えた。「持ち物を取りに、あなたの部屋に寄ってもいい？」

持ち物って——中には偽物の銘板が入っているじゃないか。「サマンサ、君——」

「とにかく、あれがあなたの部屋で発見されたら困るでしょ」驚くほど真剣な口調だ。「あなたと一緒にいるときでなければ、あれには手を触れないから大丈夫」

しかたがない、反対しても、どうせ勝てないのだから。アディソンはあっさりあきらめた。

「わかった。じゃあ、またあとで」

サマンサはふたたびほほえんだ。「わたしは逃げたりしないわ。パートナーでしょ、忘れないでよ」

忘れるもんか。俺は、サマンサが憶えていてくれますように、と願っていたのだ。

リックったら、この騒ぎのいちばん難しい部分がわかってないのね。アディソンの私室に向かいながら、サマンサは思いをめぐらせていた。

サマンサは、自分が選んだライフスタイルを言い訳に、男性とあまりつき合ってこなかった。もっとも、今まで出会った男たちの大半が、どちらかというと退屈なタイプであったことは認めざるをえない。一番スリルを感じるのがピラティスのエクササイズというような男では、闇にまぎれて活動するサマンサには対抗できない。でもリチャード・アディソンなら確実に、対等にわたり合える。

アディソンはサマンサを酔わせる何かを持っていた。知り合ってからまだ一週間にもならないのに、サマンサはもうある種の中毒になったように感じていた。この事件が片づいて立ちさるとき、自分の気持ちとどう折り合いをつければいいのだろう？

「ミス・ジェリコ」

サマンサは驚いてふりむいた。近づいてきたのは、美術品取得管理担当のイタリア人、ダンテ・パルティーノだった。きちょうめんな性格にふさわしく、黒い巻き毛を完璧になでつけた小柄な男だ。「ああ、パルティーノさん」

「どうも。ご挨拶しようと思って。わが社にようこそ」

サマンサは眉をひそめた。「なんておっしゃいました？」

「今朝の新聞、読みましたよ。社長があなたを美術品防犯の専門家として雇われたとか」

「ああ。雇われたといっても、このごたごたが解決するまで、という約束ですから」

「電話で問い合わせさせてもらったんですが、ノートン美術館の仕事をしておられるんじゃないですか。美術品とアンティークの専門家だとか」

まるで責めているようなパルティーノの口ぶりに、サマンサは愛想笑いをした。気に入られるようにふるまわなくちゃ。「別に、パルティーノさんのお仕事を乗っとろうなんて考えているわけじゃありませんよ。わたし、防犯についてご相談にのるためにここにいるんです。

「しかも、当面のあいだだけ」

にこやかなほほえみを返したパルティーノだが、その黒い瞳は笑っていなかった。

「なるほど、当面のあいだだけですか。それはちょうどよかった」

「なぜ、ちょうどいいんですか？」

パルティーノの口元にさらに深い笑みが刻まれた。「ミス・ジェリコ、社長と寝ようとした従業員はあなたが初めてじゃない。そういうことになった人は皆やめて、今はもういないからですよ」

サマンサは目を細めた。「それは、わたしの問題であって、パルティーノさんには関係ないでしょう」

パルティーノはうなずいた。「ええ。ただ、我々従業員は一丸となって、全員にとって最良の利益を見きわめなければなりませんからね」

「それはわかってるつもりです」

「では、失礼」パルティーノは会釈すると、きびすを返して立ちさった。

妙に粘着質な男。サマンサはダンテ・パルティーノの不快な印象をふりはらおうとした。あの人、ご機嫌ななめだったのかもしれない。美術品の管理責任者が盗難を許したとあっては、職を失うかもしれないという危機感を抱いて当たり前だからだ。

しかしその反面、サマンサの知るかぎり、ソラノ・ドラド館から貴重品が盗まれたのは今回が初めてだった——アディソンが収集している品々の価値からすれば、かなり立派な実績と言える。それに、パルティーノはアディソンのもとで働いて一〇年になるという。あの小柄なイタリア人の身に何が起ころうと、こっちの知ったことじゃないわ。ただ、かりにわたしが銘板を盗んだ張本人だとしたら、どうかしら。パルティーノがくびになったら、きっとわたしは責任を感じるだろうな。おかしな話だけど。

サマンサの部屋は、アディソンの部屋の反対側の棟にある。ナップサックとダッフルバッグ、道具類のケースを持って、一キロ近くあるのではと思えるほど長い廊下とギャラリーを歩いたサマンサは、部屋に着くころには息切れしていた。そうだ。スポーツクラブへ行って運動しなければ。でも昨夜のようにアディソンと二人で体を動かす機会がこれからも続くとしたら、毎日のエクササイズの代わりになるかもしれない。

サマンサはほほえみながら、スイートルームのドアを肩で押して開け、ダッフルバッグを中に引きずりこんだ。だけど昨夜の調子で一週間も続けたら、わたしきっと死んじゃうわ。だって、本当にすごかったもの。

アディソンが来るまで、ナップサックは開けないでおきたい。彼がいないところでは絶対に銘板に触れないという気持ちは変わらなかった。だから、まずダッフルバッグから手をつけよう。中には清潔な下着と衣類が入っている。アディソンが貸してくれる服もいいが、自分の服のほうが、なんというか、自立していると実感できるのだ。

サマンサは重たいダッフルバッグをふたたび持ちあげ、寝室まで引きずっていった。戸口まで来たとき、何かが太ももに押しつけられたような気がした。本能的に、数センチ後ずさりする。

だが、遅かった。脚に引っかかったのはワイヤーだった。その動きに引っぱられて、寝室の壁にテープで留められた手榴弾の安全ピンが、ポンというかすかな音とともに抜けた。あえぎながら、まわりの壁を手で叩いて探る。すんでのところで、はずれかかっていた手榴弾の安全レバーをつかんだ。

腕を伸ばしすぎてバランスを失ったが、なんとか安全レバーを握りしめたままよろめいて、ドアの脇柱《わきばしら》にぶつかり、床に倒れた。「た、助けて」まともに息をすることさえできず、かすれ声をしぼり出す。ドアの端のほうには、もう一個の手榴弾がぶらぶらと揺れている。あと少しで安全ピンがはずれそうな状態だ。もつれたワイヤーに引っかかった片方の脚がぴくりと動くと、安全ピンがさらに一ミリ動く。

「リック！」

アディソンは砂糖がけのイチゴを盛ったボウルを手に、口笛を吹きながら、サマンサの部屋へ向かって歩いていた。泥棒は野放し状態だし、人殺しが屋敷内をうろついているかもしれないのに、これほど上機嫌でいられる自分が信じられなかった。だが、そのような異常事態の中でも、昨夜、これまでの人生で一番すばらしいセックスを体験したという興奮は冷めなかった。そして、たとえどんな困難が待ちうけていようとも、これから一時間以内にもう一回は楽しむつもりだ。

「リック！」

恐怖の叫びに、アディソンの血が凍った。イチゴのボウルをほうり出してサマンサの部屋へ駆けつけ、半分開いたドアから飛びこむ。「サマンサ？」

「ここよ！」

寝室との境の戸口に倒れているサマンサの脚が見えた。片方の脚は妙な角度に曲がっている。「どうしたんだ？」アディソンは怒鳴って、走りよる。

「来ちゃだめ！　手榴弾よ！」

ドアの手前で立ちどまったアディソンは、寝室の中をのぞきこんだ。サマンサは背中を半分床につけて倒れていた。太ももぐらいの高さに上げた片手を、ダクトテープで壁に貼られた手榴弾に押しつけている。ドアの反対側には、もう一個の手榴弾がぐらついている。まだ安全ピンは抜けていない――でもそれは引っぱられたワイヤーがまだ完全にははずれていないからにすぎない。サマンサの左脚は、もつれたワイヤーにからまっているのだから、いつ抜けてもおかしくはない。

「なんてこった。いいか、動くなよ」ドアフレームをつかんだアディソンは身を乗りだし、二個目の手榴弾に手を伸ばした。

「だめ、近づいちゃ！　それより、誰か呼んできて！」

「ああ、わかった」そう答えると、アディソンは手が震えないよう集中しながら、安全ピンの端に触れた。「でも、ちょっと待って」人さし指を使ってピンをもとの位置まで押しこむ。

その指を離さずに、サマンサの体をまたぐ。自由になるほうの手で、脚にからまったワイヤーをはずした。一個目の手榴弾の安全ピンは、ワイヤーのもう一方の端からぶらさがっている。

「助けを呼んでくる。こっちの安全ピンをもとどおり押しこんでもらおう」声の落ちつきを保つよう努めながらアディソンは言った。もしサマンサの手の動きが一瞬でも遅かったら、どうなっていたことか……考えるだに恐ろしかった。

「安全ピンはほっといていいわ」サマンサは逆らった。「わたしは大丈夫。リビングルームの電話で連絡してくれたら、もう出てっていいから」

アディソンはごく慎重にワイヤーの位置をずらして、まだ無傷の手榴弾を引っぱる力を弱めてから、立ちあがってナイトテーブルに向かった。「俺はどこへも行かないよ。文句があるなら、こっちまで来て言えよ」

「何よもう、ばかなこと言って」

「静かに。電話してるんだから」かけた相手は警備員のクラークだった。

「はい、何か?」

「クラーク、警察を呼んでくれ。『緑の間』のスイートルームに手榴弾が仕掛けられていて、俺のガールフレンドが手で爆発を押さえていると伝えるんだ」

「ガールフレ……はい、アディソンさん、すぐに警察を呼びます。それで——」

アディソンは電話を切った。「サマンサ、ご機嫌はいかがかな?」そう訊くと、そばに来てしゃがみこむ。

「ふん、あなたよりはいいわよ、いやな奴！　それより従業員たちを早く避難させて。それから、わたし、あなたのガールフレンドなんかじゃありませんから」

どうやら怒らせてしまったらしい。でもそのおかげで、サマンサの頬に多少赤みが差した。それでも顔はまだ蒼白で油断できないが、目からは激しい恐怖の色が少し消えていた。「でも、新聞記事ではガールフレンドになってたよ」

「そう。じゃその新聞、見てみたいわ」

「あとで見せてあげるよ。それよりその安全ピン、俺がどうにかしてやろう」

「だめよ。こうしてるほうが安全だから。これ、かなり雑な仕掛けだけど、ピンを下手に押しこんだり、壁に貼ってあるワイヤーを引っぱってはずしたりすると、信管に点火してしまうかもしれない。そういう危険はおかしたくないの」

サマンサの額には汗が玉になって浮かんでいるが、完全にプロに徹した人の態度だ。

「驚いた……君はすごい人だ」アディソンはつぶやき、立ちあがってクラークにふたたび電話をかけ、屋敷内にいる者を全員避難させるよう、ただし門の外へは出さずに敷地内にとめおくよう指示を与えた。電話を切ると、またすぐにサマンサのそばに戻る。

「つまりあなたは、殺人は内部の者の犯行、というわたしの説を支持するってことね？」サマンサは訊き、少し体を動かした。

きっと腕が痛くてたまらないのだろうな。アディソンはサマンサの後ろに移り、彼女の背中を自分の脇腹で支えて、肩と腕の緊張を少しでも軽くしてやろうとした。本当は自分の手で手榴弾をつかんで助けてやりたかったが、それは英雄的な行為とはいえ、ひどく愚かな考えだった。ありがたいことに今のところ、サマンサは持ちこたえている。

「前から内部犯人説に賛成だったよ。でも今は、絶対にそいつを逃がさないために、アリバイをでっちあげさせないようにしたいんだ。君をこんな目にあわせた奴を、俺はかならず殺してやる」

一〇分後、爆発物処理班が到着して寝室に入ってきた。隊員の表情からすると、頻繁に遭遇するたぐいの状況ではないようだったが、それでも爆発物処理用の容器と、分厚い詰め物をし、顔と目を厳重に保護する装備を持ちこんで取り組んだ。まず、壁に突っぱっている腕にギプスをはめて、サマンサにできるかぎりの防爆装備をほどこしたあと、手榴弾の無力化にとりかかった。

アディソンががんとして避難しようとしないため、隊員はきっと頭にきているだろうが、彼は気にしなかった。サマンサが無事に救出されるまでその場を離れるつもりはなかった。

処理班はようやく、ダクトテープをあと一片残したまま、手榴弾の安全レバーを元に戻すことに成功し、サマンサを後ろへ引きずりだした。「よし、民間人は全員、屋敷の外に出て」班長の警部補が命令した。

「わたしがここにいたいわけないでしょ」サマンサは言い、アディソンに引っぱられて立ちあがった。

体をがたがた震わせているサマンサのウエストに腕を回し、アディソンは彼女を部屋の外に連れだした。階段で一階まで下り、正面玄関から石段に出たところで、サマンサは助けを借りずに一人で歩きはじめた。

「さて、もう大丈夫。わたし、ここに座るわ」白い御影石《みかげいし》の階段に腰を下ろす。

隣に座ったアディソンは、サマンサの背中に腕を回した。そうせずにはいられなかったからだ。「本当に、もう大丈夫かい？」彼女の髪にキスしながら静かに訊く。

「わたしったら、あれが目に入らなかったなんて。本当にうかつだったわ」言葉が一気にほとばしり出た。

「どんなふうだったんだ？」

サマンサはふうっと息を吐きだすと、肩を回した。気持ちを落ちつけようとしているのだろう。「まず部屋に荷物を全部運びこんだの。それから、寝室に衣類をしまおうと思って、ダッフルバッグを引きずって入ろうとしたら、脚が何かに当たって、すぐに身を引いたんだけど、安全ピンが抜ける音が聞こえた」肩をすくめる。「手でそこらじゅうをバンバン叩いて探して、手榴弾が爆発する前に安全レバーをつかむことができた。そしたら、ドアの反対側にもう一個、手榴弾が仕掛けてあるのが見えたの。あれが爆発しなかったのは、単に運がよかったとしか言いようがないわね」

「運もよかったけど、反射神経のよさのおかげもあるよね」

「あんなふうになる前に気づくべきだったのよ。油断しちゃいけないのに」驚いたことに、涙がひとすじ、頬をつたって流れている。

アディソンはサマンサをしっかりと抱きしめた。「そんなこと言うな。二度も君の裏をかこうとした犯人が、失敗しただけの話さ」

サマンサはアディソンの腕をふりほどくと、自分の膝にこぶしを叩きつけた。「あんなに怖かったこと、今まで一度もなかったわ」

「もう、終わったんだよ」アディソンは言った。サマンサを自らの手で救いだすことはできなかったが、それでも守ってやりたいという本能が沸いてくるのを抑えきれない。恐怖はもうおさまっているようだが、怒りに燃えているのは明らかだった。アディソンだって、まだ胸の動悸がしずまらないのだ。「さあ、建物から離れよう」

「いやよ。探していた答がここにあるのに」首を横に振ると、サマンサはアディソンを見つめた。「わたし、どうしても事件の謎を解きあかしたくなった。二人で推理したとおり、命を狙われてるのはわたしだったのね」

カスティーロ刑事の車が私道を上ってきて、前に止まった。サマンサはアディソンの腕の下で体をこわばらせたが、彼は、今度は放そうとしない。「俺を信用しろ」小さくつぶやく。

「何があっても君を守る」

「リック、あなたが信用できなくて不安がってるんじゃないのよ。忘れてもらっちゃ困るわ、偽の銘板はまだわたしの部屋の、あのナップサックの中にあって、二〇人もの警官に包囲されてるんだから」

「ずいぶんと忙しい朝だったようですね」カスティーロは言い、高さのあまりない石段を上って二人のいるところまで来た。「皆さん、大丈夫でしたか?」

「今のところ、誰も吹っとばされてないわ」サマンサはいつもの皮肉なユーモアの感覚を呼びもどそうとしている。

「そりゃよかった」刑事はさらに石段を上って玄関に向かう。「ここにいてください、アディソンさん、ジェリコさん。私が現場をちょっと見てきますので」

カスティーロ刑事がいなくなるのはアディソンとしては歓迎だった。どの情報をどれだけ伝えるか、そのためにいくつの嘘をつかなくてはならないか、それと同時にサマンサを守るにはどうしたらいいか、考える時間が必要だったからだ。

そう、サマンサを守らなくては――警察の手から、ふたたび彼女を殺そうとした奴から、そして彼女自身から。

16

日曜日、午後一時三〇分

「トム・ドナーに電話したほうがいいな」じっと座ったまま、アディソンは言った。

サマンサはめったに流さない涙を拭った。アドレナリンが大量に分泌されたせいだろう、その名残でまだ震えが止まらない。そういうことには慣れていたが、同じエネルギーの放出とはいえ、手榴弾で粉々に吹きとばされる寸前までいったときの恐怖と、盗みに成功したときのスリルとでは比べものにならない。

「カスティーロにはどこまで話せばいい？」サマンサは訊いた。不覚にも流した涙に気づかないふりをしてくれたアディソンに感謝していた。

「うちに手榴弾を仕掛けた犯人の目星がつきそうだ、という程度までだな」にやりと笑うと、アディソンはベルトに手を伸ばし、携帯電話をはずした。

「カスティーロなら、犯人はわたしだって言うにきまってるでしょ」

「だから、トムに電話しようとしてるのさ。かりにカスティーロが君を逮捕すると決めたとしても、一時間で保釈してあげられるように」

今度は不安によるアドレナリンの放出に襲われ、サマンサはよろめきながら立ちあがった。

「いやよ。わたし、そんな――」

「サマンサ、落ちついて。俺は絶対に――」

サマンサは一歩後ずさりして、つかまえようとするアディソンの手をいとも簡単にすり抜けた。

「あなたの世話にはならないわ。刑務所に入って、ピカピカの鎧《よろい》を着たあなたが助けだしてくれるのを待つなんて、まっぴらよ。絶対にいや」

アディソンも立ちあがった。「カスティーロや警察の連中にずっと監視され続けるより、まずは自分にかけられた疑いをきちんとした形で晴らしたいとは思わないのか?」

わたしがどんな人生を送ってきたか、この人にはわからないんだわ。「身を隠すのには慣れてるの。それに、疑いが晴れるわけないじゃない」きしるような声で言う。また全身が震えだした。ヒステリーなんか起こすもんですか。絶対に。たとえ何者かに殺されかかっても、信頼しはじめていた人に、刑務所行きをほのめかされても、負けるものか。「刑務所に入れられたら、二度と出られなくなるにきまってる」

「落ちつくんだ」アディソンは静かな調子を保っている。たぶんわたしが逃げるような予感がするんだろう。サマンサは逃げてしまいたかった。ふん、あらかじめ脱出口は見つけてあるのよ。「大丈夫、心配しないで。どこへも行くんじゃないよ。とにかく座って。まずはド

ろにいなきゃだめだ」

「ここ以外のところだったら、すぐに落ちつけるわ」

「君はたった今、殺されかけたんだぞ」アディソンは語気を強める。「俺の目の届くところにいなきゃだめだ」

「じゃあ、ついてきてよ」サマンサはすばやく言い返すと、くるりと向きを変えて歩きだす。

「わたし、散歩に出かけるから」

低くうなる声が聞こえたかと思うと、アディソンも私道に足を踏みだした。

あら、ついてきてるわ——サマンサは不本意ながら、少しだけ安心して、池のほうへ向かった。

カスティーロはバルコニーに面した窓から外を見ていた。ミス・ジェリコが使っていることの部屋には、ほかに爆発物は仕掛けられていないことがわかり、すでに危険なしと判断されていた。ミス・ジェリコが死んでいても不思議ではなかった。爆発物処理班によると、今回の手榴弾事件は彼女自身の狂言か、でなければ人間業とは思えないほど鋭い反射神経で切りぬけたのだろうという。カスティーロはここ二、三日、サマンサの父親マーティン・ジェリコが関与したとわかっている窃盗事件と、ほかに、証拠はないが彼の犯行ではないかとみられる事件について調べてきた。その結果を考えあわせると、どうやらサマンサは反射神経のよさで助かったように思われた。

建物正面の私道では、アディソンとサマンサが何やら言い争っている。おそらく知っていることをどこまで俺に教えるべきかについてだ、とカスティーロはふんでいた。こんなたわごとがソラノ・ドラド館以外の場所で行われているのだったら、二人を警察署に連行して取調べをしてやるところだ。だがパームビーチに住むエリートのあいだで二〇年働いてきたカスティーロは、指揮命令系統の厳しさを肌で知っていた——特に、リチャード・アディソンのような、大成功をおさめた地元の有力者が関わってくるとどうなるかを。アディソンは州知事を知っている。州知事は警察署長を、警察署長は警部を、警部は刑事部長を知っており、その下にいるのがカスティーロというわけだ。

その一方でカスティーロは、サマンサ・ジェリコこそ、爆発が起きた夜、アディソンが目撃し、自分の命を救ってくれたと主張する女性にちがいないと感じていた。警察バッジを賭けてもいいぐらいの確信があった。しかし、屋敷内に侵入していた泥棒がサマンサだけではなかったのは間違いない。死体安置所に横たわっているエティエンヌ・デヴォアだ。しかしその遺体は、銃で二発撃たれたこと、海に投げこまれて漂っていたこと以外、何も語ってくれない。

上司の刑事部長はすでに、爆弾を仕掛け、若きプレンティスを爆死させた犯人はデヴォアだと断定したがっていた。そうなると殺人事件はいちおう解決したものとみなされ、捜査は打ち切りとなる。カスティーロが、リチャード・アディソンとその仲間の動きを探ることはできなくなる。しかしカスティーロは、パズルのピースが欠けたままにしておくのはいやだった。この事件には、盗まれた石の銘板よりはるかに大きな何かが隠されている。それがなんなのか、どうしてもつきとめたかった。

カスティーロは爆発物処理班長の警部補から、サマンサ・ジェリコを死に追いやるところだったこの手榴弾事件について詳細な報告を受けていた。その情報で武装したカスティーロは、ソラノ・ドラド館の池のまわりを散歩することにした。

「ハーバード出の先生もそのうち来るんでしょう?」サマンサは池のほとりの冷たい芝生の上に座っていた。うわべだけは、すぐそばの岩にちょこんととまった小さなアオガエルに注意を向けている。

アディソンは二、三メートル離れた小道を行ったり来たりしている。手榴弾をワイヤー仕掛けにした犯人がまだ敷地内でのうのうとしているのかと思うと気がかりでたまらず、いっときもじっとしていられない。サマンサは、俺がピカピカの鎧をまとった騎士になりたがっているといって責めたが、実はあれはどんぴしゃりだったのだ。「ああ。うちの従業員のリストを持ってくる予定だ」

「よかった。あの人、きっとピストだわね」

「ピスト」はイギリスの俗語で「酔っぱらっている」の意味だが、アメリカの俗語では「腹を立てている」という意味だったな。忘れないようにしようと思いながら、アディソンはサマンサの背中に向かってうなずいた。「まあ、かなりね」

「ハーバード出の先生、わたしのこと縁起の悪い女だと思ってるから」

「君が危険な存在だと思ってるんだ。それにしても、わざとドナーを怒らせても得にはならないよ」

「でも、怒らせてると気分がよくなるの。それが大切なのよ」

「せめてハーバードじゃなく、『エール出の先生』とでも呼べばいいのに。ドナーはエール大学を首席で卒業したんだよ」

敷地内とその周辺にこれだけの警察官がうろうろしていれば、もうサマンサを爆発物でどうこうしようとする者はおそらくいないだろう。ようやくそう見きわめがついたアディソンだったが、それでもサマンサのそばにいたくて、隣に腰を下ろした。それに反応したのか、アオガエルが池に飛びこんだ。

「あら、カエルを怖がらせちゃったじゃない」サマンサはアディソンのいるほうに少し体を傾けた。「でも、わたしが危険な存在だなんて、どうして?」

どうやら「危険」と形容されたのが気に入ったらしい。「トム・ドナーによると、君が危険な理由は、まず秘密が多すぎる。そして困った言い訳で、自分のライフスタイルを守っている。したがって、俺の人生を危険に陥れるというんだ」

「じゃあ、リチャード・アディソンによると?」

「そうだな、アディソンによると……彼は君をどうしていいかよくわからない。しかし、いくつか認めざるをえないことがある。まず、君がいると気が散ってしょうがない。そして、知り合う前には考えもしなかったことを、なぜかしたくなってしまう」

「たとえば、警察に嘘をつくとか？」

「まあ、そんなものかな」実を言うと、警察に嘘をつくという罪は以前にもおかしたことがあった。ただし、殺人のような深刻な問題についてではない。

池のそばの小道を歩いてくるカスティーロ刑事が目に入り、アディソンはその記憶を頭から追いやった。「刑事さん」

「フランクと呼んでくれてかまわないですよ」カスティーロはさっきまでカエルがいた岩の上に座った。「部屋はもう、危険がないと判断されました。今、担当者が屋敷のほかの部分を調べているところです。二人の部下に命じて、スタッフの方々の事情聴取をさせていますが、まだ今のところ特にめぼしい情報は出てきていません。スタッフ全員を敷地内にとめおいたのは賢明でしたね」前かがみになり、池の中をのぞきこむ。「ここ、魚はいるんですか？」

「錦鯉がいます」アディソンが答えた。「この時間帯はだいたい、岩やスイレンの葉の下に隠れていますが」

「あの手榴弾を仕掛けた奴みたいですね」カスティーロは言い、ポケットに手を伸ばした。「鯉は、ヒマワリの種は食べますかね？」

「さあ、どうでしょう。撒いたら、出てくるかもしれませんね」

カスティーロはヒマワリの種を何粒か池に投げいれると、穏やかでくだけた調子で話しはじめた。「捜査の状況ですが、今ちょっと、行きづまっている感じです。おや、出てきた出てきた。こりゃすごい」丸々と太った派手な色の鯉がエサを求めて水面に集まってくるのを見て、カスティーロは種をもうひとつかみ投げた。

「行きづまり、ですか？」アディソンが先をうながした。サマンサはカスティーロからできるだけ離れようと、座ったまま少しずつ体をずらしている。刑事の前で友好的にふるまうぐらいはできそうだが、今日のところは絶対何も話さない構えらしい。

「ええ。パズルのピースはたくさんあるのに、合わせたらどんな絵ができあがるかがわからんのですよ。たとえばですね、今朝写真を見せてお訊きしたデヴォアという男。この男がここに侵入して銘板を盗み、爆弾を仕掛けた可能性は高い。しかしすでに死んでいるのだから、今朝の手榴弾がデヴォアの仕業であるはずがない。しかも彼は、爆発のあった夜にあなたの命を助けたという謎の女性の人相特徴と一致しない」

アディソンが思いきってサマンサに目をやると、その表情はこわばって、かたくなだった。アディソンは息をついた。「刑事、その謎の女性についてなんですが、もし、わたしの認識違いだったとしたらどうなります？　つまりあの女性が、実はわたしに招かれてこの家に来ていたのだとすると？」

「まあ、その場合はすべてデヴォアの仕業という結論になりそうですね、今朝の手榴弾をのぞいては」

「爆弾と手榴弾は、別の人間の仕業なのよ」サマンサがぶっきらぼうに言った。足元の草をむしりながら、池に目をすえたままだ。

「爆発物処理班の意見もその線でだいたい一致しています」カスティーロはさっきと同じ穏やかな声で言いながら、ヒマワリの種を何度も池に投げこんでいる。「考えられる説として有力なのは、最初の爆弾はプロの手によるもので、手榴弾は、素人が最初の爆弾の手口をまねて仕掛けたものだという説です」

サマンサがうなずいている。「指向性爆薬は、手榴弾より手に入れるのが難しいわ。それに確実に起爆させたかったら、安全ピンは初めから抜いておかないといけない。張られたワイヤーに何かが引っかかるとすぐに、安全レバーが飛んで起爆するように。そうすれば、爆発は誰にも止められないわ。でもそれでも、犠牲者には四、五秒ほど、逃げる余裕があるんだけど」

アディソンはしばし目を閉じた。たった三〇分前に手榴弾であやうく死にかけたというのに、その起爆装置の不備について冷静に語れるサマンサに驚きを覚えていた。アディソンはふたたび目を開くと、サマンサのほうを見ながらカスティーロに話しかけた。「刑事、今朝になって偽物の銘板が突然出てきたと言ったら、どうなります？　おまけに、ギャラリーが爆破された夜とまったく同じように、防犯カメラのうち少なくとも一台のビデオ録画機能が、しばらく停止していたとしたら？」

「なんだって？」カスティーロはあわてて立ちあがろうとしたが思いなおして、もとの位置に腰を下ろした。「そのビデオ、とにかく見せてもらいましょう」咳払いをする。「それから、手榴弾が仕掛けられたと思われる時間も絞りこむ必要がある。ミス・ジェリコ、今朝、ご自分の部屋を出たのは何時ごろですか？」

「彼女はほかの部屋に泊まったんです」アディソンがサマンサの代わりに答えた。「だから手榴弾が仕掛けられたのは、ここ二四時間のあいだということになりそうですね」

「わたしはそうは思わない」

「なぜ？」カスティーロとアディソンが同時に訊いた。

サマンサは大きく息を吸った。話すのがいやでたまらないといった表情は、見ていてほほえましくさえ思える。「今朝の新聞に、わたしのことが出ていたでしょう――美術品の防犯コンサルタントとして紹介されて」そう言いながらアディソンをちらりと見る。「ああいうふうに書かれたのは、わたしのミスだったの」

「起こってしまったことはしかたがないよ」アディソンは言い、サマンサの手の上に自分の手を重ねたが、彼女の愛撫を待たずにすぐに引っこめた。女を釣るすべなら心得ていた。ただ、サマンサの場合は一筋縄ではいかない。それは彼女がヒメハヤのような小魚でなく、姿は優美でも鋭い歯を持つ危険なサメだからだ。アディソンはサマンサが欲しかった。だがその過程で、腕だの足だの、もしくはほかの突起物を食いちぎられてはたまらない。

「証拠もないのに……人を非難するようなことはしたくないの」言いしぶっている。「ですからあくまでご参考まで、ということでお教えしますけど、今朝、ダンテ・パルティーノに会ったんです。わが社にようこそ、なんて大げさな感じで挨拶してきたわ。わたしが美術館のコンサルタントの仕事をしているのを知っているぞ、とわざわざ強調していたんです」

「ダンテが？　まさか、そんなばかな——」

「彼に脅されたんですか？」カスティーロが口をはさみ、サマンサのほうを向いた。

サマンサは顔をゆがめた。「ちょっと待って。わたしは何も——」

「サマンサ」鋭い口調のアディソンが割って入る。「ダンテは君を脅したのか？」

「いえ、脅してはいないけど」サマンサの眉間のしわが深くなる。「わたしはここでは長く続かないだろうってほのめかしてた。それに——ボスとの関係について、どこで夜を明かしたかぐらいお見通しだ、って感じの言い方をしてたわ。もう、憎たらしい」

「くそっ」アディソンはふらふらと立ちあがった。

「ちょっと待ってください、アディソンさん」カスティーロが立って、建物とアディソンのあいだに立ちはだかった。「本当にパルティーノ氏にそう言われたんですね。間違いありませんか、ミス・ジェリコ？」

「サムと呼んでくださって結構ですよ、刑事」二人の男に目の前にそびえるように立たれているのがいやだったのか、サマンサも立ちあがり、ため息をついた。「ええ、間違いありません。わたしの記憶は確かです。写真のように正確と言ってもいいぐらい」

カスティーロはポケットの中をさぐって、今度は無線機を取りだした。「メンデス、ダンテ・パルティーノを捜してくれ。穏やかに接するんだぞ。ただし、そばを離れるな」

「了解」スピーカーから女性の声が聞こえた。

写真のように正確な記憶力か。だからあの銘板が偽物だと、たちどころに見破ることができたんだな。どこかで本物の銘板の写真を見ていたからにちがいない。触覚が鋭いのも、ひとつには記憶力がいいせいだろう。サマンサは、自分が触れたものはそのまますべて記憶してしまう。それはアディソンの体についても同様だった。

「今わたしが言ったことだけでパルティーノを逮捕するなんて、できないはずよ」サマンサは後ずさりしながら抗議した。

「ええ、でもあなたが言ったことをもとに、事情を訊くことはできますからね」カスティーロは答えた。意外にも、思いやりのある表情だった。

どうやらサマンサ・ジェリコはまた一人、ファンを増やしたようだ。刑事を味方につけておくのが得策という下心もあったかもしれない。だがその一方で、他人の不利になる証拠をいやいやながら差しだす、このタフで頭の切れる女性こそ、素顔のサマンサらしい。

「事情を訊くなら、私もその場にいさせてください」アディソンは言った。自分はまだダンテ・パルティーノの雇い主なのだ。

「そうおっしゃるんじゃないかと思ってましたよ。それより先に、問題のビデオを見たいものですね」

「もちろん、見てもらわなくちゃね」サマンサはつぶやいた。急に不機嫌な顔つきになっている。

アディソンはにやにや笑いを抑えられなかった。「心配するなよ」彼女の耳元でささやく。

「逆境にあっても協力の精神を示すことが、人格形成に役立つんだ」

「ほっといて《バイト・ミー》よ！」

「嚙《バイト》むのがいいんだったら、あとでゆっくり」

サマンサは近寄ってきた。「嚙む場所をわたしに選ばせてくれるっていう条件つきならね」

建物に向かって歩きながら、アディソンにささやく。

もう、彼女のおかげで俺は頭がどうかなりそうだ。「よし、そういう条件で」

ややあって、サマンサは言った。「カスティーロにビデオを見せたら、説明を求められるわよ。わたしのダッフルバッグの中に銘板があるのを見つけたくせに、報告しなかったのはなぜだって」

確かに。冷たいシャワーと同じぐらい、シャキッとさせられるひと言だった。「俺は約束しただろう」アディソンは同じように小声で答える。「約束はちゃんと守るよ」

サマンサが何も言わずに手に触れてきたので、アディソンも黙って指をからませた。なんてことだろう。ことはますます複雑になってきた。しかも今や、自分の部下の一人であるパルティーノが殺人未遂の容疑者になってしまった。一番奇妙なのは、サマンサが殺人に加担したという説よりも、パルティーノが人を殺そうとしたという説のほうがアディソンにとって信じやすく、受けいれやすいことだ。

そのとき携帯電話が鳴って、アディソンは折りたたみ式の電話を開いた。「アディソンだ」

「社長、私がこのくそいまいましいゲートを通れるように、警察の連中に言ってやってくださいよ」トム・ドナーが電話口で毒づいている。

アディソンは電話を口元からはずして言う。「刑事、トム・ドナーがゲートから入ってこれるように、お願いしますよ」

カスティーロは顔をしかめた。「せっかく楽しい会話をしてるのに、弁護士の先生を入れて、ぶちこわしにされてしまいそうだ。いいのかな?」

「わたしも同感よ」サマンサはかすかにほほえみを見せながら言った。

おやおや。泥棒と刑事がお互いのファンクラブに加入したみたいじゃないか。「トムにいてもらったほうがいいんだ」アディソンは言いはった。「それに、役に立つ情報を持ってきてくれるはずなんです」

「わかりました」カスティーロはふたたび無線機を取りあげ、部下に命令した。

アディソンは携帯電話を耳にあて、正面ゲートに詰めている警官とやり合うドナーの声を一瞬だけ聞いてから言った。「トム? ちょっと待っててくれ。通してくれるから」

「もう、やんなっちゃう」サマンサがつぶやいた。

アディソンは、腕を彼女の体に回してさらに引きよせた。「トムに対してはお手やわらかに頼むよ」穏やかな声で言う。「そろそろ、彼の力を借りなきゃいけなくなるかもしれないから」

17

日曜日、午後二時一五分

フランク・カスティーロは、ガレージ内のようすを映したビデオを、ひと言も発さずに見た。アディソンとサマンサがSLKのトランクをのぞきこんだあと、カスティーロと話している場面までだ。サマンサは警備室のドアのそばで、固唾を飲んで見守っている。非難の言葉を浴びせられ、逮捕されるかもしれないと身構えながら。ひとつだけ、確かなことがあった――もし警察がわたしを拘置所にぶちこむつもりでも、そう簡単にはいかないわよ。

ドナーも何も言わずにビデオに見入っていた。ただ、ときどき聞こえる舌打ちの音で、二人がバスローブを着て、手を握りあっていることの意味を理解しているのは明らかだった。

まったく、いまいましい――アディソンは心の中でつぶやいた。ドナーはおそらく、サマンサが終身刑でもくらいこめばいいと思っているだろう。もしあいつがこの事件の首謀者だったら、刑務所行きどころか、当然、サマンサの死を望んでいたにちがいないが。ドナーのようなボーイスカウト出身のアウトドア野郎は、手榴弾の扱い方ぐらい身につけているものなんだろうか？

「なるほど」椅子に深くもたれたカスティーロ刑事は、ようやく口を開いた。「可能性としては、この四分間にパルティーノが銘板をバッグに突っこんだ、と。手榴弾を仕掛けたのはそのあとだろう——ただし共犯者がいたのでなければの話だが」

「共犯者がいたとは思えないわ」サマンサはしかたなく言った。他人のことはおかまいなしという父親の冷酷な態度が自分にもそなわっていれば、口をつぐんでいられたのに。

「どうして？」アディソンが訊く。

「まずわたしに罪を着せておいて、それから殺す、というのが犯人の狙いだったとしたら、そこに一貫性があるからよ」

「ダンテ・パルティーノは社長のもとで一〇年間も働いてきた人間ですよ」ドナーが険しい表情で言う。「刑事さん、本当に確信があるんですか？」

「警察署まで足を運んでもらって、事情聴取に応じてほしいと彼に申し入れるぐらいの確信はありますよ」カスティーロは立ちあがりながら言った。

皆が警備室を出ると、アディソンはあらためて言った。「私も事情聴取の場にいさせてくださいよ」

サマンサはアディソンの腕をつかんだ。男たちは先に階段を上っていく。今聞いたことを誰にももらすな、とクラークに警告しているカスティーロの声が聞こえる。

「さっき、わたしの部屋の外の廊下から、警察官が壊れたボウルみたいなものを持っていくのを見たんだけど、あれは何だったの？」

「砂糖がけのイチゴだよ」

「わたしの大好物だわ」サマンサはアディソンの胸に両手をおくと、つま先立ってキスをした。すぐに彼の腕が背中に回され、引きよせられる。背が高く引きしまった体だ。ぞくっとした。またアドレナリンが全身を駆けめぐる。今度は、体が喜んで受けいれている。しびれるような興奮で、欲望が高まっていく。「ありがとう」重ねた唇の下でサマンサはつぶやいた。

アディソンはサマンサの体を少しずつ後退させ、壁に押しつけた。耳のすぐ下に唇と舌をはわせると、彼女の口からうめき声がもれる。手をタンクトップの下にすべりこませ、背骨にそって動かし、また唇を求める。

「社長、来てますか？」階段の上からドナーが呼んだ。

「はいはい、行きますよ」アディソンはつぶやいて、しぶしぶ手を下ろすと、声をはりあげて言った。「今、行くよ」

「本当に、警察署までわざわざ行くつもり？」アディソンのあごを口でつつきながら、サマンサが訊く。「わたし、今こうしているのが気持ちいいのに」

指で髪をまさぐられて、アディソンはうなった。「いい考えがある。リムジンに乗っていこうよ。そしたら後部座席でいちゃつけるだろう」とささやく。

そのアイデアにはそそられるわね。ただし、行き先がまずいわ。「わたし、警察署へなんか行かないわよ」

「いや、行くんだ」アディソンはつぶやき、キスをくり返しては舌でからかう。「もしダンテに関する俺たちの推理が当たっていたら、ダンテとデヴォア、少なくとも二人がからんでいることになる。果たして運よく二人で打ち止めなのか、それとももっと大がかりな陰謀なのかはわからないけど。それが全部明らかになるまでは、君は俺の目の届くところから離れちゃいけない」

サマンサはアディソンを押しのけた。「わたし、本気で行きたくないって言ってるの」

アディソンは少し後ずさりし、その落ちついたグレーの目でサマンサの顔を見つめていたが、しばらくしてようやくうなずいた。「わかった。事情聴取はここでやってもらおう」

サマンサは思わず鼻を鳴らしてせせら笑った。「あーら、そんなこと言えるほど、えらいわけ?」

アディソンは一瞬、笑顔を見せた。「ああ、そうさ」

サマンサはアディソンのあとについて二階へ上がり、調理場に入っていった。カスティーロは大きな二段オーブンのそばに立ち、無線機に向かってがなり立て、指示を与えている。ドナーも携帯電話で話している。ところがアディソンが片手を上げると、二人ともしゃべるのをやめた。ボスでいるって、さぞかし気分がいいでしょうね。

「皆さん、ダンテ・パルティーノの事情聴取はこの屋敷で、私のオフィスでやっていただきたいんです」

「しかし、ここでやったら」無線機を下ろしたカスティーロが言った。「私は取調べのさいの黙秘権などについて告知できませんよ。パルティーノの弁護士も呼んでやれないし、彼の発言は法廷では一切、証拠として採用されない。それから、ドナーさんには彼の弁護士を務める資格がありません。アディソンさんの顧問弁護士ですからね」

「でも刑事、わたしの意見をもとに彼を逮捕したりはしないって、言ってたじゃありませんか」サマンサがぶっきらぼうな口調で横やりを入れる。

三人の男がいっせいにふりかえったので、サマンサは肩を怒らせた。ふん、見たいなら見ればいいわ。自分の証言のせいで人が刑務所に行くことになるなんて耐えられない。チクリ屋という評判が立ったら、わたしはもう仲間の誰からも信用されなくなる。

カスティーロは口をきっと結んだ。「では、当たりさわりのない友好的な質問だけということにしましょう。だがひとつはっきりさせておきたいのは、アディソンさん、私はあなたに雇われてるわけじゃないってことです。私がここにいるのは、殺人二件と殺人未遂一件の解決に向けて手を尽くすためですから」

「私のことはリックと呼んでください。で、今ダンテがどこにいるか、わかりますか？」

「お宅で働いているほかのスタッフの人たちと一緒に、テニスコートに避難しています」

ドナーが立ちあがった。「連れてきましょう」

「いいえ、私が連れてきます」カスティーロが言った。「リックさん、あなたのオフィスでやりましょう。ただし、この捜査の担当はあくまで私ですからね。もしあなたがたの言動が一定のラインを越えたら、公務執行妨害で署まで連行することになりますよ。今だってすでに、かなり大目に見てあげてるんですから」

「了解しました」アディソンは、カスティーロがドアから出ていくのを確かめると、ドナーのほうをふりかえった。「従業員のリストはどこだ?」

ドナーは上着のポケットからリストを取りだした。「社長、ここでやるなんて、頭がどうかしちゃってますよ。自分で気がついてます?」

アディソンが顧問弁護士を見つめる視線には驚くほど険があった。それはサマンサの疲れきった目にも明らかだった。

「一時間前、サマンサはすんでのところで殺されかけたんだぞ。しかも俺の屋敷の中で。君は見てないからわからないんだ」アディソンはぴしゃりと言う。「君は協力するか、でなければ出ていくかだ。俺は本気で言ってるんだぞ、トム」

ドナーはアディソンをにらみ返した。しばらくするとふうっと息を吐きだす。少し縮こまったようにも見えた。ポケットから取りだした一枚の紙を黙ったままアディソンに渡し、先に立って調理場のドアを出ていく。「銘板が盗まれて爆発があった夜と、今朝の両日ともこの屋敷にいた者は、社長とジェリコをのぞくと、六人います」

「ダンテもその一人?」

「ええ」

三人が調理場を出ようとしているときに、サマンサはカウンターにおかれている朝刊を見つけた。シェフのハンスに笑いかけて許可を求めたあと、サマンサは新聞を取りあげた。二人のあとについてアディソンのオフィスに向かいながら、ぱらぱらとめくる。社交欄を見つけるのにさほど時間はかからなかった。

「三面に出てるよ」ドナーが肩越しにふりかえりながら言った。

サマンサとしては嬉しがってしかるべきだ、とでも言いたげな表情だ。新聞に自分の写真が載って、しかもアディソンと一緒に写っているなんて感激じゃないか、ということらしい。確かに紙面を飾っているこの写真は、有名になりたがりのミーハーそのものに見える。だけどハーバード出の先生には想像もつかないでしょうね。わたしの場合、新聞に名前や顔が載るより、手榴弾をあと二つ仕掛けられたほうがまだ嬉しいぐらいだってこと。

「いい写真じゃないか」アディソンが歩くスピードを落として、サマンサに並んだ。

『ポスト』紙は、記者が撮った最初の写真を載せていた。二枚目がボツになったのは、たぶんサマンサがヘッドライトを浴びた鹿のような表情をしていたからだろう。掲載された写真では、二人が打ちとけた雰囲気で会話を楽しんでいるようすが写っていた。アディソンは、ゆったりとリラックスした笑みを浮かべてサマンサを見つめている。サマンサは優しげな表情をして、もう、困った人ね、と言わんばかりだ。彼女の手の上に重ねられたアディソンの手が、信頼と愛情を物語っている。

「変なの」なぜか不愉快になってサマンサはつぶやいた。写真の説明文《キャプション》を見ると、「サム・ジェリコ。億万長者リチャード・アディソンの交際相手であり、美術品と防犯の専門家」と出ている。

「何が変なんだい？」

「なんか……証拠みたい」サマンサは口ごもり、新聞をもとどおりにたたんだ。

アディソンは新聞を彼女の手から取りあげた。「証拠だって？　何の？　君が俺を好きだ、俺が君を好きだっていう証拠か？　それのどこがそんなに気にくわないんだ、サマンサ？」

「凍りついて動かない一瞬だけをとらえているからよ」サマンサはつぶやいた。「この写真を見ても、二分後にはわたしがあなたの肋骨にパンチをくらわせた事実はわからないし、それに――」

「それに、一時間後には、俺が君を抱いてた事実も、わからない」アディソンはサマンサの耳に軽く唇を触れてささやいた。「もちろんこれからまた、そうするつもりだよ、何度も、何度もね」

サマンサは身震いをした。「手榴弾のほうがあなたより安全ね」

アディソンは含み笑いをした。「それ、お世辞と受けとっておくよ」

「お楽しみの最中、お邪魔させていただきますが」ドナーが言った。オフィスのドアの前で、アディソンが鍵を取りだすのを待っている。「警備員のプレンティスと、海に浮かんでたデヴォアとかいう男を殺して、ジェリコを殺そうとした奴がダンテ・パルティーノだなんて、本気で信じてるんですか。我々の仲間のダンテですよ、髪をジェルで固めたあの小男が、そんな」

「パルティーノがやったのは三番目の事件だけだと思うわ」サマンサが言う。「最初の二件はパルティーノがやったとすると筋が通らないの。少なくとも、今はまだ」

「爆発物処理班の連中も、爆弾と手榴弾は別々の人間が仕掛けたものだという意見だ」アディソンが補足した。

「わかりました、それはそれとして。じゃあ、いったい動機はなんなんです？」ドナーはサマンサに目をやりながら訊いた。

「それはこれからつきとめなくちゃならない。サマンサ、座って」アディソンはサマンサのそばの椅子に腰かけ、ドナーは会議用テーブルの上座を占めた。「パルティーノとサマンサのあいだで交わされた会話からすると、パルティーノは彼女の存在を脅威に感じていたようだな」

「パルティーノの気持ちもわかりますがね。奴の競争相手のジェリコに対して、社長はちょっと親切にしすぎですよ」

「それが、彼女を手榴弾で殺そうと思うきっかけになったのでないといいが」アディソンは鋭い口調で言った。

「かりに殺そうとしたと仮定して、の話でしょう」

「そうだ。あくまで仮定だ。でも俺の言いたいのは、可能性はあるってことさ。ダンテは、君が美術品の専門家だってことを知っていると主張していたんだろう、サム？」

「ええ」サマンサはうなずいた。

アディソンは姿勢を変え、ドアのほうを向いた。それで、カスティーロ刑事に連れられてオフィスに入ってきたダンテ・パルティーノを見たとたん、たちどころに状況がつかめた。激しやすいたちのこのイタリア人は黙っているが、一瞬でもじっとしていられないらしく、右の耳を引っぱったり、指の関節をぽきぽき鳴らしたりしている。あんなに鳴らして指が折れないのだろうかとあきれるほどだ。

ビジネスの取引であればいつも、こうして相手が部屋に入ってくるときこそアディソンがもっとも待ちのぞむ瞬間だった。相手は一瞬のうちに、アディソンにとうていかなわないと悟り、彼の冷徹な判断による鉄槌が振りおろされるのを待つ。しかし今日のアディソンは、握りしめたこぶしを太ももに押しつけ、テーブルを飛びこえてパルティーノを叩きのめしてやりたい衝動を抑えるしかない。

「社長、トム、皆さん。私は警察の人たちに言われて、自分のオフィスを明け渡すことになってしまいましたよ。皆さんは大丈夫でしたか？」パルティーノはサマンサのほうを横目でちらりと見やったが、目は合わせずにそっぽを向いた。

このやろう。アディソンは心の中で毒づいた。俺の美術品取得管理責任者。こいつはもうお払い箱だ。「みんな無事だよ」社長の顔になったアディソンは、柔和な笑みをたたえてなめらかに答える。

「パルティーノさん」大きなマホガニーのテーブルの前に座りながら、カスティーロは呼びかけた。「今回の窃盗事件に関して、確認のためにいくつかご質問をさせていただきたいのですが、よろしいでしょうか」

「もちろんです。私でお役に立てることなら喜んで」

「銘板についてなんです。確か、およそ一五〇万ドルの価値がある品とおっしゃっておられましたよね」

「そのとおりです」

「その価格は何をもとにして算出されました?」

アディソンはいらだたしげに体を動かしている。銘板のことなんか訊いてる場合じゃないだろう。サマンサを殺そうとした容疑者なんだぞ。だがサマンサ本人は、会話の成り行きを気にもかけていないようすだ。それどころか、ドナーから白紙の法律用箋を二、三枚くすねて、鉛筆で鯉の絵を描いている。なかなかうまい絵だった。教育を受けたからか、それとも天性のものか。幅広く何でもこなす天才型のサム・ジェリコのことだから、たぶん持って生まれた才能なのだろう。

「そうですね、推定価格はつねに、同等品との比較と、市場での取引価格の実績にもとづいて決められます」

「でも、このトロイの石の銘板は世界中でたった三点しかないんでしょう。最近、その中のどれかが売られたことはあるのですか?」

「ありません。ですが、一月に社長が購入したときの価格は一〇〇万ドル余りで、古代ギリシャとローマの収集品市場はここ数カ月、かなり強含みで推移していますから。私はオークションや競売に関する情報はもれなく追っているんです。これも仕事の一部ですので」

「爆弾で破壊されたほかの品々の推定価格はいかがです？」

「原則として同じ考え方で決めます。たとえば甲冑《かっちゅう》類は、市場に出回っている数が多いので、価格は算定しやすいんです。ただ、中には希少で残念ながら入手が困難な品もいくつかあって、その場合は保険請求金額もそれ相応に高く査定されます。保険関係で必要な書類はすべてトムのほうで用意できると思いますよ。保険請求の手続きは彼の法律事務所を通じて行っていますから」

　サマンサはせっせとスケッチを続けている。周囲で交わされているやりとりになんの関心もないかのようだ。事情聴取をこのオフィスで行うことにしたのはもとはと言えばサマンサのためだったのにと思うと、アディソンは少し腹が立ってきた。「何をやってるんだよ？」小声で訊く。

「将来を見通してるの」

　ダンテ・パルティーノが、サマンサの描いている絵にちらりと目を走らせた。そのとたん（アディソンの目に狂いがなければ）、パルティーノの血色のよい顔が少し青くなった。どんな絵かと見おろしてみて、アディソンは急に口元に浮かんでくる笑いを抑えなければならなかった。サマンサは鯉のスケッチはもうやめて、なんと、絞首台と、死刑執行人が使う輪なわを描いていたのだ——サマンサが「いい警官／悪い警官」ごっこを楽しむ生来のセンスを持っているということか？　それとも彼女が感じている怒りを自分なりの方法で表しているだけなのか？　アディソンにはわからなかった。

「損害は受けたが修理可能な品については、どういった手続きをふむのですか？」手帳にメモをとりながら訊いているのは「いい警官」のカスティーロだ。

サマンサは、今度は絞首刑になる囚人を描きはじめた。ジェルで固めてつやつやした黒髪の男で、パルティーノが今着ているのとまったく同じスーツを身につけている。

「そういう品については、保険会社と信頼のおける美術品の専門家の両方が査定をします。修理したとしても価値が下がらない、また作品としての真正性をそこなわないと判断された場合は修理が許可されます。そうでない場合は、価値が減じたあとの価格にもとづいて保険による補償額が支払われます」

「ということは、保険をかけた品が盗まれようと、壊されようと、所有者は損をしないわけですね」

パルティーノは力強くうなずいた。「まさにそのとおりです。実を言いますと、ある品の市場実勢価格が下がっているとわかった場合、即座にその品を壊してしまったほうが、所有者にとって金銭的に得になることも多いんです」

「つまり、何が言いたいんだ？」アディソンは語気鋭く訊いた。

「ただ、刑事さんの質問にお答えしてるだけですよ、社長。私には、本当のことを言う義務があるんですから」パルティーノは身を乗り出した。「だから私は、ここにいる社長のお友だちの女性が、美術品泥棒だと申し上げざるを得ないんです」

サマンサの手がぴたりと動きを止めた。ゆっくりと視線を上げ、パルティーノと目を合わせる。瞳がきらきら輝いている。「今なんておっしゃいました?」

「この人の父親は、よく知られた美術品専門の泥棒で、服役中に死んでいます。実際、彼女が銘板を持っていたとしても私は驚きませんね。最初の爆弾だって、自分の正体が私にばれないよう、私を狙って仕掛けたものにちがいない。彼女を信用しちゃいけませんよ」

「じゃあ、二番目の手榴弾は?」アディソンは訊いた。すさまじい力でこぶしを握りしめていたために指の感覚がなくなりかけていた。

「自分が狙われたかのように演出して、無実に見せかけようとしたにきまってます。カスティーロ刑事、この女の持ち物をお調べになりましたか?」

「パルティーノ、あんたがチンパンジーを雇って銘板の偽物を作らせさえしなかったら、警察もその言い分を信じてくれたでしょうよ」すかさず言い返したサマンサは、アディソンとカスティーロが止めるまもなく立ちあがって、紙と鉛筆をパルティーノの顔に投げつけた。

「道理で、わたしを急いで殺そうとしたわけだわ。じっくり見られたら、偽物だって見破られちゃうものね。だけど、あんなできの悪いしろものを本物と信じこませようとしたら、七歳以上の人間は全員、爆死させなけりゃだめよ、おあいにくさま」

「お前に何がわかる!」サマンサの向かい側に立ったパルティーノは、テーブルにこぶしを叩きつけて逆襲する。「爆弾で私を殺そうとしたのはお前のほうじゃないか。何を言おうとその事実は変わらないんだ。警察が真相をつきとめてくれるさ」

「もうつきとめてるわ。あんたは最初の爆弾のとき、わざわざ現場近くにいるようにしただけでしょ。それに、わたしが二番目の手榴弾の近くにいたことは、関係者以外には知らせてないはずなのに、あんたはなぜか知っている。ふん、本物の銘板が手元になくてお気の毒だこと。本物があったら、それを売ったお金で殺人未遂の罪に問われるのをうまく逃れられたかもしれないのにね。くそ間抜けの、大バカ野郎だわ」

「このあま！」パルティーノは悲痛な声で吠えると、テーブルの上に身を乗りだしてサマンサにつかみかかろうとした。

ドナーとカスティーロがパルティーノの肩を両側から押さえこみ、もとの椅子に座らせた。同時にアディソンが弾かれたように立ちあがり、サマンサの前に立ちふさがると、「もうやめろ！」と怒鳴る。

「型をとるときに何を使ったの？」アディソンの後ろからサマンサがあざけるように言う。「子どもの工作用の粘土かなんか？　それとも誰かに頼んで、ハンマーでも使って手作りさせたの？」

「俺は何もしゃべらないぞ！　弁護士を通してでなけりゃ、何も！」

「弁護士は必要だろうな」険しい顔のカスティーロが言う。「ダンテ・パルティーノ。殺人未遂および窃盗容疑で逮捕する。それ以外の容疑については、警察署まで同行してもらうあいだに考えようじゃないか」

「俺は何もしてない！　あの女がやったんだ！　おれは何も盗《と》ってない！　偽物はあ、あ、あの女が持ってるのに！」

アディソンはテーブルの端を回り、パルティーノのネクタイをつかんで怒鳴る。「どの偽物だ？」

パルティーノの顔が蒼白になった。ぐうっという音とともに口を閉じて黙りこむ。ようやく「弁護士を呼んでくれ」とだけつぶやいた。そして、カスティーロが制服警官を呼んで手錠をかけさせるまで、「弁護士だ。弁護士を呼べ」と言いつづけた。

美術品取得管理の「元責任者」になった男が部屋から連れだされると、カスティーロはアディソンとふたたび向き合った。「例の偽物を渡していただきたいんですが」

「じゃあ、取ってきますよ」

「私も一緒についていきます。証拠が損なわれないよう、ちゃんと保全して署に持ち帰らなくてはならないので」

二人はオフィスを出ていった。ただしアディソンは途中で立ちどまり、警告するような目つきでしばらくサマンサとドナーをにらんでから立ちさった。もうすでにこれだけ緊張が高まっているのだ。戻ってきたら二人が血みどろの争いを繰り広げていたなんてことになってはたまらない。

「パルティーノがジェリコについて言った『美術品泥棒』というのは本当ですよ」カスティーロはさりげなく言った。

アディソンはしばらく黙っていたが、ついに口を開いた。「証拠はあるんですか？」

「いいえ。もし証拠があったら、彼女も今ごろ、パルティーノと一緒に逮捕されてるはずです」

「ということは、決定的な証拠がないかぎり、彼女は無実だということですね。それが、あなたがたアメリカ人が大切にしている信条なんでしょう?」

「ええ、そうです。しかしアディソンさん、彼女が泥棒だと聞いても驚かれませんでしたね」カスティーロは横目でちらりとアディソンを見た。「たぶん、驚かれないだろうなとは予想してましたが」

「サマンサは私に対しては、何ひとつ悪いことはしてませんから。父親は有罪判決を受けた受刑者だったかもしれませんが、サマンサは違う」

カスティーロはため息をついた。「彼女は遊ぶには格好の魅力的な女性ですからね。でもアディソンさん、私があなただったら、まず自分の財布から手を離さないようにしますね。あんなに抜け目のない奴は見たことがない。悪党をつかまえ続けて二〇年になるこの私が、彼女との勝負では一歩先んじられたらどんなことになるだろうと思うぐらいですから」

「でも、私には私の考えがあるんです」

「それはそうでしょう。だが私は、彼女の犯罪について何か証拠をつかんだら、遠慮なく刑務所にぶちこんでやりますよ」

「絶対に、何も見つけられませんよ」きっぱりと言いきったアディソンだが、その言葉ほどに絶対的な自信があるわけではなかった。かといって、サマンサの創造性の豊かさや抜け目のなさについて疑っているというのでもない。とにかく、カスティーロ刑事がいくらがんばっても、物的証拠は見つからないはずだ——少なくともこの屋敷内では。

サマンサの部屋にはまだ、爆発物処理班の捜査担当者が何人もいた。アディソンはソファからナップサックを取りあげると、布に包まれていた偽の銘板を引きだした。「これです」

「あなたがたはこれを、車のトランクにおいてあった彼女のバッグの中で見つけたと」

「ええ」

「今朝のことですね」

「はい」

「じゃあ、あらためてお伺いします。今朝、私がガレージに入っていったとき、どうして銘板のことを知らせなかったんです？」

アディソンは魅力たっぷりの笑みを浮かべた。「ちょっと度肝を抜かれたというか、予期してなかったものですから」

カスティーロはうなずくと、偽の銘板にもう一度布をかぶせて包みなおした。「わかりました。うちの専門家に鑑定させて、本物でないことを確かめさせましょう。私の見方では、パルティーノは今朝の新聞で、あなたとサマンサが二人仲良く写っている写真を見て、自分と、自分の職を守ろうと決心して犯行に及んだのじゃないかと思います。偽の銘板をバッグに入れておいたのは、それが見つかれば銘板の捜索も打ちきられるだろうとふんだからでしょう。手榴弾については、バッグにしのばせておいた銘板が偽物であるとばれないようにするためと思われます」

「私もその説に賛成です」

「ええ、ただし立証するのはちょっと難しそうですが。それに、パルティーノがそもそもなぜ偽物を持っていたのか、手榴弾の入手先はどこか、本物の銘板はどこにあるのか、つきとめる必要があります」

その三つの疑問には、リチャードも答が出せないでいた。パルティーノはなぜ偽物を最初から使わずに隠していたのか？　銘板が盗まれたとき、代わりに偽物をおいておけば、盗難の事実を隠蔽できたのに。サマンサの推理どおり、本物の銘板を盗んだのがエティエンヌ・デヴォアだったとしても、偽物がパルティーノの手元にあったのはなぜか？　そして犯人が最初の爆弾を仕掛けた動機は何か？

ええい、いまいましい。どこをどう見渡しても疑問は増えるばかりで、答が思うように見つからない。ダンテ・パルティーノが逮捕されようとされまいと、事件がこれで解決ということにはならない——アディソンはその思いを拭いさることができなかった。

正面玄関のところでカスティーロと別れたアディソンは、二階の自分のオフィスに戻るとすぐに訊いた。「サマンサはどこだ？」

ドナーが一人で、会議用テーブルの前に座り、新聞をぱらぱらとめくっていた。「飢え死にしそうだと言って、食べるものを探しに出かけましたよ」

「そうか」二人とも昨夜、ルーニーズ・パブでデザートを食べたきり、何も口にしていなかったんだったな。忘れていた。「君、サンドイッチか何かいる?」

「いや、結構です」もう一枚ページをめくる。

疲れきった顔をゆがめながら、アディソンはテーブルの上に座った。「で、この一連の騒ぎについて、君の考えはどう?」

「社長が聞きたくないようなことばっかりですよ」

「うーん。それならトム、今すぐ話すか、でなければ一生黙っててくれ」

「じゃあ言いますよ。第一に、社長は名うての泥棒と寝ている。第二に、社長たちが見つけたあの銘板が鑑定で本物と判明した場合、社長は保険金詐欺でただちに逮捕される。第三に、社長はダンテ・パルティーノをまたたくまに拘置所行きにした。第四に、石の銘板のことぐらいで、社長が二件、というか三件の殺人または殺人未遂をおかすとは、私には思えない。そして最後、第五。じゃあ社長は、いったいなんのために複数の殺人をおかしたのか?」

「それについてはダンテが一枚かんでいたはずだ」

「拘置所送りにさせるほど確信があるっていうんですか? 考えてみてくださいよ、ダンテは社長に雇われて一〇年にもなるんですよ。そんな長いつき合いの従業員をいきなり見捨てるわけですか、知り合って一週間にもならない、しかも二度も屋敷に侵入したことがわかっている泥棒に頼まれたからって?」

知り合って一週間足らずだって、本当に? ものごとに対する確信が揺らぐことはけっしてないアディソンだったが、時間の感覚をすっかり失っていた。俺はいったい何をやってるんだ。「もしダンテがこの件にまったく関与してないとわかったら、君のとこの法律事務所の弁護士を雇って弁護させるよ。だけどトム、率直に言って、嘘をついている可能性が一番高いのは誰だと思う？」

ドナーはアディソンをひとにらみすると立ちあがって、冷蔵庫からミネラルウォーターのボトルを一本取りだした。「ふん、まったくもう。ここだけの話ですが、もしジェリコがやったのだったら、彼女はわざわざこの屋敷へ来たりはしなかったと思いますよ。誰かに罪をなすりつけようともしないだろうし」

「おお。認めるのはさぞかしくやしかっただろうに、えらい」冗談はともかく、アディソンはなぜか嬉しかった。だが、サマンサがドナーに対してどれほど懐疑心を抱いているか教えてやったら、ドナーはなんて言うだろう？　想像したくもない。

「社長になんか、私の気持ちはわかりませんよ」水をごくりとひと口飲むと、弁護士はドアのほうに向かった。「これから法律事務所へ戻って、ダンテにちゃんとした弁護士をつけられるよう手配してきます。弁護士費用を負担するのも、長い目で見れば、この会社にとってプラスになりますから。マスコミの連中や地元住民のあいだで、社長の評判を保つという意味でも、必要な演出ですよ」

廊下を歩いていくドナーにアディソンが追いついた。「演出については、あえてコメントを差しひかえておくよ。だが、俺がにらんだとおりダンテがかんでるとわかったら、あいつの身の安全のためにも拘置所にいたほうがいいんだ」

ドナーは正面玄関のところでふたたび立ちどまった。「了解。さて、あとひとつだけ質問させてください」

「なんだい？」

「社長、ジェリコとは……本気なんですか？」

「わからない」本気かどうか考えたくない、と心のある部分が訴えていた。サマンサ・ジェリコがそばにいると楽しい、それは確かだった。ドナーが指摘したように、二人はまだ知り合って一週間にもならない。この事件の謎を解明するには、そして彼女のことがわかるまでには、一週間よりもっと多くの時間がかかるだろう。

「わからないって？　そりゃあ、よくないなーあ」ドナーはわざと母音を長く伸ばして言った。「今夜、二人でうちに来て、夕食でも一緒にどうですか？」

アディソンはにやにや笑いを抑えられなかった。「まさか。冗談だろ？」

「いえ、冗談じゃありませんよ。ジェリコのことをうちのケイトに話したんです。もちろん、当たりさわりのないことだけですから、ご心配なく。そしたらケイトが、二人を夕食に招待したいって言うもので。メニューはチキン・パルメザンかなんかだと思いますけど、それでよければ。七時ごろでどうです？」

「うん、喜んでお邪魔するよ」

18

日曜日、午後三時二一分

サマンサは、シェフのハンスがパンの耳をきれいに切り落とすのをじっと見ていた。なんともおいしそうな、キュウリのサンドイッチだ。「芸術家なのね」カウンターに両ひじをつきながらサマンサは言う。

背の高いスウェーデン人のシェフは、サマンサをちらりと見た。「ただのサンドイッチですよ、お嬢さん」

「サムよ。確かにそう、ただのサンドイッチだけど、わたしが急いで作るとなんか雑で、見た目を楽しむ余裕がないのよね」実のところ、ふだんのサマンサは、胃が空っぽになってぐうぐう鳴るまで、食べるのを忘れていることもしょっちゅうだった。

リチャード・アディソンと一緒に過ごしていて、一番奇妙で抵抗しがたい魅力にあふれていること。それはゆっくり時間をかけて、アディソンがステーキを焼くのを見たり、世界的に有名なシェフがサンドイッチを作ってくれるまで待ったり、時間をかけてそれを味わったりする余裕があるということだった。「料理を作るって……どこか、心が癒されるところがあるわよね？」

ハンスはほほえんだ。「そんなことを言うなんて、あなたも芸術家なんでしょうね」サンドイッチをのせた陶器の皿を渡すと、飲み物専用の冷蔵庫から冷えたダイエットコークを取りだした。「アディソン氏のお客さんのほとんどは、調理場の場所も知りませんし、ましてや、パンの耳の切り口がどんなふうになっているかなんて、興味がないんですよ」

「もったいないわ。細かいところを見るのが面白いのよ、ハンス」

ランチの皿を持ったサマンサは、二階へ上がった。オフィスに戻ってドナーの前で食べてやったらいい気味だろうなとも思ったが、それより一人で考える時間が欲しくて、図書室へ向かった。図書室は三階にあり、アディソンのオフィスから半棟ぶんほど離れているが、ハンスによると、そこまでの通路は屋敷の中でももっとも興味深い品々が見られる場所らしかった。

アディソンが自ら買いつけたものなのか、それともパルティーノのような部下にまかせて集めたものかはわからなかったが、コレクションは多岐にわたっており、うっとりするほど魅力的だった。この屋敷だけでこれなら、アディソンの持つほかの家にはどれほどの貴重な品々がおかれているだろうと、想像をめぐらせる。残念ながらサマンサはそれらの美術品を見ることはない。なぜなら、家に侵入して盗みを働かないかぎりそれは無理だからだ。サマンサはもう二度と、アディソンのものを盗まないつもりだった。

曲がりくねった廊下の壁には、古代ローマのモザイク状の床タイルが貼られている。赤、青、黄色と色とりどりの繊細な陶器の表面に、サマンサは指をそっとすべらせた。四〇〇〇年前、ローマの市民がこのモザイクタイルの上を歩いたと思うだけで、畏敬の念に打たれる。次に現れたのはガラス棚に飾られたローマ貨幣と、ローマ時代の槍や兜《かぶと》だった。

アディソンのコレクションの多くが、騎士、百人隊長、サムライ、征服者《コンキスタドール》など、戦士の持ち物だったものだが、何か意味があるのだろうか。アディソンが、ビジネスの世界においては戦士のようなものだからかもしれない。このコレクションの質と量から判断するに、アディソンは二一世紀のアレキサンダー大王や、ジンギス・カンに匹敵するほどの存在と言えそうだ。

図書室の戸口のところでサマンサは立ちつくした。「わあ、すごい」とつぶやく。

部屋の一方には、床から天井まで壁面いっぱいに窓が広がっている。残りの三方の壁は本で埋めつくされ、中央の空間には独立書架が、ある一定の間隔をおいて並んでいる。部屋の片側には大学の図書館で見かけるような巨大な閲覧机があり、書架の端には当然のごとく、ギリシャの神々の大理石の胸像がおかれている。もしサマンサが「盗みモード」に入っていたら、ここにある品々を見て狂喜していただろう。今はまともな仕事のために来ているのに、それでも腕に鳥肌が立った。

サマンサは机の上にサンドイッチの皿をおき、室内の探検にとりかかった。大理石の胸像よりさらに見事なのは、書架の中身だった。ガラスでおおわれた棚には、マーク・トウェインからブラム・ストーカーまで、さまざまな小説家の初版本が飾られている。シェークスピアの浪漫劇『テンペスト』の初版台本さえあった。

数分間ざっと見ただけで図書分類のしくみがわかったサマンサは、古代ギリシャ遺物に関する本を一冊見つけた。トロイの石の銘板三点がたどった道筋は、少なくとも過去三〇〇年ほどのあいだははっきりと記されており、その希少価値ゆえに、歴史研究家によって数多くの写真が撮られていた。文字や記号が刻まれた遺物は、トロイから出土したと言われる品の中でもきわめて少ない。とはいえ、本物であるか否かについてはいまだに議論が戦わされ、憶測が飛びかっていた。とにかく、とてつもなく古い遺物であり、貴重であることに変わりはない。

三点ある銘板のうち一点が紛失したことで、ハンブルクとイスタンブールにある残りの二点の価値がさらに高まった。ということは、それらが具体的にどこにあるのか、正確な場所と、最近それを盗もうとした人間がいなかったかどうか、調べてみるべきだろう。

「うちのシェフに何を言ったのか知らないけど」戸口からアディソンの声がした。「今、君に敬意を表してデザートを作ってるよ」

サマンサはにっこり笑った。「ジェリコふうジェリーかなんかじゃないわよね」

「いったいどんな魔法をかけたんだい？」

「サンドイッチを作ってってって、頼んだだけよ」サマンサは言い、指についたマヨネーズをなめてから、本のページをめくった。「それで、料理の腕がすばらしいって褒めたの。ハンスはコーヒーで何かの賞をとったことがあるんでしょう」

「まあ、君がどんな手を使ったか知らないけど、さっき調理場をのぞいてみたら、ハンスめ、喜びのあまりぼうっとして今にも倒れんばかりだったよ」イギリスなまりの低音が、耳に心地よい音楽のように響く。

サマンサは肩をすくめた。「ただ、ピーナツバターとジェリーのサンドイッチをお願い、って言っただけ。でもハンスは、ジェリーよりジャムのほうがわたしの洗練された舌に合うだろうという意見だったの。で、けっきょく、ライ麦パンにキュウリのサンドイッチにさせられたわけ」実は上等のチョコレートも少々つけてもらったのだが、それはもう食べてしまっていた。

「たぶんハンスは、君がアメリカ英語のジェリーとイギリス英語のジャムをごっちゃにしているんだろうと思いながら、それを礼儀正しい言い方で伝えようとしたのかもしれないな」アディソンはそう言ってほくそえんだ。

「そうね。でも今日び、ジェリーとジャムを使い分けて言う人なんているの？　あ、そういえば、お宅の調理場には今後、ペパーミント・アイスクリームが常備されることになったから。わたしのお気に入りだってわかったら、ハンスが注文してくれたの」

「まったく、誰でもかれでもファンにしちまうんだからな」ぶつぶつつぶやく声。

「ドナーっていう例外がいるけどね」サマンサは肩越しにそう言うと、アディソンの真面目くさった表情を見てほほえんだ。「でも、わたしの魅力のせいなんだから、しかたないでし

「確かに君は魅力的だよ。それに、びっくりするほどセクシーだ」サマンサのすぐ後ろに近づいたアディソンは、彼女の肩に手をかけた。

「縫合した傷にさわらないように気をつけてよ」サマンサは本に集中しようと努めながらつぶやく。ようやく探していたページを見つけた。サンドイッチの皿を横に押しやり、ナプキンで指を拭くと、本を近くに引きよせる。

肩をつかむアディソンの手に一瞬、力がこもったが、またゆるむ。「何をしてるの？」

「残った二点の銘板がどこにあるか、確かめようとしてるの」

「どうしてそんなことを？」

サマンサは肩越しにアディソンを見あげた。やっぱり。活気に乏しい冷淡な表情は思ったとおりだった。怒っているんだわ。

「さあ、どうしてかしらねえ」母音を伸ばしてゆっくり言う。「あなたの銘板は手に入れられなかったけど、ほかに二点、残ってるものね」

「ばかなことを考えるんじゃない」語気を荒げた低い声。

肩をすぼめてアディソンの手を振りはらいながら、サマンサは言う。「あのね、あなたの莫大な収入のうちほんの少しでもいいから使って、ユーモアのセンスってものを買ったらどうかしら」

アディソンはしばらく無言だった。「俺たち……親しくなりはしたけど、俺は君のこと、本当の意味ではよく知ってるわけじゃないんだ。そこのところをわかってもらわないと」

「そういうことなら、あなたにこそわかってもらわないといけないわね。命令して何かをやらせようとすると、たいていわたしはむかついて、まるっきり反対のことをやる傾向があるってことよ、あなたを怒らせるためにね」

アディソンはサマンサの脇においてあった椅子を引きよせて座った。「よし、了解。で、残りの銘板の所在を調べようとしてるのはなぜだい？」

「もう、あなたって憶えが早いわね」サマンサはぼやいた。「所有者がわかれば、最近、銘板の盗難未遂があったかどうか調べられるから」

「ロンドンの俺のオフィスに電話すれば、銘板の所有者はつきとめられると思うよ」

突然の申し出に、サマンサは横目でアディソンを見た。頬が赤らんでくる。「わかったわ。ちょっと低レベルの質問なんだけど、あなたの経営してる会社って、具体的にはどういう事業をしてるの？」

アディソンは声をあげて笑った。「知らなかったの？」

サマンサは肩をすくめた。顔がますます赤くなった。「インターネットで調べたとき、記事を全部読みきれなかったの。いろいろなものの買収と売却をしてることはわかったんだけど、それだけじゃないだろうと思って」

「ああ、そうだ。ことわざにあるとおり、二足どころか何足ものわらじをはいて、いろんなことに手を出してるからね。不動産を購入して、改装や改修をして資産価値を高めてからまた売りに出すというのが主なビジネスなんだ。ときには同じような目的で企業を買収したりすることもある」

「じゃあ、あのテレビ局、WNBTについてはどうするつもり?」

アディソンはほほえんだ。「そうだな、ゴジラ映画の特集はけっこう人気があるみたいだからね。怪獣映画とか怪獣特集番組専門のチャンネルにしてもいいかもしれないね」

「シブイわね」

「実はこのテレビ局、ここ四年ばかり赤字続きでね。今考えてるのは、うちの会社のスタッフを何人か入れて、収益改善を図る計画なんだ」

「そういうスタッフがいるのね」サマンサは言った。アディソンに多くの部下がいることは知っていたが、彼についてもっと深く知りたくて、好奇心が騒いだ。この屋敷へ来て以来、アディソンの注意はサマンサに向きっぱなしだったので、本来の仕事——彼が築きあげたビジネス帝国の事業があることを忘れそうになってしまう。

「トム・ドナーもスタッフの一人だ。ほかにもいろいろな人材がいる」

「何人ぐらい?」

「時と場合によるよ。今のところ、六~七〇〇人ぐらいかな。スタッフの中には建築家、建設業者、大工、会計士、コンピュータのプログラマー、弁護士、秘書、執事などがいる。それに加えて、プロジェクトの性格に応じて必要になる役割を果たす専門家だね」

「シブイわね」サマンサはまた言ったが、今の説明でもうひとつの疑問が浮かんできた。

「じゃあ、わたしがここにいるのはどういう役割で?」

「俺たちはパートナーとして協力関係を結んでるじゃないか。君のほうから提案してきた役割だよ」

確かに、わたしの提案だった。でもそのあとの展開は、予想だにしていなかった。最初の計画では、アディソンをうまくだまして手助けしてもらってから逃げるつもりで、それ以上のことは頭になかったのだ。彼と一緒にいると商売の邪魔になるからだ。そう、泥棒稼業にもよろしくないが、心の平安にとってもよろしくない。

「だったらわたしたち、なんで寝てるのよ?」

「二人ともそうしたいからさ。正直言って俺は君にすっかりまいってる。君のことを頭から追いだそうとしても、どうしても追いだせないぐらいに」

サマンサは咳払いをした。「それって、よくない兆候よ」

アディソンは体を寄せてきた。優しく巧みな指先で、サマンサの耳の後ろの髪をなでている。「そんなことあるもんか。それより今すぐ、二人でどこかへ行きたいと思わないか?」

もちろん――ベッドへ行って裸になって、温かくて硬い彼のもので貫かれたい。「あら、ここでもいいわよ」

アディソンのあごの筋肉がぴくりと動く。やめようと思うまもなく、サマンサはつい身を乗りだして、彼にキスした。

お返しは、巧みにじらすようなキスだった。唇をぴったりと重ねあわされて、背筋を熱いものが走りぬけた。彼の唇が、待ちかねている動きを約束するようにはいまわる。彼の髪の毛を指でまさぐっていたサマンサは小さくうめき声をもらした。

「君は果樹園みたいな香りがするね」アディソンはつぶやき、サマンサの体を持ちあげて膝の上にのせた。

サマンサの太ももの下で彼のものはすっかり硬くなり、準備万端といった感じだ。

「キュウリを食べたからでしょ」

「いや、違う。君の匂いだ」アディソンはそう主張して口の中で低く笑うと、サマンサのシャツの下に片手を差しいれて乳房を包んだ。

アディソンの指がブラの下にすべりこみ、乳首をつまんでこすりだすと、サマンサはあえぎ声をもらした。ああ。ひと晩じゅうこんなことばかりやっていた二人なのに。ベッドから出てたった五、六時間しか経たないのに、もう彼に触れられたくて、愛撫されたくて、情熱を肌で感じたくてたまらなくなっている。アディソンの舌と唇が耳の下の骨のあたりに届くと、サマンサは腰が抜けたようになり、彼の腕の中にへなへなと倒れこんだ。

アディソンはサマンサの着ているゆったりめのシャツとその下のタンクトップを剝ぎとり、二人の後ろの床に放り投げた。ブラがすぐあとに続く。彼の両手が自由に動きだして、こすったり、優しく引っぱったりしはじめた。

「防弾チョッキが、あるといいんだけど……持ってきてくれた？」サマンサは、アディソンのシャツのすそをスラックスから引っぱりだし、前のボタンをはずしながらうめくような声を出した。

「実は、今朝、財布の中にいくつか入れといた」答える声に笑いが混じる。「こんなことしたの、大学のとき以来だよ」

「用意がいいのね」

そのときアディソンの携帯電話が鳴った。「くそっ」

出なければならない電話だということはわかりきっていたので、アディソンが携帯電話を取りだして開くと、サマンサは彼の喉のほうに注意を向けてキスしはじめた。

「アディソンだ」

胸の筋肉が緊張したのを感じ、サマンサは頭を上げた。アディソンは表情を動かさずに相手の話にじっと耳を傾けている。長い沈黙のあと、サマンサと目を合わせた。

「彼女には、君から直接話をしてもらったほうがいいだろう」そう言うとアディソンは携帯電話をサマンサに渡した。「ウォルターだ」低く暗い声で言う。

心臓がどくんと鳴るのを感じながら、電話を耳にあてる。「ストーニー？」

「元気か、ダーリン。今朝、オハノンにまた電話してみたら、警官が出やがった。詳しいことは何も教えてくれなかったし、逆探知される前に切らなきゃならなかったんだけど。ショーン・オハノンが死んだよ。殺されたんだ」

サマンサは息をのんだ。彼女はショーン・オハノンを嫌っていた――以前からそうだったし、これからも好きになることはないと思っていたが、それでも自分と同じ世界で働く、同じ部類に属する人間だった。そしてオハノンは、トロイの銘板になんらかの形でかかわっていた。「殺されたって、どんな状況で?」

「電話に出たオマワリ、イギリスじゃオマワリを『ボビー』とか呼ぶらしいけど、そいつは爆発があったと言ってた。それだけしか聞きだせなかった」ストーニーはしばらく口をつぐんでいた。「サム、俺、しばらく身を隠すことにしたよ。君もそうしたほうがいい」

アディソンはサマンサの体に腕を回した。今度は情熱からではなく、慰めるためだ。サマンサは頭を傾けてアディソンの肩にもたせかけた。「気をつけてね。落ちついたらすぐに、またこの番号にかけて無事を知らせてよ」

「この番号?」ストーニーはくり返した。声の調子が少し変わっている。「ってことは、あの金持ち男のとこにまだしばらくいるのか、一緒に?」

「一緒でなくなったら、この携帯を盗むから大丈夫」この答はストーニーによけいな心配をかけないためだ。サマンサはどこへも逃げるつもりはなかった。

「よし、わかった。息をひそめてじっとしてろよ、いいな、ベイビー」

「あなたもね」

カチャリという音とともに通話が切れた。サマンサが携帯電話を返すと、アディソンはそれを机の上におき、腕を彼女の体に回したままでゆっくりと前後に揺らしはじめた。

どうしてかしら——不思議だった。アディソンの腕の中にいるとなぜか、安心できるのだ。現実にはどこにいようと、まったく違いはないはずなのに。サマンサはゆっくりと、深く息を吸って、頭の中を整理しようとした。考えだけでなく、感情も。なんてことだろう。ついさっきまで、彼を求めてあんなに燃えていたのが夢のようだ。

「カスティーロに知らせたほうがいいわね」サマンサは提案した。うん、とうなずくアディソンの動きがぴったり合わせた頬に感じられる。「ただし、わたしがオハノンの知り合いで、彼がトロイの石の銘板に関心を示していたことと、死んだらしいこと、それだけよ。ストーニーはこの件とはなんのかかわりもないんですからね」

「ああ。ストーニーって、誰だっけ？」アディソンもそう言って賛成の意を示した。その声はサマンサの肩のところで響いている。

「わたし、ええと、服を着なくちゃ」ウエストから上は何も身につけていないことに急に気づいたサマンサが言う。

「そうしたほうがいい、今のところはね」アディソンはサマンサの体を少し離すと、もう一度、時間をかけてねっとりとしたキスを交わした。「君、気分は？　平気？」

「ええ。わたしのまわりの悪党たちがどんどんいなくなって、ちょっと不安だけど、でも考えてみれば、この仕事をやるからには避けて通れないスリルでもある。でしょ？」

「そうだな」アディソンはサマンサをふたたび抱きしめ、膝の上から下ろして床に立たせた。サマンサはブラとシャツを取りあげ、身につける。

「残りの銘板についてもう少し調べて、場所を絞りこめるか、やってみてくれないか。そのあいだに俺はカスティーロに電話をかけておく。今、時間は」時計に目をやる。やっぱり、ロレックスね。「ロンドンでは午後八時だから、セーラの自宅に電話しよう」

サマンサの動きが止まった。「セーラ?」

「俺の秘書だよ」官能的な唇に、邪悪な笑みがちらりとのぞく。「すごく誠実な人でね、俺が何を必要としているかわかっていて、こまやかに気配りしてくれるんだ」

「でしょうね」

こんなこと、気にしてなんになるの? アディソンを知ってからまだ数日にしかならない。そしてあと数日もすれば、二人は別々の道を行くことになる。サマンサはもう二度とアディソンに会うことはない。『E!』みたいな深夜のゴシップ番組で取りあげられた彼の姿を見る以外には。ダンテ・パルティーノがほのめかしたように、アディソンと寝たのはサマンサが初めてではないし、もちろん彼女が最後であるはずもないだろう。

サマンサがタンクトップの上にシャツをはおると、アディソンが腕をつかんだ。「俺はひたむきに一人の人を思うタイプなんだ。前にも言ったけど、頭の中は君のことでいっぱいだから」

「別に嫉妬なんかしてないわよ」そう言うとサマンサはふたたびさっきの椅子に座った。「あなたって、一緒にいて楽しい人よね。さて、あっち行っててくれる。わたし、忙しいのよ」

ふん。少しは思い知らせてやれたわ。わたしだって、彼が初めてってわけでもないんだから。

「『楽しい』か」アディソンはゆっくりと言った。サマンサの後ろに立ったまま、動かない。

「俺が、楽しいって」

「そうよ。もういいから、さっさとどこかへ行って、無人島でもなんでも買いなさい」

サマンサが作り笑いをするかしないかのうちに、アディソンは彼女の座っている椅子を背後からいきなりぐいと引きたおした。椅子の前が浮き、後ろの二本の脚だけが床についている。サマンサは脚をばたばたさせてバランスをとろうとする。アディソンはあおむけになった彼女の顔を見おろした。「ああしろ、こうしろと命令されると俺は、まるっきり反対のことをやってやろうって気になるんだ、君をいじめるためにね」そうつぶやくと、アディソンは上からおおいかぶさるように唇を重ねてきた。キスに酔いしれて、サマンサのつま先が自然にそりかえる。

「了解よ」やっとのことで声を出したサマンサは、テーブルの端をつかんで立ちあがった。

「まだ了解してないだろ。でも、もうすぐ身にしみてわかるさ」アディソンはささやくと、口笛を吹きながら部屋を出ていった。

「もう、ばか」サマンサはつぶやき、身震いすると、ふたたび本を読みあさりはじめた。


オフィスでカスティーロ刑事との電話を終えたあと、アディソンはサマンサに言い忘れたことがあるのに気づいた。今夜はドナーの家に夕食に招ばれていたんだった。まあ、口論になるのは間違いないな。だが、サマンサにとって今日は大変な一日だったはずだ。気持ちが落ちつくように、少し時間の余裕を与えてやろう。

カスティーロは、ショーン・オハノンの死にたちまち関心を示した。ただし、ダンテ・パルティーノが容疑者という線で捜査を進めたい警察にしてみれば、ことは厄介になる。オハノンはイギリスで殺された。つまりこの事件でパルティーノは、おそらく小さな役割しか果たしていなかっただろうと想像がつく。

アディソンはオフィスに座り、窓の外に広がる庭と池を眺めていた。先週ドイツのシュッツトガルトへの出張から帰ってきたときの計画では、テレビ局を買収し、トム・ドナーとその家族と一緒に一日か二日のんびりとした時間を過ごすつもりだった。ダンテに命じてトロイの石の銘板を大英博物館に送る手配をし、遅れぎみの交渉を進めて、イギリスのデヴォンにある本宅に二、三週間滞在できると思っていたのだ。

ところが実際には、きわどいところで爆死を逃れ、銘板を盗まれ、WNBT買収の回答期限に遅れ、顧問弁護士のドナーをプールに投げこまれ、サマンサ・ジェリコと出会った。

もちろん、ほかにも特筆すべきことはあった。屋敷に侵入した泥棒が殺され、謎の車に尾行され、客用寝室に仕掛けられた手榴弾でサマンサが殺されかけ、偽の銘板が見つかり、部下として一〇年間つき合い、信頼していた男が逮捕された。それから、最高のセックス。

サマンサは俺のことを「楽しい人」と言っていたな。その言葉に異議をとなえるわけではないが、どういう意味で「楽しい」と言われたのかはよくわかる。その意味合いが気にくわないのだ。「楽しい」というのは、ある日の午後、ほかにすべきましなことがないからやる、という程度の経験だからだ。

アディソンにとっては「楽しい」関係で十分満足してしかるべきなのかもしれない――で

も実際は、不満だった。アメリカの俗語表現で言うところの、「むかついてる《ピスト・オフ》」状態だ。まだ、サマンサを手放したくなかった。自分のベッドで、腕の中に、抱きしめていたかった。自分がまだこの関係を終えたくないのに、サマンサが逃げるのは許せない。

　アディソンが頭で考えているか、それとも体の別の部分で考えているかはともかく、この事件は二人がチームを組んで謎解きをするだけで解決するような単純なものではない。オハノンが死んだために、ほかにも何者かがからんでいることが明らかになった。アディソンの認識では、なんらかの理由で銘板に関係があると思われる人間の数は六人――サマンサ、ストーニー、デヴォア、パルティーノ、オハノン、そしてオハノンを殺した犯人だ。

「なぜだ？」アディソンは自問自答する。確かにあの銘板は希少価値があり、高価な品だ。しかしソラノ・ドラド館にあるほかの美術品も、貴重であることには変わりない。どうしてあの銘板が狙われたのか？　なぜここで？　なぜ今になって？

　ドアをノックする音がした。「どうぞ」と呼びかけてからアディソンは、カスティーロとの電話のために鍵をかけておいたのを思い出した。立ちあがろうとするより早く、ドアが勢いよく開く。

「わかったわ」ペーパークリップのようなものをポケットに入れながら、サマンサが言った。「銘板一号は、ハンブルクのグスタフ・ハーヴィングが持っていて、二号は、イスタンブールのアルタニ家の所有とされている。ただしアルタニという姓の有名な一家は複数いるけど」

「とっかかりとしては悪くないな。俺もセーラに電話してみるよ。こういった調査は、完全に合法的な人脈を通じてできるはずだ」

サマンサは一瞬、笑みを浮かべた。「合法的。今までと違って、新鮮だわね」

アディソンとしては、秘書のセーラに連絡したいことがほかにもいくつかあったが、サマンサのいないところで話したかった。「午後、何か予定はある？」と訊いてみる。

「あるわよ」サマンサは皮肉をたっぷりこめた声で答えた。「テレビで『ゴジラ対メカゴジラ』を観る予定。あなたは？」

くすりと笑いながらアディソンは立ちあがった。「一緒に観てもかまわないかな？　巨大怪獣どうしの戦いでどこが見どころなのか、説明してくれればありがたい」

「もちろんよ」サマンサは肩をすくめると、アディソンの表情を観察した。「今は、わたしがいないほうが都合がいいのよね？　出てって、そこらへんで適当に時間をつぶしてろって言いたいんじゃない？」

「そして、これ以上トラブルに巻きこまれないようにしてくれ」アディソンはつけ加えた。「これから何本か電話をかけなくちゃならない。そんなに長くはかからないけど」

「じゃあわたし、自分の部屋にいるわ」

サマンサはきびすを返して出ていこうとしたが、アディソンが追いついて、彼女の腕に優しく手をかけた。「今夜も、外で夕食をとろうと思うんだ」これから言うことに、いったいどんな反応をするかな。おいおい、彼女には油断しちゃいけないぞ。

「いいわよ。でも、外食したりしてハンスが傷つかないかしら？　大ファンになったしるしに、わたしに似せた氷の彫刻を作ってもらおうと思ってたのに」

「そんな彫刻、一秒で溶けちゃうって。ハンスのことなら心配いらないよ」アディソンはサマンサの頬にキスした。「じゃ、ケイトに電話して確認しよう」

サマンサは体を硬くした。「ケイト？　ケイトって、誰？」

「ケイト・ドナーだよ。トムの奥さんだ。俺たちを夕食に招待してくれたんだ」

恐怖と疑念の入りまじった、おかしな表情。「まさか。冗談、でしょ？」

「いいや。七時に彼らの家に行くことになってる」

サマンサはドアに向かって後ずさりした。「とんでもない、やめてよね。そんな家庭ごっこ、絶対にしないから」

「ひと晩だけのことじゃないか」なだめるように言うアディソンは、サマンサがじりじりと後ろに下がるにつれて前に進んでいく。まるでタンゴのリズムに乗って挑戦的なダンスを踊っているようだ。「ドナー家とのつき合いは、俺が唯一、君の言うところの『家庭ごっこ』的取り組みとしてやってることなんだ。楽しんでるけどね」

「ねえ、聞いて」サマンサはアディソンの胸に片手をのせて誘いかける。「今夜はここで食べることにしましょうよ。そしたら、わたしのこと好きにしていいから」

アディソンはにっこり笑った。「もちろん、そうさせていただくつもりだよ、ドナー家から戻ったあとにね」そして、あらためて温かく柔らかな唇にキスする。「君って、冒険が好きだろ。これは間違いなく、新鮮な経験だよ」

サマンサは苦々しい顔でドアを引いて開けた。「いいわ、一緒に行ってあげる。ただしあくまで、あなたに借りがあるからよ、イギリス紳士さん」

「嬉しいね、ヤンキーのお嬢さん」

19

日曜日、午後五時四八分

亡き父親が草葉の陰で嘆く声が聞こえるような気がした。マーティン・ジェリコがどんなに想像をたくましくしたとしても、わが娘サマンサがリチャード・アディソンとのデートのために支度をする姿を思いえがくことはできなかっただろう。しかも行き先はよりによって、弁護士の家だ。なんの得にもならない、とマーティン・ジェリコなら言うだろう。それどころか、そんな冒険は娘にとって百害あって一利なしで、かならずや悪い結果を生むと、喜んで断言するにちがいない。

サマンサだって、ためらう気持ちがないわけではなかった。ただそれは、アディソンとのかかわりが深まることに対するためらいと言ったほうがいい。セックスの面では最高の満足を得られる関係だし、その魅力もあってアディソンはサマンサの味方をしてくれている。この状況を活用しない手はないし、求められているのは素直にうれしい。ただ、本物のデートとなると、話はまったく別だ。自分にとって何が得策かだけを考えていればいいわけではなく、ことはもっとややこしくなる。アディソンの友だちに会ったら、なんといって自己紹介すればいい？　彼の——ガールフレンド？　恋人？

胸の鼓動がにわかに高まってきた。借り物の服でいっぱいのクローゼットをあさってみる。

「いったい、何を着ていけばいいのよ？」

アディソンの笑い声がリビングルームから聞こえてくる。「なんでも好きなものを着ればいいさ。あれ、ゴジラがメカゴジラを攻撃してるよ。ゴジラはいつも悪役だって言ってなかったっけ？」

サンドレスを選んだサマンサは、寝室とリビングルームをへだてるドアまで歩いていった。

「違うわ、ゴジラは悪役として暴れているときが一番いいって言ったのよ。ね、このサンドレス、どう？」赤と黄色の短いドレスを掲げてみせる。

ソファでテレビを見ていたアディソンは、首を伸ばしてふりかえった。「なかなかいいよ。でも——」

サマンサは顔をしかめる。「でも、何よ？」

「それだと、背中の傷が見えちゃうんじゃないか」

しまった。爆発でやられた切り傷だのすり傷は人に見せられない。クレム医師がくれた軟膏のおかげで痛みは消えていたから、うっかり忘れていた。

「あなたは何を着ていくつもり？」

「今着てる服だよ」

「そのままでも、すてきよ」

「ありがとう。シャツに何かこぼしてしみでもつけたほうがいいんなら、そうしとくけど」

リックの奴、また、からかおうとしてるのね。ドナー夫妻の家での夕食に招かれると聞いただけでサマンサがそわそわしだしたのに気づいてから、ずっとこうなのだ。

だがサマンサは行くことに同意した。それはひとつにはアディソンが、この誘いを断るのは臆病者のすることだと匂わせたからでもある。だが行くことに決めた主な理由は別にあった。朝、手榴弾で追いつめられていたところを助けられてから、彼に借りがあるような気がしていた。

「何かめぼしいのはあった？」アディソンがクローゼットの中をのぞきこんで訊く。

「あっちに戻って映画を観て、内容を教えて。服を決めたら見せるから」

「緑の服なんか、いいね。ゴジラに敬意を表してさ」

「ほら、ソファのところに戻りなさいってば」

アディソンは降参したふりをして両手をあげた。「わかった、わかったよ」

サマンサは思わずくすりと笑った。それ自体、恐ろしいことだった。まだ、こんなに深いかかわりを持ってはいけないのに。アディソンが楽しそうにしているのを見て自分も幸せな気分になるなんて、とんでもない。

ここ数日の新しい生活は、どこか奇妙だ——それでいて心をそそられた。サマンサはその思いを頭から追いだし、もう一枚の夏らしいドレスをハンガーからはずしてためしに着てみることにした。ただしクローゼットの扉を閉めておく。アディソンに見られてまたいろいろとコメントされてはかなわない。

この甘い生活にうつつを抜かすのはもうおしまい。やわになってるじゃないの。泥棒稼業では、やわになったが最後、刑務所に送られるか、死ぬのがおちだ。ほら、しっかりして。サマンサは半ば必死で、自分のおかれた状況を把握しようとしていた。

ドナーがこの事件の裏で糸を引いている可能性についてはあまり気にしなくてよさそうだったが、ダンテ・パルティーノがかかわっているのは間違いなかった。警察はパルティーノを連行すると同時に、彼のオフィスを捜索して書類の入った箱を何箱も押収した。きちょうめんな管理責任者にしては、机まわりは雑然としていたが、サマンサはそれについては何も言わないでおいた。それより、今夜遅く忍びこんで、残っている証拠がないか探してみるつもりだ。それで何も見つからなかったとしても、パルティーノの家をつきとめるぐらいは難なくできそうだった。

残る二点の銘板の状況を確かめる仕事をアディソンのオフィスにまかせてしまったので、サマンサは何かしていたかった。何もせずにじっとしていると頭がおかしくなりそうなのだ。アディソンの熱い視線を浴びるのはかまわないが、同じような熱い視線で何者かが自分の命を狙っているのを忘れるわけにはいかない。

「ねえ、これどうかしら?」高ぶる神経を抑えようとしながらサマンサは訊いた。今夜はまわりに調子を合わせて、雰囲気にうまく溶けこむつもりだった。自分の稼業ではいつもやっていることだ。サマンサの考えていること、感じていることをたちどころに解読してしまうアディソンの能力にいらいらさせられさえしなければ、今夜の「仕事」はすごく簡単――いや、かなり簡単なはずなのだ。

「やっぱり緑を選んだじゃないか」アディソンは言うと、ソファから立ちあがった。

「緑だからじゃないの。半袖だし、背中も深くくれてないから、大丈夫だと思ったのよ」サマンサは辛抱強く説明する。「これが東京を破壊した怪物みたいに見えるって言うのなら、別のに着替えてくる」

「ゴジラには見えないよ。すてきだ」アディソンのきりりと引きしまったハンサムな顔に、温かみのある笑みが広がる。

サマンサはふうっと息を吐いた。「よかった。じゃあ髪をちゃんとして、メークするわ」

「化粧なんかいらないじゃないか」

「優等生の答だけど、お世辞はいらないわ。わたし、今夜は……いい感じに見えるようにしたいの。普通の人みたいに。たぶんドナー夫人って、普通の人だと思うし。ハーバード出の先生が普通じゃないのは知ってるけど」

「そりゃ君が、トムの機嫌をそこねたからそう思えるんだよ。トムは、世間には俺をだましてうまく利用しようとする奴らがいると疑ってるのさ。本当は、わりと普通の男なんだ――ただし俺が実際に目撃した『普通』の部分はごくごく限られてるけどね」

「わたしもそれは同じよ」テレビの画面では、ゴジラとメカゴジラの戦いが激しさを増している。サマンサはソファに座っているアディソンの隣に陣取る。メークはまだいいわ。それより今は、ゴジラがメカゴジラをやっつけて東京を救うのを見ていよう。

「ねえ、これはわたしの想像なんだけど、言ってもいい？」しばらくたってサマンサは、横目でアディソンを見ながら訊いた。

彼はまだこちらを見ていた。「もちろん、いいよ」

「あなたをだましてうまく利用しようとする人なんて、普通、いないんでしょ？」

「ああ、いないね」

「でも、友だちだったはずのサー・ピーター・ウォリスは、あなたをだましてたのよね」

アディソンは口元を引きしめた。「何にでもひとつぐらい例外はあるんじゃないかな」

「一人だけ？」

「ダンテもそうだと言いたいんだろう？」

本当はドナーのことだったのだが、サマンサはとにかくうなずいた。「ダンテを信頼してたのね」

「ああ、信頼はしてたけど、ちょっと違うんだ。ダンテと知り合ってずいぶんになるけど、かつてのピーターとは同じ部類の友人じゃない。俺はピーターに裏切られたからこそ、このごろは友人選びに慎重になってるんだ。一度、失望を味わわされたから、同じことは二度とくり返さない」

サマンサはふたたびアディソンの目をまっすぐに見た。「じゃあ、わたしはどんな部類に入るの？」

グレーの瞳が向けられた。「困ったことに、君はまったく新しい部類に属してる」アディソンの手はゆっくりとサマンサの太ももをつたって上に進む。「すごく面白いカテゴリーだよ」

触れられたところからじわじわと熱気が生まれ、脚を上っていく。「わかった。じゃあ、もうひとつ質問」

「せっかくの映画が観られないじゃないか」

サマンサは抗議を無視した。この人にはこういう古い怪獣映画の面白さなど、わかるはずがない。「あなた、このソファにわたしと一緒に三〇分も座ってるのに、完璧な紳士を演じてるわね」

「ああ、なんで俺たちが裸になって、情熱的に体をむさぼり合ってないのかって、訊きたいんだろう？」

あら、やだ。「ええ、まあそんな感じかな」

「だって一時間もしたら出かけるんだし、今は急ぎたい気分じゃないからね」

「さっきはそういう気分だったじゃない」

「それはオハノンが死んだことを聞く前の話だろう。今は……これから先の君の身の安全が、気にかかるんだよ。それに、今夜はあとでたっぷり時間をかけて、その魅力的な体をすみずみまで味わわせてもらおうと思ってるからさ」

サマンサは体を震わせた。いやだわ、彼の言うことを聞いていると……体の力がなぜか抜けそうになる。「そんなに長くは続かないって、わかってるくせに」そう言って、二人のあいだに心理的な距離をおこうとする。

アディソンは整った眉を寄せた。「長くは続かないって、何が?」

「今の、この状況よ」二人をそれぞれ指さす。「あなたと、わたしの関係。現実を見てよ。今はお互い、新鮮に思えるけど、事件もほぼ解決のめどがついてきてるでしょ。銘板を持ってる奴が発見されれば、一件落着よ。そうなるとわたしはここにいる理由がなくなるし、あなただってわたしと寝てるより、もっとましな仕事があるでしょ」

アディソンはすっくと立ちあがった。無駄のない動きに怒りをにじませている。「そりゃ結構だね。俺はビールを飲みにいってくる。六時半に、下で会おう」

「ええ、わかったわ」

ドアまで行きかけたアディソンは足を止め、ふりむいて、大股で戻ってくると、いきなりサマンサの膝に両手をついてぐいと顔を近づけた。二人のあいだは一〇センチも離れていない。「今までに、俺のことを理解したと思いこんだ奴は大勢いた」低い声で、目をギラギラさせながら彼は言う。「だがそういう思いこみを、あとになって後悔した奴は大勢いる」

「リック、ただ事実を言ったまでよ。わたし別に——」

「今まで、君の個人的な見解らしきものを何度か聞かせてもらった。だが、それを君が俺に代わって石に刻みつける前に、俺が自分の見解を述べるまで待っていただけると、大変ありがたいんだが」

それだけ言うとアディソンは立ちさった。ドアが少しずつ、そっと閉まる。サマンサとしてはバタンと叩きつけるように閉められるのを予想していたのに、いやたぶんそれだからこそ、わざとゆっくり閉めたのだ。

もう、くやしい。リチャード・アディソンほどわかりにくい奴はいない。サマンサは人の性格を出会ってわずか数秒で見抜くのが得意だった。そういう能力のあるなしに左右される人生を送ってきたのだ。ところがアディソンは予想外に、サマンサのことを心から心配しているらしい。それに、二人の関係が長続きしないとサマンサが考えているのを知って、明らかに憤慨していた。

早く事件の謎を解きあかして、消えよう。それしか解決策はない。サマンサは自分の意思で、自分なりの理由があってここソラノ・ドラド館へやってきた。ここを去るのは自分がそうしたいと思った瞬間であって、そろそろしおどきだとアディソンが判断したときではない。

超大型テレビの画面に目を戻すと、メカゴジラがついに倒され、あとはカウントを待つばかりだ。はあ、なるほど。少なくとも世の中には、予想どおりの道筋をたどるものもあるってことね。

サマンサはメークを終え、ヘアスタイルを整えた。どうにか見られるようになったと思える程度になるまで五回もやり直したあと、わざとゆっくりして六時四〇分になるまで待ってから、一階へ下りていった。アディソンはいくらでも自分のしたいように指図すればいい。サマンサだって、それと同じくらい簡単に、彼に思い出させてやれる。わたしはどこにも所属してない、独立した請負《うけおい》業者なのよ。

きっと玄関ホールを行ったり来たりして、イライラしながら待っているだろうと想像していたのに、アディソンはいなかった。探しにいったサマンサはプールデッキにいる彼を見つけた。ちびちび飲んでいるグラスの中は、匂いからするとジンらしい。

「準備できた？」サマンサは訊いた。どうしてもぶっきらぼうな口調になってしまう。

アディソンは立ちあがった。「もうそんな時間？」

あっかんべえをしてやることもできるけれど、そうするとこっちがカリカリしているのが丸わかりだわ。思いとどまったサマンサはただうなずき、正面の私道へ向かって先に立って歩きだした。

石段の前にはブルーのベントレーが停まっていた——いや、低くかまえて、今にも飛びださんばかりの勇姿を見せていた。サマンサの背筋をぞくっとするような感覚が走った。ひゃあ。このカッコいいベントレーに乗っていくのね。

「ほら」そう言うとアディソンは車のキーを投げてよこした。

有効な運転免許を持っていない、と言いかけたが、幸い、言葉になって出てくる前にその無意味な告白を押しとどめることができた。「わあ、すごーい」サマンサは歌うように言った。運転手のベンに開けたドアを押さえていてもらい、運転席にすべりこむ。

「この車って、いくらぐらいするの？」エンジンをかけ、轟音をあげてふかしながら訊く。

「高いよ。おい、お互いまだ死にたくないだろ、お手やわらかに」

サマンサは顔いっぱいに笑みが広がるのを隠しきれない。ギアを入れ、アクセルをぐっと踏みこむ。すさまじい勢いで飛びだしたベントレーは、正面ゲートを通るときにもう少しで門扉をかするところだった。驚いた二人の警官があわてて左右によける。

「どっちへ行けばいい？」

「その交差点を右に曲がって。そこからまた道順を教えるから」アディソンはシートベルトを締めたが、サマンサがどんな破壊的行為に走るか、気をもんでいるようすもない。

車がソラノ・ドラド館の敷地に沿う通りを離れ、橋を渡って、似たような造りの家が続くパームビーチの高級住宅街に入ると、サマンサはスピードをひかえて運転した。このあたりの歩道は、自転車やキックボードに乗った子、ローラーブレードをはいた子でいっぱいだから、危ない目にあわせたくない。子どもたちは皆、この世に悪者がいることなどまったく気づいていないように見える。わたしは子どものころ、あんなに無邪気だったこと、一度でもあったかしら――そのとき、恐ろしい考えが頭をよぎった。

「ねえ、ドナー家って、まさか子どもはいないわよね？」

「そこで右折して」自分の座席側の換気孔から出る空気の量を調節しながら、アディソンが言う。

「もう、ひどい。子どもがいるなんて、教えてくれなかったじゃない」

「君だってかつては子どもだったんだから。大丈夫、なんとかうまくやれるよ」面白がっているのが声でわかる。

「わたし、子どもだったことなんかないもの。ねえ、その子たちいくつ？」

「クリスは一九だけど、家にはいない。エール大学ではもう新学期が始まってるからね」

「エール大学。ずいぶん遠いわね。よし、これまでのところはオーケーと。じゃあ、悪いニュースのほうを聞かせて」

アディソンはふふっと笑った。「マイクは一四歳、オリヴィアは九歳だ」

サマンサはうめき声をあげた。「こんなの、奇襲攻撃じゃないの。あんまりだわ」

「いや、そんなことないって。すごくいい子たちだから。それにケイトの料理はうまいぜ。左側の、三番目の家だ」

この界隈の家々の多くは飾らない雰囲気で、広々とした庭があり、プライバシーを保つための大きな門や塀が設けられている。ドナー家には塀はなく、庭の周囲を白い杭状の垣根《ピケットフェンス》で囲んである。あくまで装飾用の垣根だ。まあ、なんて家庭的なの。古きよきアメリカって感じだわ。

車はガレージの前の短い車道に入った。アディソンはサマンサのようすをずっと観察していた。わざと詳しいことを教えずにだましてここまで連れてきたのは、ずるいと思われるかもな。でも先に俺を怒らせたのはサマンサなのだから、おあいこだ。

サマンサの反応からすると、典型的な郊外の住宅地に足を踏みいれるのは初めてなのだろう――少なくとも、まともな生活を営む人たちの立派な家に夕食に招かれたことは一度もないにちがいない。警察が家宅捜索したサマンサの家は、荒れ放題の公営住宅地にあったが、おそらく隣近所とのつき合いもあまりなかったのではないか。正式な報告書によると、近隣の住民たちは皆、フアニータ・フエンテスの姪としてのサマンサしか知らず、気立てがよくておとなしい女性だと思いこんでいるらしかった。

サマンサはベントレーを車道に停めたが、エンジンをかけたままで黙って運転席に座っている。まるで、ハリケーンか何かに襲われて海に押し流されてしまったほうがよっぽどいいと思っているかのようだ。

「ほら、元気出せよ。深呼吸して、中に入ろう」

とげとげしい目つきでアディソンを見ると、サマンサはエンジンを切り、ドアを開けたが、その瞬間、また凍りついた。「わっ、しまった。プレゼントかなんか、持ってこなきゃいけなかったんじゃないの？」

やれやれ。ジャングル育ちのターザンを人間に慣れさせようと、普通の家庭での夕食に初めて連れていったジェーンでさえ、こんな苦労はしなかっただろうに。このさい、サマンサを文明に目覚めさせてやるのも面白い。「プレゼントならちゃんと用意しておいた。ブートを開けて」

「この国じゃ『ブート』じゃなく『トランク』よ、アディソン。ジャムのことをアメリカふうにジェリーって呼ぶなって文句言うなら、あなたもブートなんてイギリス英語、使っちゃだめ」

アディソンとしては、今のところ議論するつもりはない。車の「ブート」ならぬ「トランク」を探して、プレゼント用にきれいに包装された小さな箱をふたつ取りだす。「俺が持とうか、それとも君が持っていきたい？」片方のひじでトランクを閉めて訊いた。

「わたし、落っことしちゃうもの」顔をしかめながら、アディソンと並んで両開きの正面玄関につながる玉石敷きの小道を歩いていく。「やっぱり、ひとつだけ貸して。手持ちぶさたにならなくて、ちょうどいいわ」

アディソンは、ふたつのプレゼントのうち壊れにくそうなほうをサマンサに渡して、ベルを鳴らした。

あえて本人には言わないでおいたが、ウェーブのかかった髪を無造作に肩に垂らし、ブロンズ色の口紅をつけたサマンサは、はっと息をのむほどきれいだった。アイメークもよく似合っている。ドレスの緑色が映えた瞳にはエメラルドのような深みが加わり、驚くほど長く濃い色のまつ毛にふちどられていた。

「ほら、みんな留守みたいじゃない、ねえ帰りましょうよ」ベルが鳴って五秒ぐらいしか経たないのにサマンサは言った。

「臆病者め」

アディソンの予想どおり、その言葉はサマンサの注意を引いた。背筋はしゃきっと伸び、あごをぐっと引きしめたために唇は横に薄く広がった。「わたし、今日はあのとんでもない手榴弾のせいでひどいめにあったのよ。しかも二個もですからね」うなるような声を出す。

ちょうどそのとき、ドアがさっと開いた。「手榴弾と比べればこんなの、お茶の子さいさいだろ」アディソンはつぶやくと、前に進みでてトム・ドナーに挨拶した。

アディソンはドナーの家が好きだった。ほのぼのと心地よいぬくもりがあり、また来たいという気持ちにさせてくれる。二〇エーカーもの敷地に立つソラノ・ドラド館のような屋敷にはない、くつろげる雰囲気だ。人が実際に住み暮らしている場所ならではの生活感にあふれていた。国家元首をもてなしたり、慈善舞踏会を催したりする、しかも一年に一、二カ月しか住まない社交向けの場所とは違う。

「ケイトはまだキッチンにいるんだ」ドナーは言い、二人を招き入れてドアを閉めた。そしらぬふりをしながら、サマンサを品定めしている。そのうちさらにじろじろ見られるはめになるだろうが、彼女にあらかじめ警告しておいたらかえって逃げられてしまうだろう。

いや、逃げたりはしないかもしれな。サマンサは温かい笑みを浮かべ、宿敵とみなしているそぶりも見せずにドナーと握手した。「すてきなお宅ね」

「ありがとう。六年ぐらい前に建て直したんだ。まだいろいろといじってる最中なんだが、それも楽しみのひとつでね」木材や漆喰《しっくい》にいたるまで、どこにどう配置するかを監督した男の誇りをこめて、ドナーは答えた。「何か飲み物でも？　中庭《パティオ》に行きましょう、カンテラをおいてありますから」

「俺にはビールを」サマンサに目を注ぎながらアディソンが言った。

「ビール、いいわね」

おや、同意した。今回は、ダイエットコークはなしというわけか。サマンサはリビングルームの調度を興味ありげに眺めている。本当は緊張しているのだろうが、愛想がよさそうで自然な感じだ。生存本能のなせるわざだろう——だがアディソンに対しては緊張を隠さなかった。つまり、俺が信頼されているということだろうか？　それとも、そう思いこまされているだけなのか？

　左手の階段をばたばたと下りてくる音がした。「リックおじさん！」

　ふりむくと、オリヴィアが飛びついてきた。ウエストに腕を回して、胸にかじりつく。アディソンはにこにこ笑いながら少女を抱きしめ、上向けた唇にチュッと音をたててキスをした。「ご機嫌いかがかな、蝶々さん。すごく可愛いよ。この前会ったときから、もう一二センチやそこらは伸びてないか？」

「たった八センチよ」オリヴィアは顔いっぱいに喜びを表して見あげる。短く切りそろえられたブロンドの髪と、薄いブルーの目をしたこの九歳の少女は、数年後にはきっとそこらじゅうの少年を悩殺する美女に成長していることだろう。「おじさん、何を持ってきてくれたの？」

「まず、俺の友だちに挨拶してからだよ。サム、この子はオリヴィア。オリヴィア、この人がサマンサだ」

　少女が手を差しだして、二人は握手した。「はじめまして、よろしくね、オリヴィア」サマンサはアディソンをちらりと見る。「ほら、かわいそうだからもうじらさないで、プレゼントをあげなさいよ」

アディソンは少女の目の高さにプレゼントを持っていって手渡した。「君が言ったとおり、『日本』と『赤』のヒントで探したんだ。もしお望みのものじゃなかったら、それは君のせいだからね」

「大丈夫、欲しかったやつにきまってるもん」そう言うと、オリヴィアは目をきらきら輝かせて急いでリボンをほどき、箱のふたを開ける。中にそうっと手を入れ、取りだしたのは磁器製の小さな日本人形だった。赤地に白いランの模様をあしらった着物を着ている。少女はかん高い声をあげた。「これよ、これ！　本で見たとおりのお人形！」自由になるほうの腕をまたアディソンの体に巻きつけて叫ぶ。「この子、『オコ』って名前にするの！　すごく可愛い！　リックおじさん、ありがと！」

「どういたしまして」

ドナーもにこにこ笑っている。「ママに見せてきなさい」

「ママァ！　リックおじさんが探してくれたのよ、見て、見て！」オリヴィアは叫ぶと、家の奥に向かってばたばたと走っていった。

「オリヴィアは世界中の磁器製の人形を集めてるんだ」サマンサからアディソンに視線を移しながらドナーが説明した。「社長、あれ、ずいぶん高かったでしょうに」

アディソンは肩をすくめた。「オリヴィアならあの人形のよさがわかるからさ」

「そうみたいね」サマンサは少しだけほほえんだ。「あの子、あなたのことを『リックおじさん』って呼んでたわね」

「だって、生まれたときからずっと知ってるからね」アディソンは答える。サマンサは、回転の速い頭で何を考えているんだろう。

「リック、すごいわ。また点を稼いだわね」温かみのある女性の声が戸口のほうから聞こえてきた。ふりむいたアディソンの顔に笑みが浮かぶ。「ケイト」そう言って小柄なブロンドの女性に近づき、頰にキスした。

「わたしたちがあの人形を探してるって、どうしてわかったの?」手を伸ばしてアディソンの頰についた口紅を拭きとりながらケイトは言った。「あちこち探してみたけど、見つからなかったの。本当に、八方手をつくしたのよ」

「実を言うとオリヴィアが、ロンドンのうちのオフィスに実物の写真をファックスで送ってきてね。どこかに出回ってないかアンテナを張っててくれって、頼まれたんだ。知ってるだろ、俺ってそんなふうに挑戦されると、受けて立ちたくなるたちだからさ」

「なるほどね」ケイトの青い目がサマンサに移る。

サマンサはというと、もうひとつのプレゼントの包みを持って、予想外にこの場の空気になじんでいるように見える。だがそれは表面だけだ——嬉しいことに、アディソンにはそれが感じとれるようになっていた。

「あなたがサムね。トムをプールに投げこんだんですってね。よくやってくれたわ。この人、本当にいやみなときがあるから」

「よけいなこと言いやがって」ドナーがぶつくさ言った。

「はじめまして」サマンサは、一瞬はにかみのようにも見える表情でほほえみ返した。「本当にすてきなお宅ですね。木目の美しさをそのまま出したマツを使ってらっしゃるのがとってもいいわ」

「トムの考えなんですよ。『大草原の小さな家』のドラマみたいな雰囲気をめざすのはやめてって説得したら、少し控えめにしてくれて。それでなんとかいいぐあいに落ちついたの」

サマンサの顔に笑みが広がった。「へえ。ご主人って、『ボナンザ』に出てくるような牧場を好むタイプかと思ってたのに」

ケイトは声をあげて笑った。「あの人が最初に思いついた設計プランを見たら驚きますよ。壁には枝角《えだつの》を生やしたシカの剝製だのなんだの、もうやぼったくてひどかったんだから」ケイトはサマンサの腕に手を回した。「お料理はなさる?」

「サンドイッチとポップコーンを作るぐらいです」人なつこい表情でサマンサは答える。

「お料理上手でいらっしゃるんだそうですね。わたしなんか、きっと足元にも及ばないわ」

「あら、プレッシャーがかかるわね。でも受けて立ちますよ」ケイトはふたたびほほえんだ。

「オリーブをスライスしなくちゃいけないんだけど、そんな単純な作業をお願いしたら失礼かしら」

サマンサは鼻息と笑い声の中間のような音を出してにっこり笑った。「スライスは大得意なの、まかせてください」サマンサは、もうひとつのプレゼントをアディソンに返すと、ケイトとオリヴィアと一緒にキッチンへ向かった。

「マイクはどこへ行った？」プレゼントを掲げながらアディソンが訊く。

「野球の練習ですよ。二〇分やそこらで帰ってくるでしょう」ドナーは先に立って、応接間の奥に設置されたホームバーに案内した。「いったい、ジェリコはどうしちゃったんです？」

「どういう意味だい？」

「わかってるくせに。社長の家じゃ、サボテンどころの騒ぎじゃないほどトゲだらけだったのに、それが突如として、親切で楽しい『ミス・ベストフレンド』に大変身ですか？」

アディソンはため息をついた。気づいたのは自分だけかと思っていたら、やっぱりドナーの観察眼は確かだった。「環境に適応してるんだろ」

「へえ、環境に適応してる、ね」

ドナーの家に泥棒を連れこんだからには、それなりの説明が必要だろう。「それが彼女の仕事だからね」アディソンは低い声で言う。「その場の雰囲気に溶けこめるんだ。生きのびるために、そうしてるのさ」

ドナーはホームバーからミラービールを二本取りだした。「で、社長が寝てる彼女は、どの変身バージョンです？」

「全部だ」魅了されているのか、だまされているのか——どちらでも似たようなものだが、アディソンはサマンサの不安、恐れ、情熱を見てきた。それらをすべてそなえているのが本当のサマンサだ。そうでなければならない。「話題を変えてくれよ」アディソンは言うと、ホームバーのカウンターの上にプレゼントの箱をおいた。

「いいですよ。そう言えばジェリコにベントレーを運転させてましたね。実に面白い」

「どうして？」

ドナーはアディソンにビールを一本渡した。「社長は私にだって、ベントレーは運転させないのに」

「ベントレーで君のご機嫌をとってもしょうがないだろう」

「じゃあ、ジェリコのご機嫌をとってるんですか？　彼女のほうじゃないのかな、社長のご機嫌をとろうとしてるのは」

「もう何がなんだかわからなくなってきた」アディソンはバーカウンターにひじをついた。

「ケイトはサマンサについてどの程度知ってる？」

「社長が新聞記者に話したことだけです。美術品と防犯のコンサルタントで、二人は交際中だって。ああ、銘板の盗難の件で彼女が社長の手伝いをしてるってことと、私をプールに突きおとしたことはつけ加えておきましたがね」

「そうか。恩に着るよ」

「でもそのうち、ケイトには全部話すつもりですけどね」

「ああ。でも少なくとも今は、サマンサがどういう人間か、ケイト本人が判断できるチャンスだから」

「つまり、ジェリコの思うつぼにはまって、だまされるってことでしょう」

「やめろよ、トム。そんなんじゃない。サマンサだって、この状況を生きのびようと必死なんだ」

ドナーは顔を曇らせ、探るような目つきになった。「本気で惚れてるんですね？」

「どうやら、そうらしい」アディソンはまだ詳しく話す気になれず、背筋を伸ばした。「けっきょく、ベントレーを運転させたんだものな」

「だから私は、それが問題だと――」

「ダンテ・パルティーノについて何か進展はあったか？」

「まあまあです。オハノンが死んだと社長から電話が入ったとき、私はまだ警察署にいたんです。取調べ担当官がそれを伝えたら、デヴォア殺害については無実がほぼ確定したっていうのに、パルティーノはあまり嬉しそうじゃなかったですね」

「そうか？　どんなようすだった？」

ドナーはあたりを見まわし、子どもたちを確認した。「完全に、びびっちゃってるみたいでしたよ。奴には弁護士を見つけてやりました」

「誰だ？」

「スティーヴ・タンバーグです」

アディソンはうなずいて同意を示した。「よその法律事務所をあたったのは賢明だったな」

「そうですね。あとになって利益相反《りえきそうはん》行為とみなされても困りますから。タンバーグが取調室から出てきたときパルティーノ本人を連れてこなかったのには、私もむっとしましたがね。ただタンバーグによると、本人は拘置所にいるほうがいいと言ってるそうです。元友人たちに不当な扱いをされたことに対する抗議のためだと主張してますが、たぶん違いますね。実は――」

「実は、釈放されたとたん殺されるんじゃないかと怖くてたまらない、と？」

「まあ、そんなところでしょう」

「でも、まだ自白してないんだろう？」

ドナーは渋い顔になった。「本来は私が知ってちゃいけないことですが……パルティーノは銘板すり替えの件について自白したがってるようなんです。でもそれを言えば、防犯ビデオをいじったことも白状しなくちゃならなくなる」

アディソンはうなずいた。「さらには、それをやったのがサマンサの部屋に手榴弾を仕掛けるためだったということもばれる」

「私はどちらかというとパルティーノが本物の銘板の盗難と、爆破によるプレンティスの死に関係してるとみてたんですが、その線もないわけではない」

アディソンは長いあいだ息をつかずにビールをごくごくと飲んだ。「すまない。俺ときたら、サマンサのことばかり考えてるみたいだな」

「まあ、今夜の彼女を見たら、それも責められませんがね。確かにすごく魅力的だ」

「うん」

「パパ？」オリヴィアが応接間に入ってきた。「ママが文句言ってるよ。ママにグラスホッパーのカクテルと、サムにビールを持ってきてくれないと、逮捕するわよって」

「そりゃまずい。すぐに行く」

オリヴィアは出ていかずに、中へ入ってきた。「サムとつき合ってるの？」小さな手でアディソンの手をとって訊く。

「ああ、そうだ」

「なんで？」

「サムはすごく頭がいい。だから好きなんだ」

「さっきもらったあのお人形ね、一九二二年のもので、手作りだって、サムが言ってたの。お人形の髪に、本物の女の人の髪の毛を使ってるんだって。それからサムはね、ママが見てないときに、オリーブをわけてくれたの。二人で指に差して遊んだんだよ」

「うん、サムっていかしてる《クール》だろ」アディソンはうなずいた。

オリヴィアはころころと笑った。「『いかしてる《クール》』だって。リックおじさん、古ーい」

オリヴィアが出ていくと、ドナーはげらげら笑っていた。「社長、古いって。もう年ですもんね」そう言われてアディソンは片方の眉をつり上げる。

「俺は君より若いんだぜ」

「そうですよね、たった四歳だけですけど」ドナーはアディソンにミラーをもう一本渡し、ケイトのために作ったカクテルのグラスを持ちあげた。

「さあ行きましょう。でないとまた逮捕されちまう」

二人はキッチンに入っていった――アディソンは立ちすくんだ。ケイトから借りた「わたしがシェフよ、リラックスして」と書かれたエプロンをしたサマンサが、片手に包丁を、もう片方の手にセロリを持ってカウンターの前に立っていた。

純粋な欲望がアディソンの下腹を満たし、そのあたりの筋肉が硬くなった。家庭的な格好をしたサムを見て勃起する奴がいるなんて、誰が思うだろう?

アディソンを見たサマンサはほほえんだ。「見て、わたし、オリーブのスライスからセロリに格上げされたのよ」

ケイトは笑いながらガスコンロの火を止め、熱々のパスタが入った鍋を冷ますために脇においた。「今日の終わりまでには、材料を混ぜてもらうところまでいきそうね」

サマンサは上機嫌でくすくす笑った。「アカデミー賞公式シェフ、ウルフギャング・パックの二代目誕生、お楽しみに」

もう耐えられなくなったアディソンは大股でカウンターに歩みより、サマンサのすぐ隣にビールをおくと、頭を傾けて彼女の唇に軽くキスした。「君にはまったく、しびれるよ」とつぶやく。

サマンサは顔いっぱいの笑みを見せて、アディソンの口にオリーブを放りこんだ。

「その言い方、古ーい!」

20

日曜日、午後七時五〇分

こんなに落ちつける家には来たことがない――サマンサは素直にそう感じた。もし誰かがある家について「落ちつける」と評したら、自分の経験不足から、死ぬほど退屈な家にちがいない、と想像しただろう。だが驚いたことに、ドナー家の雰囲気はそれとは正反対だった。ほのぼのとして居心地がよく、それでいて退屈しない。サマンサは楽しんでいた。ドナーが生真面目で頼もしいボーイスカウトのように見える。自分がドナーをどうしても信用できないのは弁護士という職業のせいであって、人間性のせいではないと思いはじめていた。

「サム、このサラダをテーブルに持っていってくださらない?」ケイトが明るい黄色の食器棚から皿を数枚取りだして言う。

「はあい」

サラダドレッシングをのせたトレーを持ったオリヴィアが先に立って、二人は屋根のついた中庭《パティオ》へ向かった。木の格子の囲いにはカンテラが吊るされている。おそらく虫よけのためだろう。その外側の広い庭の境界線には、地面に埋めこまれた照明が、上向きの光を発して花々や緑を照らしている。ドナー家の人々が長い時間と労力をかけて手入れをしていることが見てとれた。

オリヴィアは、テーブルの真ん中の野菜サラダのまわりに、ボウルに入ったいくつもの種類のサラダドレッシングを丁寧に並べている。

「ずっと、フロリダに住んでるの？」サマンサは訊いてみた。

「うん。ちっちゃいころは、パパの事務所のそばの、これより狭いお家に住んでたの。でもあたしたちが大きくなって、そこに入りきらなくなっちゃったから、このお家を建ててくれたのよ」

サマンサは思わずほほえんだ。生まれた場所から数十キロの範囲で一生を過ごす生活が想像できなかった。自分がどこで生まれたかさえ知らないのに。

チキンとパスタを山盛りにした二枚の皿を持ったケイトが現れた。「残りはキッチンのカウンターの上においてあるから」と言い、皿をテーブルに並べる。

アディソンとドナーが飲み物とパルメザンチーズを運ぶのを手伝い、大人たちはそろって中庭《パティオ》に出た。真ん中の子のマイクのために席を空けておき、彼の料理だけは電子レンジに入れておく。

戸口まで戻ったサマンサはためらいながら、ケイトの腕にそっと触れた。ドナーについて確かめておきたいことがあって、それを終えるまではゆっくりくつろげない気がしていたのだ。「トイレはどこかしら?」

ケイトはリビングルームの奥の廊下を指さした。「左側の二番目のドアよ。まずトムの書斎があって、その次」

「どうぞ、先に始めていてくださいね。すぐに戻りますから」にっこり笑うと、サマンサは家の中に入っていった。

食事時間は、ちょっとした探索をするには絶好の機会だ。それ以降だとドナー家の人々はみんな家に入ってくるだろうし、アディソンとドナーが書斎で仕事を片づけようなどと言いだしたら、サマンサは興味深いものでいっぱいの宝庫から締めだされることになる。トイレはすぐに見つかった。使用中に見せかけるためにドアを閉めると、サマンサはドナーの書斎に忍びこんだ。

ドナーは、自分の法律事務所では豪華な角部屋を仕事場にしているのだろうが、もし陰で何かやっているとしたら、勤務先には証拠を残してはいないはずだ。机まわりはきちんと整頓されていて、高級なマホガニーの机の表面を隠しているのは電話とパソコンと、額入りの写真だけだ。

机の前の椅子に座ったサマンサは、一番上の引き出しを開けてみた。ペンが数本、ノート状の付箋、ペーパークリップ、ジャックスに使うコマが三つ――それだけだった。

サマンサはコマを指でいじった。ジャックスは子どもがする遊びだから、たぶんオリヴィアのものだろう。机の上の写真立てに目を移すと、一番大きな額に入っているのがドナー家の長男のクリスらしい。背景にはエール大学のキャンパスが写っている。クリスは明らかに、両親の遺伝子のいいところを受けついでいた——長身でブロンドの、自信にあふれた表情をした青年だ。きっと父親ご自慢の息子で、優秀な弁護士になると期待されているにちがいない。

ほかの額には次男のマイクが野球をしている写真と、ハロウィーンの仮装なのか、妖精のプリンセスの格好をしたオリヴィアの写真。そして、ドナーとアディソンが並んで写っている写真もあった。二人ともみごと釣りあげた深海魚か何かを持ちあげ、歯を見せて笑っている。アディソンが釣った魚のほうが大きい。

泥棒稼業に入ってすぐのころから、サマンサは自分の直感を信じてきた。部屋を見れば、そこに住む人の性格がわかるようになっていた。トム・ドナーとその家族によって設計され、建てられたこの家。息を吐きながら、サマンサはゆっくりと引き出しを閉め、椅子に深く腰かけた。

「満足したかい？」戸口のところでアディソンの静かな声がした。

サマンサはびくりとした。しまった。「わたし、あの……」

アディソンは背筋を伸ばし、中に入ってきた。「何をしてた？」

サマンサも椅子をもとの位置に戻して立ちあがる。「ちょっと、探してたの。ドナーが銘板の盗難と殺人に関与している証拠がないかと思って」

「なぜ？」

　とっさに理由をでっちあげることもできたが、アディソンにはなんでも包みかくさず打ちあけるのがいい。サマンサはそう思えるようになっていた。「あなたがドナーを少しも疑おうとしないから。あの人にだまされてないかどうか、確かめておきたかったの」

「で？　何か見つかった？」

　サマンサは顔をしかめた。「あまり認めたくはないんだけど、ドナーは大丈夫。シロよ」

　アディソンは机の横で立ちどまり、手を伸ばしてサマンサの手をとった。怒られるかしら。サマンサは一瞬迷ったが、その指を握り返した。このことをドナーに言いつけられたら、わたしはきっと追い出される。自分でも驚いたことに、もう少しこの家にいたかった。

　アディソンはサマンサを引きよせ、自由になるほうの手で彼女のあごを持ちあげると、つぶやくように言った。「言っておいただろう。俺は、友だちは慎重に選ぶ主義だって。つまり、俺をだましたり手玉に取ったりできる人間は君しかいないことになる」

「わたしは別に――」

　唇をふさがれた。熱く、激しく、息もつけないようなキス。サマンサは目を閉じた。だが、ドナー家の誰かが二人を捜しにくるまでどのぐらい時間の余裕があるだろう、弁護士の書斎の机で裸になってからみあっているところを発見されたりしないかしらという考えが頭をよぎっているまに、抱擁が解かれた。

　アディソンはサマンサを見つめ、自分の唇についた口紅を親指で拭った。「憶えておいてくれよ」手を握りなおして、彼女をドアのほうに引っぱっていきながら言う。「俺には君が何をしようとしているかぐらいわかるし、ゲームをやるとなれば、忍耐力は無限にあるってことをね」

この人は主導権をけっして譲ろうとしない。自分のしたいようにするだけ。わたしを燃えあがらせて、落ちつきを失わせておいて、自分は完璧に冷静なままでいたのね。なんて、いまいましい。

中庭《パティオ》に戻った二人を、ケイトは笑顔で迎えてくれた。サマンサはアディソンの隣に座った。

「サラダはいかが？」

「いただきます」

サマンサは心の中のもやもやをふりはらった。リックもしたたかなゲームプレーヤーというわけね。もちろんそんなことは前からわかっていたけれど。今は心穏やかに、今夜のひとときを楽しもう。ドナー家の人々は誠実で、まともな人たちだ。こんな人たちと触れ合う機会など、わたしにはほとんどめぐってこないだろう。

「料理のどの部分を担当したんだい？」アディソンが訊く。

「わたしは切っただけ。それと、ちょっと味見したけど。すごくおいしいわよ」

「いい匂いがするな」アディソンは言いながら、ケイトから受けとったサラダボウルをサマンサに渡す。

息をついたサマンサは、それなりの冷静さでサラダを自分のボウルに取りわけた。父親やストーニーと食事をともにすることはあったが、たいていは持ち帰りのピザやパスタという簡単なもので、新鮮なサラダと温野菜をそえた手作りの家庭料理を食べることはまれだった。

「ただいまあ！」家の中から元気な声が聞こえてきた。

ケイトは立ちあがり、中庭《パティオ》の扉のところまで行って声をかけた。「電子レンジの中にあなたの分が入れてあるわよ」

ややあって亜麻色の髪の少年が、片手に自分の皿をのせ、片手に炭酸飲料の缶を持って現れた。マイクだ。アディソンの顔を見たとたん、そのまじめくさった顔が明るくなった。

「ガレージの前に停めてあったの、やっぱりリックおじさんの車だったんだね」そう言ってマイクはにっこり笑い、アディソンをはさんでサマンサの反対側に座る。

「ホームバーのカウンターに、君へのプレゼントがおいてあるよ」アディソンはマイクの肩に腕を回し、ちゃめっ気たっぷりにぎゅっと抱きよせる。

「ご飯を食べてからね」マイクが立ちあがろうとする前にケイトが言った。「それから、サムにご挨拶なさい。リックのお友だちよ」

「こんにちは」マイクは耳を真っ赤にして言った。

サマンサはほほえみ返した。「はじめまして」

「遅くなるつもりはなかったんだ」マイクはチキンとパスタをつつきながら、父親を見て続ける。「だけど、クレイグとトッドが水風船《みずふうせん》投げをやりはじめたもんだから、監督に叱られて、みんな余分に走らされちゃってさ」

「やったのはクレイグとトッドだけかい？」ドナーが訊いた。

マイクはにやりと笑った。「ほとんどはね。投げてたところを見つかっちゃったのがあの二人ってこと」このままいくとやぶへびになりそうだとでも思ったのか、マイクはまたアディソンのほうをふりむいた。「おじさん。もう少しで、爆弾で粉々になるところだったって、ほんと？」

アディソンは肩をすくめた。「あんまりわくわくする体験じゃなかったな」

「おじさんがニュースに出てるの、見たわ」オリヴィアが口をはさんだ。「すっごく、怒ってるみたいだった」

アディソンは含み笑いをしながらランチドレッシングに手を伸ばした。「実際、すごく怒ってたからね。だって君らのパパのシャツを着なきゃいけないはめになったんだよ」

オリヴィアはくすくす笑った。「あたしたちね、パパのお洋服ぜーんぶに、色分けしたタグをつけようとしたことあるんだ。そしたら間違った色の服を着なくなるでしょ。でもこのやり方、パパは気に入ってくれなかったの」

ドナーはため息をつくと、ビールをひと口飲んだ。「やれやれ、もう秘密も何もあったものじゃないよ」

ケイトが手を伸ばし、夫の腕を優しく叩いた。「いいのよ、トム。あなたが一人でちゃんと服を着られないからって、わたしたち気にしないから」

サマンサはもう少しで食べるのを忘れてしまいそうになるぐらい楽しんでいた。ドナー一家のやりとりが面白くてしょうがなかった。誰もくだらない意地の張り合いはしないし、ユーモアあふれる会話でからかうだけで、感情を傷つけ合うこともない。自分たちに比べて世間の人たちが鈍くて、無知で、いいカモだなどという悪口もいっさい出ない。

サマンサは、先に書斎を調べてドナーが後ろ暗いことをしていないと確信が持てて、嬉しかった。こんなに楽しい思いをしたあとでは、ドナーの不正行為の証拠を見つけたらどうしよう、とびくびくしながら探しまわることになっただろう。

「サムはどんな仕事をしてるの？」チーズブレッドの入ったバスケットを回しながらマイクが訊く。

「わたしは……フリーで働いてるんだけど、今はノートン美術館と契約して仕事してるの」サマンサはなんとかすらすらと答えられた。内心、この楽しく開放的で素直な家族の誰かが、自分にその質問を投げかけることぐらい予期しておけばよかったと悔やんでいた。「ノートン美術館ではすごくたくさん寄付金が集まるの。わたしは、美術館が作品を購入したり、きれいにしたりするお手伝いをしてるのよ」

「サムとリックおじさんが知り合ったのは、おじさんの美術品が盗まれたから？」オリヴィアが訊く。

「そうだよ」アディソンがよどみなく答える。

うろたえ始めていたサマンサは、中庭《パティオ》の周囲をすばやく見まわした。しっかりしなさい、ジェリコ。問題なくこなせてるんだから。普通にふるまえばいいのよ。なんでもいいから別の話題を探すの。「ケイト」少し唐突ではあったが言ってみる。「あれ、コチョウランですか？」

ケイトはほほえんだ。「そうよ。よくご存知ね、すごいわ」

サマンサの頬が熱くなった。「わたし、花が好きなんです。庭に花をいっぱい植えて楽しめたらいいなあと思ってるんですけど、でも……時間の余裕がなくて。このお庭、すばらしいですね」

「コチョウランって、なんだ？」アディソンはそう訊くと、どの花なのか首を伸ばして見ようとした。

ケイトは中庭《パティオ》のまわりの照明のひとつを指さし、前におかれた鉢植えを手ぶりで示した。「あそこにある紫の花がそうよ。ランの一種で、『モス・オーキッド』とも呼ばれているの。先月、咲きはじめたときには、まさか、って信じられなくて。今まで一度も花を咲かせたことなんかなかったのに」

「俺の家の庭だって、そう捨てたものでもないんだよ」アディソンがにやにやしながら抗議する。「庭といってもいくつかあるし」

「そうね、でもあなたって、庭師を七〇人ぐらい雇ってるでしょ、アディソン」サマンサはドナー夫妻に目をやった。「わたし、一〇ドル賭けてもいいわ。花の手入れはすべてケイトがやって、トムが噴水の管理と木の剪定《せんてい》をしてるんでしょ。庭の手入れをする人は一人いるけど、その人は芝生を刈るだけよね」

ドナーは驚いてアディソンを見ている。「今の話、社長が教えたんでしょう？」

アディソンは笑い声をあげながら、スラックスの後ろのポケットを探った。「いいや、ひと言もしゃべってないよ。サマンサは観察眼がすごく鋭いんだ」

テーブルにぽんと投げられた一〇ドル札を、サマンサは首を振って押しかえした。「五ドル札二枚でお願い」

「あちゃー、まいった」強調したイギリスなまりに、子どもたちが笑った。アディソンは五ドル札を二枚引き出し、一〇ドル札をふたたび財布にしまった。

サマンサは五ドル札を取りあげ、一枚をオリヴィアに、もう一枚をマイクに渡した。「もっとたくさん賭けておけばよかったわね」反省するかのように言い、アディソンに向かってふふっと笑ってみせる。

「絶対にそうよ」オリヴィアが口を出す。

アディソンは頭を横に振った。「もう二度と、君を相手に賭けはしないことにしたよ」

「サム、ありがとう。ねえ、そろそろ僕、プレゼント取ってきてもいい？」野菜を最後にひと口ほおばりながら、マイクが訊いた。

「ええ、いいわよ。あっちへ行くついでに、コーヒーメーカーのスイッチを入れてきてちょうだい」

マイクはたちまちテーブルを離れてすっとんでいった。サマンサは苦い表情を隠そうと努めている。うわぁ、コーヒーだって。今夜は何もかもうまくいってると思ってたら、とんでもない落とし穴だわ。でも、まあいいか。一度ぐらいまともな人たちとコーヒーを飲むのも。

まもなくマイクが戻ってきた。プレゼントの包み紙をびりびりと引きさく。慎重に包みを開けた妹とは大違いだ。「わあ、やったあ！」ひと声叫んで、肩の上で包み紙を振った。

「マイケル！」鋭い口調で注意した母親も、表情は笑っている。

「見てよ！　おじさんが見つけてくれたんだ！」

ドナーは眉根を寄せた。「あれ、もしかしてお前、そういう金色の奴、もう一つ持ってなかった？」

「パパったら」マイクが緑色の目を大げさにぐるりと回して言う。「やだなあ、『金色の奴』じゃなくて、C-3PO《シースリーピーオー》だよ」

「ああ、『スター・ウォーズ』に出てくるロボットだろ、知ってるよ。だけどそれと同じのを持ってたんじゃないのか？」

「ハスブロ社製の一九九七年のバージョンはあるんだ。これは一九七八年のモデルで、ゼネラルミルズ・ファングループが出したものだよ」マイクはC-3POの写真があしらわれ、星がちりばめられた黒い箱を持ちあげた。「ほら、こっちのほうは胴が太くて、脚は関節のところで曲がるようにはなってなくて、目は肌とおんなじ金色なんだ——新しいモデルみたいに黄色じゃなくてね。それと、一九七八年の発売当時の箱に入ってる」

「つまり、新しいのよりいいわけか」

「初代のC-3POだから、希少価値が高いわけ。でもね、気をつけなくちゃいけないのは、新しいモデルを買って、目を金色に塗りなおす奴がいるんだ。それから関節も固定しちゃって、古いモデルみたいに見せかける。まあ、脚をよく見ればわかっちゃうんだけどね、刻印の部分が全然違うから。でも、これ欲しさに目がくらんで、だまされちゃうコレクターもいてさ。かなり精巧にできた偽物がそこらじゅうに出回ってるんだ」

マイクたちは一九七八年型C－3POのすばらしさについておしゃべりを続けている。だがサマンサはもう集中して聞いていられなかった。マイクの口から出た言葉の何かが、心の奥に引っかかってしょうがないのだ。今まで思いつかなかった、新しい発見だった。ダンテ・パルティーノのように安定した立派な仕事についている人間がどうして、銘板の偽物で人をあざむこうとしたのか——職を失って刑務所行きになるか、さらに悪い事態も招きかねない危険をおかしてまで、なぜ？　その理由につながるヒントが、マイクの言葉に隠されている気がしてならない。

「サマンサ」アディソンが体を寄せ、耳元でささやいた。「どうしたんだ？」

「え？　ううん、なんでもない。ちょっと考えてただけ」

「何を？」たたみかけるように訊く。

「あとで教えてあげる」

「約束だぜ？」サマンサの腕に手をすべらせてアディソンがささやく。

「約束する」

「ところで君、なんでコチョウランのこと知ってるの？」

サマンサは肩をすくめた。アディソンが指をからませてきて、その感触に体がしびれる。

「ガーデニングの本を読むのが好きなの」

「君にキスしたくなってきた。今すぐ」アディソンがささやく。

あら、やっぱりこの人、完璧に主導権を握ってるわけでもないじゃない。いい傾向だわ。

「キスなら、もうしたでしょ」サマンサは薄笑いを浮かべて手をふりほどいた。よかった、庭づくりに興味があるとかなんとか、説明しなくてすんで。だって庭には、安定していて長く続くものというイメージがあるから。いろいろなところに移り住んでいる人間に、自分の庭を持つことなんかできるわけがない。

「ほら、わたしの魅力に負けないようにがんばりなさい」サマンサは叱るような調子で言った。「子どもたちがいるのよ、間抜けな人ね」

「『間抜け』だって」おうむ返しに言ったアディソンの目元にゆっくりと笑みが広がる。「俺、今まで『間抜け』って呼ばれたことは一度もないような気がする」

ケイトが咳払いをした。「じゃあ、そろそろリビングルームに移ってコーヒーでも飲みましょうか?」アディソンに目をやる。「あなたの場合は紅茶よね。サムはどう? コーヒー、紅茶、ココア、コーラがあるけど?」

「コーラをください」サマンサはほっとして答える。「テーブルを片づけるのをお手伝いするわ」

「しなくてもいいの。そのために子どもたちがいるんだから」

「ママ」オリヴィアがまたくすくす笑っている。

「あたしたち、奴隷じゃないわよ」

「いいえ、奴隷よ。片づけなさい、奴隷たち、ほら早く」

中庭《パティオ》を出てリビングルームに入るとき、アディソンは、ケイトに呼びとめられ、脇に引っぱりこまれて問いただされるのを予想していた。トムがサマンサに関して必要最小限のことしかケイトに伝えていないのはアディソンも気づいていた。だがケイトのことだ。サマンサとのやりとりを通じて、与えられた情報よりずっと多くをつかんでいるにちがいない。

さっきサマンサがトイレに行くと言って中座したときに、あとをつけていってよかった。そしてトムのプライバシーを侵害したことに対し、いきなり書斎に入って怒鳴りつけたりせずに、サマンサの行動をしばらく観察していてよかった、と思う。トム・ドナーとその一家の写真に見入っているサマンサのようすを見て、アディソンはふいに胸をつかれた。屋敷のギャラリーで出会うまでの彼女は、いったいどんな人生を送ってきたのだろう。

マイクもオリヴィアも、サマンサを好きになったようだ。子ども扱いされないのが気に入ったのだろう。サマンサ自身は、マイクやオリヴィアのような子どもらしい生活には縁遠かったように見える。どんな少女時代を過ごしてきたのか。ただ、彼女の過去をほとんど知らなくても、いつも手づくりのクッキーを焼いてくれる母親がいなかったことぐらいは簡単に想像がついた。そういえば、俺にもそんな母親はいなかったが。

サマンサは食事中に、何か重要なことに思いあたったようだ。それがなんなのか俺には見当もつかないが、きっとあとで教えてくれるだろう。アディソンはサマンサのすべてに惹かれていた。だが、とりわけすばらしいのはその頭のよさだ。

サマンサは緑色の短めのドレスを着て、ケイトとオリヴィアのあいだに座っている。オリヴィアはご自慢のミニチュア人形を見せびらかそうと、自分の部屋からいくつか持ってきていた。アディソンにとって、ドナー家の子どもたちの趣味のコレクションに貢献するのは楽しかった。彼らには手に入りにくいものを探したり、手の届かない高価なものを買ってやれる立場にあるのだからそれを活かさない手はない。

俺の子ども時代も、けっして普通とは言えなかった――だからこそ、他人の生活の中で育まれてきた品を集めるのを楽しむようになったのかもしれない。アディソンはサマンサを見つめた。俺たちが集めてるのは、自分たちがよく知ってるものか？ それとも自分たちに欠けてるものなのか？

ケイトが立ちあがり、「アイスクリームサンデーが欲しい人は？」と訊いた。

オリヴィアがさっと手をあげ、ドナーがそれに続いた。次にマイク、アディソン。最後にサマンサの手があがった。デザートのときにはどうふるまうのが適切か、一歩引いて観察していたにちがいない。まだ、環境に適応しようとしているんだな。だがアディソンは、今夜のある時点から、サマンサが「演技」しなくなったような気がしていた。

「リック、ちょっと手伝ってちょうだい」キッチンに向かいながらケイトが指示した。

あ、いよいよ来たな。二人だけで話したいわけか。息を吸いこみ、サマンサに励ますような笑みを見せると、アディソンは立ちあがってケイトのあとを追った。「はい、奥さま」と言いながらキッチンへ入る。

「食器戸棚からボウルを出してくれる？」その指示どおり、アディソンはボウルを六個取りだしてカウンターに並べた。ケイトがアイスクリームをこんもりと盛りつけていくあいだに、アディソンは冷蔵庫の中のチョコレートシロップとチェリーを探す。ごく簡単な作業で、今までに少なくとも五〇回はやっているだろう。

「リック、あなたサマンサのこと、どのぐらい知ってるの？」

「今のところ間に合う程度には。どうしてそんなこと訊くの？」

「子どもがいるこの家に、その……危険というか、安心できない人を招き入れるのはいやなのよ」

「サマンサは人のことにはかまわないたちだよ」カウンターに背中をもたせかけたアディソンは答えた。「彼女を傷つけようと狙っている奴がいるようなんだ。でもお宅のみんなにとって彼女が危険な存在かどうかという点については、大丈夫、問題ないよ」

「本当に大丈夫？」

「ああ、保証する」

ケイトはアイスクリームの上にチョコレートシロップを注ぎはじめたが、途中でシロップの容器をカウンターにおいた。「わたし、彼女のこと好きよ」ゆっくりと言う。「でもあの人、ただの美術コンサルタントじゃないでしょ。あなたもわかってるように」

「だったら？」

「だったら彼女、なぜあなたと一緒にいるの？」

「言ったじゃないか、俺はサマンサが好きなんだよ。それに彼女は、爆発が起きたあの晩に、俺の命を救ってくれた。俺たちは協力しあってるのさ」アディソンは片眉を上げて、反論するならしてみろとかまえた。

「それは、わたしにもわかるわ」ケイトは穏やかに言い、もういいわとアディソンをキッチンから追いだした。

二人がいとまごいを告げるころには、オリヴィアは父親の肩にもたれて眠っていた。帰るまぎわにサマンサは、ガレージの前の私道でドナーともう一度握手し、ケイトの抱擁を受けた。その努力は褒めてやるべきだろう。だがベントレーのキーを渡されたときには、アディソンは驚きを隠せなかった。

「この車、運転してみて気に入らなかったのかい？」

「運転はすごく楽しめたわ。でも、あなたがハンドルを握っていれば、両手がふさがることになるでしょ。そのあいだにわたし、いろいろ考えられるから」

アディソンはベントレーの運転席側に回った。「考えるって、食事中に気になってたことについて？」

「そう」

「あとで教えてくれるって約束した、あのこと？」

「そうよ」サマンサはシートベルトを締めて、横目でアディソンを見た。「あなた、BアンドEのこと、本当に怒ってない？」

「BアンドE」だって。それが「不法侵入」という意味だとわかるまでにゆうに一秒はかかった。誰か、『泥棒用語解説つきイギリス標準英語辞典』でも出版してくれないだろうか。

「ああ、怒ってないよ」

サマンサの肩から少し力が抜けた。まるで壮絶な闘いでも期待していたみたいだ。「よかった」

「じゃ、考える時間はどのぐらい必要かな？」

「いいから車を出して」

ふっと含み笑いをすると、アディソンはベントレーを発進させ、私道から公道に出た。サマンサはひとつ正しいことを言った。もし彼女がハンドルを握っていたら、アディソンは彼女の体から手を離すことができなかっただろう。アディソンは今夜ずっと、欲望のかすかなざわめきを感じて落ちつかなかった。今ようやく二人きりになって、股間のうずきはますます強まっている。

サマンサは数分間、窓の外をぼんやりと眺めたまま黙っていた。そんなふうに物思いにふけっているのは見たことがない。アディソンはラジオをつけ、ロック専門の放送局にチャンネルを合わせた。

しばらくして、サマンサはようやく吐息をついた。「いいわ。わたしがずっと考えてたことを言うわね。ダンテ・パルティーノみたいな人物が、一五〇〇万ドルの美術品のために、自分の自由や評判やキャリアを危険にさらすようなまねをするかしら？」

「でも、実際にそうしたじゃないか」

「どうも釈然としないわ。本当にそうかしら」

アディソンはもう少しで赤信号を無視するところだった。「なんだって？　なぜ――」

銘板を仕込んだり、手榴弾を仕掛けたりしてないっていうのか？　ダンテが偽の
「いいえ、それはしたと思うわ。でもパルティーノは気取り屋で、自分の仕事の権威を鼻にかけてるでしょ。ひとつの品のためにそれだけの地位を危険にさらす勇気はないはずよ。それに、ひとつの品をめぐって殺人をおかす人もいないでしょう――伝説のホープダイヤモンドか何かでもないかぎり。パルティーノは偽の銘板を持っていた――なんのために持っていたと思う？　本物の銘板とすり替えておく以外には考えられないわ。ならば、もしかしてほかにも――」

右に急ハンドルを切ると、アディソンは小規模なショッピングセンターの人気《ひとけ》のない駐車場に乗り入れた。サマンサの言うことが何を意味するのかがわかったから、怒りとショックに襲われていたのだ。「つまり彼は、以前にもすり替えをしたことがあるって言いたいんだな」吐きすてるように言う。「俺に隠れて、こそこそと」

「パルティーノは、あなたのほかの屋敷でも責任者を務めてるの、それともソラノ・ドラド館だけ？」

アディソンはダッシュボードにこぶしを叩きつけた。「ほかの屋敷でも、ある程度は美術

品の買いつけをやらせていたけど、住まいはずっとフロリダだった。ここの天候が好きだと言ってたから」

「毎年、あなたがフロリダで過ごす時間はだいたいどのぐらい？」

「夏のバカンスシーズンは一カ月から二カ月、それ以外は合わせて二、三週間といったところかな」

「ひょっとして、それもパルティーノがフロリダを気に入ってる理由かも」

「サマンサ、こじつけが過ぎないか。まあ、あいつがちょっと調子に乗って、欲を張って、銘板の件で俺をちょっと出し抜いてやりたいと考えたのかもしれないよ。でも君の説だと、以前にも同じようなことを、しかも何度もやってたってことになるんだぜ」

「リック、わたしはただ憶測でものを言ってるだけ。確信があるわけじゃない。ただ、それだと筋が通る、ということなの。あなたの持っているほかの美術品を見てみないとわからないけど」

　確かに筋は通る。だがその可能性を考えると、アディソンは憤りを抑えられなかった。

「くそっ。赦せない。そんなひどいことがあるかよ」

「わたしの考えを聞かせてくれって言うから話したのに」サマンサは抗議した。「もういいわよ、今のは全部忘れてちょうだい。そんなに怒るんだったら、次からは自分の胸のうちにおさめておくから」

「いや、それはだめだ。俺は君に対して怒ってるんじゃない。そういう可能性について、今まで考えてもみなかった自分に腹が立ってしょうがないんだよ」

「この推理だって間違ってるかもしれないのよ。ひょっとすると、銘板の熱狂的なコレクターとか、頭が完全にいかれた人物が裏にいて、パルティーノを震えあがらせてるのかもしれない」

「朝になったらほかの美術品を調べてみよう」

「朝ですって――」

「そうだ、朝だよ。月の光のもとでこそこそするのはやめだ――それに、この疑惑を俺たち以外の人間に話す前に、確証を得ておきたい」

衝動にかられて、アディソンはサマンサの腕をつかんで引きよせ、唇を重ねた。サマンサは唇を開いて彼の歯のあいだに舌をすべりこませ、求めてくる舌を迎えいれる。

ドナーの家を出たときからすでに勃起しかけていたものが完全にそそり立って、ズボンの前がきつい。「もう我慢できない」かすれ声で言うと、アディソンは車を止め、エンジンを切った。

サマンサが座席から身を乗りだして体を重ねてきた。しなやかな手で髪の毛をまさぐりながら、胸の中に倒れこんでくる。「あなた、チョコレートみたいな味がする」重ねた唇の下でつぶやくと、アディソンのシートベルトをはずし、手を下に伸ばして膨れあがった股間を包む。

「うーん、すてき」

アディソンはもう何も言う気分になれなくて、サマンサのドレスに手を差しいれ、右の乳房をなでまわした。うっとりしながら愛撫しているうちに、乳首が硬くなっていく。手に乳房をぐいぐい押しつけられて、後ろにのけぞったアディソンの頭が運転席側のウインドウにぶちあたった。「ええい、もう」

「後ろのほうへ」サマンサはうめくような声で言い、ドレスの下に侵入した彼の手を押しのけると、巧みに体をよじって、彼の体を自分の上にのせる形で後ろの座席に引っぱりこんだ。

サマンサの脚のあいだに倒れこんだままバランスを保とうとしているアディソンには、彼女のアクロバットのような動きに感心している余裕はない。太ももからウエストにかけて両手をすべらせて、ドレスを押しあげながら愛撫を続ける。サマンサをむさぼりつくしたかった。自分のもので彼女を貫いて、拘束し、絶対に逃げられないようにしたかった。

サマンサの手は性急な動きで彼のズボンの前を開け、ボクサーショーツを太もものところまで引きずりおろす。その間《かん》、彼は安易な道を選んで、白いレースのパンティを無理やりはぎとった。

「自制心を失わない人だと思ってたのに」サマンサはあえぎ、彼のものに指をからめてなでさする。

包まれた部分を突きあげぎみにしながら、アディソンは彼女の脚の奥に指をすべりこませる。「くそ、君以外のことなら、自制心が働くのにな」

「あなたったら、パンティを破っちゃったじゃない」

「新しいのをもっと買ってあげるよ」

「買ってくれなくていい。それより、中に入ってほしいの、今」

「防弾チョッキが――」

「今、すぐよ」サマンサはじれったそうなうめき声をあげ、腰を浮かせる。

それ以上の誘いはいらなかった。中にいっきに押し入り、根元まで埋めこむ。サマンサはあえいで背を弓なりにそらせ、彼の腰のまわりに足首を巻きつかせた。アディソンはしだいに速く、激しく、何度も突きいれた。

ああ、たまらない。頭がどうかなりそうだ。腰がリズムを刻むたびに、神経の一本一本が彼女につながり、調和していく――その心臓の速い鼓動に、荒い息づかいに、うめき声に、濡れてすべりやすくなった温かい内部に。そして俺は、認めざるをえない。サマンサが泥棒で、嘘つきで、ゲームの巧者であるからこそ、こんなに興奮するのだ。

「俺のものだ」もう少しで爆発しそうになりながらアディソンは低い声をもらし、顔を低くして彼女の首に近づけた。「言ってごらん、君は俺のものだって」

「あなたは、わたしのもの」サマンサは半ば勝ちほこったようなうめき声でくり返すと、彼の臀部に指をめりこませ、肩に歯を立てて絶頂に達した。

そのとおり、俺は彼女のものだ。そう気づかされながら、アディソンも彼女のあとに続いて、息もつけず、何も考えられない甘美な世界に引きずりこまれていった。

21

月曜日、午前〇時四六分

ベントレーがソラノ・ドラド館の正面ゲートに着くころには、夜間当直の警官たちも眠そうに見えた。オハノン殺害事件が起こらなければとっくに引きあげているところだが、地元の名士に何かあっては大変と、念のため警備を続けるようカスティーロ刑事に命じられたのだろう。警官は二人をろくに見もせずにゲートを開けた。アディソンの運転する車は曲がりくねった私道を走っていく。

屋敷へ帰る途中で、サマンサは自分のパンティがバックミラーに引っかかっているのに気づいた。やれやれ。アディソンが面白そうに見守る中、ため息をつくと、パンティをもぎとってハンドバッグに入れる。ふん、でも楽しかったからいいわ。心地よい疲れで体じゅうの力が抜けて、正面玄関の前で車が停まったときには、もうまともに目を開けていられないほどだった。

「中まで抱いてってあげたほうがいいかな？」ドアを開けたアディソンは、満足げな笑みを浮かべて訊く。

「『ほっといてよ《バイト・ミー》』って言いたいところだけど、そうするとまた始まっちゃって、わたしたちいつまでたっても家の中に入れないわよ」あくびをかみ殺しながら車を降りる。むき出しのお尻を意識して、丈の短いドレスを何度も引っぱりつつ、サマンサは先に立って玄関のほうへ歩きはじめた。

　アディソンが玄関の鍵を開けた。「下着をつけてないじゃないか」と低い声で言い、頭をかがめて、前を通りすぎようとするサマンサの首にキスした。

　サマンサの膝がくずおれそうになる。「やめてよ」うなるように言うと、アディソンにパンチを一発お見舞いする。「前みたいに、警備員に見られちゃうでしょ」

「俺たちの写真はもう新聞に載ってるんだよ、ダーリン。二人がつき合ってることぐらい、誰だって知ってる」

「つき合ってるわけじゃないわ。あなたがさっき口を使ってしたことは……ベッドの中での、お遊びよ」

　アディソンはにっこり笑った。「いや、違うよ。俺の本格的なお遊びをまだ見たことないだろ」

　サマンサは階段を見あげた。ワイヤーが張られていないか、違和感のあるものはないかを探す。エティエンヌ・デヴォアが死に、ダンテ・パルティーノが逮捕された今、二人の身に危険がおよぶ恐れは少ないだろう――だが、ショーン・オハノンを殺した何者かが残っている。「ベッドの中でのお遊びなら、車の中で見せてもらったでしょ」いたずらっぽい笑みが思わずこぼれる。「悪くなかったわ」

真夜中過ぎまで続いた「ベッドの中でのお遊び」は、アディソンの目つきからするとまだ終わっていないらしい。この人といると引きずられて、のめりこみそうになる。以前にもちらりとそう感じたことはあるが、そんな単純なものじゃなかったわ。セックスの魅力だけではない。たとえばアディソンは、どんな部屋に入っていくときも、まるでその部屋の主《あるじ》であるかのようにふるまい、しかも本人もそれを自覚しているようだ。そんな男にはどきりとさせられる。

サマンサの住む世界では、誰もがまわりの環境になじんで目立たないようにし、どんな状況でも臨機応変に合わせていくことに心を砕く。それに比べて、あからさまと言えるほどの自信に満ちたアディソンの態度に、どうしようもなく惹かれるのだった。

階段を上りはじめたサマンサは、アディソンにひじをつかまれて止められた。「俺が先に行く」

サマンサは彼をにらみつけた。「冗談じゃないわよ。閣下は救出を担当してくださればいいの。偵察はわたしがやるから」

それでは気にくわないのだろう。表情を見ればすぐわかる。だがリック・アディソンはやはり、常識と知性をそなえた人間だった。次の瞬間にはここで対立してもめるよりも、実質が大切と判断したのか、納得したようにうなずくと手ぶりで示し、サマンサを先に行かせた。

階段の踊り場の壁にかかったピカソの絵。サマンサは通りがかりにちらっと目を走らせた。薄暗がりでは真贋の区別はつかない。アディソンの言うとおり、朝まで待ったほうがよさそうだった。

実のところサマンサは、ベッドに直行したくてたまらなかった。熱く燃えるような一夜と、今朝味わわされた恐怖、そしてベントレーの後部座席でのお楽しみのあとで、体の芯まで疲れきっていた。ただ、アディソンとまたベッドの中で過ごすことを考えるのも……満ち足りた気分になれる。欲望よりも満足感のほうが大きかった。

あーあ、でも残念。今夜じゅうにパルティーノのオフィスを調べるつもりだったんだったわ。日が昇るまで待てないこともなかったが、この事件にかかわりあうようになってからずっと、自分の直感を軽視してきた。そろそろ泥棒の再教育コースで、しっかりおさらいしなくちゃ。

「念のため、あなたの部屋とわたしの部屋が安全かどうか確認してくる」サマンサは肩越しに言うと、月の光が明るく廊下を照らしている側に寄った。

「俺の部屋は朝になってから、警備員に調べさせればいいよ」アディソンは反論した。「君の部屋に行こう。言っとくけど、君は俺のボディガードじゃないんだから」

「リック、いきなり入って爆弾が仕掛けられてたらどうするの、だめよ。そっちの知識なら、お宅の警備員よりわたしのほうが信用できる。あなたの部屋はわたしが調べるわ」

「俺のこと、心配してくれてるんだな」

「だって、あなたの焼くステーキって、絶品なんだもの。また食べたいし」やれやれ。パートナーとしての二人の関係が、お互いの感情の複雑なもつれに発展しつつあることは前から感じていたけど、今や彼にもそれがはっきりわかるようになったらしい。

アディソンはサマンサの体を引きよせて向かいあわせると、ゆっくりと、濃密なキスをした。「ありがとう、嬉しいよ。じゃあ明日、二人で一緒に調べにいくことにしよう」と提案する。「君のほうが俺より疲れてるはずだ。俺だってもうまぶたがくっつきそうなぐらいなのに。今、意味なく下手なことをやらないほうがいい。特に、オハノンを殺した奴が野放しになってるあいだはね」

「はいはい、わかったわ」サマンサは抱擁から逃れ、ふたたび廊下を歩きはじめた。「だけどあなたみたいな人が疲れたりするなんて、思ってもみなかった」

「疲れるのは、君みたいな奴と一緒にいるときだけだよ」

廊下とサマンサのスイートルームをひととおり見て、危険はなさそうだったので二人は部屋に入った。アディソンがシャワーを浴びているあいだにサマンサはドレスを脱ぎ、清潔なTシャツと下着を身につけた。浴室が空くまで、ベッドに横になって待つことにする。

いつのまにか眠ってしまったらしい。サマンサが目をさますと、隣にはうつぶせになったアディソンが、片方の腕を彼女の肩にかけたまま寝ていた。長いまつ毛を伏せて、ゆっくりと規則的な呼吸をしている。

長く眠りすぎてしまったみたいにぼうっとして体が重い。サマンサはしばらく動かずに、頭がはっきりしてくるのを待った。

ベッドに横たわったアディソンの姿は、なんともいえずすてきだった。この人に悪いことが起こらないよう、守ってあげなくてはいけない、とサマンサは感じていた。それはこの屋敷に忍びこんだ夜、爆発直前の彼の驚いた表情を見たときから、そのあと気を失った彼を引きずって階段の踊り場に下ろしたときからずっと感じていたことだ。

それよりも何よりも、サマンサは今、彼にぴったりと寄りそって腕の中でもう一度眠りたかった。でも、この奇妙なパートナー関係における自分の役割をきちんと果たすつもりなら、仕事にかからなくちゃ。

サマンサはアディソンの腕をそっとどけると、ベッドからそろそろと下りて立ちあがった。ショートパンツをはき、素足のままでスイートルームの中心部分へ向かう。廊下を巡回しているはずの警備員が気にかかった。ここそこ逃げまわる理由はひとつもないが、泥棒稼業で身についた習慣だからしかたがない。誰にも見つからないよう行動することにした。

パルティーノのオフィスは一階で、警備室のある廊下の反対のつきあたりにあった。表と裏の業務用階段の両方から入ることができ、屋敷内のフィットネスクラブへも直接行けるようになっていた。サマンサは裏口から入ることにした。暗く静かな階段が、まるで昔なじみの友だちのように感じられる。こうして自分の持つ能力をふたたび使えるのは気分がよかった。ただ盗みの仕事のような切迫感はない。もし誰かに見とがめられても、彼女だとわかれば黙ってうなずいて通してくれるだろう。

それでも、誰にも気づかれずにパルティーノのオフィスに侵入できたときにはまぎれもない達成感があった。警察はパルティーノのパソコンと机の中のファイルを押収していた。その中にはおそらく、最近の購入実績の情報が含まれているだろう。しかしサマンサが興味を持っているのは、どちらかというと最近の取引ではない。

二個の大型ファイルキャビネットの前に差しわたしてある立ち入り禁止のテープの片方の端をはずすと、ポケットから短い銅線を取りだして作業にかかる。ほどなく最初の引き出しが開いた。中のファイルには通し番号がつけられている。美術品の情報を取得順に整理した目録のようになっているらしい。全部をまとめたマスターリストのたぐいがないかと、もう一度机の引き出しを調べてみたが、あるとしても、おそらくそれは警察がとっくに押収しているだろう。

「しかたない、大変だけど地道にやるしかないわね」サマンサはつぶやくと、ファイルキャビネットのほうに戻った。

最初のファイルには、中世のタペストリーの写真がおさめられていた。初めてここへ侵入した夜にギャラリーの壁に掛けられていたものだ。いつ購入されたかがきちんとした字で記入され、その横にRMAのイニシャルが書きこまれている。おそらくアディソン自身が買いつけた品という意味だろう。そのほか購入時に支払われた価格と、どの屋敷に保管されているか、さらに詳細な陳列場所までもがこと細かに記載されていた。

それに加えてパルティーノは、購入したものと比較できる品については最新の市場価格を調べてリストを作っていた。一〇年間にわたる詳細な記録だ。まったく、潔癖というか凝り性というか。とはいえ、情報の正確さは信用できた。

サマンサはファイルを番号順にざっと見ていって、数部だけを抜きだして詳しく調べた。品目の中にはローマ貨幣のように小さいものもあれば、一四世紀中ごろにロレンツェッティにより描かれた長さ一四メートルにもおよぶフレスコ画のように巨大なものもあった。

写真が出てくると、ついつい見入ってしまう。もっとじっくり眺めたり、実物を観察したりする時間があればいいのにと思いながらサマンサは作業を続けた。アディソンはほとんどパルティーノにまかせていると言っていたのに、記録を見ると大部分の品は自ら選んで購入している。美術品に対するアディソンの目は驚くほど確かだった。

三番目の引き出しにかかるまでに、階段の踊り場にあるピカソの絵について記録したファイルがないのにサマンサは気づいていた。引き出しの数はあと三つ。問題のファイルがなくなっているかどうかは最後まで調べてみないとわからない。トロイの石の銘板に関するファイルはアディソンのオフィスに戻してあった。ただ、どこかが変なのだ。

ドアノブがかちゃりと音を立てた。サマンサは本能的に机の陰に飛びこんで身を隠した。ドアから顔をのぞかせたのはアディソンだった。部屋の中を見まわしたあと、ふたたびドアを閉めようとする。と、そのとき彼の動きが止まった。開けられたファイルキャビネットを凝視している。「ちくしょう、またか」と毒づく。

しかめっ面をしながら、サマンサは暗がりから出て立ちあがった。「ごめんなさい」とつぶやく。

アディソンはぎくりとして跳びあがりそうになった。「おいおい、なんだよ、おどかさないでくれよ。いったいぜんたい、ここで何してるんだ？」

シャツは着ないで、裸足にズボン。髪の毛はくしゃくしゃに乱れ、眠そうな目をして、二人が最初に会ったときとほとんど同じような格好だ。肋骨部分に包帯をしているのがわずらわしくなったらしく、今朝もう取ってしまっていた。「わたしがここにいるって、どうしてわかったの？」サマンサは訊いた。

「起きてみたらベッドにいなかったから」アディソンはあくびをし、髪を手でかきむしって、さらにぼさぼさにした。「鼻をきかせて、匂いのする方向を探したんだよ。君のことがこんなにわかるようになるなんて、怖くないか？」

「そうね」サマンサはゆっくり答えた。ええ、怖いし、不安になる──だけど興奮するわ。

「とにかく、説明してくれよ」

サマンサが天井の照明をつけたので、アディソンはまぶしそうにまばたきをして彼女をにらんだ。

「じゃあ、説明するわ。確信は持てないんだけど、ここで興味深いものを見つけられるかもしれないの」

「警察が見逃したもの？」

「というより、警察が探していなかったもの」

アディソンの敏感そうな唇に笑みが浮かんだ。「ほう、モース警部、今度は何がわかったんですか?」

「モース警部ですって? あなたったら、BBCアメリカのドラマばっかり見てるんでしょ。なんでシャーロック・ホームズか、でなければアメリカ人お気に入りの刑事コロンボじゃないわけ?」

「今何時だと思ってるんだ、午前三時だぜ。俺が地雷を踏まなかっただけ君は運がよかったんだと思わなくちゃ」アディソンはサマンサの体に腕を巻きつけ、自分の胸に引きよせた。

「いいから話しなさい」

深く息を吸いこんだサマンサは、彼の温かい肩に頰をすりよせた。「きっと、聞きたくないわよ」小声で言う。

「たぶんそんなことだろうと思ってた。我慢するから話してくれよ」

「ファイルの一部がなくなってるような気がするの」

「サマンサ、俺は美術品や骨董品を集めて一六年以上になるんだよ。過去に買ったもの、最近買ったものを含めると何千というファイルがある。ひとつぐらいファイルがなくなってるからといって、かならずしも——」

「マスターリストはどこかにある? でなければ残りのファイルをいちいち調べることになるけど?」サマンサの直感は、たまに当たらないこともあるが、正しい場合のほうがずっと多い。その直感を無視したくなかった。

「頑固な奴だな」そうつぶやくと、アディソンはサマンサの体に回していた腕をほどき、パルティーノの机の左側の一番上の引き出しを開けた。「マスターリストがないと納得してベッドに戻らないって言うなら、しかたがない」

アディソンの視線をたどってサマンサが言う。「そこがリストをおいてるはずの場所？　だったら、ないわよ。わたしがもう探したもの」

「じゃあ、警察が押収していったんだろう。あした、コピーをもらえるよう頼んでおくよ」

「リック、何かがおかしいのよ」ぶつぶつ言いながらファイルキャビネットのところへ戻る。

「パルティーノはこの屋敷内に部屋を持ってるんだったわよね？」

「地下の、使用人用の部屋が並んでる一角にある。でも、ほとんど使ってないと思うよ――夜遅くまで仕事をするときか、週末に泊まるときだけだから」

「わたしとしては、夜遅くまで仕事をするとき、っていうのに興味があるのよ」

アディソンはため息をついた。「じゃあ、こっちだ」

「あなたは行かなくてもいいわ。まだ朝の三時ですもの」

「行くよ。もう朝の三時なんだから」

パルティーノが泊まりがけで仕事をするときに使うという部屋へ行ってみても、キャビネットにはほとんど書類が入っておらず、けっきょくファイルは見つからなかった。ちっぽけな部屋だった。シングルベッドが一つ、浴室といっても浴槽がなく、トイレと洗面台があるだけ。サマンサに与えられた豪華なスイートルームとの違いにいやおうなしに気づかされる。

「こうなると、実物とファイルをひとつひとつつき合わせて、なくなったのはどのファイルかを確かめたほうがいいかしら」

「本当にファイルがなくなっているとしたら、の話だろう」アディソンは指摘すると、またあくびをした。答えないサマンサを、しばらくのあいだじっと見つめる。彼の顔は半分暗がりに隠れている。「何かがおかしいって言うけど、君、どの程度確信があるんだ？」

サマンサは苦い顔をした。「あなたのベントレーを賭けてもいいぐらい。どのファイルがなくなったかをつきとめられれば、問題は何かがはっきりするはずよ」

「じゃあ、奴のオフィスに戻って残りのファイルを調べてみよう」

うわ、そんなことをしていたら何時間もかかってしまう。確かに、ファイルを全部調べればサマンサが抱いている疑いを裏づけることはできるが、大きな疑問が残る――紛失したファイルが屋敷の外に持ちだされたとすれば、それらはどこにあるのか？「それより、いい考えがあるの」

「いい考えって、それが君のシャツの下にあるものに関係あるんなら、俺は大賛成なんだけどな」アディソンは言い、サマンサの手をとった。二人はふたたびパルティーノのオフィスに向かっていた。

前から気づいていたけど、この人、わたしの手を握るのが好きなのね。何かにつけて手をつなごうとする。サマンサはそのたびに……拘束されているように感じる反面、ある種の興奮を覚えるのだった。

「かりに、紛失したファイルがソラノ・ドラド館のどこにもないと、わたしが確信を持っているとしての話だけど」

「ああ。ひとつの仮定としてね」

「だとすると、パルティーノの家へ行って探してみるという考えはどうかしら」

アディソンがふいに立ちどまったので、手を引っぱられたサマンサはつまずきそうになった。「なんだって?」

「警察がすでに家宅捜索してると思うけど、連中が探してるのは爆発物と、銘板をパルティーノに結びつける証拠だけでしょ。なくなったファイルはパルティーノにとって大切なもののはず。きちょうめんで細かい彼のことだから、それ相応の理由がなければ、キャビネットに整理された順番をくずしてまでファイルを持ちだすことはまず、ありえない。それに、ファイルを破棄することもなさそう。そんなことをしたら彼、心臓発作を起こしかねないもの」

「サマンサ、パルティーノの家に忍びこもうっていうのか。BアンドEだかなんだか知らないけど、不法侵入だろう?」

「で、つまりは何が言いたいの?」

廊下に差しこむ月の光の下で、アディソンはサマンサをにらみつけた。さっき目をさましたときにベッドからサマンサの姿が消えているのに気づいて、ほとんどパニックに陥りそうになった。事件の謎を解くまではどこかへ行ったりしないと頭ではわかっていても、不安に襲われたのだ。それと同時に、真相を解明するための調査を引きのばそうとしている自分に気づいていた。「明日まで待とう」という口実を、サマンサはあと何回ぐらい受けいれてくれるだろう？

それにしても、パルティーノの家に侵入するという提案は問題外だ。「だめだよ、サマンサ。明日、カスティーロ刑事に話そう」

ほんの一瞬、目を合わせたあと、サマンサはうなずいた。「じゃあ、ベッドに戻りましょ」

アディソンは通りすぎようとするサマンサを引きとめた。手をぐいと引っぱってこちらを向かせる。「俺がそれほど間抜けだと思ってるのか？　やめろよ」

サマンサはアディソンの肩に手をおいて見あげた。彼女の緑の瞳が月光に照らされてきらきらと輝いている。「リック、こういうふうに考えたらどう。わたし、あなたには返さなきゃいけない借りがあるの。だから、頑丈な鍵のかかる地下牢にでも閉じこめておかないかぎり、わたしが抜けだすのを止めるのは無理よ。ということで、夜が明けてから会いましょ」

「俺はそんなこと――」

「あなたが帰ってきてほしくないって言うなら、もう戻らないわ。でも、かならず謎を解きあかしてみせる。パルティーノがわたしを殺そうとしたからには、ちゃんとした理由があるはず。もしわたしの考えが正しければ、それはねたみじゃないわ」

「サム――」

「あなたは言ってたわよね、自分は事件の当事者として、個人として真相をつきとめたいんだって。それは、わたしにとっても同じなの。ここへきてようやく手がかりをつかんだからには、それを追っていくつもり。警察の力なんて信じられない。まかせておけないもの」

サマンサはきびすを返すと、廊下をすたすたと歩いて自分のスイートルームに向かった。あの中には仕事道具がおいてある。きっと途中で呼びとめられるだろうと思っていたら、やはりそのとおりになった。

「俺も一緒に行く」アディソンは怒った声で呼びかけ、あとに続いた。

三〇分後、SLKのハンドルを握ったアディソンは、パルティーノの家に向かう最後の半ブロックのところでライトを消して、暗闇の中を走っていた。「なんか、重罪犯になった気分だよ」つぶやきながら家のすぐそばの角に車を停める。

「わたしと一緒に中に入ったあげくに逮捕されれば、重罪犯ということになるわね」サマンサは黒の手袋を取りだし、黒い野球帽を深くかぶった。「じゃ、ここで待ってて、運転手役を務めてくれる？　その程度のかかわりなら、有罪になっても執行猶予がつくから」

どうすりゃいいんだ。これから法を犯そうというのに、彼女ときたらギャグを飛ばすのと同じぐらい気楽にかまえてるじゃないか。

「俺は、君の行くところについていくよ」アディソンも革手袋にスキー帽というでたちだった。

「結構よ。でも、スキー帽より野球帽のほうがいいわね。今度買ってあげるから、憶えといてね。そのほうが可愛いグレーの瞳が隠れるから」サマンサは車から降りて、ドアを静かに閉めた。「鍵はかけないでね」と注意する。「まずい事態になったときにそなえて開けておくの。音を立てたり、明かりがもれたり、戻ってくるのに時間がかかりすぎたり、そんなときのために」

「この仕事でキャリアを築くつもりはないけど」アディソンは車のドアを閉め、キーをポケットに入れた。「ともあれ犯罪行為に関するアドバイス、感謝するよ」

自分自身がかかわったビジネスをふりかえってみても、中には完全に公明正大とは言えない取引もいくつかあった。しかしアディソンは一方で、自分が手に入れたものを恵まれない人々を助けるためや、価値があると思う目的のために提供するという慈善活動もしていた——それによって自分が社会における善意の側に立っていると思っていた。

サマンサは、ひと言で言えば泥棒だ。どれだけの動機や、たくらみを隠しているかわかったものではない。確かにサマンサは、自分なりの倫理観を持っている。美術館や博物館からは盗まない。銃を使うのは好まない。物品のために人が死んだり、殺されたりするのには我慢がならない。だが、それでも泥棒であるという事実に変わりはない。しかも並外れた能力を持つ泥棒なのだ。

サマンサは通りの両側を見わたしてから、歩道を歩きはじめた。パルティーノの家の正面につながる歩道から入り、直接玄関へと向かう。アディソンもそのあとに続いた。もう午前四時近いということもあって、アディソンは警戒心のかたまりになっていた。サマンサには内緒にしていたが、彼女がどうしてこういう行為をやめないのかがわかるような気がしていた。いつ捕まるかわからないという恐れ、法を犯して侵入しようとしているという意識が、なんともいえない興奮を呼びさます。この月明かりの下での探索には、どんな大規模な銀行取引よりも、買収先の資産を担保に資金調達して企業を買収するレバレッジ・バイアウトよりもぞくぞくするような何かがある。

サマンサがドアをノックしたので、アディソンは心臓が飛び出しそうになった。

「おい、何をしようと――」

「シーッ。パルティーノのお母さんが、逮捕された息子の力になろうとここへ来てるかもしれないし、何か別のまずい事態が起きてるかもしれないでしょ。その場合、侵入は取りやめよ」サマンサはささやいた。

「なるほど、わかった」

二人はしばらくドアの前に立っていた。一時間は経ったのではないかと思えるほど長い時間だった。そしてようやくサマンサはドアノブに手をかけた。暗がりの中で何をしているのか、アディソンには見えなかったが、たちまちドアが開いた。「さ、入って」

「どうしてわかった、防犯ベルなんかの警報装置がないって?」アディソンは訊いた。

「ひとつあるわ」中に入りながらサマンサが答える。「正面の窓のところに防犯システムのステッカーが貼ってあったから。もし標準型のシステムなら、こちらが警報を解除するまでの時間的余裕は三〇秒。それ以内に対処できないと、近所じゅうの人たちを起こしてしまうことになる。一緒に来る?」

サマンサは躊躇することなく、玄関に続く壁の一番端の部分まで行った。そこにはほのかに光る小型の制御ボックスが取りつけられている。今度は、ワイヤーやクリップのついた小さなバッテリーのようなものを取りだして、制御ボックスの正面のおおいをはずす。数秒後、ビーという音が鳴った。回路が遮断されたらしい。

「よし。警報解除まで一四秒」サマンサはつぶやいた。

「今度はどうするんだい？」

「あなた、この家に来たことある？」

「いや、ない」

「じゃ、まずパルティーノの仕事部屋を探しましょう」サマンサは前に進んだが、すぐに立ちどまって肩越しにふりかえる。「ちょっと気になったので訊きたいんだけど、あなたが一度もここへ来たことがなかったのは、なぜ？　親しくはなかったかもしれないけど、あなたの下で一〇年間も働いてきた人でしょ」

「本当に今、その話をしたいの？」

「パルティーノは、あなたを招待して断られたの、それとも一度も誘ってくれなかったの？」

単なるおしゃべりをしているわけじゃなかったのか、とアディソンは気づいた。サマンサは、パルティーノに関する自分の疑問を解くための手がかりや、ヒントになる情報を得ようとしていたのだ。

「ダンテのほうから招待してくれたことは、確か一度もなかったような気がするな」

「つまりあなたたちは、友人とは言えなかったわけね」

「俺の結婚式には来てくれたよ」

「そりゃ、あなたの結婚式なら、女王陛下だって出席されたでしょうよ」サマンサはにこりと笑うと、戸口をくぐり抜けた。

「そうなんだ、女王陛下はとても礼儀を心得た方でね」思わず楽しくなって、アディソンは答える。

「ほら、ここよ」サマンサのあとについて入ると、そこは広々としてきちんと整頓された仕事部屋だった。彼女はもう、背の高いファイルキャビネットのそばに立っていて、アディソンには机のほうへ行くよう手ぶりでうながした。「その机、鍵がかかってたら教えて」

机の鍵ぐらい、自分の力で開けてやるさ。一番上の引き出しが開かなかったので、アディソンががたがた揺らしていると、そのあいだにファイルキャビネットの扉がスライドして開く音が聞こえた。サマンサの奴、大した腕だ。もちろんそんなことは前からわかっていたが、実際の仕事ぶりを見せつけられると、ただただ感心せざるをえない。

アディソンは引き出しをまた揺り動かし、持ちあげたり、引っぱったりした。そのうち木の板がバリッと割れる音がして、引き出しがするっと取れた。

「あら、ずるいわ」サマンサが肩越しに言う。

「いいじゃないか、開いたんだから」

アディソンは中に手を入れてストッパーをはずし、残りの引き出しを開錠すると、探索を始めた。パルティーノ個人の買い物などの領収書、映画のビデオレンタルの貸出票、税金関係の書類——すべてがアルファベット順の見出しをつけたファイルにおさめられていた。ペンでさえ、色別に分けて整理してあった。

「銀行の預金証書のたぐいを探して。あなたの会社からのお給料以外と思われる怪しい書類がないかどうか」

「俺たちが探してるのは美術品関係のファイルだよ。そういう捜査は警察にまかせておけばいいだろう」

「自分は下々《しもじも》のことには関係ないって言いたいの？　それとも証拠を見つけるのが怖いわけ？」

「もしパルティーノが君のにらんだとおりの犯罪にかかわっていたんなら、しかるべき法的手続きを経て刑に服してもらいたいんだ。下手に動いて、あいつを有利にしたくないのさ」

探しているうちに、キャサリン・ゼタ・ジョーンズの写真がきちんと整理されてしまってあるファイルに遭遇したアディソンは、つい時間をかけて見入ってしまった。ただしそのあとで、結婚している女性を追いかけるのは自分の主義に反する、と強調するのを忘れなかった。もちろん、誰もがその主義を貫くわけではないが。「パトリシアとピーターに対する俺の考え方はその主義にもとづいてるんだ——彼らが自分たちで首を絞められるように、十分な長さのロープを与えるっていう方針さ」

「あら、あなたに恨まれたらおしまいね。忘れないようにしなくちゃ」サマンサは言うと、調べおわった引き出しを閉めて、次の引き出しにかかる。「で、パトリシアとピーターのうち、どっちに対してよけいに腹が立った？」

「そんなことより今は、ほかのことに集中してたほうがいいんじゃないのか？」

サマンサはかすかにせせら笑った。「BアンドEのときって、わたし興奮しちゃうのよね。以前、そう言わなかったっけ？」

やれやれ。「ピーターのほうに腹が立った」

「でも、あなたを裏切ったのは奥さんのパトリシアじゃない」

「パトリシアは幸せじゃなかった。それをピーターに打ちあけたんだ。で、ピーターはそれを俺に話さずに、パトリシアと寝るほうを選んだ。俺は、妻を寝取った奴とは友人でいられないよ」

「だけどけっきょく、奥さんを捨てたわけでしょ」

アディソンは息をついた。「ほかの男と寝るような女は、俺の妻じゃない」

びっくりしたのか、サマンサは黙りこんだが、アディソンにとっては当然という感じだった。浮気の現場に踏みこんで三年経つ。でもあのときのことは今でも鮮明に思い出せる――音も、匂いも、うかうかとだまされていたことに対する衝撃も。驚かせてしまったようだが、訊かれたから答えたまでだ。

「あ、やった。当たり」少し経ってサマンサがつぶやいた。

アディソンは机の引き出しを閉めた。「何を見つけた？」

「あなたのファイルよ。というか、ソラノ・ドラド館にあるのと同じ番号体系のファイル」

そう言ってひと束引きだして机の上におき、その上につぎつぎと重ねていく。「全部で三〇冊ぐらいあるわ」

「さっそく見てみよう」

「そうね、見てもいいけど、そろそろ日が昇るでしょ」唇をきっと結ぶと、サマンサは視線をアディソンからファイルに移す。「わたしの認識が間違ってるかもしれないけど、このファイルって、本来はあなたの所有物なんだから、持ちだしてもいいんじゃないの？」

「ああ。だけど、持ちだしたファイルの中に俺たちが何か見つけてパルティーノが裁判にかけられることになったら、正式の証拠として採用されるか？　パルティーノはこれがもともと自分の家にあったのを知ってるんだよ」

それを聞いたサマンサは一瞬たじろいだ。おそらく、ファイルがあとになって法的にどう扱われるかという観点で考えてみなかったのだろう。「じゃあ、何か疑わしいものを見つけたら、カスティーロに連絡して、家宅捜索令状をとってもらうというのはどう？　必要があれば、持ちだしたファイルはわたしがここに戻しておくわ」

アディソンは首を横に振った。「とりあえず、ファイルを屋敷に持っていって調べてみよう。中身が重要かどうかは、あとで判断すればいい」

それを聞いたサマンサは笑顔になった。「なんか、パートナーがいるっていいな。ちょっと練習したら、あなた一流の泥棒になれるかもね」

「むらむらさせられるっていう部分はともかく、遠慮しとくよ」ファイルの束を抱えると、身ぶりで示してサマンサに先に行くようながす。「さあ、行こう」

防犯装置に仕掛けたワイヤーをはずすと、サマンサは急いで玄関から出た。ドアを閉め、鍵をかけながら、心の中で何秒たったかを数える。「危険なし」作業がすべて終わった。

静かに通りへ出た二人は車に戻った。アディソンがエンジンをかけると、サマンサは身を乗りだして彼のあごをつかみ、強く唇を押しつけた。キスを返しながら、アディソンは思った。後部座席のある車に乗ってくればよかったのに。それに、不法侵入したばかりの家から三〇メートル足らずのところに駐車していなければいいのに。

「いつも、あんなにスムーズにいくものなのか？」アディソンはそう訊いて、家まで運転して帰ることに集中し、股間が鋭くうずくのを忘れようと努めた。

「いいえ。あなたのおかげでうまくいったわ」もう一度ディープキスを交わすと、サマンサは座席に深くもたれ、手袋と野球帽をはずした。「ありがとう」

通りに出たアディソンは、角を曲がってからヘッドライトをつけた。「ありがとうって、何が？」

「わたしを信じて、一緒に行動してくれてありがとう。本当はいやだったんでしょ」

盗み自体はいやだったが、味わったスリルはそう悪くない、というのが本音だった。だがそれをサマンサに告げるのはどう考えても愚かなことだ。「やったかいがあるかどうか、これからわかるさ」

一時間もしないうちに二人はソラノ・ドラド館に戻り、パルティーノのオフィスの床に座っていた。持ちこんだファイルはまわりに積み重ねてあるが、屋敷内にあるファイルとまったく同じもののように見える。サマンサは難しい顔をしている。「もう、頭にきちゃう。この中には絶対、何かあるはずなのよ」

「ファイルに載っている美術品を実際に見て確かめる必要があるな」ファイルの中の一冊を取りだし、あらためてぱらぱらとめくりながらアディソンが言う。

サマンサはまず屋敷内に保管されたファイルを一冊見てから、パルティーノが自宅に持ち帰っていたファイルを一冊取りだして比べた。ある絵画について、すべての情報がもれなく記載されているように見える――が、推定市場価格のページまでめくっていくと、一致しない点が出てきた。自宅にあったファイルを見ると、パルティーノは絵画が屋敷に所蔵された三年前からずっと、きちょうめんに記録をつけている。ところが七カ月前からぴたりと記入をやめているのだ。

サマンサは眉をひそめ、もとのファイルを開いてもう一度確かめた。今までチェックした屋敷内のほかのファイルと同じく、先月までちゃんと推定市場価格が更新されている。これは面白いわ。サマンサはそのファイルを脇によけ、次に移った。

次のファイルもやはり、市場価格の記入が途中でとだえていた。こちらは七カ月前でなく、一一カ月前から記載がない。価格はその前まで着実に上がりつづけていたことから見ても、パルティーノがこの絵画を紛失したものとして記録からはずしたのでもないし、書きこむのをうっかり忘れたわけでもなさそうだった。

「リック？　ちょっとこれ見て」

両方のファイルに記載された数字の違いがわかるように並べて見せると、アディソンの表情が暗く、険しくなる。最後は納得したようにつぶやいた。「君のにらんだとおりだ」

「まだ、そうと決まったわけじゃないわ。この記載もれがどういう意味なのか、美術品と実際につき合わせてみるまでは、わからない。ここにあるファイルはすべて調べる必要があるわね。単なる数字の間違いじゃないかどうか確かめるために」

「よし、さっそくとりかかろう」


最初はうんざりした気持ちだけだったものが、アディソンの中で煮えたぎるような怒りに変わっていった。サマンサは自分が勘違いしただけかもしれないと何度もくり返したが、アディソンはすでに彼女の直感の正しさを信じるようになっていた。

「記録がちゃんとしてるのはどのぐらいある？」背伸びしながらアディソンは訊いた。

「わからない。八〇〇点ぐらいかな」サマンサは、「正常」と判断したファイルの山にもう一冊をぽんとのせた。「ファイルは全部で一〇〇〇冊もあるのよ。そのうち三〇冊が最新情報に更新されていなかったとしても、全体からすると多いとは言えないわ。ひょっとすると何かの理由でオフィスから自宅に持ち帰ったのを、パルティーノが忘れちゃったのかもしれない。だって月に一度、一〇〇〇冊ものファイルを更新するって、かなり大変な作業でしょ」

「どうして君がダンテをかばうのか、理解できないね。あいつに殺されかけたのに。それに、数字の記載もれがあるのはダンテが自宅に持ち帰ったファイルだけだし、ある時点でいっぺんに記入をやめたわけでもない。うっかりして忘れたなんてありえないよ」

サマンサはしかめっ面をした。五分も経てばくずれてしまう髪型なのに、またポニーテールにまとめようとしている。「うーん……なんて言ったらいいのかな、仁義に反してるような気がするの。わたし自身がしょっちゅう、法をおかしているのよ、リック。なのに自分と似たりよったりの人間の不正を暴くようなまねをして、いったい何をやってるんだろうって思って」

アディソンは上体をかがめ、片手でサマンサの頬をはさんだ。「君は、ダンテとは違うよ。というより、今まで俺が出会った中で、君のような人はいなかった」

「甘ったるいこと言わないで」サマンサはそうつぶやくと、体を後ろに倒しながら床から立ちあがった。「わたし、ダイエットコークか何か取ってくる。紅茶かコーヒー、持ってきてあげましょうか?」

床に寝そべっていたアディソンはううんとうなりながら転がり、尻をつけてぺたりと座ると、机を支えにして立ちあがった。「一緒に行くよ」かがみこむと、床から「怪しい」ファイルを拾い集めた。「これも持っていかなくちゃ」

「でもそれ、ここにあることは誰にも知られてないでしょ」サマンサはドアを開けてアディソンを通してやりながら言う。「今朝のところは、ファイルが飛んで逃げたりする心配はないと思うけど」

アディソンは自由になるほうの手でサマンサの手をつかんだ。「何であろうと、俺から逃げられるものなんてないさ」俺が言ってることの真意を、彼女はわかってくれるだろうか。

「とにかく、ファイルに記載されたとおり、実物の美術品があるかどうか確かめる必要があるわ」サマンサはファイルの山にジャブをくり出しながら言う。「誰かに知らせて、応援を頼んだほうがいいかも」

「いや、頼むのは君だけだ。もし俺たちの推理が間違っていて、それが外にもれたら、俺のコレクション全体の値打ちが下がるようなことになりかねない。それに、もし推理が正しかったとしても、俺自身で警察にどの程度の情報を流すかを決めたり、事件にかかわっている奴をつきとめたいんだ」

サマンサの言う「仁義」の意味はアディソンにもよくわかる。ただ、「盗人の仁義」となるとあまりいい気分はしなかったが。今の時点では、サマンサは自分の説を積極的に話してくれているが、完全に確信が持ててからでなくては具体的に教えられないと思っていたふしがある。

また、ここだけの話としてアディソンに打ち明けるのと、警察に話すのとではまったく違う。もしパルティーノの裁判か何かで証言しろと言われたら、サマンサはどんな反応をするか。それは容易に想像できた。きっと、すぐに逃げてしまうだろう。そしてアディソンは、二度と彼女に会えなくなる。

アディソンはファイルの束を抱えた。だからなおさら、疑惑について完全に確信が持てるまでは、ほかの人間をかかわらせたくなかった。

二人が調理場に入っていくと、シェフのハンスがあこがれのまなざしでサマンサを見つめる。アディソンはにやにや笑わずにはいられなかった。「ハンス、コーヒーと、ダイエットコークをひとつずつ頼む」

「かしこまりました。ただ、ミス・サム、カフェ・モカを新しく取りいれてみたんです。コーヒー特有の後味がないので、きっと気に入っていただけると思うんですが」

「ハンス、あなたがそう言うなら間違いないわね」サマンサはシェフにほほえみかけた。

「ありがとうございます。朝食にはオムレツがいいと思うんですが、いかがでしょう？」

「おいしそうね。リックは？」

この屋敷の主人はいつから彼女に変わったんだろう、と不思議に思いながらアディソンはうなずいた。

外はどんよりとした曇り空で、湿気の多い朝だった。そこでアディソンは中庭《パティオ》でなく、図書室にサマンサを案内した。ここなら大きな机があるから、ファイルを広げるためのスペースは十分にある。俺一人だったらたとえ調べてみても、ファイルの一部がなくなっているのに気づくまでどれぐらいかかっただろう。紛失に気づいたところで、それが何を意味するのかまでは、絶対にわからなかったにちがいない。

サマンサによると、アディソンは犯罪者の立場でものを考えていない。人が犯罪を初めておかすとき、石の銘板の偽物を作って、それを大英博物館に寄贈して通るなどという大それた考えをいきなり抱くはずがないというのだ。サマンサの想像が正しければ、パルティーノが不正に手を染めたのはかなり前で、最初は小額の品から始め、しだいに大胆になり、ついには、他人に罪をなすりつけるために偽の銘板を平気で仕込むという域にまで達した。彼は偽物が鑑定に通り、身代わりとして選んだカモが捕まって、自分は安泰だと思いこんでいたのだろう。

「わたし、ちょっとひと眠りしたいわ」サマンサは椅子に座りこんだ。

「俺も、シャワーを浴びたくなってきた」とアディソンは応じて、閲覧机の端にファイルをどさっとのせた。「いや、今浴びたい。この一日半、いろいろあったからね。君、ここにいる？」

「あなたが自分の部屋に戻るのなら、わたしも行かなくちゃ。安全かどうか、まだ確かめてないから」ため息のようにふっと小さく息をもらすと、サマンサはまた立ちあがった。「いずれにしてもチェックはしておかないといけないものね、誰かが地雷か何かを踏む前に」

「サマンサ、さっきも言ったように――」

「わかってるわ」そう言ってさえぎると、サマンサはファイルの束を取りあげてドアに向かった。「でも、だからといって従わなくちゃならないってことにはならないわよね」

ぶつぶつ不平を言いながら、アディソンはサマンサに追いつき、その腕からファイルを奪った。やりたいと言うものを思いとどまらせることはできないにしても、少なくとも一緒に行って、何か起きたときにそばにいてやりたかった。

だがアディソンのスイートルームには爆発物も見つからず、人殺しらしき不審人物もいなかった。一人の泥棒をのぞいては。

「これでよし、と。じゃあわたしは図書室へ行って、あなたの分のオムレツも食べちゃうわね」サマンサは軽く笑みを見せるとファイルを取りもどし、きびすを返した。

「サマンサ」

彼女はふりかえった。「なあに?」

「ゆうべ、トムとケイトの家での君はすてきだった」

サマンサはまつ毛を伏せた。「ありがと」

「そ、なんて可愛らしいんだ。「だけど、ハンスにばらしちゃだめだよ、オリーブをスライスしてたなんて。あいつが君に対して抱いてるイメージがくずれる」

「大丈夫よ。お宅の従業員の仕事を、わたしがまた狙ってるんじゃないかと思われたらたまらないもの」

シャワー室に入ったアディソンは、ファイルを調べることによってパルティーノの犯罪を裏づけようというサマンサの提案のために、かえって状況が複雑になるのに気づいた。パルティーノを手榴弾と偽の銘板、そして本物の銘板の盗難と結びつける唯一の物的証拠らしきものは、犯行現場が映らないよう細工されていた防犯ビデオのテープだけだ。今調べている市場価格の記載漏れから何も証拠らしいものが浮かびあがってこなかったら、二人の説は単なる憶測にしかすぎない。カスティーロ刑事が何か具体的な証拠を発見していないかぎり、今のところは。

朝食のあとでカスティーロに電話してみよう、とアディソンは思った。サマンサが気づいているかどうかは知らないが、万が一、パルティーノが容疑者リストからはずされでもしたら、サマンサにかけられた疑いがふたたび浮上してくる。カスティーロも彼女の関与を信じていないだろうが、リチャード・アディソンほどの著名人が事件に巻きこまれたのだ。警察としては誰かしら犯人と思われる人物のめぼしぐらいつけておかなくてはおさまるまい。

アディソンは勢いよく流れるシャワーの下に頭を差しのべた。この事件を解く鍵。バラバラになったパズルのピースは、探っていけばどこかでつながってくるはずだ。どこかにきっと、手がかりがある。最初の盗難事件から、今現在、アディソンの銘板を持っている人物につながる道がかならずある。二人がそれを見つけだすのが早ければ早いほど、サマンサにとってはいいことになる——その代わり、アディソンのもとにいる理由がなくなってしまうけれど。

22

月曜日、午前八時〇三分

　二人はまず手始めに、ピカソの作品から調べてみることにした。階段の踊り場にあって手近だから、というのもひとつの理由だが、サマンサがこの絵に目をとめて以来、頭からそのイメージをどうしても追いだせないような強い印象を受けたからでもあった。ピカソの作品がとりたてて好きというわけでもない。女性の顔や体をあんなふうにバラバラに描く画家に対して（芸術としての主張が何であれ）、なんとなく賛成できないのだ。

「壁にかかったままじゃ判断しにくいなあ」ほとんど鼻がくっつきそうなほど絵に近いところに立って、サマンサはぼやいた。「これ、下に下ろせる？」

「警備担当のクラークに電話して、警報を解除させよう」背後で手すりにもたれていたアディソンが体を起こして言う。

　階段を数段下りたところにある書斎に入り、電話をかけているアディソンの声が聞こえる。ほどなく出てきて、「オーケー」と言いながら親指を立てるしぐさでゴーサインを出した。

「こういうやり方って、ずるしてるみたい」サマンサは不平を言うようにつぶやくと、絵の下側を持って壁から離し、警報システムに接続した二本のワイヤーを引っかけてある部分をはずした。上部の二本のワイヤーも同様に取り、絵を持ちあげて留め金具からはずした。

「簡単すぎるって言うの？」絵を受けとりながらアディソンが訊く。「図書室へ持っていって見たほうがいい。あっちの照明はもっと明るいから」

アディソンは、サマンサの美術品に対する鑑定眼を信用してまかせようと心に決めていた。サマンサという人間とその能力に対し絶対の信頼をおいているのだと、態度で示していた。正面きって認めたくないものの、そのことにサマンサは驚き、また喜んでいた。その反面、奇妙な感じもあった。アディソンに頼まれたのは完全に合法的でありながら、きわめて楽しい仕事でもあった。

サマンサは自分の知識と技術を美術館での仕事に活かしていた。だがそれは、言ってみれば盗みのあいまの暇つぶしのようなものだった。今まで、自分にできるのは人のものを盗むことだけで、それが心から楽しめる唯一の仕事だと思ってきた。五歳になるころには、リオデジャネイロで、父親にスリの技術を教わっていた。成長するにつれて朝から晩まで勉強することになった。日中は数学や歴史、語学の勉強でせわしなく過ごし、夜になるとBアンドEを学ぶのだ。

「リック？」彼のあとに続いて図書室に入りながらサマンサは訊いた。

「うん？」

「こういうこと、ずっとやりたいと思ってた？」

絵を机の上におきながら、アディソンはサマンサを見た。「四五〇万ドル支払った俺のピカソが贋作《がんさく》かどうか確かめる作業？　いや、やりたいと思ったことなんてないさ」

「そうじゃなくて、あなたの今の仕事のこと。企業や不動産を買収したり売却したりする事業」

「特にこれをやりたい、と思ってたわけじゃないけどね。大学で経営学を専攻してから」サマンサの向かい側に座って言う。「すべてが、なんというか……おさまるべき場所にうまくはまっていった、という感じなんだ。ありがたいことに、仕事は楽しんでやってるよ」

「もし楽しんでやってなかったら、きっとそこまで成功してないわね」机の上のスタンドをつけると、向きを変えて絵に光が当たるようにする。

「褒めてくれてるんだね――俺は、お返しにお世辞を言ったりはしないけど」アディソンはかすかな笑みをたたえて言い、サマンサをまっすぐに見た。「でも、君は驚くべき女性だよ」

「ありがとう」机の上にはすでにファイルが開かれ、写真も入っていたが、サマンサはいちいちそれを見る必要はないと思っていた。「きちんとして、乱れがなさすぎる」しばらくして彼女は言った。体をかがめてあごを机の上におき、絵の表面の絵の具の盛りあがりぐあいを見る。「重ね塗りをしたあとがないわ」

「つまり、まるで描きはじめる前からどの色をどこにどう塗るかがわかっていたみたいだ、っていうことだね」アディソンが補足し、写真を一枚引きだして調べてから、キャンバスの上の絵に目を移した。

「そう、全体像がわかっていると、筆が速いのよ。実際には、絵を描いていく過程で、最初に塗った部分が乾かなくても、その上から塗り重ねていく場合もないわけじゃない。画家というのは描いている途中で、急に気が変わることがあるから。創作におけるそういう不規則性には、まずほとんどの人が気づかないいんだけどね」サマンサは体を起こし、アディソンを見つめた。「これは絵を買ったときに入っていたのと同じ額縁?」

「同じだよ、間違いない」比較対照のために写真をまた見ながらアディソンが言う。

「ちょっとだけ、ひっくり返してみましょう。でも絵の表面が机につかないように気をつけないとだめよ。本物だったりしたら大変。レイナルドはどうも、家具用のつや出し剤をふんだんに使いすぎる傾向があるから」

思ったとおり、額縁の内側の角に、ふたつの小さなへこみがあった。これは誰かが工具を使って、もとの絵を慎重に額縁からはずし、代わりにこの絵をはめこんだことを物語っている。サマンサがへこみを差し示すと、アディソンはののしりの言葉を吐きちらしはじめた。

絵をふたたび注意深くひっくり返し、もとどおり表向きにして机の上におくと、サマンサはアディソンの持っていた写真を借りてつき合わせ、自分の考えが本当に正しいかどうか、もう一度確かめた。贋作としてはかなりよくできた絵だった——作品として売ったとしても多少の金にはなるだろう。そして、ピカソの作であると信じて疑わない人なら簡単にだまされてしまうほど本物らしかった。

「贋作を売るより、誰かが所有しているものを途中ですり替えるほうが簡単なのよ」サマンサは半分ひとり言のようにつぶやいた。「絵を買おうとするとき、買い手は当然ながら疑いの目をもって見るものでしょ。特にこれだけ価値のある作品なら、専門家に鑑定を依頼するのが普通よね。かといって偽物が鑑定の目をくぐり抜けることもあるの。ものによっては芸術家の手がけた本物よりすぐれている場合さえあるからよ。とにかくいったん作品が本物と鑑定されて、しばらく壁にかかっていたとしたら、どうかしら。ある日、色が一部だけ明るめに見えたり、筆づかいがきちんとしていたり、雑だったり、そんなこと急に気づく人がいると思う?」

「俺を慰めようとしてくれてるのか?」アディソンは低い声で訊いた。グレーの目を怒りで細めている。

「ただ、ビジネスとしては実に賢いやり方だと言っているだけよ」

「ビジネスじゃないだろう」ぴしゃりとはねつける。「立派な窃盗行為じゃないか」

アディソンが怒るのも無理はなかった。机の上におかれたファイルに記録された美術品がすべて偽物で、本物とすり替えられているのだとしたら、何百万ドルにも相当する財産を盗まれたことになる。アディソンのように自我が強く尊大なところのある人間にとっては、相当こたえるにちがいない。

「でも、どちらにしても専門家に鑑定してもらわなきゃ」サマンサは穏やかに言った。「わたしは最初から、贋作だという先入観を持っていたし、自分の仮説を裏づけられる材料をわざわざ探そうと思って調べたから」

アディソンが急に勢いよく立ちあがったので、サマンサはびくりとした。「トムに電話してくる。誰か専門家を推薦してくれるだろう」

「実をいうと、ノートン美術館でのわたしの上司である、アーヴィング・トルースト博士が適任じゃないかと考えてたの。鑑定家としての訓練を積んでいるし、真贋を見きわめる感覚がとりわけ鋭い人だから」

「トルースト博士には会ったことがある」窓のある壁から反対側の壁まで行ったり来たりしながらアディソンは言った。「ところで博士には、先週からの君の所在はどこだって申告してあるんだい？」

「カリフォルニアにいる従姉妹《いとこ》を訪ねる予定と言ってあるけど」

「ふむ。博士が『ポスト』紙を読んでたらどうする？」

サマンサは顔を赤らめた。なんてこと。もし博士が新聞を読んでいたら、世界でも有数の富豪と夕食をともにしている彼女の写真をすでに見ているだろう。「まずい」つい声に出してしまう。

「いや、だけどそのせいで美術館をくびになっても、君にはいつだって生計を立てる道があるだろ、裏社会で暗躍する泥棒という職業がさ？」

「ちょっと、億万長者さん、八つ当たりしないでよ。わたし、あなたをだまそうとなんかしてないのに」

アディソンは少しのあいだ、サマンサをにらみつけていた。「ああ。でも俺のものを盗もうとしただろう」

「だからその償いに、あなたの手助けをしようとしてるんじゃないの」

「頭から離れないんだよ」吐きすてるように言い、黒い髪をかきあげる。「自分の知人が『泥棒に入られた』って言うたび、君のことを考えちまう」

「それはあなた個人の問題でしょ」

「どうやってやってるんだ？　ただ家に入っていって、ものを盗むのか」

サマンサは顔をしかめた。「それが仕事だもの。怒りをぶつけるのならパルティーノにぶつけてよ、わたしじゃなく。わたしはあなたのこと裏切ってないんだから」

「確かにまだ、裏切ってないけどな」

サマンサはすっくと立ちあがった。「つまり、それが言いたかったわけ？　あなたからは何も盗まないって、わたし約束したはずよ」

「誰からも、何も盗まないって約束してほしいんだ」

サマンサは一瞬、アディソンを見すえた。胃がギュッと締めつけられるようだ。「ちょっと、ばかなこと言わないで。わたしにどうこうしろって指図する権利があなたにあるわけないでしょ。これが、ありのままのわたしなの。受けいれてくれなくちゃ」

アディソンは部屋の中を歩きまわっている。立ちどまるのはサマンサに反論するときだけだ。「じゃあもし俺が、受けいれられないと言ったら？」

サマンサは頭を振り、くるりと向きを変えて彼に背を向けた。「それなら、こういう事態を受けいれることね」大股でドアに向かう。

「おい、いったいどこへ行くつもりなんだ？」アディソンは怒鳴ると、そばの椅子を押しのけて、急いでサマンサのあとを追いかけた。

ばたんという音がして、ドアがアディソンの鼻先で閉まった。次に、ローマ時代の槍がドアとフレームのあいだにぐいと差しこまれる。「わたし、タクシーを呼ぶわ！　そのドア、開けようとしたら、あなたの集めてるくっだらない紀元前の槍が一本、折れることになるわよ！」

「サム！」

手すりにつかまって一段抜かしで階段を下りると、サマンサは自分の部屋に駆けこんで番号案内サービスに電話をかけ、そのままタクシー会社につないでもらった。自動接続だと追加料金がかかるが、そのぐらいアディソンが支払ってくれるだろう。電話を終えると、持ち物をナップサックに詰めこみ、重たいダッフルバッグと道具類を入れたハードケースをひっつかみ、ハンドバッグを腕にかけた。

「サム、つまんない荷物ばっかり、多すぎよ」サマンサはうなるようにひとり言を言うと、バルコニーのドアを足で蹴って開け、階段を伝ってプールデッキのほうまで荷物を引きずっていった。

どうせいつかはこんなことになるだろうと予想がついていた。ばか、間抜け、くそったれ。

リチャード・アディソンは自分がなんでもコントロールできると、わたしのことも意のままに操れると思ってる。これ以上ここにいたら、そのうち拘束衣でも着せられかねない。人の能力を利用しておいて、その能力を批判するなんて、絶対に許さない。彼が、わたしと一緒に行動してスリルを楽しまなかったとでもいうの？　もしわたしが泥棒じゃなかったら、気にもとめやしなかったくせに。偽善者だわ。猫かぶりで浅はかな、偽善者。「この、偽善者！」サマンサは建物に向かって叫んだ。

そのとき突然、脇のほうからアディソンがすごい勢いでぶつかってきた。なんとかダッフルバッグだけは後ろに押しやったものの、二人はもつれるようにしてプールへまっさかさまに落ちていった。

冷たい水に叩きこまれて、サマンサの全身にショックが走った。ほとんど息もつけない。最初に頭をよぎったのは、とにかく水面に浮かびあがることだった。やっとのことで顔を出してあえぐ。次に頭に浮かんできたのは、リチャード・アディソンの息の根を止めることだった。

「死んじゃえ！」アディソンに殴りかかる。

彼はパンチをうまくよけると、サマンサの両腕をつかんで背中に回す。「もうやめろよ、サマンサ！」

「放してよ！」

すると体を押さえられ、水中に沈められた。もがきながらふたたび浮上し、咳きこむ。もうたくさん。やってられないわ。大きく深呼吸をすると、サマンサは自ら水にもぐった。背中を思いきりそらせると、背後にいるアディソンの体をつかんでぐいと前に引っぱり、バランスを失わせる。彼の下にもぐりこんで体を伸ばし、思いきり押しあげる。水面で跳ねあがった彼はのけぞったまま、頭を下にしてふたたびざぶんと水中に没した。ようやく腕が自由になったので、サマンサはプールサイドに泳ぎついた。

水面に浮かんでいるナップサックは片足で引っかけて回収できた。だが、重さのあるハードケースは深い底まで沈んでしまった。もう、最低。プール用のネットか何かを使って引きあげなきゃ。どんなに激しく怒っていても、大事な道具をおいたままで去るつもりはない。

「サマンサ、水の中に戻れ」そう怒鳴ると、アディソンはプールサイドに這いあがろうとする彼女の片足をつかんだ。

「歯を何本へし折られたい?」硬い敷石の上に両手をついて支えながらサマンサは訊く。

「プールの中に戻るんだ」アディソンはくり返し、つかんだ足をぐいと引く。

サマンサはふたたび水中にすべり落ちた。アディソンのあごに向かってこぶしを突きだす。ところがこぶしが届く前に、彼はサマンサをすばやく抱きよせてキスした。

冷えた唇に彼の温かい唇が重なる。驚くほど刺激的だった。しばらくそのまま抱かれていたサマンサだが、やはり彼の体を押しのけた。「キスなんかしてやらない」サマンサはぷいとはねつけ、またプールサイドに向かって後ずさりする。「わたし本当に、怒ってるんだから。帰る」

「ごめんよ」

サマンサは顔をしかめる。「よくも、こんな冷たいプールに突きおとしたわね！」

「それで、君を引きとめられただろ？」アディソンは少し体を引き、水中をゆっくり歩きはじめた。「俺たち、ちょっと頭を冷やしたほうがいいと思ってさ」

「ふん、いやな奴」

「はいマダム、おおせのとおりです」アディソンは頭を振って、目にかかった黒い髪をはらいのけた。「悪かった。俺は君の仕事が気に入らない。だけど、俺たちが出会ったのは君の仕事のおかげだ。すまなかった」

サマンサは深く息を吸いこんだ。「リック、わたしは泥棒なのよ。泥棒になるよう育てられたし、正直言って、難しい仕事だからこそやりがいがあって楽しいの。それとは別の『まっとうな』職についているふりをしてみても、自分の本当の姿を変えられはしない。だいたい、この関係だって」水がぽたぽた垂れる手で二人を指す。「お話にならないもの」

アディソンは水をかいて戻ってきた。「ここにいて、楽しいと思う？」サマンサの頭の隣で、プールのへりをつかみながら訊く。水に濡れて濃く見えるまつ毛にふちどられたアディソンの目は真剣だった。「もちろん、爆発物のことなんかはのぞいて、だよ」

「もちろん、ここは楽しいわ。こんなにすてきなお屋敷だもの」

「じゃあ、俺と一緒にいて、楽しいと思う？」声が優しくなっている。冷たい手で頬をはさまれ、サマンサは思わずその手に頬をあずけた。

「あなたって、まあまあよね」用心深く言う。

「君も、まあまあだよ」アディソンも同じように答える。「ここにいろよ。それでいいじゃないか。あとはおいおい考えていけば」

「リック――」

アディソンは首を横に振った。「どっちにしたって、この盗難事件の真相をつきとめるまで、君はここを離れられない。未解決のままにしておくなんて、耐えられないはずだ。自分でもわかってるんだろう」

アディソンはふたたび上体をかがめた。その唇が、サマンサの唇からわずか二、三センチのところで止まる。二人のあいだで引き合う力をサマンサは感じ、思いおこしていた。体に触れる彼の手、おおいかぶさる体の重み、彼女の中で果てたときに見せる深く満ち足りた表情――サマンサは彼を求めてやまない自分に気づいていた。それが怖かった。

アディソンの言うとおりだわ。泥棒でありながら、彼と一緒にいつづけることはできない。でもどうしたら泥棒をやめられるのかわからないし、かといって彼との関係をあきらめる決心もつかない。四方から壁が迫ってきているかのようだった。サマンサは目を閉じた。もういいわ。少しぐらいなら、結論を引きのばしてもいいだろう。今日のところは。いえ、一週間なら。そのぐらいなら、悪くない。なんとかやれそうだ。

「サマンサ?」

アディソンの息が肌にかかるのを感じながら、サマンサはゆっくりと二人のあいだの距離をつめて、彼にキスした。

サマンサの下唇を軽く嚙むと、アディソンは腕の中に彼女を抱きよせた。「今のは『イエス』って意味にとっていいんだね」そうつぶやくと、もう一度彼女にキスする。

彼の手がサマンサのショートパンツの後ろにすべりこんだとき、彼女は急にぱっと目を開けた。「あ、防犯カメラがあるんだった」

アディソンは苦い顔になる。「くそ。これだから防犯システムは嫌いだよ」

「わたしだって嫌いよ」サマンサはつぶやいた。少しだけなら、彼をいじめてもいいわよね。「おい、もう休戦しようよ」アディソンの眉間のしわがますます深くなる。「ちゃんとあやまったろう」

「あなた、わたしのハードケースをプールの底に沈めたのよ」責めるように言う。

「取ってきてあげるよ」アディソンは向きを変えて水中深くもぐり、ハードケースを取りにいった。サマンサは、自力ではどうかしらと危ぶんだが、アディソンはプールの後ろの壁を伝わせてなんとかケースを水面まで持ちあげた。「ひええ、なんて重いんだ」あえぎながら言う。

サマンサはプールの外へ這いあがると、アディソンのそばまで歩いていき、ハードケースを引きあげるのを手伝い、次に彼を引っぱりあげた。「わたしをプールに突きおとしたんだから、自業自得よ」熱のこもらない口調で言う。「クレム先生は、一週間は泳いじゃいけないっておっしゃったんだから」

「ほう、先生の言うことならきくんだな」アディソンはそう言うと、濡れないですんだダッフルバッグとびしょびしょのナップサックを持ちあげ、サマンサの部屋まで運んでいった。「だってクレム先生、好きなんだもの」ハードケースの取っ手を持って肩からかつぐと、ケースは今までの二倍ぐらいの重さに感じられた。「もう、この荷物、ぜーんぶ乾かさなきゃしょうがないじゃない。中身がだめになってないといいけど」

サマンサは、水浸しで使えなくなったものは新しい品と取り替えてあげるよ、という俺の言葉を期待しているのだろうか。アディソンはもちろん、そのつもりだった――彼女の身の回り品については全部。だが、他人の家に侵入するために使う鋸《のこぎり》だの、ナイフだのはごめんだぞ。

それにしてもハラハラさせられた。ローマ時代の槍が一本、犠牲になった。とはいえ、ありがたいことに同種のものは市場にかなり出回っている。

もしかしたら、あのまま行かせてやるべきだったのかもしれない。サマンサは事件の謎解きについて方向性を示してくれた。厳密に言えば、アディソンが今までにつかんだ情報を警察に明かすのに、サマンサの助けを借りる必要はない。かといってまだ今は、カスティーロにすべてを話すつもりはない――少なくとも自分が抱いている疑問に対する答を導きだせる、十分な証拠がそろうまでは。そのためにはサマンサ・ジェリコが必要だった。

それとは別にアディソンは、サマンサに出ていってほしくなかった。この一、二日、彼女は本当の自分を出しているように見える――想像力が豊かで、機転がきき、ユーモアがあり、驚くほど知性にあふれ、感情の面でも、思考の面でも変化に富んで生き生きとしているサマンサ。そんな彼女にすっかり夢中になっている自分に、アディソンは気づいていた。

アディソンはつねに人より優位に立ち、コントロールをきかせられる状況に慣れていた。ところがサマンサといると心が乱されて、頭がどうかなりそうになる。振りまわされている自分がいやな反面、その刺激を楽しんでもいた。

「よし。中にある道具がなんなのか説明してくれれば、乾かすのを手伝ってあげるよ」

「それとナップサックの中のものも、全部お願い」サマンサは頼んでおいて、アディソンが垂らしたしずくのあとを踏んで階段を上った。

「君も、かなりびしょ濡れだな」あらためて注目したアディソンは、また欲望でむずむずしてくるのを感じた。

「そうみたいね」サマンサはいたずらっぽい笑みを浮かべてつぶやいた。

アディソンの股間がたちまち硬くなった。「この分だと、君のパンティをもう一枚だめにしちゃいそうだよ」部屋に入りながらささやく。

「それよりまず、トルースト博士に電話してみて」アディソンの湿ったシャツに手を突っぱって押しのける。「わたしの勘だけで贋作ときめつけるのはよくないから」

「はいはい。電話番号はわかってるんだろう？」

教えてもらった番号にアディソンがかけているあいだに、サマンサは浴室に退避した。電話を受けたノートン美術館の館長、トルースト博士は、驚きながらも大いに喜び、明日朝一番に来ると約束した。アディソンは部下のサマンサについて博士がどう思うか、訊かずにはいられなかった。

「ああ、サマンサ・マーティン？　彼女は抜群ですよ。今まで会った中でも一番頭が切れる。この分野で博士号を持っているこの私が見逃すようなことでも、ちゃんと気がつくんですからな。彼女とお知り合いですか？」

どうやらアーヴィング・トルースト博士は、『ポスト』紙は読んでいないらしい。「ええ、彼女とは」アディソンは浴室から一糸まとわぬ姿で出てくるサマンサを見やる。「まあその、特別の友人なんですよ。それでは博士、朝の九時ということでよろしいですか？　ありがとうございます」博士が答えるまもなく電話を切る。「よう」

「来てくれるって？」

「あ？　うん。ごめん、頭が働いてなくてさ」そう答えるとアディソンは、濡れたシャツを頭から脱いだ。

俺はたぶん、彼女の心を意のままにするのは無理だろう。だが体なら、それなりに所有できそうだ。二人はシャワー室を初めて試してみてから、その後スイートルームの中央の床に移動して存分に楽しんだ。サマンサは彼の腰にまたがり、そのしなやかな筋肉の美しさと女としての支配力をあらためて認識させた。二人がエネルギーを使い果たすと、サマンサはアディソンの上にぐったりと体を重ねた。二人はそのまましばらく、お互いの息づかいを聞きながら横たわっていた。彼女の心臓の鼓動がトクトクと、アディソンの胸に響いてくる。

「リック？」

「うん？」

「ありがとう」

　こんなふうに言われて、ほほえまずにはいられない。「どういたしまして。俺も、すごくよかったよ」

　サマンサは頭をアディソンの首のまわりにもたせかけたまま、彼の肩をぱしっと叩いた。

「そのことじゃないの――金持ちの男にしては、まあまあ上手だけど」

「まあまあ上手だって？」

　サマンサがくっくっと笑っているのが肌に感じられる。ゆったりとくつろいだ低い声だ。

「今だってあなた、もう手がつけられないぐらいうぬぼれてるじゃない。ただでさえ自信過剰なのに、これ以上つけあがらせるのもどうかと思ったから、そう言っただけ」そう言って彼の耳たぶを優しく噛む。

　このままだといつまで経ってもこの部屋から出られない。「じゃあ、今の『ありがとう』は、何に対して感謝してたんだ？」

「わたしにここにいてほしいと、思ってくれたことに対して。『ここにいろよ』って、言ってくれたことに対して。今まで、そんな人は誰もいなかったから」

　アディソンは胸がいっぱいになって、サマンサの体にそっと腕を回した。「もし俺が、自分の見苦しい過去について君からの質問に答えるって約束したら、君にも同じような質問をひとつしてもいい？」

「どんな質問？」

「実は、ふたつあるんだけど。ひとつめ。ノートン美術館で働いてるサマンサ・マーティンっていうのは君のこと？」

「あらやだ。そうよ、言うのを忘れてた。『ジェリコ』っていう苗字は、美術館や博物館や、そのほか、貴重なものがおいてあるところではどこでも悪い評判が立ってしまってるから、使えないのよ」アディソンのあごにキスした。「ふたつめの質問は？」

お、個人にかかわる質問のルールが、前ほど厳しくなくなったみたいじゃないか。それが今後の二人の関係にどういう意味を持つかは――あとでじっくり考えよう。

「そうだった。ふたつめ。君と、お父さんとは、仲がよかった？」

サマンサの背中の筋肉がこわばった。彼女は頭を上げてアディソンを見おろす。顔をふちどるとび色の髪。「その質問、裸では答えられないわ」言いながら少しずつ体を離していく。

「だからどうしても知りたければ、こんなことしてないで服を着なくちゃ」

「君って、ほんと根性悪だな」そう言いつつもアディソンは体を起こし、彼女のそばに座った。「どうしても、知りたい」

サマンサの姿が浴室に消えたあと、アディソンはタオルを腰に巻いただけの姿で、乾いたジーンズとTシャツを取りに自分の部屋へと走っていった。くそ、こんなとき、この屋敷はでかすぎて不便だ。彼女の気が変わらないうちに戻らなくちゃ。

今まで、アディソンをこんな気持ちにさせた女性はいなかった——かつて妻だったパトリシアでさえも。そのとき初めて、頭に浮かんだことがあった。パトリシアもやっぱり、ピーター・ウォリスに対してこんなふうに……抵抗しがたい魅力を感じたのだろうか。サマンサがアディソンの人生に文字どおり飛びこんできたときと、同じ衝撃を。

もし、俺がパトリシアとまだ結婚していたころにサマンサ・ジェリコと出会っていたら、どうなっていただろう？

アディソンがリビングルームに戻ってきたとき、サマンサはちょうど浴室から出てきたところだった。思わず「ほう」と言って立ちどまりそうになる。

サマンサは足首まである、柔らかい生地でできたくすんだブルーのサンドレスを着ていた。素足で、肩にかかる髪はまだ濡れたまま。まるで快楽のみに身をまかせる退廃の罪そのものがなまめかしい人間の姿となって現れたかのようだ。

サマンサは首をかしげて訊いた。「テレビで『怪獣島の決戦　ゴジラの息子』をやってるの。最後の部分だけでも一緒に見ない？」

「俺のために、あの緑の怪獣をあきらめたっていうのかい？」嬉しくなってアディソンは尋ねた。

「わたしのことあんなに怒らせたからよ」

「だけど、いかせてあげたじゃないか、何度も」

くすりと笑う声。「まあ、あれがあなたのあやまり方だっていうんなら、少しぐらい怒るのもたまには悪くないかもね」

サマンサはリモコンを押してテレビをつけた。同じソファで隣に座ったアディソンは、彼女の手をとって目の高さまで上げ、その長くてほっそりした指と短くととのえられた爪を眺めた。そうか、長く伸ばした爪やマニキュアは仕事の邪魔になるんだな。「芸術家みたいな手をしてるね」

「母がピアノを弾く人だったの」サマンサは言い、ソファに深く腰かけてアディソンの肩にもたれる。「というか、父がそう言ってただけだけど。母はわたしが四歳のときに、父とわたしを追い出したから」

「追い出した？」

「正確には、夫のマーティンを追い出したのかな。父がわたしを一緒に連れていくって言いだしたときに、特に反対しなかったってことみたい」ゴジラが自分の息子を救うために猛撃している場面で、サマンサの話が途切れた。「仲がよかったかといえば、よかったかもしれない。父は盗みに関してすべてを教えてくれたわ。わたしを自分のパートナーに育てあげるためにね。父もわたしの長い指が気に入ってた。スリには最適だし」指を曲げたり伸ばしたりしてみせる。

「お父さんが逮捕されたときは、さぞかしショックだったろう」

サマンサは肩をすくめた。「逮捕されたときにはそれほど驚かなかった。父は年をとるにつれて、あまり……仕事を選ばなくなったの。腕のほうも少し衰えていただろうから、それを補うために、取引としてまだ成立していない品まで、手あたりしだいに狙ったわ」サマンサはアディソンの指をぎゅっと握ったが、少ししてまた力をゆるめた。「こんな話、誰にもしたことない。ストーニーにもよ」

「俺は誰にも話さないから」

「わかってるわ」サマンサはソファのクッションにさらに深く背中をもたせかけた。「父が仕事をした最後の年、わたしたちは、なんていうか……ほとんど一緒に仕事をしなくなっていたのね。二人とも、ストーニーを故買屋《こばいや》として使ってたけど、それは彼が信頼できる仲間だから。でもわたしは父と一緒にどこかへ盗みに入りたくなくて、断ったりしたの。それが腹立たしかったんでしょうね。技量の面でわたしが父を超えたと思っていい気になってると思われたのかも。たぶん父には、少し嫉妬の気持ちがあったんじゃないかしら。わたし、父がもうできなくなった大仕事をやってのけていたし、父でもうまくやれる程度の仕事は引きうけようとしなかったから」

「お母さんを捜そうと思ったことはないの？」

「だって、わたしたちと別れてもいっこうにかまわなかった人なのよ。そんな人に会いたいなんて思うわけないじゃない」

恨んでいるんだろうか？　そんなふうに聞こえなくはないが、単に現実的に考えて割り切っているのかもしれない。

「お母さんと別れたとき四歳だったと言ったね。ひょっとするとお父さんが、幼い君にすべて語っていなかったってことも考えられるだろう」

「ストーニーも、母については父と同じことしか言わなかったわ」サマンサは体を丸めてアディソンに寄りそい、彼の喉にキスした。「今度はわたしが質問する番よ。あなたの『見苦しい過去』で知りたいことって、何がいいかなあ？」

こりゃ大変だ。サマンサが助けを求めてきたとき、俺がどれほどの……満足感を覚えたか、彼女に触れられて俺がどんなに有頂天になったかは、知られたくない。「ヒントはあげないからね」アディソンは口の中でぶつぶつ言う。「あっ、見てごらんよ。ゴジラが人を踏みつぶした」

「違うわ。ゴジラは原則的に、人を踏みつぶして殺したりはしないの」サマンサはくすっと笑う。「よし、これはどう。あなた、今までに法をおかしたこと、ある？　もちろん、わたしに会う前のことだけど」

なぜそういう質問をされているかはわかる。サマンサは二人を対等の立場におきたいのだ。そう、信頼の面で。彼女は俺を信頼していることを示してくれた。今度は俺の番だ。

「深刻なのは一度ある。厳密には今までに数回、法をおかしてると言えるけど、それは違法だという証拠がないから」

「その深刻な話、教えて」

「長い禁固刑をくらってもしかたないぐらいの罪だ」アディソンはつぶやく。

「うそばっかり。ドナーがあなたを保釈してくれるはずよ、いつもと同じように」

アディソンはため息をついた。不安を隠すためにふしょうぶしょうといったふうを装う。たとえどんな気持ちであっても、人に不安がっているようすを見せたり、自信のなさそうな印象を与えたりしてはならない。それが彼のモットーだ。そのモットーどおりに生きることのほうが、サマンサとの関係より簡単だった。

「ピーターとパトリシアの問題にどう対処したかについて君に話したとき、実は……正直に言わなかったことがあるんだ。浮気の現場に踏みこんだ直後、まだ離婚が成立していなかった時点で、俺は仕返しをしてやろうと心に決めた。俺はピーターと同業だったから、彼がニューヨークに本社をおくコンピュータ会社を、かなりのリスクを負って買収したことを知っていたんだ」アディソンはゆっくりとしゃべった。

「イギリスからアメリカに戻ってくるとすぐ、俺はピーターの会社の会計業務を担当してる会計事務所の所長に取り入った。五カ月のあいだ、その所長と親友みたいにふるまって、どんなばかげたことでもして彼の歓心を買い、信頼を得ようと努めた。そしてある晩、所長は俺にこっそり打ち明けたんだよ。今度の金曜に例の会社に決算報告をするんだが、どうしようもない赤字だから経営者のサー・ピーター・ウォリスは『ゲロを吐く』――所長はそんな表現を使ってたな――はめになるだろうって」

「インサイダー取引でしょ？　ピーターの会社が経営危機と知っていてそれを隠したまま、株が下がったときに買収したのね」

「そうだ。買収しておいて、組織をばらばらにして、分割した事業部門を売っぱらった」

「気分がすっとした？」

「そうでもないな。ピーターはもちろん、財産を失ったよ。この買収劇で後味が悪かったのは、七〇人もの罪のない従業員に職を失わせてしまったことだ。離婚裁判で下された判決だけでは懲らしめが足りなかったんだと、ピーターとパトリシアに思い知らせてやりたいという、俺のエゴのせいでね」

「ピーターがちょっぴりかわいそうに思えてきちゃうわね。彼に何か残してやったの？」

「まあ、なんとか生計を立てられるぐらいはね。何もかも奪おうと思えば、できないこともなかったんだけど。たぶん、一度手ひどくやっつけたから、それで十分だと思えて、自分の中の鬱屈した思いを追いだせたんだろうね」

「つまり、主張すべきことはした、と」

「そのとおり。でも、もしピーターを本当に無一文になるまで叩きのめしていたら、離婚で俺がパトリシアに支払う扶養手当も、もっと増やさせられてただろうからね。けっきょく、終わりよければすべてよし、になったわけだよ」

サマンサはうなずいた。が、ふいに彼を押しのけて、体を起こした。「よし、映画もこれで終わり。わたしの仕事道具を乾かすの、手伝ってちょうだい」

「だけどこの映画、どっちが勝ったんだ？」

「ゴジラよ。いつでも、ゴジラが勝つことになってるの」

23

火曜日、午前一〇時二八分

ノートン美術館の館長、アーヴィング・トルースト博士はソファに深く腰かけ、アイスティーをひと口飲んでからメガネをはずした。「アディソンさん――リックとお呼びしたほうがいいのかな――どうお伝えしていいのやらわからないが、私の見立てでは、この絵は贋作《がんさく》ですな」

アディソンは息をふうっと吐きだした。そのとき初めて、自分が息をつめて見守っていたのがわかった。サマンサの考えは正しかった。「私もそうじゃないかと疑っていました。それで専門家のお力をお借りして確かめようと思ったんです」

トルースト博士は視線をサマンサにちらりと走らせながら訊く。「この……作品をあなたに売ったのは、誰です?」

「あいにくと、ちょっとこみいった事情がありまして。私が買い求めたときの絵は、本物のピカソだったんです」アディソンはテーブルに近づき、トルースト博士の向かいに座った。

「ほかにも何点か、博士に見ていただきたいものがあります。で、当面はこの件、極秘にお願いしたいのですが」

「詐欺の片棒をかつぐようなことはしませんぞ」ふたたびメガネをかけて博士は言った。

「心配しないでください、館長」サマンサが近づいてきて、アディソンの隣に座った。「アディソンさんはこういった作品を誰かに売りつけようなんて思っていませんから。ただわたしたちとしては、どの程度の損害があったかを知りたいだけなんです」

「それはまあ、そうでしょうな」

トルースト博士に見てもらう次の作品をサマンサがより分けていると、トム・ドナーがやってきた。「すみません、遅れまして。私のいないあいだにもう話が進んでました?」

アディソンは博士に弁護士を紹介し、今までの経緯をかいつまんで説明した。「この件については、この四人のあいだだけにとどめて、外部にもれることがないように」

「この四人ですって?」ドナーはおうむ返しに言った。「それは違うんじゃないですか? 少なくともあと一人、悪い奴が知ってるでしょうが」

「もし俺たちの仮説が正しければ、パルティーノにつながる線がある程度はっきり見えてくるはずなんだ。そのために協力するよう、パルティーノを説得したほうがいいだろうな」

「だけどある程度はっきりしたって、そんなの状況証拠にすぎないでしょう。まったく」

サマンサがマティスの小品を注意深く手に持って戻ってきた。アディソンは顔をしかめたが、サマンサの厳粛なおももちに気づいて平静を保った。俺の知るかぎり、このマティスは本物だ――だが、本物だからこそ彼女はこれを選んだのかもしれない。なるほど、理にかなっている。もしトルースト博士が全部の作品を贋作だと判定したら、もう一人専門家を見つけて再鑑定してもらうか、あるいはパルティーノが屋敷から持ちだしたファイルについて、今までとは異なる仮説を立てなくてはならなくなる。

トルースト博士がマティスの絵を調べはじめたので、サマンサは窓際まで歩いていった。アディソンも加わって窓際に立ち、ドナーもすぐ後ろに続いている。「まだこれだけでは、なんの材料にもならないわ」サマンサはつぶやく。

「りっぱな材料だよ。こうなったらカスティーロに何と何を話すか、決めなくちゃ」

ドナーがいやな顔をした。「刑事には全部話さなくちゃだめですよ。もし社長たちのにらんだとおりなら、不正は何年も前から続いてたんでしょう」

「ピカソの本物の絵を今持ってるのは誰なのか、知りたいわ」サマンサは博士のほうに目をやりながら言った。

「探りだせるか？」

「そのうち二人とも公務執行妨害で逮捕されますよ」ドナーがいらだたしげに言う。「警察にまかせなさい。それが彼らの仕事なんですから」

「もしストーニーに連絡がつけられたら、手がかりぐらいは得られるかもしれない」ドナーの抗議を無視してサマンサが言った。「今のままだと、パルティーノから何も聞きだせないかぎり、お手上げですもの」そこでアディソンと向き合う。「もちろん、もし盗難がパルティーノ一人の罪になれば刑期が相当長くなると説得して、共犯者の名前を引きだすことはできるでしょうけどね」

「それが頼りだな」とアディソンは認める。

「すみませんが、もう少しアイスティーをお願いできるかな」トルースト博士がマティスの絵に目を注いだまま、空《から》のグラスを持ちあげた。

「わたしが取ってくるわ。ときどき、美術館でもやってるのよ」

サマンサが部屋を出ていくやいなや、ドナーがまたぶつぶつ言いだした。「いったい何をやってるんです？　これは『こちらブルームーン探偵社』みたいなドラマとは違うんだから。社長、わかりますよ、楽しんでやってらっしゃるのは。ジェリコと一緒に過ごしたいと思う気持ちも。しかしね――」

「サマンサの苗字は、今日のところはマーティンだからな。忘れるなよ」

「ふん、彼女が私のことをまた『ハーバード出の先生』なんて呼んだら、忘れちゃうかもしれませんよ。それはともかく、問題がありそうなファイルを二七冊も見つけたんだそうですね。それだと、およそ五〇〇〇万ドル相当の美術品や骨董品が盗まれた勘定になるじゃありませんか」

「まあ、そんなものだろうな」

「とんでもないことですよ。銘板の盗難事件がらみで殺人が起きてるだけじゃない。犯人たちは自由に屋敷に入りこんでるってことです。社長の、この家にですよ」

「わかってるよ、トム。だからこそ自分で真相をつきとめたいんだ」アディソンはひと息つき、握りしめていたこぶしを無理やり開いた。「犯人にいいようにされるのは、どうしてもいやなんだよ」

「私はどこまでもついていくつもりですよ。だけど社長は、よけいなリスクをおかしてる。もし、ガールフレンドにいいところを見せたくて危ない橋を渡ろうとしてるんだとしても、アドレナリン放出量の点では社長、彼女にとてもかないませんよ」

そのとおりだ。だがドナーに指摘されると妙にむかつく。「とにかく、今日の結果がどう出るか見てみようじゃないか。トルースト博士があのマティスを偽物だと判定したら、サマンサと俺の仮説が間違ってるか、でなければ博士の鑑定は使えないか、そのどっちかになるんだ」

「本物なんですか？」

「サマンサはそう見てるし、この絵に関するファイルは屋敷内においてあって、しかもちゃんと更新されてるから」

「ジェリー――いや、マーティンといえば、ケイトに彼女の正体を教えましたよ」

おい、勘弁してくれよ。「で、どうなった？」

「どっちにせよ、ケイトは彼女が気に入ったらしいです。あなたが傷つくんじゃないかって心配してるけど、サマンサのことは好きだって」

「ケイトに伝えといてくれ、俺のことは心配しなくても大丈夫だって。自分の面倒ぐらい、自分で見られるからって」アディソンは、絵に意識を集中させているトルースト博士をちらりと見た。「ケイトはなぜ、俺が傷つくなんて思ってるんだろう？」

「ケイトの考えでは、サマンサがひとつのところに長いあいだとどまるのに慣れてないんじゃないかって。社長よりサマンサのほうがもっと、じっとしてられないたちだろうって、言ってましたね」

「ほかにはなんと？」

「本当は、話すなって口止めされてるんですが――ケイトは、社長と泥棒であるサマンサとの関係は、あまり長く続かないんじゃないかとふんでるようです。二人のうちどちらかが変わらないかぎり、難しいと。社長が変わるわけはないし、サマンサが変われるとも思えないと」

「ケイトも、たったひと晩の観察をもとに、ずいぶんとたくさんの仮説を立てたものだなあ。あ、これは本人に言わないでおいてくれよ。それとね、人間というのは変わることもあるんだ」

「ひえー、まるで高校の授業を受けてるみたいだ。だったら社長、ケイトと一緒にお昼でも食べて、お互いのノートを比べっこしたらどうですか。私はね、こんなややこしい――」

サマンサが入ってきた。飲み物をのせたトレーをうまくバランスをとりながらささげもっている。「しっ、黙って」アディソンが小声で言う。

「館長にはラズベリーアイスティー、ドナーにはお水、わたしはダイエットコーク。そして、ハンスがぜひ、と言ってすすめてくれたんだけど、アディソンさんにはよく冷えたルートビアよ」飲み物を配ると、サマンサはアディソンの腕に寄りかかり、缶入りダイエットコークのタブを開けてひと口飲んだ。

「何かわかった？」ささやき声で訊く。

「まだだ」アディソンは、体を動かさないよう用心しいしい答えた。俺はときどき、鹿をおびきよせてわなに追いこもうとするハンターのような気持ちになる。動いちゃだめだ。動いたら、俺がここにいることに気づかれて、逃げられてしまうから。

「やっぱりカスティーロに連絡したほうがいいと思うんですがね」ドナーが言う。

「とにかく、トルースト博士の鑑定結果を待ってみたほうがいいわ」サマンサは言いはった。「それに、ずっと考えてたんだけど、もし博士が、マティスを本物と判定したら、彼か、でなければ誰かほかの専門家を雇って、あなたの所有する美術品、骨董品をすべて調べてもらうべきだと思うの。偽物があるかどうかを調べるためじゃなく、あなたのコレクションの九七パーセントがすり替えられていなくて、盗難の影響は受けていないことを世間の人に証明するために」

「そしたら、この盗難事件の大失態を世の中に知らしめることになるだろう？」

「パルティーノが裁判にかけられることになれば、世間に知られるのは時間の問題ですからね」ドナーが口をはさむ。

アディソンはルートビアに目を落としながら、眉を寄せた。「マスコミは大嫌いなんだよ」

「あら、まるでわたしがマスコミ好きみたいな言いようね」サマンサは切り返した。「マスコミの力を利用してやるのよ。でないと、あなたが言ったように、リチャード・アディソン所蔵のコレクション全体の価値が大きく下がることになるわ」ダイエットコークをひと口飲む。「というのは、一般大衆に広く知られるかどうかにかかわりなく、こういう事件は美術界にはかならず知れわたるからよ。この世界で、美術界ほどゴシップに敏感なところはないですからね。その点、わたしの言うことは確かよ」

五分ほどすると、トルースト博士がまた顔を上げた。アイスティーのお代わりが来ているのに気づき、グラスの半分をごくごくと飲んだ。「リック、わたしが何か見落としている可能性もあるだろうが、この絵はどう見ても本物に思えるんですがね。この作品の写真は今までにも見たことがあるし、マティスの表現方法についてはかなりの文書も残されている」博士は眉間にしわを寄せ、ネクタイでメガネを拭いている。「君の意見はどうなんだ、サム?」

サマンサはほほえんだ。「わたしが調べたところでは、怪しい点は何もないように見えました。館長も同じご意見だといいなと思っていたんです」

「ああ、テストだったんだね。私は合格したということか」

「ものの見事に、という感じでしたね、トルースト博士。次の作品を見ていただいてもよろしいですか?」

「これは面白くなってきましたね。もちろん、喜んで」

アディソンはサマンサの頭越しにドナーを見て言った。「そろそろ、カスティーロ刑事に電話してもよさそうだな」

午後遅くには、図書室にはなんの価値もない美術品がところ狭しと並べられていた。がらくたの山が大きくなるにつれて、アディソンはそこにこぶしを叩きつけてめちゃめちゃにしてやりたい気分になった。サマンサならきっと一緒にやってくれるだろう。ドナーでさえ、見ているうちに不愉快になったらしい。しかし、カスティーロ刑事が現れて、偽造品も贋作も、すべてが証拠として押収される旨を告げた。

「一五個」紀元一世紀のローマの兜《かぶと》ががらくたの山に加わったとき、サマンサが言った。「パルティーノは愚か者にしては、少しは知恵が働くのね。彼が屋敷から持ちだしたファイルのうち数冊は、本物の美術品のファイルなのに、途中から市場価格の記入をやめてるのよ。そうやって混ぜておけば、ついうっかり記入を怠っただけで、すり替えはまったく身に覚えがない、と言い訳できるでしょ」サマンサはアディソンを横目で見る。「パルティーノはこの件であなたを責めることだってしかねないわよ」

カスティーロは閲覧机にひじをついて座っている。「あるいは、そういう本物の美術品も順次売りさばく手はずはついていたが、単にまだ偽物とすり替えていなかっただけ、という可能性もある」

「その説、大いにありえますね」アディソンはカスティーロに、ハンスが作ったサンドイッチの皿を渡した。サマンサに敬意を表して、キュウリのサンドイッチも入っている。「その一方で、偽物の場合は、最新情報に更新されたファイルが一冊もないみたいだが」

サマンサは一瞬、笑みを見せた。「それは、パルティーノがなんでも徹底的にやらないと気がすまない性格だからよ」

「まあ、ちょっと興味深いケースではありますね」カスティーロがサンドイッチをひとつ選んで言う。「しかし、私の守備範囲外というか権限を超えてるんですよ。私としてはパルティーノをサマンサの殺人未遂容疑で追及することはできるが、これほどの規模の美術品・骨董品盗難となると、ＦＢＩの管轄なんです」

「いいえ、違うわ。わたしに対するそんな容疑なんかでパルティーノをどうこうするのじゃなくて」サマンサは首を横に振り、押し返すようにして机から離れながら言う。「パルティーノを逮捕したのは、銘板と、防犯カメラのビデオ映像と、手榴弾の件に関してでしょ」

「私は殺人課の刑事ですからね」カスティーロは言う。「殺人、殺人未遂を扱うのが主な仕事です。つまり私にしてみれば、警備員のプレンティスとあなたがかかわってくるわけだ。死んだプレンティスにはもう証言できないが、あなたは証言できる」

サマンサはアディソンを見た。「いいえ、できないわ」不安げな声だ。

「それについては話し合おう」アディソンが言う。

「どうして、話し合って説得しようっていうの？　わたし、証言なんてできない」サマンサは立ちあがると、急いで図書室を出ていった。

「実にうまいですね、刑事」アディソンはぶつくさ言うと立ちあがった。おまけに、ドナーにもにらみをきかせる。「トルースト博士のようすを見守っていてくれ」

アディソンはサマンサを捜したあげく、上の階のギャラリーにいるのを見つけた。まだ火事で黒く焦げたあとが生々しい壁や床をじっと眺めている。

「君が証言しなくてもすむかもしれないよ」アディソンは言った。サマンサの機嫌がどんなぐあいかわかるまでは、ある程度の距離をおいたほうがいい。「パルティーノの弁護士に俺たちが調べた結果を見せれば、奴も共犯者の名前を吐くかもしれないな」

サマンサはふんと鼻を鳴らした。「あなた、まるで私立探偵サム・スペードみたい。『ずらかろうぜ、サツだ』」

「どういう意味だよ？」

「正直言って、わたしにも全然わからない」サマンサはまだ現場の残骸から目を離さずに、両手を腰にあてた。「盗みの仕事をするとき、頭の中で段取りを想像してシミュレーションをしてみるの。ここで立ちどまる、あそこでかがむ、左に曲がる、階段を上る、っていうふうに」

「なるほど、当然だろうな」サマンサが過去形を使っていればいいのに、と思いながらアディソンは言った。

「この仕事については、エティエンヌが頭の中で描いていた段取りが想像できないの。考えてみたんだけど、どうも腑《ふ》に落ちないのよ」

「じゃあ、俺と一緒におさらいしてみようよ」アディソンは提案し、近づいていった。「つまりね、俺には君のような経験はないけど、論理的に筋が通るかどうかはわかるからさ」

　驚いたことにサマンサはうなずいた。「そういう見方が役立つかもしれない。でも、カスティーロやハーバード出の先生がここにいるあいだはだめ——そしてもちろん、上司であるトルースト博士がいても困る」

「ところで、ハーバード出の先生って呼び名だけど、トムが言ってたよ、今度そう呼ばれたら博士に君の本当の苗字をばらしてやるって」

「わかったわ。じゃあエール出の先生にしましょ」

「じゃあ、侵入のシミュレーション、夕食のあとでやってみよう」

「ねえ」サマンサはアディソンにすり寄り、腕を彼のウエストに回した。「ドナーの家へ夕食に連れていってくれたでしょう。だから、わたしもあなたをお誘いしようと思って」

「俺を夕食に誘ってくれてるのか」アディソンは身動きせずに、サマンサのなすがままにしている。

「ええ」サマンサは体をもたせかけるようにして伸びあがり、軽く唇を合わせた。

「デートみたいなもの？」

　サマンサはほんの一瞬、ためらった。「そう。それに夕食のあとのラッキーなお楽しみも、ほぼ間違いなく約束できそうよ」

　デートか。カレンダーに印をつけたいぐらいだ、とアディソンは思った。二人の間柄を単なる肉体関係以上に進展させる道筋に向けて、サマンサが申し出た最初の一歩だった。

「ラッキーなお楽しみって、エティエンヌの侵入シミュレーションの前、それともあと？」サマンサはくすくす笑いだした。アディソンの胸にもたれて、両手を彼のお尻にすべらせる。サマンサが体を離したとき、片手にはアディソンの財布が握られていた。

ポケットからすられていたなんて。少しも気づかなかった。

「前も、あとも、ありかもね」財布を開けてみる。「やっぱりね、思ったとおり」抑揚のない声で言い、財布をぽんと投げて返した。きっと中身は無事なんだろう。

「思ったとおりって、何が？」

「ほとんどの男の人はコンドームを一個しか持ち歩かない」アディソンの目の前をさっそうと通りすぎながらサマンサは言う。「一個よ。三個ってことはないわ。あなたったら、精力には相当自信があるのね」

「ああ、そう言われてきたけどね」

「夕食は短く切りあげて、そのあとであなたの実力を証明してもらってもいいわよ」

「サマンサ？」

「なあに？」サマンサは立ちどまり、ふりむいてアディソンと向き合った。

「あんまりロマンティックな言い方じゃないんだけど、ちょうどコンドームの話が出たから。最後の二回、あの……避妊具を使わなかっただろ。君は――」

「病気は持ってないわよ。そういう意味で訊いたのなら」

アディソンは顔を赤くした。「いや、そうじゃなくて、避妊は大丈夫？」

「やあだ、イギリス人と話してるとこれだもの」サマンサはくっくっと笑って言った。「ちゃんとピルを飲んでるわよ」

「ああ、よかった。そう、そういう意味で訊いたんだよ」

サマンサはさっと伸びあがって、彼の唇にキスした。「気をつかって訊いてくれたのね、ありがとう」

「紳士として、礼儀だからね」

「それで思い出した。夕食には短パンをはいてってね」

アディソンはわざといぶかしげなしかめっ面をしてみせると（かなり本物っぽかったが）、サマンサのあとに続いて図書室へ向かった。

「短パンだって？　それってどこの服装規定だよ？」

「わたしのよ」サマンサはにっこりと笑い、図書室へ入っていった。

24

火曜日、午後六時二五分

カスティーロ刑事は三人の警官と引越用トラックを一台動員して、偽造品の山を運びださせた。アディソンたちと話し合ったあとでカスティーロは、明日の朝、弁護士同席のうえでパルティーノの取調べを行うことと、FBIに連絡をとるのを今のところはひかえることに同意した。FBIにどういう情報を伝えるかについてアディソンがドナーのアドバイスを受けて結論が出るまでは、待ってくれるつもりらしい。

サマンサは、カスティーロが捜査上のルールを堅苦しくすべて守っているわけではないのに気づいていた。驚いたことに、この刑事がだんだん好きになっていた。

サマンサにとって今回の「小旅行」は、ますます奇妙な様相を呈してきていた。まず、ただの「カモ」としてしか見られなかった実業家とのあいだに、ある種の友情が芽生えた。それから、うさんくさいと思っていた弁護士に対する誤解が解けて、いちおう敬意を払うことができるようになった。今度は、なんと刑事についても似たような状況になっている。次はいったい誰かしら？　聖職者とか？

「こうなったら、いい思いをさせてもらわないと」玄関ホールに下りてきたアディソンが言った。「俺はよっぽどのことでもなければ、短パンははかない主義なんだ」

「似合ってるわ」近づいてくるアディソンを見てサマンサはにっこりした。ちゃんと短パンをはいてきたじゃないの。ゆったりとしたサイズのグレーの短パンで、趣味がいい。その上に黒いTシャツを着ていて、これがたまらなく格好いい。彼に飛びついて、夕食のことなんか忘れてしまいたくなるぐらいだ。

サマンサは短パンというラフな服装をさせることによって、アディソンのバランスを失わせるつもりだった。わたしの頼みをきくために、彼がふだん守っている原則をどの程度曲げてくれるか、それを試すためのうまい方法だ——そんなふうに自分を納得させようとしていたサマンサだが、実はそれが偽りであるのはわかっていた。自分をだましてもしょうがない。これは、自分がひと晩だけでも泥棒の世界を忘れて、「まともな人間」になれるかどうかを試すチャンスなのだ。

「もしこれで俺をからかおうとたくらんでるんなら、後悔することになるぜ」

サマンサは肩をぐるりと回した。さて、ゲームに戻らなくちゃ。「ちゃちな車、持ってる？」

「ちゃちな車って、つまり安っぽい車って意味だよね。だったら、答はノー。持ってない」

サマンサは大げさなため息をついた。アディソンの顔に、不安が広がるさまを見て楽しむ。

「わかった、じゃあメルセデスベンツでいいわ」

「ベンツというと、どの？」アディソンは歯切れよく尋ねる。

「SLKのこと。標的としては小さいから」

「そりゃ大変だ」小声でつぶやく。「俺が運転するよ、さっさとずらかる必要があるときにそなえて」

おや、仕切りたがりがまた始まった。このぶんだとそのうちもっとすごくなりそうね。

「結構よ。じゃあ、行きましょう」

パームビーチのダウンタウンに入ってようやく、サマンサは今夜の行き先を告げた。

「チャック・アンド・ハロルズか」アディソンは店の名をくり返した。「聞いたことあるような気がする」

「以前は、ジャズバンドのファビュラス・ベイカー・ボーイズがよく演奏してたところ。シーフードがすごくおいしいの。ダンスもできるし」

「ダンスだって。俺たち、ダンスしようっていうの？」

「ええ、そうよ」

「短パンで？」

「観光客っぽく見せないとね」

SLKはロイヤル・ポインシアーナ・ウェイに入った。アディソンは車を店の前の歩道にぴたりとつけた。アメリカと反対で車が左側通行のイギリスで生まれ育ったにしては、驚くべき正確さだった。

「どうして観光客っぽく見せる必要があるんだい？」畳んであったルーフトップをもとに戻しながらアディソンは訊いた。

「この店に来るのは、大半が観光客だからよ」

アディソンはサマンサの頬に触れた。「前に君が言ってたみたいに、俺はまわりの雰囲気に溶けこむのがうまくなくて、目立っちゃうからな」そうつぶやくと、彼女の頬にかかった髪の毛の束を耳の後ろにそっと押しやった。「だけどまあ、やってみるよ」

実際にはやはり、まったく溶けこんでいなかった。だがもしアディソンが、いかにも金持ちふうのシャツとスラックスという格好で現れていたら、店のドアをくぐる前にスクープ狙いのパパラッチのフラッシュをいやというほど浴びることになったはずだ。こういうカジュアルな服装なら、彼に興味を抱いた人たちも、よく目を凝らさないとリチャード・アディソンだとはわからないだろう。それに、短パンから出た彼の脚はすてきだった。

「歩道側と、ガーデンルーム、どちらになさいます？」二人が中に入ると、案内係が訊いた。アディソンは当たり前のようにサマンサの手を握っていた。店の中にいる何人もの観光客の女性が、この黒い髪と濃いグレーの瞳をしたゴージャスな男をふりかえって見ている。サマンサはちょっとばかり得意にならずにはいられなかった。

「あなたがデートに誘われたほうなんだから、あなたの好みで決めて」

「じゃ、ガーデンルームで」

サマンサなら、歩道側の席を選んでいただろう。通りに何か異状がないか、目を配っていられるからだ。だがそれでは、「まともな」生活を試してみるという実験が進まなくなってしまう。案内係のあとに続いてガーデンルームに入ったサマンサは、アディソンが彼女のために椅子を引くにまかせた。

「うん、確かにそうだな」背後から聞こえるジャズの生演奏の音にかき消されないよう、前に身を乗りだしてアディソンは言った。「ほとんどの人は短パンをはいてる」

「だからそう言ったでしょ」

「さて、君のほうから誘ってきたデートだから、君が払うと思っていいのかな?」

「ええ、もちろん」ひと晩ぐらい浪費したところで、ミラノでの引退生活の資金を貯めてある銀行口座はびくともしない。「どうぞ、なんでも頼んで、ご自由に」

アディソンの顔にさらにくっきりと笑みが刻まれ、グレーの目に温かみが宿った。それに反応したサマンサの胸がドクンと鳴り、妙な鼓動を始める。彼女は水の入ったグラスをさっとつかんで、ひと口ごくりと飲みこんだ。

「お飲み物はいかがなさいますか?」ウェイトレスが訊いた。名札にはキャンディとある。名前どおり、可愛らしい女の子だ。

「ワインリストはありますか?」アディソンはなめらかな口調で訊き、サマンサに向かって片方の眉だけをつり上げてみせる。「なんでも頼んで、ご自由に」なんて口走ったことを後悔させてやるぞ、という構えだ。

「リストは特にないので、赤か白かでお選びください」

アディソンはお得意のほほえみを見せた。キャンディは噛んでいたガムをもう少しで飲みこむところだった。「お宅で一番いい赤ワインは何かな?」

フランスのメルローワインをすすめられたので、アディソンはボトルで一本注文した。

「はい、かしこまりました。すぐに、お食事のご注文をうかがいにまいります」

「ふーん。彼女、わたしに飲み物の注文を訊かなかったわね」サマンサが指摘した。

「たぶん、君が俺のデート相手だから、俺が二人のために注文したと思ったんだろう。指でも鳴らして呼びもどそうか?」

「イギリス紳士は黙ってなさい。メルローワインでいいわ」

ふたたびくすりと笑うと、アディソンはメニューを開いた。「前にもここで食事したことがあるんだろう。何がうまいんだい?」

「つけあわせのサラダがおいしいの。あと、ブレッドスティック」

「ちょっと失礼」席の横からハスキーな女性の声が聞こえてきて、サマンサは顔を上げた。胸の開きがおへそまで切れこみ、脚の付け根近くまでスリットが入った大胆なドレスを着た、輝くばかりのブロンド美人がテーブルのそばに立っていた。

「なんでしょう?」叫ぶべきなのか、笑うべきなのかわからずにサマンサは応じた。

「リチャード・アディソンさん?」女性はサマンサを無視し、息がもれるようなセクシーな声を出した。

アディソンはまばたきをした。「ああ、私ですか。彼女に話しかけてらっしゃるんだと思ってた。はい、アディソンですが」

「サインをお願いしてもいいかしら?」

「もちろん。ペン、ありますか?」女性はナプキンとペンを差しだし、アディソンはサインをした。「はい、どうぞ」

「あなたの電話番号も書いていただけるといいんだけど?」女性は低い声で含み笑いをして、渡されたナプキンをアディソンの手に押しつけた。

サマンサは思わず立ちあがろうとしたが、テーブルの下でアディソンに脚を蹴られた。

「あいたた」サマンサはうなり、彼をにらんだ。

「申し訳ないですが、私は人に電話番号を教えないことにしてるので」

「あら、本当にそうかしら?」おへそ丸出しの美女は唇をなめた。

「大変、失礼ですが」女性に温かなほほえみを投げかけながらアディソンは言った。ただし、その目は冷やかで動じない。「今ちょっと、立てこんでまして。最高に魅力的な若い女性とご一緒しているものですから。今夜のひとときをずっと、この方と楽しく過ごしたいと思っているんですよ」アディソンは胸をぐっと張って姿勢を正し、ほとんどつぶやきに近い低い声で続ける。「ご関心を示していただいて、感謝しますよ。だが、私があなたに電話番号を教えることは、何が起ころうとも絶対にありえませんから。それでは、ごきげんよう」

分厚い化粧の下の女性の顔が真っ赤になった。彼女はくるりときびすを返すと、完璧なヒップをくねらせながら立ちさった。

「あなた、かっこよかったわ」サマンサはため息交じりに言った。

「やきもちを焼いてるふりぐらい、してくれてもよかったのに」アディソンは言い、テーブル越しにサマンサの手をとると、指の甲に近い部分にキスした。

本当は嫉妬していたのだが、そんなことは絶対に口に出すつもりはない——その気持ちが何を意味するのか、自分自身で見きわめられるまでは。あの半裸の女が背後から忍びよってきたとき、パニックに陥ってぶったたいたりしなかっただけでも上等だったわ。

「だって、彼女、あなたのタイプじゃなかったもの」

「じゃあ、俺のタイプって具体的にはどういう女性？」

「ただ怒って行っちゃうんじゃなく、あなたの毒舌にガツンと反撃するような人」

がらにもなく鼻先でふんと笑うと、アディソンは自分のグラスの水を飲んだ。「そうだな、君の言うとおりかもな。さて、食事は何を注文したらいい？」

「サラダって気分じゃないんでしょう？」難しい顔をして考えこんでいるアディソンに、サマンサは笑いかけた。こんなにゴージャスで罪な人は、罰として、ちょっとぐらい悩ませてやったほうがいいのよ。「いいわ、おすすめを教えてあげる。アラスカ産の蟹の爪、すごくおいしいわよ。わたしはマカデミアナッツをかけたマヒマヒにするわ」

その言葉を信じて、アディソンは蟹の爪を注文した。最初ビールを注文しようとしていたサマンサだが、白身の魚にメルローワインのほうがずっとよく合う、と認めざるをえなかった。

ガーデンルームの張り出し屋根《キャノピー》はすでに巻きあげられており、月と星の光がダンスフロアを照らしている。ジャズの生演奏をバックに、何組ものカップルがゆっくりと踊りはじめた。ガーデンルームの中がこんなにロマンティックだなんて――新しい発見だった。

しばらくして、アディソンはフォークと蟹の殻割り器を皿の上においた。「君のおすすめは正しかったよ。最高にうまかった」

ふと我に返ったサマンサは、ナプキンを取りあげた。「気に入ってくれてよかったわ」

「踊らないか？」

「わたし――」

アディソンは立ってサマンサに手を差しのべた。そう、ダンスのことはわたしが最初に言いだしたんだった。ため息をつくと、サマンサは彼の手をとり、引きあげられるままに椅子から立ちあがった。

「ひとつ、告白しなくちゃならないことがある」アディソンは両手をサマンサのウエストにそえると、低い声で言った。

「なあに？」

「もしさっきの女性が裸だったとしても、俺はきっと、君から目を離せなかっただろうな」

二人は一緒に体を揺らしはじめた。腕が、胸が、腰が、太ももが触れあう。

「実際あの人、裸に近かったじゃないの」

「あれ、そうだった？　なら、俺の言ってることが嘘じゃないって、証明になるよね」

アディソンは最初、サマンサが連れていってくれるのは、彼女にとっての「非武装地帯」にある狭くて薄汚い店かと思っていた。しかしチャック・アンド・ハロルズは、雰囲気がよく、活気があって、屋外のダンスフロアはロマンティックでさえあった。ふだんのアディソンは、選ばれた人しか行かない高級レストランのほうを好んで利用していた。そういう店の客はいきなり近づいてきてサインをねだったり、投資判断のアドバイスを求めたりすることが少ないからだ。だがこの店は気に入った。サマンサと一緒にまた来てもいい。

短パンをはいてスローダンスを踊るのは、さすがに少しばかばかしい気もした。それもあってアディソンは、二〇分ほどたってサマンサが、ソラノ・ドラド館へ戻ってギャラリーへの侵入経路のシミュレーションをしようと提案したとき、反対しなかった。

勘定書の金額は一〇〇ドルほどにもなったが、サマンサはアディソンに払わせようとせず、ハンドバッグの中からきれいな札の束を取りだしてテーブルの上においた。その金はどこから手に入れたものなのか。アディソンは知りたくなかった。

「わたしから誘ったデートなんだから。そうだったでしょ？」サマンサは言い、アディソンの手をとった。二人は車に戻った。

「君、運転したい？」

「いいの？　嬉しい」

サマンサはＳＬＫのルーフを開くと、ギアをドライブモードに入れたが、すぐにパーキングモードに戻した。

「どうしたんだ？」サマンサのしかめっ面に気づいてアディソンは訊いた。

「わたしがあなたを好きなのは、これのためじゃないんだってことを、わかってもらいたくて」車のハンドルを叩いて言う。

「違うの？」

「違う。わたしがあなたを好きなのは……これが理由」サマンサは手を伸ばしてアディソンの頭を軽く叩くと、黒い髪をひと房、指ですき、次に、彼の胸に手をあてた。「そして、これもそう。それと、わたしが頼んだら、短パンをはいてレストランに行ってくれたから。それを言っておきたかったの。わかった？」

アディソンはほほえんだ。「わかったよ」

「よかった。じゃ行くわよ、しっかりつかまって」

屋敷に戻ると、アディソンはジーンズとスニーカーに着替えて、ギャラリーでサマンサと落ちあった。サマンサは、二人が最初に会った夜とは反対側の廊下に立っていた。目を閉じて、両手を脇にだらりと垂らしている。アディソンはじっと見守った。彼女の頭の中では、建物の裏の壁を伝って地面に下り立ち、花壇と芝生をつっきって忍びよる自分の姿が見えているのだろう。

「もう屋敷の中に入ってるのかい？」しばらくしてから、アディソンは訊いてみた。

その声にサマンサはびくりとした。「まだよ。建物のすぐ外まで来たところ」わずかに顔をしかめるとアディソンに背を向け、屋敷の裏につながる階段に向かった。「ついてきて」

「どうやって侵入したんだろう？」サマンサのあとに続いて一階に下りながら、アディソンは訊いた。

サマンサは中庭《パティオ》のガラス扉を通って外に出ると、建物の西側にある糸杉の木立の下の暗がりに到達した。「このシミュレーションの問題は」一番近い防犯カメラまでの距離を目測で測りながら言う。「さして根拠のない仮説にもとづいて推測してるってことよ。だからわたしの推理は、ぴたりと当たるか、まるっきり的外れかのどちらかね」

「やってみる価値はあるさ」アディソンは、この屋敷の防犯システムが「役立たず」だとサマンサが最初に指摘した意味が、今になって初めてわかった気がした。今二人がいる場所なら、ラグビーのチーム全員が集まってスクラムを組んでいたとしても、誰にも気取られないだろう。「それに、君の直感の鋭さは並大抵じゃないからな」

「ふうん。お世辞を言われれば悪い気はしないから、きっといいことあるわよ」サマンサは一瞬、笑顔を見せただけで、周囲のものに油断なく目を走らせ、考えることに集中しているらしかった。

アディソンの背筋をかすかな刺激が走りぬけた。ダンテ・パルティーノの自宅に侵入した夜と同じような感覚だ。サマンサが言っていた、入ってはいけないところに入るときのスリルとはこれなのだろう。その感覚は理解できた。が、アディソンの注意は、自分のすぐ横にいる小柄でほっそりした女性に注がれている。

「じゃあ、始められる?」

「オーケー。わたしの推理はこうよ。エティエンヌ・デヴォアはこの方向から建物に忍びこんだ。なぜならこのルートは、わたしたちが見つけた足跡のある地点から来るには一番安全だからよ」

「でも、ダンテが屋外の防犯カメラの録画機能を全部無効にしていたとしたら、デヴォアはなぜわざわざこっそり忍びこまなきゃならなかったんだ?」

「それについてはわたしも仮説を立ててみたの。でも、ちょっと待って」サマンサはざらざらした漆喰《しっくい》の壁に手をついて、暗がりの中に入っていった。「ここ、中には何があるの?」窓ガラスをこんこんと叩きながら訊く。

アディソンは視点を変えてみた。「ああ、そこは倉庫だな。大きなパーティにそなえて、予備の椅子やテーブルの拡張板やなんかを入れてある場所だ」

ぱっと明かりがついた。サマンサの懐中電灯だった。持ち歩いていたとはアディソンも気づかなかった。「あったわ」窓枠のまわりの塗装についたかすかな傷を指先でなぞる。「エティエンヌは平たいかなてこのようなものをこじ入れて、窓の掛け金を開けたんだわ」

「ということは、屋外の防犯カメラやセンサーだけが感知不能になってたわけじゃないんだ」

「屋外の防犯システムはどれも解除されていなかったと思う」サマンサはつぶやいた。「でなければ、エティエンヌだってあんなに慎重に忍びこまなかったはずだから。わたしの勘が正しければ、パルティーノはおそらく、邸内に設置されたセンサーや警報装置だけはすべて解除していたんでしょうね。そのほうが簡単なのよ。ギャラリーのドアまわりにどんな防犯装置が設置されているかわからない場合は特にね。さてわたしたち、ちょっと先走りすぎちゃったようね。戻って中へ入りましょう」

「中へ?」

「ドアから入るのよ。あなたがどうしても窓をよじ登りたいっていうんなら話は別だけど」

サマンサは言った。暗がりの中で見ると、白く光る歯がほんのわずか上に反っているのがわかる。

「よし、入ろう」

二人は中庭《パティオ》のガラス扉から建物の中に入り、迷路のような廊下を通って倉庫へ向かった。ドアには鍵がかかっていたが、サマンサはアディソンが鍵を取り出す前に見事に開けてしまった。

「窓の掛け金が壊れてる」サマンサは言うと、シートでおおわれた予備の家具のあいだを通りぬけて窓のそばへ行った。「ほら、見える?」懐中電灯の底を使って掛け金をとんとんと叩く。一見、施錠されているように見えたのに、軽く叩かれただけで掛け金は横にずれた。

「デヴォアはこの窓の掛け金を壊したが、はた目にはちゃんと鍵がかかっているように見える工夫をして、出ていくときも同じ窓を使ったってことか」

「そう」

「よし。じゃあそこで、質問がある」

「どうぞ」

「ダンテが自分で銘板を偽物とすり替えることになっていたとしたら、なぜデヴォアはこの家に侵入したんだ？」

「それ、すごくいいところをついてる。何千億ドルの価値ある質問よ」サマンサは言い、倉庫を出た。

「いい、わたしたちは、自分がエティエンヌ・デヴォアになったつもりで考えるの。ギャラリーの位置はあらかじめわかっている。屋敷の見取り図があるから。それと、警備室の防犯カメラが録画不能の状態になっていること、そして、倉庫の窓から侵入するのが安全であることも知っている」

「そこで、三階まで裏の階段を上っていく」アディソンが言う。二人はエティエンヌが通ったと思われるルートをたどっていた。「アディソン邸の防犯システムは役立たずだが、それでもギャラリーに無事たどりつくまで、慎重に、障害物をよけながら進む」

サマンサが先を続ける。「そして、ギャラリーのドアのところまで来た。そこで二番目の錠前を開けにかかる。でも、この作業は多少雑でもかまわない。どうせあと数分後には、爆弾によってすべての証拠が吹き飛ばされるのは確実だから」ドアは今、蝶番《ちょうつがい》ひとつだけでかろうじてぶら下がっているが、サマンサは手際よく、想像にもとづいた動作を終えて、ギャラリーの中に足を踏みいれた。

「センサーの警報が解除されているのはあらかじめわかっているから」サマンサは続ける。「お目当ての銘板を盗みだし、ドアをちゃんと閉めて、そっと抜け出る」

「どうして？」

「わたしの推理では、エティエンヌは、ギャラリーのようすが侵入前とまったく変わらず普通に見えるようにしたかったんだと思う。たとえばもしプレンティスが、開けたままになったドアを見たとしたら、気になって中へ入ってみたでしょうね。そうなるとプレンティスは爆発物を起爆させるワイヤーには引っかからず、そのまま出ていけたはず」

アディソンはサマンサをしばらくまじまじと見ていた。「つまり、爆弾の標的はプレンティスだったっていうこと？」

サマンサは壁のそばにしゃがみこみ、爆発物を仕掛けているかのような動作をした。深く息をつくと、ふたたび立ちあがる。「いいえ、そうは思わないわ」

「君の考えを聞かせてくれ」

「実を言うとここが、どうしても確信を持てないところなの」サマンサはショートパンツの後ろの部分で手を拭いた。その視線は壁の下のほうに開いた穴、爆弾が仕掛けてあった場所にじっと注がれている。「ちょっとのあいだ、我慢して聞いていて。これから言うことは、わけのわからない、めちゃくちゃな筋書きに聞こえるだろうから」

「この事件の場合、『めちゃくちゃ』っていう言葉が一番納得できるような気がするね。あと、警備員たちについてはどうなんだ？　ダンテも、警備員の行動を阻むことまではできないだろう」

「警備員の巡回は一五分おきなの。エティエンヌはそれを知ってたのよ、わたしが下調べして知っていたようにね」

「するとやはり、ダンテとデヴォアは共犯だったと」

「そうじゃないと思う。確かにエティエンヌは、パルティーノが邸内の警報装置を解除することになってるのを知っていたふしがある。それは彼が残したいくつかの証拠でわかるわ。ただ、パルティーノのほうがエティエンヌの侵入について知っていたという痕跡はどこにもないのよ」

その仮説の意味合いを理解しようとしながら、アディソンは頭を上げてギャラリーの入口を見た。「だけど、防犯カメラの録画機能を停止させて、警報装置を解除したのはダンテだというのは確かなんだろう？」

「そう、確かよ。パルティーノは手榴弾を仕掛けて、偽の銘板をわたしのダッフルバッグに入れるときにもその作業をしたはずだから」サマンサはふいに前に進みでた。「じゃあ今度は、ちょっとダンテ・パルティーノになったつもりで考えてみましょう」

サマンサは階下へ下りていった。パルティーノのオフィスではなく、小さな私室へ向かう。

「パルティーノは真夜中過ぎまで仕事をしたときは、ここに寝泊りしていたんでしょ？」

「そうだ」

「パルティーノが銘板以外のほかの美術品も偽物とすり替えていた、という前提に立つと、彼はおそらく警報装置を比較的簡単に解除するすべを身につけていたと考えられる」集中しているサマンサの眉間のしわが深くなる。「あるいは、パルティーノが警備員のクラークを仲間に引き入れて、操っていた可能性もある。たった一枚の石の銘板だけなら、かかわる者が多いと分け前もかなり少なくなるけど、これは五〇〇〇万ドル相当にも上る美術品の盗難よ。しかも着々としたペースで盗まれてる。だから共謀説も考えられるわ」

「実に、興味深い仮説だな」アディソンは険悪な表情で言う。

「でも今夜は、ほかの美術品のことはおいときましょ」サマンサはパルティーノの私室のドアの鍵を、倉庫と同じようにいともたやすく開けると、中に入りこんだ。「偽造品はもしかしたらここにおいていたんじゃないかしら。オフィスのほうは、あなたもドナーも出入りできたから」部屋の中を見まわし、少し難しい顔つきになる。「前から訊こうと思ってたんだけど、なぜこの部屋には装飾品が全然ないの？」

「さあ、わからない。従業員の私室のインテリアまでは俺も管理してないから」

「客用寝室にも趣味のいい品がいくつもおいてあるのに。この部屋の主は、美術品収集の責任者で、目録の整理から何から、すべてやってた人よ。なのにここにあるものといったら、版画が二、三枚と、ヴィクトリア朝ふうを模した水差しだけ」

アディソンはうなずき、サマンサとともに部屋の中を見てまわった。「ここだと、貴重な美術品を隠そうと思ってもできそうにないな。ダンテは有力な容疑者なのに」

「わたしの仮説をもとに考えるとね。まあいいわ、始めましょう。ダンテ・パルティーノは警報装置を解除し、本物とすり替えるための石の銘板も確保した。そこで故買屋《こばいや》に、何日の何時に、銘板が手に入る、と連絡する。買い手または故買屋は、エティエンヌか、彼を雇った人物に、同じ情報を流す」

「ダンテがそうしたって、どうしてわかる？」

「エティエンヌの侵入のしかたからして、警報装置が切られていたのを知っていたと推定できるからよ」

「そうか。続けて」

「故買屋と買い手は、銘板があと一週間でロンドンの大英博物館に送られることを知っている。だから、あなたがシュツットガルトから早めに帰ってきたのを知っていようといまいと、パルティーノはすり替えを行わなくてはならない。エティエンヌはたぶん、あなたが帰ってきているとは知らないし、彼にとってそれはどうでもいい。さて、パルティーノは行動を起こす。無線装置を持ち歩いている。理由は、細かいことにやたらにこだわる性格だから。でなければ、いざ誰かが来たときクラークが警告を発することができるように。パルティーノはもしかしたら、あなたと同じく、プレンティスが侵入者を発見した、という無線による警備員どうしのやりとりを偶然耳にしたかもしれない。パルティーノは大あわてで警報装置をふたたび作動させて、自分の部屋に戻る。これで誰も、内部の者の犯行とは思わない」

「ところが爆発が起きて、本物の銘板がなくなり、パルティーノの手元には偽物だけが残される」

「そう。そこで、もうひとつ重要な側面が浮かびあがってくる」サマンサは、上の階に戻り、自分が最初にギャラリーに侵入したときの入口で立ちどまった。「あの夜、もしわたしが侵入しなかったら、そしてもしあなたがここにいなかったら、起爆装置を作動させるワイヤーに引っかかったのは、おそらくパルティーノだった」

アディソンはサマンサの顔を見た。なるほど、その推理はつじつまが合っている。「ダンテが爆弾の標的だったのか」

「といっても、『もし』『たぶん』『ひょっとすると』という仮定をたくさん積み重ねていくと、そう考えられるっていう意味だけど」

「じゃあ、『なぜ』の部分はどうなる？　パルティーノはいずれにしても銘板をすり替えるはずだったのに、誰がわざわざデヴォアを雇って銘板を盗ませ、パルティーノを殺そうとしたんだ？　つまり、君の説から想像するに、この一連のできごとのタイミングの鍵を握る人物が、デヴォアとパルティーノの二人に指示を出していたことになる。これはやっぱり同じ人物なのか？」

「同じ人物かどうかはわたしにもよくわからないの。それから、もうひとつ疑問がある。ほかのできごとの進行中、どうして同時にわたしがここにいなくてはならなかったか？　その理由よ」

そうか。サマンサは、単にものを盗むためにここへ侵入するよう言われたわけではないんだ。この事件の背後にいる人物は、意図的に、裏で行われていた小競り合いの場に彼女を送りこんだ。たくらみの真相は何も知らせずに。アディソンはごくりとつばを飲んだ。サマンサ・ジェリコはきわめて運がよかったのだ。

アディソンは、ショーン・オハノンに会ったことはない。だが、もしオハノンがこういった裏の事情を承知のうえでサマンサに仕事を依頼したのだとしたら、彼が殺されたのはいい気味だ。「オハノンが、これだけのことをすべてやったと思うか？　同じ仕事に三人の人間を雇ってまで？」

サマンサは首を横に振った。「オハノンは、そういうことに必要な想像力に欠けてたから。同じ場所で同時に三件の侵入を企てて、しかもかかわった三人にお互いの存在を知らせずに成功させるといった複雑なことをお膳立てするだけの能力はなかったわ。それに、オハノン自身、何者かに殺されたわけだし」

「そもそも、どうして君が選ばれたんだ？　君は俺の美術品がすり替えられていたことをまったく知らなかったのに」

「おそらく、わたしは身代わりとして犠牲になる役回りだったんじゃないかしら。わたしは、死のうと、逮捕されようと、罪をすべて着せられることになる。事件をしくんだ人物としては、爆発後のがれきの山の中に、パルティーノの遺体と偽の銘板の残骸が発見されるのを願ってたでしょうね。誰だって当然、その銘板を本物と思いこむ。わたしがうっかり爆弾を起爆させて、そこらじゅうの人がみんな吹き飛ばされて死ぬ前に、きっとパルティーノがわたしから銘板を取り返したにちがいないと、推測するでしょうね」

「君の冷静沈着ぶりには感嘆するよ。自分の死について、よくもまあそんなに平然と語れるね」

サマンサは伸びあがって、アディソンの頰にキスした。「死ななかったからこそ平然としてられるのよ。正直な話、本当に頭にきてるんだから」サマンサはののしると、黒焦げになった木片を足で蹴って横に飛ばした。「でもエティエンヌもオハノンも死んだ今となっては、二人を雇ったのがいったい誰なのか、わたしには知りようがないのよ。ストーニーがつきとめられるかもしれないけど、今のところどこにいるかわからないし。かといってパルティーノに訊くこともできない。あと数時間したらカスティーロが、彼の身柄と偽物の山をFBIに引き渡すだろうから」

「で、FBIの連中が事件を解決する、と」

「そう。そして手がかりの大半を見るかぎり、わたしが怪しいことに変わりはない。すなわち、パートナーとしてのわたしたちの関係は解消され、わたしはここから逃げて身を隠すしかない」

アディソンは息をのんで、サマンサの手をつかんだ。しまった。俺はなんてことをしちまったんだ？　今後の捜査活動に関するカスティーロの見通しとFBIの関与については知っていたのに――サマンサがまだ容疑者であることに、なぜ思いいたらなかったんだろう？答は明白だった――サマンサが出ていく事態など、俺にはどうしても考えられなかったからだ。どんな場合でも、つねに自分が主導権を握っているという状態に慣れきってしまっていたからだ。くそ、だめだ。サマンサを行かせるわけにはいかない。

「俺たちがカスティーロに連絡をとる前に、君の容疑について俺に教えてくれればよかったのに」長年苦労して身につけた自制心をすべて動員して、平静に聞こえるよう努めて言う。

サマンサはアディソンの指をぎゅっと握りしめた。「リック、この事件がらみで、もう三人が死んでるのよ。わたし個人が安心して暮らせるかどうかより、殺人事件の捜査のほうが大切だわ」その表情には言葉以上のものがこめられていた。が、アディソンはそれをどう解釈していいものか、まだわからなかった――サマンサ自身がここを離れたくないと思っていることだけは、察しがついたが。

ではサマンサと一緒にいられるようにするには、この事態をどうすればいい？　当然ながら、事件の陰で糸を引いている人物を見つければサマンサの容疑は晴れる。だが、彼女が言ったように、すべての手がかりは二人の手の届かないところに行ってしまった。

アディソンは目を細めた。いや、まだ手が届くところにあるかもしれない。「トムの家へ着ていったあの緑のドレスがあるだろう？　あれを着ておいで」

「なんですって？　時間があまりないっていうのに――」

「それから、ハイヒールの靴をはいて。持ってこなかったんなら、クローゼットに何足かあるはずだから」それでもサマンサはがんとして言うことをききそうにない。アディソンは上体をかがめて彼女にキスした。「俺を信じろ。じゃあ、玄関ホールで待ってるよ」

アディソンがいったい何を考えているのか、サマンサには見当もつかなかった。だが、ソラノ・ドラド館にあるコレクションを長期にわたって盗みだすという大がかりなたくらみのために、何者かが膨大な時間と労力を費やしてきたのは確かなのだ。それに気づいた時点でサマンサは、逃げなくてはならないとわかっていた。

ＦＢＩも国際刑事警察機構《インターポール》もまだ、サマンサを逮捕できるだけの具体的な証拠を握っているわけではない。だが今回の事件で状況証拠がいろいろ出てくる。そうなると当局は時間をかけて、深く掘り下げて捜査するだろう。サマンサの父親が言っていたように、掘り下げていけばかならず虫が見つかる。

逃げるという決断は、そんなに難しいことではない。スーツを着た捜査官がサマンサを捜しにやってくるまで、最大で二四時間はある。サマンサは心のどこかで、いつかきっとこんなことが起こるだろうと予測していた。エティエンヌ・デヴォアが殺されたと知ったときから、これが一点の銘板だけの話ではなく、もっと複雑な利害がからんだ事件だと、感づいていた。

明日の夜明け前にここを出れば、なんとか高飛びできる。カスティーロ刑事がサマンサを容疑者リストからはずして以来、道路や空港の検問はだいぶゆるくなっているだろう。

サマンサはクローゼットのハンガーから緑のドレスを乱暴にはずし、ベッドの上にほうり出した。そして、黄褐色のハイヒールを部屋の反対側の壁に思いきり投げつける。どさっという音がして少しは気分が晴れたが、状況は何も変わらない。とにかく、ソラノ・ドラド館を出ていかなくてはならない――リチャード・アディソンと別れて。

やっぱり、こうなると思った。サマンサはパームビーチ郊外に四年近く、ひっそりと暮らしていた。自分の好きな美術館の職について、ボルトカッターやペイント銃を必要としない仕事をして、そのあいまに、関心や好奇心をそそられる盗みの依頼があれば、ストーニーと組んで泥棒稼業を続けてきた。そして、これまでの人生で出会った中で、一番魅力的な男性とめぐりあった。なのにその一週間後には、もう別れなくてはならないなんて、ひどい。運命が憎かった。現実が腹立たしかった。

アディソンが何を考えているにせよ、ちゃんとした格好をしてほしいということなのだろう。サマンサは少し時間をかけて櫛で髪をとかし、化粧直しをした。鏡に映った自分の姿をチェックしているうちに、突如として泣きたい衝動にかられた。自分でも驚きだった。

「元気出すのよ、サム」大声を出して自分を励ます。泣くなんて、今までの自分ならありえなかったことだ。ああだけど、楽しくて頼もしくて、愛しいと思える人が自分のそばにいてくれる。その意味を、その感覚のすばらしさを、サマンサはようやく悟っていた。だから我慢せずに、思いきり泣いてやる。

玄関ホールでアディソンと落ちあったとき、サマンサはたちまち涙を忘れた。息が止まりそうだった。ドアのそばに立っている彼は、黒のスーツにグレーのシャツ、赤を基調としたネクタイという装いだ。リチャード・アディソンが、大成功をおさめているやり手の実業家であり、自信に満ちあふれたいい男であることは当然、前から知っていたが、今そこにいる彼は、急に……驚くほど力強い存在に感じられた。

「わお、すてき。アルマーニのスーツが本当に似合うわね」

「ありがとう。こっちも『わお』って言わせてもらうよ。用意はいい？」

「これから、どこへ行くの？」

「拘置所さ」

25

火曜日、午後一一時八分

係官が二人を案内したのは、テレビドラマの『LAW & ORDER――性犯罪特捜班』に出てくるような取調室だった。本物をこの目で見るのは初めてのサマンサは、壁いっぱいに張られた鏡をじっとにらんでいた。どんな人物がこの鏡の後ろに立っていて、自分たちのようすを見、会話を聞こうとしているか、知れたものじゃない。

「肩の力を抜いて」アディソンはささやき、自分の隣の椅子にサマンサを座らせた。

「ここにいるのがわたしたちだけだって、どうしてわかるのよ?」サマンサも小声で言った。視線は鏡に釘づけになったままだ。「もしわたしが何か、そのう、罪に問われるようなことを口にしたら、どうするの?」

アディソンはサマンサの手をとり、指の関節に軽くキスした。「とにかく俺を信じてくれなくちゃ、サマンサ。ここで君に何か起こるような状況には、絶対にさせない。誓うよ」

サマンサは無理やり笑みをつくった。「またそれだ。輝く鎧《よろい》の騎士さまになってる」

アディソンが言い返そうとしたそのとき、ダンテ・パルティーノが戸口に現れた。すぐ後ろにもう一人の係官がひかえている。パルティーノはオレンジ色の囚人服を着て、手首にかけられた手錠はベルトにつながれている。サマンサはにわかに不安を覚えた。自分自身が狭い監房に閉じこめられた状況や、手錠をかけられている姿が想像できない。

「それ、取ってやっていただけませんか？」アディソンは、パルティーノの手を身ぶりで示して係官に頼んだ。

「しかしこれは……まあ、いいでしょう。ただし一〇分間だけですよ」

ドアが閉まるやいなや、パルティーノは椅子を後ろにひっくり返して立ちあがった。

「俺を助けにきてくれたと思っていいんでしょうね？　社長、俺はあんたの下で一〇年も働いてきたんですよ。なのにこのあばずれがあんたのベッドにもぐりこんだとたん、こいつの並べたてる嘘八百を信じるっていうんですか？」

「ダンテ、俺は今夜、来る必要もないのにわざわざ来てやったんだよ」アディソンは言った。その声は冷やかで、落ちつきはらっていて、サマンサは思わず横目でちらりとのぞかずにはいられなかった。「どうだ、ちゃんとした扱いを受けてるか？　君に最高の弁護士を探すよう、トムに頼んでおいた。費用は俺が持つ」

パルティーノの顔がゆがんだ。「こんなやっかいなことに巻きこまれちまって」少し冷静になって言う。「俺があの銘板を盗んだとか、この……彼女を殺そうとしたとか、言われてますが、身に覚えがないんだ。どうして俺が、そんなことをしなくちゃならないんです？」

テーブルの下でアディソンにこづかれ、サマンサはびくりとした。つまり、わたしが先にパルティーノから話を聞きだせ、というわけね。息を吸いこむと、拘置所の取調室にいることと、背後に鏡があることを忘れようと努めた。

「金目当ての犯行じゃないかと、にらんだのよ」サマンサは母音を伸ばしてゆっくりと話しはじめた。

「お前が何を言ったって、聞くもんか」パルティーノはぴしゃりとはねつけた。「それに、金ならもう持ってるんだよ。社長は給料をたっぷり払ってくれてる。俺がいい仕事をしてきたからさ。誰に聞いてもらったってわかる。あの銘板を盗む理由が、俺にはないんだよ」

「銘板のことを言ってるんじゃないの。それだけならあんたの取り分は、だいたい、一万ドルぐらい？　そんなの、あんたみたいな間抜けにとっても、はした金にすぎないでしょ」

パルティーノは両のこぶしを机につけて、前にぐっと身を乗りだした。明らかに、サマンサを威嚇しようとしている。「お前こそ間抜けもいいところだ。あの銘板を盗んだのは本当はお前じゃないか。お前のバッグから偽物が出てきたんだからな。俺は関係ない」

「あんたが扱った偽物は全部、もう壁にかかってるからでしょ」サマンサは切り返した。

パルティーノの顔が蒼白になった。「なんのことを言ってるんだか、俺にはいっこうにわからないね」

「だまされないわよ、ダンテ。ピカソのあの絵ときたら、まるでマントヒヒが描いたみたいに稚拙だったわよ。おまけにあんたって、大ばか者よね。本物と贋作《がんさく》をすり替えたときの記録までつけてるんだから」

「ふん、ばかばかしい」

「一九九九年の六月だったわね」サマンサは言った。心の中では祈るような気持ちだった。一歩でも間違えば、パルティーノは吐かないだろう。それにこんな場所では、わたしは自由にのびのびとやれない。よりにもよって、拘置所の中だなんて。

サマンサをにらみすえるパルティーノの目に激しい憎しみが宿っている。今にもテーブルを越えて飛びかかってきそうな気配だ。サマンサは体を硬くした。だがパルティーノは、彼女の顔にかかるほど息づかいを荒くしながら、鏡のある壁と反対側の壁のあいだを行ったり来たりしている。椅子に座ったアディソンは、パルティーノの動きに合わせて自分も方向を変え、一瞬でも目を離すまいとしている。サマンサと同様、この男を信じていないのは明らかだった。

「何も証明できないくせに」怒りをあらわにしてパルティーノが言う。「俺みたいな正直な男に、よくもそんな」

「それが、すべて証明できるのよ」サマンサは嫌悪感を声ににじませて言い返す。「あんたがすり替えた作品を、もっとあげてみましょうか？　フレデリック・レミントンの絵はどう？　青い木を描いたゴーギャンの作品は？」

「黙れ！」

「いいわよ、でも黙ったからって何も変わらないわ。朝になればＦＢＩの捜査官があんたに会いにくるはずよ。あんたが何をしたか、わたしはちゃんと知っているし、リックにはもう話してある。明日になれば、ＦＢＩの知るところとなる。それをあんたに教えてあげたかっただけよ。じゃあ、行きましょうか？」サマンサは今にも出ていきそうなふりをしてアディソンを見た。

パルティーノの顔から、完全に血の気が失せた。体じゅうの筋肉から力が抜けてしまったのか、へなへなと椅子に倒れこんだ。「ＦＢＩだって。この、くそあま」

そのときアディソンが、テーブルにこぶしを叩きつけた。あまりの勢いに、サマンサもパルティーノもびくっとして跳びあがりそうになる。「いいかげんにしろ！」アディソンは怒鳴った。

「社長、俺は――」

「黙れ、ダンテ！　お前から聞きたい単語はふたつだ。そのふたつの単語さえ吐けば、お前を助けるためにできるかぎりのことをしてやる。もし吐かなかったら、俺は自分の財産を残らずつぎこんで、お前がプレンティスを殺した罪と、俺を殺そうとした罪で、確実に有罪判決を受けるようにしてやる」

「俺は、絶対に――」

「それは俺が聞きたいふたつの単語じゃないな」

「何を……何を言えば、いいんです？」

「銘板の買い手の名前だ。誰に売りつけるか、相手は決めていたんだろう」

「俺は何も――」

「そのふたつも違うな。いいかダンテ、最後のチャンスだぞ」アディソンは椅子に深く腰かけた。その目はパルティーノに注がれたままだ。「あの銘板を買うことになっていた奴は誰だ?」

パルティーノは魚のように口をぱくぱくさせはじめた。しきりにつばを飲みこむ喉が、ひくひく動いている。

「メリディエン」ついに、かすれ声をしぼり出す。「ハロルド・メリディエンです」

サマンサにとっては、どこかで耳にした覚えがあるような名前でしかなかった。ところがアディソンは、歯を固く食いしばっている。彼はよろよろと立ちあがった。勾留されているのは二人の男のうちどっちなんだろう、とサマンサが一瞬思ったほどひどく打ちのめされている。「お前が捜査に協力したと、担当者にはかならず伝えておくから」アディソンは硬い声で言った。「だが、一生刑務所で暮らしたほうが、お前の身のためだ」

「社長――」

アディソンは戸口まで歩いていってドアをコンコン叩いた。係官がドアを開けた。こわばった顔のままでこくりと一回うなずくと、アディソンは出ていった。サマンサははっと息をのみ、急いで彼のあとを追いかけた。

「車のキーを寄こせ」二人が駐車場まで来ると、アディソンは言った。「君がすりとったのはわかってるんだ」

「だめよ、とんでもない。さあ、乗ってちょうだい。わたしが運転して帰るから」

「俺は運転したいんだよ」

サマンサは首をかしげた。「もし、わたしが今のあなたみたいな状態だったら、わたしに運転させる?」

「サマンサ——」

「あなたはめちゃくちゃに怒ってる。車をぶっ飛ばしたいだろうし、メリディエンとかいう男を殺してやりたい気持ちなんでしょ。わたし、猛スピードで運転するから。屋敷に戻ったあと、心おきなく怒りを爆発させていいのよ。その間《かん》、メリディエンってどんな奴か、どういう知り合いか、教えてちょうだい。それから言っときますけどね、わたしがあそこに入っていくのにどれだけ勇気を要したか、あなたには想像もつかないでしょ。拘置所に入るのは、あれが最初で最後。もう絶対に、お断りよ」

ぶっきらぼうにうなずくと、アディソンは運転席側のドアのそばを離れ、車の後ろに回って、反対側の助手席のほうへすたすたと歩いていった。「思いきり、ぶっ飛ばせよ」うなるように言う。

車を発進させたサマンサは、思いきりぶっ飛ばした。アディソンはフロントガラスの方向をじっと見すえて、彫像のごとく身動きひとつしない——というより、爆発寸前の火山のように見える。ハロルド・メリディエン。大企業とか、銀行とかにかかわっている人物だったようにも思うが、それ以上のことは思い出せない。

メリディエンという名前を最初に耳にしたとき、わたしはきっと、何かほかのことに気をとられていたにちがいない。でなければかならず憶えているはずだから。リックはその男の正体を教えてくれるだろう。でも今すぐ教えてくれなければ、答を待たずに逃げなくてはならない。たとえリックのためでも、ＦＢＩに捕まる危険をおかすことはできないもの。

フランク・カスティーロ刑事は、係官が手錠をかけ直したパルティーノにつきそって取調室を出ていくのを見守った。メモを取るために使っていた鉛筆の芯が、力を入れすぎたせいで折れている。歯ぎしりするほどの怒りを覚えていたカスティーロだが、その一方でサマンサ・ジェリコは刑事としても十分にやっていけたかもしれないと認めざるをえなかった。もし運命の女神と父親のマーティン・ジェリコが、彼女を別の方向に押しやっていなければ、の話だが。

ハロルド・メリディエン。銀行家か何かだったとおぼろげに記憶しているが、調べておこう。フロリダ近辺に住んでいないことは確かだ。地元の住民であれば当然名前を知っているはずだ。くやしいことに、リチャード・アディソンがその権力を利用して、司法妨害すれすれのことをやっているあいだに、カスティーロは少なくともなんらかの情報を得たことになる。

カスティーロはうんざりしながら立ちあがった。ジェリコとアディソンは、美術品の盗難と偽造でパルティーノの上にいるボスの名を明かせと迫りはしなかった。つまり二人の思惑は別にあったということになる。また、銘板の買い手だったメリディエンという人物の名をアディソンが知っていたのは間違いない。

どうやらカスティーロは、明日の朝、ふたたびソラノ・ドラド館を訪れることになりそうだ。二人が目に見える結果を出そうと出すまいと、守らなければならないルールというものがある。アディソンとジェリコは自分たちの疑問の答を求めているだけかもしれないが、カスティーロが求めているのは有罪判決だ。そろそろ、二人にゲームをやめさせるしおどきかもしれない。

サマンサが車を停めるか停めないうちに、アディソンはドアを開けて降り、玄関前の石段を上りはじめた。何本か電話をかける必要があるらしかった。通話先の地域が何時なのかなど、まったくおかまいなしだ。

アディソンが玄関を入ると、そのすぐ後ろでドアがばたんと大きな音を立てて閉まった。

「何か言いたいんじゃないの?」サマンサが強い口調で訊く。

「あとでだ」かみつくように言う。「明日にはシュツットガルトに着いていたい」

アディソンは階段の最初の踊り場まで行かないうちに、サマンサがあとからついてきていないのに気づいた。やっとのことで深呼吸しながら、向きを変える。「この件には、個人的な問題がからんでることがわかったんだ、サマンサ。あとでちゃんと説明する」

「わかったわ」沈黙のあと、サマンサは言った。何を考えているのか、このときばかりは表情が読みにくい。「幸運を祈るわ」

まるで、これで最後みたいじゃないか。アディソンは顔をしかめた。「それ、どういう意味だ？」

「言ったとおりの意味よ。幸運を祈るっていうこと」

「俺は君のかんしゃくにつきあってる暇はないんだぞ、サマンサ」

サマンサは首をかしげる。ほのかな光の中で、涙が頬を伝っているのが見える。「かんしゃくなんかじゃないわ、リック」声は落ちついて、しっかりしている。「あなたは行かなくちゃならない。わたしも行かなくちゃならない。これで終わり。それが、現実なの」

一瞬、アディソンの心臓の鼓動が止まった。「なんだって？　俺はただシュツットガルトへ行ってくるだけだよ。現地で何が見つかるか、成り行きしだいだけど、一日か二日で戻ってくる」階段を一段だけ下りる。

サマンサは深いため息をついた。呼吸が荒くなり、肩が大きく上下している。「明日、FBIの捜査官がパルティーノを尋問したら、あいつはわたしの名前をそこらじゅうに吐きちらして、うまく言い逃れようとするはずよ。そうなるまでここにいたら、捕まるわ」

サマンサが狭苦しい取調室で鏡の前に座らされているようすが頭に浮かんできて、アディソンの背筋は凍りついた。一秒も経たないうちに、彼は心を決めていた。「階上《うえ》へおいで。荷物をまとめるんだ。俺と一緒に行こう」

「あなた、共犯の容疑をかけられるはめになりかねないわよ」サマンサはぴくりとも動かずに答えた。「パートナーとしてのわたしたちの関係はそういうことじゃなかったでしょう」

「このパートナー関係というのは」アディソンは玄関ホールにいるサマンサのそばに戻って続けた。「最初とは違う。変わったんだ。君を行かせるなんてできない。夜の闇にまぎれてどこかへ逃げてしまうなんてだめだ。そしたら俺は、二度と君に会えなくなる」

「リック――」

アディソンはサマンサの肩をつかんで引きよせ、激しいキスをした。ほんのいっとき抵抗したサマンサだったが、すぐに彼の肩に腕を投げかけ、柔らかい唇を彼の唇に押しつける。アディソンはサマンサを固く抱きしめた。もう少しで彼女を失うところだった。そう思っただけで震えがきそうになる。

「だめだ」アディソンはつぶやいた。「俺たち――君と俺は、まだ終わってない」サマンサの体をふしょうぶしょう放して、その手をとり、階段に向かって引きあげた。「今からうちのパイロットに電話して、明日朝一番に出発できるよう手配する。それから、二、三人に連絡をとって、メリディエンが今どこにいるかを確認する。それから俺たち二人で、メリディエン本人に会ってちょっとおしゃべりでもしよう」

「メリディエンって、あなたにとってどういう人?」

ええい、腹が立つ。告白するのもおぞましい。これで三人目だ。よく知っている人間が三人も、俺をだまして盗もうとした。メリディエンが特に好きというわけではなかったが、そんなことはほとんど慰めにならない。

だが、それより大事なのは、この状況の中でアディソンが信頼すると決めたのが、たまたま泥棒を生業《なりわい》としている人間だったということだ。

「メリディエンは、たった二週間前まで、銀行事業における俺のパートナーになりかけていた男だ」

26

水曜日、午後二時一二分

「予定変更だ」アディソンが言ったときには、離陸して一時間半が経っていた。通話を終えて、座席のひじかけ部分に受話器を戻す。出発して以来、彼はほとんど休みなしにこの電話で話しつづけていた。

「変更って？」メインキャビンのテレビ用リモコンをいじっていたサマンサは、顔を上げた。自家用《プライベート》ジェットなんてもう飽き飽きして感激もない、というふりをするのをあきらめていた。機内の足元はふわふわのカーペットでおおわれ、専任の客室乗務員がおり、後部にあるバー付きの個室、会議用テーブル、ソファ、テレビといった豪華な設備がついている。

最初に思っていたよりも遅い出発だった。離陸を待っていた四時間のあいだ、ジェット機の窓から外をのぞきながら、刑事、国際刑事警察機構《インターポール》やＦＢＩの捜査官、そして『アンタッチャブル』に出てくるエリオット・ネスのような捜査官がいないかとびくびくしていたので、機上の人となれてほっとしていた。

「メリディエンは今、シュッツットガルトにいないんだってさ。今の電話はトムからだ。俺たちが何も言わずに出てったものだから、おかんむりだったよ」

「やーい、うらやましいだろぉ」サマンサは言った。「じゃあ、代わりにどこへ行くの?」

「奴はロンドン支店にいるらしい」アディソンは座席に深くもたれかかり、紅茶をひと口飲んだ。客室乗務員は特にうながされなくても、黙って二〇分に一回はカップを満たしてくれていた。「ずっと前から、不思議に思ってたんだ。メリディエンはなぜ、あと一日シュッツトガルトにいるよう俺にすすめたんだろうって。特にあの……彼の経営する銀行の過半数株式と引き換えに提示してきた、不釣合いなほど莫大な金額の買収提案を俺が却下したあとだったのに」アディソンはふうっと息を吐きだした。ハンサムな顔いっぱいに嫌悪感が表れている。「あのとき奴は、会議に出た俺たち二人に、メルセデスベンツの工場見学を手配しましょうとまで申し出たんだからな」

「褒めてやればいいんじゃないの。メリディエンは、盗みの最中にあなたが帰宅するような事態を避けたかったんでしょ」

「そうなると、奴がデヴォアを知ってたか、爆弾について承知してたかという疑問が浮かびあがってくる」

「もし知っていたとしたら、あなたを爆発で死なせたくないと思ってたってことね」

「当たり前だろう。俺が死んだら、あいつのろくでもない銀行を救済できなくなるんだぞ」

　サマンサは咳払いをした。「パルティーノが、あなたに自分の疑惑から手を引いてもらいたいばっかりに、いいかげんな名前を教えたって可能性はあるかしら？　メリディエンというのは、あなたに対してそういうあこぎなことをしかねない人物？」

昨夜からずっと見せつづけている苦い表情がさらに苦々しくなった。「デヴォアについて、君はどんな人物だと言ってたかな？　並外れた能力の持ち主で、野心家で、仕事ではどんなやり方でも、満足できる結果さえ出ればあまりうるさいことを言わないタイプ？」

「そんな感じね」

「今言ったのが、ハロルド・メリディエンという男の性格だよ。奴は買収案件でも、何度か俺を出し抜こうとした――そうやって無理をした結果、巨額の損失を抱えこむことになったのさ」

「それで経営難に陥って、あなたに株式を買ってもらいたいと思ったのね」

アディソンは立ちあがった。「そうだ。ちょっと待って、すぐ戻ってくる。パイロットのジャックに、行き先をロンドンのヒースロー空港に変更だって伝えてくる」彼はサマンサの横を通りすぎるとき上体をかがめて、額にキスした。「少し眠ったほうがいいよ。後ろのソファ、座席のところを引きだしたらベッドになるから」

そうね、少し眠ってもいいかもしれない。アディソンがコックピットへ向かう前に、サマンサは手を伸ばして彼の指に触れ、自分の指をからめた。「あのね、ちょっとした発見をしたの」

アディソンは足を止め、サマンサのほうに向き直った。「なんだい？」

「わたし……寝てるとき、あなたのそばにいるのが好きなの」サマンサは、急に鼻高々になってうぬぼれているアディソンに眉をひそめながら言う。「あなたって温かくて、気持ちいいんだもの」

アディソンの口元から目元まで笑みが広がった。「ふむ。ところで俺もちょうど、『わたしを好きなようにしていい』っていう君の約束を思い出してたところなんだ」

サマンサの脚のあいだで、熱く湿ったものがじわじわと広がりはじめた。そうね、あと二、三時間の飛行中の過ごし方としては、悪くないほうだわ。昨夜、このパートナー関係が終わったと思っていたあとだけに、なおさら悪くない。「まあ、偶然ね」

「いやほんと、偶然だね」

数分後、アディソンがコックピットから戻ってくると、サマンサはオオカミ人間ものの映画を見つけていた。ほかには面白そうなものはないと言う。彼の目に揺らめく欲望の色に、サマンサはほほえんだ――「ゴジラ映画週間」が終わってて、よかったわ。

アディソンはサマンサの前にひざまずき、太ももとウエストにゆっくりと手をすべらせた。

「最後に君の中に入ってから、どのぐらいになるかな?」彼女の顔を見つめてつぶやく。

「そうね、だいたい丸一日ぐらいかしら」もう少し落ちついた声が出せればいいのに。

「長すぎたなあ」アディソンは前かがみになり、サマンサの耳の後ろの、あごに近い部分に唇をあてた。そこにキスしただけでわたしの骨がとろけそうになるのを、もう覚えたのね。

「もう、いやだ。今のだけでいっちゃうかと思った」

「だったら、俺も仲間に加えてくれるかな」アディソンは彼女の唇を奪い、唇と歯と舌で愛撫した。

「よしわかった、相棒。後ろの個室に行くのよ、今すぐに」できるだけいばって聞こえるよう努めながらサマンサは言った。

アディソンは彼女の太ももの裏に片腕を差しこみ、もう片方の腕を背中に回して抱きあげた。「君が欲しくて欲しくて、たまらない。どうしてこうなのかな。いつも君が欲しい」

アディソンはサマンサを個室の会議用テーブルの上に横たえると、ドアまで戻って閉め、鍵をかけた。サマンサは、戻ってきた彼に「手近でいいわね」と言い、彼のシャツのボタンを荒々しく引っぱって前を開けた。「あなたって、飛行中にセックスするともらえるって噂のマイレージ、すごくたまってる人？」

アディソンの口元がぴくりと動いた。「よく冗談に出る『高度一万マイルクラブ』だろう。ま、会員ではあるな。プライベートジェットを持ってるんだから、それも当然だよね。でも頻繁に利用するかといえば、答はノーだ。最近は、マイレージも全然ためてない」

彼はサマンサの膝を開かせ、その体をテーブルの端までずり下げると、彼女のジーンズのジッパーにとりかかった。「今よりすばらしい時はほかにない――それが俺のモットーなんだ」

サマンサは手を伸ばし、彼を自分の体の上に引きよせた。ジーンズとパンティのあいだにすべりこんだ手を感じながら、あえぎ、腰を持ちあげる。今までこんなふうに感じさせてくれた人はいなかった。見つめられるだけで、まるでふわふわと浮いているような気分になる。彼の手で触れられると、時が止まってしまう。どうやってあきらめたらいいの、この感覚を？　リック・アディソンという人を？

アディソンは体をかがめて彼女のシャツを押しあげ、ブラをはずして舌と歯で乳首を愛撫しはじめた。彼女はうめき声をもらし、ぎこちない手つきで彼のジーンズの前を開けて押しさげる。彼はそれを蹴るようにして急いで脱ぎ、今度は彼女のジーンズをゆっくりと引きおろした。さらけ出された肌のすみずみまで唇で探ると、彼女は息を弾ませて熱くなっていく。

「リック、早く、今すぐよ」サマンサは性急に求め、半分起きあがって彼の肩をつかむ。

彼女の体を引きよせ、中に自分のものを深く突きいれると、アディソンはウッとうなり、それを聞いただけで彼女は達してしまった。彼は激しく、速い動きで突きたてる。サマンサは彼の腰のまわりに脚を巻きつけて体を起こし、首に腕を回してしがみつく。

自分のものをうずめたまま、アディソンは彼女を腕の中に抱きかかえて持ちあげる。二人は一番近いソファに倒れこんだ。「ああ、君はすごくいいよ」彼はあえぎ、彼女の耳にそって舌を動かす。

今度は体を離して言う。「後ろ向きになって、サム」

ほとんど声にならない笑いをもらしながら、サマンサは言われるままに体を回転させる。彼はゆっくりと、後ろから入ってきた。体の下に手を伸ばし、乳房をまさぐる。彼女の中が引きしまり、また絶頂を迎えた。

彼は攻めるのをやめない。「リック」中で暴れるものの感触を味わいながら、サマンサはうめいた。

彼は動きをますます速めていき、うなり声とともに精を放った。体をがくりと前に倒し、頭を彼女の肩の上にうずめる。温かな体の重みが心地よい。

これは情欲なのか、安心感なのか、それともお互いを求める心なのか。いずれにせよ、今この瞬間、一緒にいられるのは……このうえない喜びだった。二人はそのまま、うとうととまどろんでいた。しばらくして、サマンサはようやく頭を上げてアディソンを見たが、だるくてたまらなかったのかすぐにあきらめて、もう一度ソファに沈みこんだ。「何か、食べるもの。食べるものが欲しい」ぶつぶつと口の中で言う。

「今日のメニューはフライドチキンだったと思うけど」アディソンは言い、体を動かして下になった。サマンサのしなやかな体がぴったりと上に重なる。彼女は美しい。自分では気づいていないのではないか、と思える美しさだ。アディソンは自由になるほうの手で、彼女のこめかみにかかった髪を優しく払いのけた。

「チキン、いいわね。わたし、お腹が空いた」サマンサはつぶやくと、目を閉じて頭を彼の胸の上にのせた。

アディソンはくすりと笑った。「ミッシェルに連絡して、何か食べたいって言おうか」

「もう、動けない。くたくた」

「そうじゃないかと思ってた。俺がかけたほうがいいよね」うーんとうなりながら、アディソンはソファの横の小さいテーブルに手を伸ばし、インターコムのボタンを押した。「ミッシェル？」

「はい、アディソンさん」

「ランチを二人分、用意してくれるかな？」

「一〇分お待ちいただいても、よろしいですか？」

「結構だ。ありがとう」

アディソンはボタンを押していた指を離し、サマンサの腕にすべらせた。こんなふうに満たされたあとでも、俺は彼女に触れていたい。彼女を抱いて、守ってやりたい。

「リック？」

「うん？」

「あなたって、最高にすごいわ」二人は手をとりあい、指と指をからませた。

「目を開けて」サマンサの満ち足りた顔を下から見あげながら、アディソンはささやいた。長いまつ毛がはためき、モスグリーンの瞳が見つめかえす。彼はゆっくりと頭を起こし、サマンサの唇の柔らかな温かみを味わった。

「最高よ、最高」アディソンが顔を離すと、彼女はくり返して強調した。

「サマンサ、約束してくれるかな」

「何を？」

「俺に何も言わずにどこかへ行ってしまわないって、約束してくれ。君の気持ちを変えさせるチャンスを俺に与えずに行ったりしないって」

サマンサはそっと体を重ねてきた。「約束するわ」


アディソンは、空港からハロルド・メリディエンのタウンハウスに直行したかったが、彼が銀行から帰宅する時間にはまだ早すぎた。それにメリディエンの自宅に行くとなると、このままリムジンで乗りつけることになる。あの銀行家との対決に運転手つきの車に乗っていくというのは、アディソンの気持ちが許さない。キャドガン・スクエアを入ったところにあるアディソン自身の住まいは、メリディエンのタウンハウスからわずか数ブロックの距離なので、ひとまずそこへ落ちつこう。アディソンは徐々に攻撃の計画を練りつつ、車の防弾ガラスを通して見えない敵をにらみすえた。

「その家もあなたの持ち物？」サマンサが横から尋ねる。「それとも、借りてるの？」

「持ち家だよ。行き先をロンドンに変更した時点でデヴォンのほうに連絡しておいたから、アーネストが車で迎えにきてくれたのさ」

「デヴォン。もう一軒のお屋敷のある場所でしょ？」

「そこが俺の本宅というか、まあそういう言い方になるんだろうな。俺はデヴォンで育ったんだ」

「どんな感じのところ？」

アディソンはロンドンの町並みに注がれていた視線をサマンサに向けた。「俺の気をそらそうとしてるの?」

サマンサは肩をすくめた。「だって、今にも爆発しそうに見えるんだもの」

「爆発しそうなのが悪い、その理由は……」彼はうながした。

「『スタートレック』のカーンがかつて言ったように、『復讐というのは冷ましてから食べるのが一番うまい料理』だからよ」

アディソンはほほえまずにはいられなかった。「その警句、最初に言ったのはもっと昔の、別の人だったように思うけどね」

「知ってる。でもカーンって、かっこいいのよね。メルヴィルの言葉だって引用しちゃうんだから」

「君って、なんでもかんでも憶えてるの?」

「興味あることや、自分にとって重要なことはそうね、全部憶えてるわ」

俺については何を憶えてるんだい――アディソンはそう訊いてみたかったが、惨めったらしい気がしてやめた。ほかにも言いたいことはあった。ジェット機の中でも、もう少しで口に出しそうになったのだ。だが、それを彼女が逃げられないところで言うのは、なんだかずるいような気がした。アディソンは、サマンサを愛していると言いたかった。だめだ、無理強いしちゃいけない、と自分に言いきかせる。

頭で考えただけでも、リスクが大きすぎた。アディソンにとって、サマンサを人生に迎え入れることは、彼女を独り占めしたいという気持ちがあるにしても……危険だった。

「俺がしたいのは、いわゆる『復讐』ってわけでもないんだよ」しばらくたってから口を開いたアディソンは、ふたたび窓の外に視線を移した。「確かにそういう部分もあるかもしれないけど、それよりまず確かめたいのは、なぜ、どうして——」

急に、横からの強い衝撃がリムジンを襲った。金属がバリバリつぶれる音がして、サマンサはアディソンの肩に向かって投げだされた。当たったところにあざができそうなほどの勢いだ。アディソンは彼女の体をつかみ、床に足をふんばって、ぐしゃりとへこんだ車の側面に片腕を突きだして支えた。気分が悪くなるような揺れに二人はよろめく。車は半分空中に浮きあがったかと思うと、ガシャンという音とともに、道路に叩きつけられた。

「おい、何の——」

アディソンの目に飛びこんできたのは、超大型トラックだった。サマンサのいる側の壊れたウインドウからその巨体が迫ってくるのが見える。トラックはふたたび激しくぶつかってきた。その勢いでリムジンは対向車線を越えて、川の方向へ突きとばされる。リムジンのエンジンの轟音がとどろき、ガシャガシャッという金属音が響いた。トラックが横滑りしてきて後方のトランク部分にぶちあたり、二人はあやうく、車の前部に向かって転がりそうになった。金属がめりめりと裂ける音。

「アーネスト！」アディソンは怒鳴った。

「私は大丈夫です！　奴ら、この車をテムズ川に突きおとそうとしてるんですよ！」

二人はよろめきながらふたたび前進する。足取りは割れた蟹の足のようにぐらぐらとおぼつかない。後ろから、ふたたび巨大なトラックが不気味な音を立てて迫ってくる。右手には川の堤防が見える。めまいがするほどに近い。急な傾斜の下はテムズ川の水面だ。

「ここから後ろのトランクに行ける？」サマンサはかん高い声で言ったが、ふたたびトラックの攻撃による揺れに襲われてふらつき、アディソンに倒れかかった。

「座席のあいだを通れば」

サマンサは革張りの座面の下をさぐり始めた。訊かなくても、座席を倒すレバーを探しているのだとわかったアディソンは、手伝って背もたれを前に倒した。そのときまたトラックが追突してきて、床に倒れこみそうになる。

「ルーフを開けといて」サマンサは鋭く叫び、めちゃめちゃにつぶれたトランクの中に飛びこんだ。次の瞬間には、自分の道具が入ったハードケースを抱えて現れる。

アディソンはサンルーフを開けるボタンを強く押したが、数センチしか開かないうちにサンルーフはひっかかって動かなくなった。わずかな隙間に手を差しこんで思いきり押しあけ、サマンサを見ると、ちょうどハードケースを開け、何かの部品を三つ取りだしているところだった。球根状にふくらんだ容器のようなものと、銃身のようだ。サマンサはアディソンの脇腹に自分の膝を強く押しつけて体の安定を保ちながら、部品を組み立てた。

「脚を持ってて」サマンサは叫ぶと、その奇怪な形の銃を持って立ちあがり、車のルーフの開いた部分から体を突きだした。

アディソンがサマンサの両脚を抱えて下で支えているあいだに、彼女は迫りくるトラックに狙いを定め、矢つぎばやに三発撃った。フロントガラスに白いペイント弾がつぎつぎと炸裂し、衝撃でガラスにひびが入る。ペイントで視界をふさがれたトラックの軌道は横に大きくそれ、隣の車線を走っていたバスの側面をかすめながら走りつづけた。フロントワイパーがせわしなく動くが、どろりと濃いペイントがガラス面いっぱいに広がるだけだ。

「車から出るんだ、アーネスト!」アディソンは叫び、サマンサの体をつかんで車内に引きもどすと、サイドドアを足で蹴って開けた。

二人が車から転がり出て、川側のガードレールの後ろに飛びこむと、トラックは轟音を立てて彼らの横を過ぎ、もう一度リムジンに体当たりをくらわせてから走りさった。アディソンは手をついてよろよろと起きあがり、サマンサの隣にどさりと倒れこんだ。彼女はペイント銃を腕にしっかりと抱えていた。まるで自分の命がそれにかかっているかのように。

「大丈夫か?」アディソンはサマンサの頭をなでながら、手の震えを抑えようと努める。

「わたしは大丈夫。あなた、顔が紙みたいに真っ白よ」

アディソンは彼女にキスした。強く、激しく。「これで二度目だ、君をもう少しで失いそうになったのは」うなるように言い、ふりかえってまわりを捜すと、アーネストはちょうど路肩でげえげえ吐いているところだった。「アーネスト?」「大丈夫です。ただ、死ぬほど怖かったもので」

運転手はアディソンに向かって手を振ってみせた。

パトカーのサイレンが聞こえ、サマンサは体をこわばらせた。「もう。あなたと一緒だとどこへも行けやしないじゃない」彼女は言い、アディソンのはおった軽めの上着にあいた穴に指をつっこんだ。

「そのペイント銃を貸せ」アディソンは命じた。

「でも――」

「ここは俺の街で、これは俺の車だからね。ペイント銃のファンになるのだって、自分の自由だよ。警察が来たときに、君への質問が少なければ少ないほどいいんだから」

サマンサはペイント銃を渡した。「わかったわ。でもあなたの街って、最低ね。今までのところは、だけど」

アディソンは自由になるほうの手でサマンサの腕をつかみ、引っぱって立たせた。「ところで君、賢明だったね。商売道具まで持ってきてたとは知らなかったよ」

弱々しい笑みを浮かべながら、サマンサはアディソンの襟から割れたガラスの破片を払いおとした。「『出かけるときは忘れずに』で、いつでも持ち歩いてるの。リック、あなたがロンドンにいること、『オースティン・パワーズ』のドクター・イーヴルにばれちゃったみたいね」

人生には、気の休まる暇もないほどせわしない日々もあるものだ。この二四時間で二度目の警察署で、サマンサは背もたれの硬い椅子に座っていた。アディソンは報告書を作成する担当係官の質問に答えている。警察官たちは彼の語るペイント銃の話を信じてくれたので、サマンサは名前を訊かれただけですんでいた――たったそれだけの情報を教えるのでさえ、びくびくものだったが。イギリスには、サマンサが盗んだもの、もしくは場所を移動させるよう依頼されたものがわんさとあるのだ。

何者かがリチャード・アディソンを殺そうと企てたことについては、警察官はさして驚いていないようだった。そういえばこの人、以前、脅迫を受けたことがあると言ってたっけ。考えてみればリックもわたしも、お互い、危ない商売をしてるわね。

アディソンは、ガラスと金属を組み合わせた間仕切りのあいだを通ってサマンサのそばに戻ってきた。サマンサは思わず立ちあがって、彼を抱きしめた。ここ二、三日、自分がどれだけ彼を頼るようになっていたかにあらためて気づいたから。それに、リムジンの中で自分が恐れていたのは、アディソンがけがをしたらどうしようと、そのことだけだったからだ。

「このぶんだと俺、もっと頻繁に君を警察署に連れてきたほうがいいな」アディソンはサマンサの髪に口をうずめて言い、彼女のウエストに片腕を回しながら、ドアのほうへいざなった。

「もう行っていいの?」

「もちろんさ。俺たちは今回、被害者なんだから。説明できるわけないだろ、誰かにテムズ川に突きおとされそうになった理由なんて」

「エール出の先生、怒るだろうな。こんな見ものを逃しちゃって」

アディソンはにこりと笑うと、サマンサの少ない荷物を持ち、先に立って外へ出た。歩道の縁石のところにはタクシーが待っていた。アディソンはすでに、アーネストもタクシーに乗せて送りかえしていた。かわいそうにアーネストは、どう見ても運転できる状態ではなかったからだ。タクシーの運転手にキャドガン・スクエア近くのタウンハウスの住所を告げると、アディソンは座席にもたれ、サマンサの肩を抱いた。注意深く、そうっと、まるで彼女が壊れてしまうのを恐れるかのように。

サマンサも内心、自分が壊れそうな気がしていた。仕事柄、一人で行動するときに危険をおかすのにはもう慣れていた。ただし、その危険がどこからやってくるかはいつもわかっていたし、行動を起こすべきか否かの判断をくだすときには、成功する見込みが高いのはどちらか、比較検討してからことにのぞんでいた。

ところが、ドアに仕掛けられた手榴弾や暴走する大型トラックは、予測のつかない新たな脅威だ。それに、他人の命が危険にさらされ、守らなくてはいけないのが自分だけでない状況も未経験だった。そして、自分の横に座っているこの男性は――それが愚かな考えであるかどうかは別にして――サマンサが安全な夜の闇の中へ消えてしまわないよう、あくまで彼女を守る決意を固めているのだ。

「悪いんだが、家にはほかに誰もいないから、自分のことは自分でやらないと」アディソンはくだけた感じで言った。「警察がもう、爆弾探知機で家じゅうを調べたから安全だけど、この事件が解決するまでは、うちのスタッフをあの家に入れるつもりはないんだ」

「わたしたちがメリディエンに会うのはいつ?」

「わたしたち」という言葉を使ったのに気づいたのかどうかわからないが、アディソンはそれについて何も言わなかった。今ではもう、この事件が「わたしたち」「俺たち」の問題だと、彼のほうも思っているだろう。

「今行っても意味ないよ。あいつはまだ銀行のオフィスにいて、何十人という人に取りまかれてるだろうし、そういう人に俺たちの会話を盗み聞きされたくないからね。行くのは夜になってからにしよう。テレビでフットボールの試合が始まるころまでには帰宅してるはずだ」

「夜でいいわ。それと、今言ったフットボールって、サッカーのことよね」

かくしてサマンサの道具を入れたハードケースとナップサックは、大西洋を横断してイギリスに渡った。それらの荷物は今、アディソンの荷物と一緒にタクシーのトランクの中にある。さっき言っていたように、「俺の街」よろしくロンドンを支配しているわけではないにしても、アディソンはここでかなりのコネがあるのだろう。警察はなんと、ペイント銃を返してくれた。といっても残りのペイント弾は没収されてしまったけれど。

アディソンの自宅は建物の最上階全部《ペントハウス》を占めていた。外から見るとどことい って特色のない建物だが、ひとたび中へ入れば、彼の住まいであることが容易にわかった。天井には高価な無垢の木の梁が渡されている。ダイニングルームのシャンデリアはおそらく一六世紀のもので、当時使われていたろうそくの代わりに電球がセットされている。

「狭くて申し訳ないね」アディソンは言い、ルイ一四世時代の椅子の上にジャケットをほうり投げた。「ロンドンにある大きいほうの屋敷はパトリシアにやって、ここを自分用に買ったんだ」

「そうね、確かに狭いけど、居心地がよさそう」サマンサは、ジョージア王朝時代の食器戸棚の木枠の部分に指をそっとすべらせてにこっと笑った。「どうしてこの家を奥さんにあげて、大きいほうのお屋敷を自分のためにとっておかなかったの？」

アディソンは肩をすくめ、別の部屋に消えると、冷えた缶入りダイエットコークを持って現れた。「あそこにはもう住みたくない、と思ったからさ」

「この近くにあるの？」

「四、五キロは離れてるかな。言っとくけど、挨拶しに立ち寄るつもりはないよ」

「立ち寄ろうって言ったわけじゃなくて、ただ知りたかっただけ」そのときサマンサの頭に、ひとつの考えが浮かんだ。「そのお屋敷に美術品をおいてきた？」

半ば面白がっているアディソンの表情がしかめっ面に変わる。「いいや。なぜ？」

「もしかするとダンテ・パルティーノが、そこでも忙しく仕事してたんじゃないかと思って」

「それはないだろうな。屋敷を譲りわたすときに、自分のものはアンティーク家具も含めてすべて持ちだしたから。美術品の大半はここか、フロリダのソラノ・ドラド館にある。何軒もある中でこの二軒だけが、屋敷の内装に手を入れおわってなかったものだから」

「パトリシアとピーターのカップルに、家具は何か残していってあげたの？」

アディソンの笑みがまた戻ってきた。ただし今度は残酷さを含んだ笑顔だ。「少しだけ。お値打ちなイケアの最新モデルぐらいはね」

「あなたの機嫌をそこねたら、やっぱり大変なことになるのね。ときどきは思い出させてくれるとありがたいわ」サマンサはあらためてそう言って、窓際へぶらぶらと歩いていった。そこからの眺めはまずまず申し分なかった。だが、一五〇〇年前だったら、息をのむほどのすばらしさだったろう。サマンサにとってロンドンは、どこか失望感を味わわされる街だった。これだけ歴史の足跡が刻まれた都市にしては、どうも……平凡に見えてしまう。それに、現代的すぎる。それでも、好きだと思える場所はあった。美術館や博物館、歴史的建造物など。だがロンドンにいるあいだのサマンサには、そういうところを訪れる機会はほとんどないに等しかった。

「ほら」

ふりむいてみると、アディソンがイギリスの一ポンド硬貨をぽいとほうり投げてきた。反射的にそれをつかんだサマンサは、沈みかけている日の光の下で調べてみた。「これ、何のため？」

「君の頭の中の考えに対してさ」

もし嘘をついても、リックは見抜いてしまうだろう。「今のところ頭の中が、ちょっと混乱状態なの」小声で言うと、硬貨をポケットに入れる。「今夜か、明日じゅうには、この事件もいちおう片がつくかもしれないわね」

「俺もそのことを考えていたんだよ」アディソンはそう言って、彼女のいる窓辺にやってきた。「いつもなら、こんなに長くデヴォンを留守にすることはないんだけど。あっちの屋敷を見たい？」

「リック、何を訊きたいの？」サマンサは静かに言った。

「デヴォンで、しばらく俺と一緒に過ごすつもりがあるかどうか、訊いてるのさ」

そうしたい気持ちはあった。アディソンの生活に転がりこむのはたやすいだろう。ただ、最初の数日間、あるいは数週間が過ぎてしまえば、わたしはアディソンの添え物にすぎず、おもちゃでしかなくなる。それだって彼がわたしに飽きるまで、そしてわたしが「まとも」でいるのに飽きるまでのことだ。なんの目的もなく、盗みの仕事もなく、職もない――なぜなら、もしアディソンと一緒に住むことになれば、当然ながら泥棒としての夜の活動を再開するわけにはいかないからだ。

「どうやら、現金がもっと必要になりそうだな」アディソンは言い、サマンサを見つめた。

「今答えなくていいよ。考えてみてくれ」

「わかった、考えてみる」サマンサは言った。「ノー」と答えたくなかったからだ。

「少しだけでも、ヒントをくれない？」

「リック、そう言われても――」

サイドテーブルの上の電話が鳴り、二人ともびくりとした。アディソンが、口の中で悪態をつきながら受話器をとった。「はい、アディソンです」

電話の相手が話しだすと、アディソンは冷やかで硬い表情になった――だがその前に、怒りと、深い傷の名残がよぎったのをサマンサは見た。きっと、パトリシアだわ。見当がついていたので、少ししてその名前が彼の口をついて出たときにも驚かなかった。

「二、三時間前のことだ」アディソンはつっけんどんな声で短く答えている。「BBCがニュースで何を放送しようが、俺の責任じゃないよ。それから、俺がロンドンへ来るのを君にいちいち知らせるなんて必要はまったくないと思うけどね」

アディソンはまた黙ってしばらく話を聞き、息を吸いこんだ。「車に同乗してた女性のことも、よけいなお世話だよ、パトリシア。別の電話に出なくちゃならないから、もう切る」

サマンサは笑いそうになるのをこらえていた。今まで、こういった会話に係わり合いになったことはない。前妻の嫉妬か。面白いわ。それに、ちょっといい気分。

電話はまだ続いている。アディソンはさらに不愉快な表情になった。「いや。夕食なんかご一緒する気にはなれないね。仕事で来てるんだ。ああ、彼女とね」

窓辺にもたれながらサマンサは、パトリシア・アディソン＝ウォリスが言っていることを一言一句もらさず聞けたらいいのにと思わずにはいられなかった。アディソンの受け答えを聞くかぎり、人の考えを読むすべに長けたサマンサの判断では、パトリシアはいまだに元の夫に相当、未練があるらしかった。

「いや、ランチでも朝食でもだめだ。俺のほうは恋人と一緒に来てるわけだし、君も夫のある身だろう。結婚の誓いっていうのは、大切なものだと俺は思うがね」そこで少し間をおく。

「おいパトリシア、勘弁してくれよ——俺に言わせればそんなの、単なる間違いじゃすまないぞ。ピーターはいないのか？　ならよかった——彼に文句を言いなさい。俺はそんな話、聞くのはご免だから」

もう立ち聞きはやめにしようとサマンサは思った。会話は興味深いのひと言につきるけど、しょせん、わたしには関係のないことなんだから。

「トイレはどこかしら」邪魔にならないようにそっと訊く。

アディソンは手ぶりで方向を示し、サマンサは部屋を出た。トイレと浴室は、白いタイルと金色の付属品で統一されていた。そういえばわたし、シャワーを浴びたかったんだ。すぐに浴室を出て、リビングルームへナップサックを取りに戻る。

「ああ、本気だよ」本気って、何が？　サマンサは戸口の外の廊下で立ちどまった。「彼女は……はっとするような何かを持った人なんだ。いや、君と比べてどうこういうんじゃない。おい、いいかげんにしろよ、パトリシア。俺はもうふんぎりがついて、新しい恋人を見つけた。それは君も同じじゃないか。だから——」

頭をがんと殴られたような気がした。サマンサは急いで浴室に戻り、ドアをロックした。息を荒げながら、初めて経験するパニック発作のような症状と必死で戦う。冷たいタイルのカウンターに額をもたせかけて、気を落ちつかせようとする。

新しい人を見つけたと、アディソンは言った。サマンサのことだ。心の奥ではなんとなくわかっていた。だが今は、はっきりと認めざるをえない。二人の取引にもとづいたパートナー関係が、このゲームが、根本的に違う様相を呈してきたことを。アディソンは本気だと言った。サマンサもそうだ――というより、本気になりたかった。でもどうすればそうなれるのか、よくわからない。

彼と一緒にいるために、どの程度まで自分を捨てられるか、自分の生活をあきらめられるか、サマンサにはわからなかった。そして、気持ちを新たにし、より「まとも」になったサマンサを、彼がどれだけ好きになってくれるかも、自信が持てないのだった。

「サマンサ？」アディソンがドアをノックした。「サム？　大丈夫かい？」

「大丈夫よ。時差ぼけと、トラックにやられただけ。パトリシアはどうだった？」

「せんさく好きな奴だよ。これから俺、サンドイッチか何か作るよ。食べたら、さっそく出かけよう。さっきの騒動はテレビのニュースで取りあげられたそうだから、俺がロンドンにいることはすぐにメリディエンの耳に入るはずだ。熱狂的なフットボール――サッカーファンとはいえ、試合の放送が終わる前にあわててどこかへ逃げないともかぎらない」

「わかった。すぐに出るわ」

「何か、特に食べたいものはある？」

「ピーナツバターとジェリーのサンドイッチなんて、イギリスじゃ無理よね」

「ジェリーはないけど、ジャムならあるよ」

「揚げ足を取るのがお上手だこと」

アディソンは、サマンサが今の会話を立ち聞きしたとは思っていないはずだ。でも、聞かれてもかまわなかったのかもしれない。すでに、デヴォンで一緒に過ごさないかと訊いてきたのだから。その誘いに、サマンサの心が揺れているのにもたぶん感づいている。だから彼女の気をそらしたりしたにちがいない。だが、この新たな関係の意味を考えてみると、リック・アディソンは、サマンサより勇気があるということになる。

「リック?」サマンサは浴室のドアを開けた。

すぐにアディソンが目の前に現れた。「本当にジェリーが欲しいのなら、注文して届けさせるよ」

「あなた、ピーター・ウォリスには失望を味わわされたと言ってたわね。パトリシアのしたことはどう思ったの?」

「浮気という、わかりきった失望の種をのぞいて?」アディソンはしばらくのあいだ、黙ってサマンサを見つめていた。「パトリシアには自分なりの人生設計プランがあってね。いくつかのものを確保したがってた。それは、金、豪華な家、エリートばかりの社交仲間、選ばれた人たちだけに送られるパーティの招待状といったもので、俺は結婚によって、彼女の人生設計を可能にしてやったわけさ」

「でも、結婚はあなたのほうから申し込んだんでしょう」

「パトリシアなら、俺の人生設計プランにうまくはまるだろうと思ってたからね」肩をすくめる。「まあ、無知だったからとかなんとか、言い訳はできるけど。でも、現実はそうじゃないと思う。プランや計画っていうのは、変わっていくものなんだよ、サム。最初は幸せな新婚生活だったけど、それも長くは続かなかった。俺に必要だったのはパトリシアじゃなかったし、パトリシアに必要だったのは俺じゃなかったのさ」アディソンはサマンサの頬に触れた。「おいでよ、サンドイッチを作ってあげるから」

「すぐ行くわ」サマンサは浴室の中に逃げこんだ。プランか。確かに最初に立てていたプランは変わった。でも、どの程度変わった？　それはどのぐらいのあいだ続くかしら？　数分間、歩きまわりながら考えてから、冷たい水を顔にばしゃばしゃかけると、サマンサはサンドイッチを食べるために出ていった。

日が暮れてすぐ、アディソンは助手席にサマンサを乗せ、自宅のガレージからＢＭＷを出した。ずいぶん長いあいだ、ほとんど使っていない車だが、エンジンの回転数はすぐに上がっていい調子だ。それにサマンサに「ジェームズ・ボンド・カー」だと言われるのも、まんざらじゃない。

プレミアリーグサッカーの試合がある水曜の夜のロンドンは、交通量も比較的少なかった。対決を避けるためにメリディエンがどこかへ逃げるとは思えないが、アディソンはにわかに気がせいてきてしょうがなかった。公平に見て、ハロルド・メリディエンは大胆不敵で、パニックに陥るタイプではない。

メリディエンには、冷酷非情なところがある。だからアディソンは、グロック三〇をジャケットのポケットに忍ばせてきた。イギリスではピストルの所持は違法だ。携帯していたり、ましてや発砲した現場を押さえられたりしたら、相当にやっかいなことになる。しかし今からのぞもうとしているのは、資本提携の可能性のある相手との通常の商談ではない。準備もせずに乗りこむようなことはしたくなかった。

車を停めたのは、メリディエンのタウンハウスのあるブロックの角を曲がったところだった。この閑静な住宅地の一角は、住民の大半が退職者の夫婦で、周辺の家々と一緒に年をとってきた人が多かった。

「ここなの？」問題の建物の角に二人が近づいたところで、サマンサが訊いた。

「そうだ」

「メリディエンの家は何階？」

「一階の全フロアを持ってる。ハリーは階段が嫌いなんだ」

サマンサは、いくつものフラットからなる建物を見あげながら、観察している。「家は一階で、メリディエンはあなたが来るかもしれないと予期している。だとすると、わたしたち、裏の窓から入ったほうがいいわね」

「俺は玄関から、堂々と入る」

「いいわ。あなたは表から、わたしは裏から入ることにしましょ。ひょっとすると銘板を見つけられるかもしれないし」

「サマンサ、俺は君に、法を犯すようなことをしてほしくないんだよ」

「あなたこそ法を犯してるじゃない」サマンサは言い、アディソンのジャケットのポケットをぽんと叩いた。「わたしはただ、手助けしてあげてるだけよ」

「いやはや、恐れ入った。君を見てると、ときどき恐ろしくなるよ。なんでも感づいちまうんだものな」

サマンサはしかめっ面をした。「話をすり替えちゃだめよ、イギリス紳士さん。メリディエンはあなたのものを盗んだのよ、とんでもないわ」

「『復讐というのは冷ましてから……』の原則は、どうしちゃったんだ？」

「忘れていいわ。もう少しでトラックに押しつぶされるところだったのよ。わたし、カッカしてるの」

サマンサが道具を持ち、一番近い生垣にそって歩きはじめたとき、アディソンは彼女の手をとった。「君だって俺からものを盗もうとしたじゃないか」

「ええ、確かに。でも、わたしは盗みの仕事中、あなたの友だちや、ビジネス上のパートナーでいるふりをしたことは一度もなかったでしょ」

「盗人にも仁義あり」なんて嘘だと誰かが言っていた。でも、ちゃんと仁義はあるじゃないか。

アディソンはサマンサのあとについて狭い通路を通り、建物の裏に着いた。部屋の明かりはついていた。試合中継をするアナウンサーの声がかすかに聞こえてくる。チェルシーがリードしている。チェルシーファンのメリディエンは画面に釘づけになっているにちがいない。

サマンサは裏口のドアを調べた。鍵がかかっている。「二分間だけ、ちょうだい」そうささやくと、ポケットから銅線を取りだした。「二分経ったら、玄関のほうでできるかぎり大きな音を立てて、騒ぎを起こして」

アディソンが考えていたのはそういう筋書きではなかったが、サマンサの言うことももっともだった――俺がメリディエンを絞りあげるよりも、そのやり方のほうが、俺たちが求めている答を多く引きだせそうだ。アディソンは身をかがめて、サマンサの唇に自分の唇を軽く重ねあわせた。「気をつけて」

サマンサはにっこり笑った。「あなたもね」

彼女が裏口のドアを少し開け、すっと入りこむのを見とどけてから、アディソンは正面玄関へ回った。二分も待てない。行動を起こすことにしよう。サマンサが一人で中に忍びこんでいると思うともう辛抱できなかった。

アディソンは一歩後ろに下がって勢いをつけ、ドアに思いきり足蹴りをくれた。バリッという音がしてドアが破れ、蝶番《ちょうつがい》のひとつが壊れた。ドアを押しのけて、玄関ホールに足を踏みこむ。

「おい、そこで何をやってるんだ？」ハロルド・メリディエンの聞きなれた声が怒鳴っている。「こっちにはクリケットのバットがあるんだからな。警察を呼ぶ前に逃げたほうが身のためだぞ！」

「呼びたいんなら呼べよ！」アディソンは怒鳴り返すと、前に進みでた。

アディソンが角を曲がったとき、メリディエンが大股で玄関ホールまでやってきた。クリケットのバットをふりあげて構えている。「リック？　いったい何を――」

「こんばんは、ハロルド。俺に会えるとは、意外だったかな？」

「いったい、何をやってるんだ？　うちのドアを壊しやがって！」背が高く横幅もたっぷりあるメリディエンは大学時代、一流のクリケット選手だった。まだそれほど昔の話ではない。

アディソンは不気味な笑みを浮かべた。血が煮えくりかえっていた。ハロルドの奴、バットを持って俺を追いかけてくれればいいのに。そうすれば、叩きのめしてやるいい口実ができる。「お前は、俺の銘板を盗んだじゃないか」

「俺が何をしたって？」

「シュツットガルトで会ったとき、もう一日滞在を延ばせって、すすめてくれたよな」アディソンは続ける。すばやく手を伸ばしてメリディエンの手からクリケットのバットを奪い、部屋の隅にぽいとほうり投げた。「あれは俺を守るためだったのか、それとも金を払って盗ませた品が確実に手に入るようにしたかったのかな？」

「なんのことを言ってるやらさっぱり――」

「三人の人間が死んでるんだ、ハロルド。お前の筋書きがどんなものにせよ、しゃべるときは慎重に組み立てたほうがいいぞ」

「リック、どうかしてるんじゃないか」メリディエンの表情が険しくなった。「何がどうなってるのかさっぱりわからないが、うちに乱入して俺を脅す権利なんか君にはないはずだぞ！　俺は――」

「リック！」

サマンサの叫び声にアディソンはふりかえり、急いで廊下へ向かう。「サマンサ？」

「こっちよ。ちょっと見てほしいの」

そこはメリディエンの書斎だった。机の引き出しはすべて開けられている。サマンサが曲がったレターオープナーのようなものを握っているところを見ると、引き出しはかなり乱暴にこじ開けたのだろう。彼女は写真を一枚、高く掲げていた。「見つけた！」顔いっぱいに笑みが広がる。

銘板の写真だ。保険会社の書類に添付されていた写真の焼き増しだろう、まったく同じに見える。アディソンは一瞬、サマンサを腕の中に抱きしめて叫びたい気分になった。二人で推理したとおりだった。となるとハロルド・メリディエンは、事件の背後にいる黒幕、ドクター・イーヴルに相当する人物が誰なのか、知っているはずだ。

メリディエンも書斎に駆けこんできた。真っ赤な顔には汗が光っている。「俺の家から出てってくれ、リック。その女もだ。ほら、今すぐ出ていけ」

「それより、もっといい考えがあるんだがな」アディソンはかみつくように言う。「そこに座って、お前の話を聞かせてくれないか？」写真を手にとってひらひらと振ってみせる。

「とびきりのいい話をね。名前やらなんやら、全部吐いてもらうよ」

「君かその女が、この部屋に入れておいたものかもしれないじゃないか。それがあったって、何の証明にもならない」

「警察にとっては証明にならないかもしれないが、俺の目から見れば、なるんだよ。とにかく座れよ、ハロルド。でなけりゃ俺が座らせてやってもいいが」

メリディエンはしばらく、誰も信用できないだのなんだの、わめきちらしていた。それからようやく、ドアのそばの豪華な椅子にその大柄な体を沈めた。「俺は、不正なことは何もしてない」

「この件にかかわってるほかの奴の名前をあげてくれさえすれば、告発しないってことにしてもいいと、俺は思ってるんだけどな」アディソンは机の端に腰かけた。「それから、お前の銀行の資金繰りがつくよう、融資してやってもいい。もしかしたら、の話だが」

「銀行を救済してくれるのか？」かすかな希望に目が大きく見ひらかれ、重たげなあごが震える。そのさまは、見ていて哀れになるほどだった。「あいつ……パルティーノは、市場にこれから出てきそうな品があるから、もし興味があればどうかと、誘ってきたんだ。それだけだよ」

「ダンテがお前に連絡してきたのか、直接？」アディソンは怒りを抑えながら問いつめた。まずは疑問の答を引きだすことだ。これは俺だけの問題ではない。サマンサはまだ机の向こう側に立って、ファイルをどんどん調べている。まるで部屋に一人でいるかのような集中ぶりだ。

「そうだ。俺は今から顧問弁護士に電話する。警察にも通報するぞ」

「パルティーノ以外に、あなたに銘板の取引を持ちかけてきた人はいるの？」サマンサが口をはさむ。顔を上げることすらしない。

「あんたは、誰だ?」メリディエンはとがめるように訊いた。

「あなたと取引をした人たちが、アディソンの所有物を盗ませ、パルティーノを殺させるために誰かを送りこんだ。わたしは、その誰かの身代わりになって罪を着せられるところだったのよ」

メリディエンの顔から、みるみる血の気が引いた。「なんだって?」

「そのとおりだ」アディソンが補足する。俺もだんだん、サマンサの単刀直入な物言いがまねできるようになってきたな。あの物言いは、彼女には驚くほど似合ってる。

「知らなかったのか? それとも奴らにはめられて、罪をすべてなすりつけられるまでわからないぐらい間抜けなのか? 銘板を盗んだ男は死んだ。ここにいる俺の友人を雇って銘板を盗んだ男と同じタイミングで屋敷に侵入させた依頼主も死んだ。そして今日の昼過ぎ、何者かが俺の乗った車に体当たりしてテムズ川に落とそうとしたんだ」アディソンは前に身を乗りだした。「だから、もう想像はついてると思うが、俺にとっては非常に面白くない。黒幕の名前を吐くんだ」

「この人、レミントンの絵も持ってるみたいよ」サマンサは言いながらも、ファイルをめくる手を休めない。「もしかすると、ほかにももっとあるかもしれないわね」顔を上げ、メリディエンをじっと見すえた。「そうすると、この人が黒幕じゃないかと思えてきたわ。すべてお膳立てした、首謀者よ」

「俺は、一介のコレクターでしかないんだよ」メリディエンは言った。赤みのある肌がどす黒く見える。おや、この男、心臓病でも抱えているのかな、とアディソンは思った。「誰かを傷つけようだなんて、そんな計画にはいっさいかかわりがない」

「証明してみせろ！　黒幕は誰なんだ？　つべこべ言わずに、すぐに教えろ！」

メリディエンは丸顔をしかめた。「おい、リック。もうそろそろ、気づいてもいいんじゃないのか？」

それを聞いたアディソンの動きが、ぴたりと止まった。もうそろそろ気づいてもおかしくないだと？　最初から疑ってみるべきだった人物？　気づかず、疑わずに見逃していたとしたら……。「よし、頭が鈍い俺のために、教えてくれ、ハロルド。三つ数えるうちに言うんだ。言わなかったら、クリケットバットで殴ってやる。もうゲームはおしまいだ。なんでもいいから、黒幕の名前を言え！　言うんだ」

「ちきしょう」メリディエンは口の中でもごもごとつぶやいた。顔に汗が流れはじめている。

「俺の名前なんか、どうかな？」長身の、淡い金髪の男が部屋に踏みこんできた。男は片手にクリケットのバットを、もう片方の手にピストルを握っていた。

27

ロンドン時間　水曜日、午後七時八分

アディソンはその男を長いこと、じっと見つめた。「お前だったのか。最初からずっと、かかわってたんだな」

「そりゃ、人はなんとか生計を立てていかなくちゃならないからね。お前のおかげで、いい暮らしができてるよ」ピストルの銃口をアディソンに向けながら、クリケットのバットはサマンサのいる方向にゆらゆらと揺らしている。「あんたが、サム・ジェリコだろう。どうやら、ショーン・オハノンはあんたを見くびってたようだな」

メリディエンはよろよろと立ちあがった。「ピーター、俺は――」

クリケットのバットがメリディエンの顔に炸裂した。大男はのけぞって床に倒れ、動かなくなった。大きな山のように見える彼がうなり声をあげるまで、サマンサは息をつめて見守っていた。よかった、死んでなかったんだわ。

顔立ちのととのった金髪の男にふたたび注意を向ける。「ピーター」大きな声でくり返す。

「ピーター・ウォリスね」

「ほう、頭が回るねえ。よしよし。推理はお見事だったが、それが単に、運がよかっただけというんじゃつまらないものなあ。ほら、こっちに来るんだ。リックと寝てる淫売女の顔を、よおく拝ませてくれ」

「動くんじゃない、サマンサ」アディソンが命令し、ウォリスとサマンサのあいだに入りこんだ。

「動くんじゃない、サマンサ、だとさ」ウォリスがまねをした。「パトリシアが電話したとき、お前は俺について特に質問してなかった。だからたぶん、ハロルド・メリディエンに会いにここへのこのこやってくるだろうと、察しがついたのさ。ひとりよがりの大間抜けめ」

「で、どうしようっていうんだ？」アディソンが訊いた。その声は低く、怒りに満ちていた。

「そうだねえ、お前を殺して、ハロルドとお前が相討ちになって死んだように見せかけようか」

「そんなことをしても、意味ないわよ」サマンサが割りこむ。目の前にいるこの男が、エティエンヌとオハノンを殺したのね。おまけにパルティーノも殺そうとたくらんでいた。でも爆弾で代わりに死んだ者がいても、なんとも思わない冷血漢だ。リックを撃つことだって平気でやりかねない――自分の金銭欲のために、生かしておいているだけだ。

「意味ないって、それはなぜだね、ミス・ジェリコ？」

「パームビーチにあった贋作《がんさく》や偽造品はすべて、ＦＢＩが押収してるのよ。あんたが盗《と》ったものは全部リストされて、やばい品になってる。もう、食べ放題のパーティもおしまいよ。パルティーノは拘置所にいるから、あんたのところにはこれ以上、何も入ってこない」

「パルティーノか。あんな欲深のチビに用はない」

「そのチビが、あんたを通さずに直接取引で銘板をハロルドに売ろうとしたんじゃないの？」

「ご明察だ」ウォリスは答えた。メリディエンが体をもぞもぞと動かしはじめたのを見て、頭を殴りつけてまた気絶させる。「お前は、ねんねしてろ」

「エティエンヌとオハノンが、あんたに何をしたっていうの？」

「デヴォアは相当、頭にきてた。友だちのあんたが自分と同じように雇われてたことはもちろん、同時に同じ場所に侵入したことも知らされてなかったからな。まあこれは、オハノンが見込み違いをしたせいだがね。俺は、間抜けな奴を一人侵入させて、そいつに罪をなすりつけるようにうまくやれって言ったんだが、オハノンはあんたみたいな頭の回る泥棒に仕事を依頼してしまった。で、結果ああなって、大あわてでさ」

「ウォリス。あんたはまだ、この世界に入って日が浅いのよね」サマンサは言いながら、曲げたレターオープナーを手に握る。「一人の男から盗んだだけだし。じゃあ、わたしがとっておきの情報を教えてあげる。わたしたち泥棒には、ちゃんとした横のつながりがあるのよ。オハノンは浅ましい、くずみたいな男だったけど、それは誰もが知っていた。だから仲間内では、あいつから依頼された仕事は、請けるか請けないか、そのどっちを選ぶかだけの問題で、それ以上は踏みこまない。気にくわないからって殺すなんて、許されない。エティエンヌにしても同じ原則を守ってた。あんたはそういう仲間の二人を殺したのよ。それはすぐに仲間の知るところとなる。そしたら、かならず誰かがしゃべりだすわ。仁義を破った奴がいる場合は、特にね。当局に密告した見返りに賞金がもらえるなら、大勢の泥棒がこぞってあんたを売ろうとするはずよ」

「おやおや、そんな話を聞かされると、ブルっちゃうね。リック、その女を黙らせろ。でなきゃ俺が黙らせる」

「サマンサ」アディソンが静かな声で言った。

ウォリスはクリケットのバットを床に立て、それにもたれた。「考えてみると、この計画も仕上げの段階に入ってるから、やるべきことはあとひとつしか残ってないんだよな。俺は何年にもわたって、お前の大事なお宝の美術品を盗んできた。一方お前は、知事だの上院議員だの、国家元首だのに、贋作をいい気になって見せびらかしてた」

「お前、カウンセリングを受けたほうがいいぞ」アディソンが口をはさむ。「といっても、お前が果たしてナポレオン症候群なのか、それとも惨めそのもので、人をねたんでるだけなのか、俺にはちょっと判断がつかないけどな」

「うるさい、黙れ」ウォリスはかみついた。「まだ終わってないんだから、聞けよ。俺はお前の奥さんをいただいた——もっとも、こっちとしては大した努力は要らなかったがな。そしてお前の美術品を偽物とすり替えてきたが、お前は本物との区別もつかなかった。今になって証拠だのなんだの言いだしたって、時すでに遅しだ。お前は俺の手にかかって、あの世行き。俺の勝ちさ」ウォリスは含み笑いをした。自信に満ちた表情だ。「先週は、あと一歩というところで殺せたのに、惜しかったな。予定より早くフロリダに帰ったお前を狙うチャンスだったから、これを利用しない手はないと思った。分刻みの周到な計画を立ててたんだが、そこにいる泥棒のお友だちにすばやく対処されて、阻止された。まあ、パルティーノのほうがのろまだったからかもしれないが」

「いったい、何を――」

「この音、どうだい、聞いたことないか？　リーン、リーン」

アディソンの背中の筋肉がこわばった。「ファックスか。あの夜、俺を起こすために何度も送信してきたのはお前だな」

「そうだ。もう少しで殺せるところだった。もう少しで」

「だけど、失敗した」

ウォリスはため息をつき、うなずいた。「お前がパトリシアと離婚したあと、新聞は大騒ぎだった。不倫をした妻とその恋人にロンドンの屋敷をやって住まわせるなんて、なんと寛大な男かと書きたてたよな。だが、記者連中が嗅ぎつけなかった裏の部分がある――お前のニューヨークでのお楽しみだよ。お前は、俺が経営してたあの会社を倒産させた。それから、ロンドンの豪華な屋敷を俺たちに譲りわたすとき、贅沢な家具や価値のある美術品はすべて持ちだして丸裸にしたうえ、壁を全部、赤で塗ったくって、そこらじゅうの床に汚いマットレスをおいといたじゃないか」

「本当にそんなことしたの？」サマンサが無理やり笑みを浮かべて訊いた。「それじゃこの厄介ごとも、一部は自分で招いたことじゃないの」

「かなり詩的な怒りの表現のつもりだったんだ」アディソンは答えた。

「はあ、気がきいてるわね」

ウォリスがピストルをふりまわしながら言う。「お前は、自分が最終決定権を握ってると思ってたんだろう。だがそれは大きな間違いだった。けっきょく、勝ったのは俺じゃないか。ゲームオーバー、一巻の終わりさ。さて、ほかに何か質問はあるかね？　なければ、最後の仕上げにかかろうじゃないか。リック、今夜もお前は、寛大さを見せてくれるのかな？　どっちから先に殺《や》ってやろうか、お前か、それとも彼女か？」

「俺からだ」間髪を入れずアディソンは言った。

「そう言ってくれるんじゃないかと思ってたよ」ウォリスはピストルを握った腕をまっすぐに伸ばした。あれだけの近距離だ、はずすことはありえない。

「ところで」サマンサがまた口をはさむ。絶望で声が硬くなっている。「メリディエンはこの家に、ビデオ監視システムを入れてたのよ。知らなかったでしょ？　あんたの姿はここへ入ってきたときから、隠しカメラで撮影されてるの」ウォリスの背後、奥の壁の隅を見やってから、彼に視線を戻す。

ウォリスはほんの一瞬、ためらった。それをサマンサは狙っていたのだ。アディソンの後ろから回りこむと、レターオープナーを投げつける。曲がっていたので軌道は少しそれたが、ウォリスの胸に突きささり、痛みで彼をたじろがせた。

ピストルから銃弾が発射され、その音が小さな部屋じゅうに響きわたる。「リック」とサマンサは叫んだが、彼はすでに机から離れてウォリスに飛びかかっていた。体当たりをくらわせて椅子を巻きこみながら、もろとも床に倒れこむ。ウォリスの手からピストルが吹っとんだが、彼はもう片方の手のバットをふりあげ、アディソンの背中を殴りつけた。

ウォリスはうなり声をあげ、床に落ちたピストルを取ろうと必死だ。アディソンは体をひねり、ウォリスの脚をぐいとつかんで引っぱり、わずかながらその動きを抑えた。ピストルは床を滑って食器棚の下に入りこんでいる。それを取ろうとサマンサが駆けよる。ウォリスに体をつかまれたが、顔に強烈なひじ鉄砲をお見舞いして撃退する。

「サム、こっちに戻ってこい！」怒鳴り声。バットの衝撃から立ち直って膝立ちになったアディソンは、ウォリスのみぞおちに重いパンチを叩きこんだ。

ウォリスはヘビのように体をのたくらせながら、アディソンの顔にバットを叩きつける。唇と鼻から血が吹き出て、彼はよろよろと後ずさりした。それをとらえて馬乗りになったウォリスは、ふたたびバットをふりあげる。

「やめて！」サマンサが金切り声をあげて後ろから飛びかかった。バットを片手で押さえ、もう片方の手をウォリスの首に巻きつける。渾身の力をこめて引きしぼると、ウォリスはバランスを失ってのけぞり、仰向けのまま、サマンサの体の上にどっと倒れかかった。

完全に下敷きだ。肺から空気がしぼり出される。息苦しさにあえぎながらも、サマンサはウォリスの首をさらに締めあげた。しかし、肋骨のあたりに肘打ちをくらう――白目をむくほどの衝撃に、手の力がゆるむ。形勢逆転だ。ウォリスは四つんばいになってのしかかると、サマンサの髪をひっつかみ、床に頭を何度も叩きつけた。

ぐわーんという音が頭の中に響き、激痛が走る。世界がぐるぐる回りだす。周囲で聞こえる音が、やけにうつろで遠い。蹴りを入れようと脚を動かしたが、ウォリスの膝で押さえこまれた。彼はサマンサの右手をつかんで頭の上で押さえて動けなくし、顔をさんざんに殴って痛めつけた。視界のまわりがだんだん暗くなっていく。でも、まだ左手がある――サマンサは、クリケットのバットを手さぐりで探した。

バットに届いたと思ったのに、手からするりと抜けてどこかへ行ってしまった。そのとき突然、体の上の重しがとれた。ウォリスは？　焦点の定まらない目を向けると、プロのクリケット選手よろしくバットを握ったアディソンが、それをウォリスの頭めがけてふりおろしている。何度も、何度も。体がどさりと床に倒れる音。そして急に、あたりが真っ暗闇になった。

アディソンはバットを放した。床にしゃがみこむと、倒れているサマンサのそばにはい寄る。閉じられた目、蒼白な顔。「サマンサ？」アディソンはささやきかけると、自分の唇の血を拭った。彼女の顔に触れてみるが、ぴくりとも動かない。「サム？」

どうしよう、サマンサを死なせてしまった。

さっきアディソンがようやく立ちあがり、ウォリスが彼女の頭を幾度も床に叩きつけているのを見たとき、突如として時間が……停止したのだ。俺には何もできなかった。

何物にも代えがたい、大切なもの。プライドにも、金銭にも、自分の命にもまさるほど尊い、愛しい人。

アディソンは体を震わせながら、サマンサの首にそっと指を触れた。すると……かすかな脈動が伝わってくる。彼はしゃくりあげるように息を吸いこんだ。「サマンサ？　俺のサマンサ。目をあけてくれ、サム」

まつ毛がわずかに動き、モスグリーンの瞳が現れた。アディソンの顔を力なく見あげている。「あいたた」ほとんど声にならない。

「そのまま、じっとしていて。脚の感覚はあるかい、腕は？」

「あなたの、顔、血だらけ」

「わかってる。次は、手足の指を動かしてみて。さあ」数秒が過ぎた。アディソンの胸の鼓動が一瞬止まる。ようやく、サマンサの指が動きだした。最初は右手、次に左手。

「ようし、いい子だ」

床に落ちたメリディエンの電話がビーッ、ビーッと警告音を鳴らし、受話器がはずれていることを知らせている。机の後ろのほうだ。アディソンは脇のほうへ体を伸ばして受話器を取りあげ、すぐに救急車と警察を呼ぶと、ふたたびサマンサに注意を向けた。また目を閉じている。

「サマンサ？」

「あっち行って。脳震盪《のうしんとう》、起こしちゃった」

かすかに笑みをたたえながら、アディソンは彼女の顔にかかった髪をそっと払いのけた。ウォリスに引っぱられてひと束分ぐらいは抜けたみたいだから、早急に美容院に行く必要があるな。「もうこうなったら、逃げられないよ、そうだろ？」アディソンはささやく。

「だって、脚がないもの」

「脚ならここにあるよ、大丈夫。ちゃんと体にくっついてる。うん、いい脚してるなあ」

「うるさい」

「愛してるよ、サマンサ・ジェリコ」

サマンサの目がまた開いた。勇敢にも、俺の顔をじっと見つめている。

今、返事をしてくれなくてもいいんだよ。一人ぼっちで過ごした日々が長かった君のことだ。一人の時間があまりに長すぎて、自分以外の誰も頼れなくなったんだろう。

だがサマンサはほほえんで、力の入らない手をそろそろと伸ばしてアディソンの顔に触れた。その手を彼は優しく握る。

そのとき、サマンサの目がぐるぐる回りだし、視界がふたたび真っ暗になった。

目を開けたときサマンサは、まだ悪夢の中にいるような気がしていた。制服警官と、イギリスふうの薄茶色のトレンチコートを着た男女がまわりでひしめいていて、ロンドンなまりの小声で話しあっている。自分がどこにいるか、ようやくわかった。担架に乗せられていたのだ。片腕には点滴の針が刺さり、体は固定されて身動きができない。

「ちょっと、何よこれ!」サマンサはうなり、もがいて起きあがろうとする。

アディソンの顔が肩の上あたりに現れた。口元にはアイスパックをあて、鼻柱にバタフライ型絆創膏を貼っている。「大丈夫だよ」アイスパックをはずして言う。「気を楽にして」

「あなた、目のまわりに青あざができてる」サマンサは言った。唇も腫れあがっているし、左頬には黒っぽい引っかき傷があるじゃないの、と指摘する。

「さすがだ。観察眼の鋭さは、まったく失われてないな」アディソンは言い、笑おうとしたが、痛みにひるんで顔をゆがめた。

「わたし、病院へなんか行きたくない」

「そりゃお気の毒さまだったね」

担架に何かが当たり、少し持ちあがった。そのあとスムーズに転がる車輪の音がして、サマンサは戸口に向かって運ばれていった。「リック?」サマンサは呼びかけた。彼の姿が見えなくなったことで、急にパニックに陥りそうになる。

「ここにいるよ。俺も一緒に行くから。鼻の骨が折れたらしい」

「わたしの勝ちね。頭の骨が折れてるもの」

アディソンがくすりと笑う低い声が聞こえる。「君の頭は固すぎる。骨が折れるわけがない。ちょっとへこんだだけだ」

「なら、よかった」

「そうでもないぜ、スイートハート」

地上から担ぎあげられ、救急車に乗せられる。まず救急隊員が先に入り、続いてアディソンが乗りこんで、寝台の反対側に座った。「メリディエンとウォリスは、どうなったの？」

アディソンは前かがみになり、サマンサの手をとった。「ハロルドは別の救急車に乗せられたよ。ウォリスは今ごろ、俺に徹底的に追及される前に、どうぞ死なせてくださいって神に祈ってるだろうな」

サマンサは少しのあいだ、アディソンを見つめていた。「パトリシアはたぶん、この件については何も知らなかったんだと思う」

「警察の事情聴取を受けることになるらしい」アディソンは言い、彼女の手の中で自分の指を軽く曲げたり伸ばしたりする。「だけど俺も、パトリシアが知っていたとは思わない。そうでないことを願うよ」

「わたしも」

「そうだ、ひとつ、君に言っとかなきゃならないことがある」アディソンは言った。顔には笑みが戻っている。

アディソンはもう、その「こと」を告げてくれていた。尊くて、親密で、サマンサが一生、胸の奥にとどめておくであろう宝物のような言葉を。でもサマンサは、自分がまだ答えていないのに、彼にそれをもう一度言わせることはできないと思っていた。「いいの、言わなくてもわかってるから」急いで言う。「わかってるの、それで……わたし……」

アディソンの笑みが目にまで広がった。「そっちのほうじゃないよ。カスティーロがロンドン警視庁《スコットランドヤード》に連絡してくれてたってことなんだ。一連の美術品盗難に関して、ハロルド・メリディエンなる人物を任意同行して、尋問するよう提言したらしい。当局の連中、俺が警察に通報して三〇秒も経たないうちに、突入してきたよ」

「やっぱり、フランク・カスティーロの奴、拘置所の取調室で、鏡の後ろからわたしたちの会話を聞いてたのね。絶対に、誰かいると思ってた」

アディソンはうなずくと、サマンサの手を握りしめた。「お返しに俺、フランクにはビール一杯ぐらい、おごらなくちゃな」

「うん。わたし、彼のこと、ちょっと好き」サマンサは同意した。口に出して認めたことに、我ながら驚いていた。「カスティーロって、刑事にしては悪くないもの」

救急隊員が寝台の上にかがみこみ、サマンサの鼻に差しこまれた酸素吸入用のチューブが固定されているのを確かめ、心拍を記録し監視する装置らしきものをチェックした。

「体を休ませなくちゃだめですよ、お嬢さん」隊員は言った。「しゃべらないで、静かにしていてください」

「はい、わかりました。でも、あとひとつだけ」ベルトで寝台に縛りつけられていて不自由ではあったが、サマンサは腕をせいいっぱいに伸ばし、アディソンの手とともに高く掲げた。

「わたし、あなたと一緒にデヴォンに行きたい」

エピローグ

ロンドン時間　水曜日、午前一一時一五分

二週間後、サマンサはハンドルを握るアディソンの横の助手席に座っていた。二人を乗せた車は牧草地や農場、樫の木が生い茂る小さな林を通りすぎていく。サマンサが一度も訪れたことのない、イングランド南西部。穏やかで美しい景色で、落ちつける。リック・アディソンにちょっと似ている。

「パトリシアは、証言するのに同意したの？　ピーター・ウォリスに不利になるかもしれなくても？」サマンサは訊き、今渡ったばかりの、おそらく四〇〇年ほど前のものに見える橋をふりかえる。

「証言すると言ってたよ」

「きっと、あなたとよりを戻したいんじゃないかな」

「あいにく俺は、もうフリーじゃない」

サマンサはつばを飲みこんだ。「彼女の証言は役に立つかしら？」

アディソンは肩をすくめた。「捜査当局の話では、パトリシアが確信を持って言える事実は、ピーターが先週、二日間フロリダにいたことだけらしい」

「エティエンヌを殺して、銘板を奪うには二日間あれば十分ね」

「それから、レンタカー店でBMWを一台借りたそうだ」

「国道で見たあの怪しい車ね」あれは、かなり危ないところだった。

アディソンはうなずいた。「ほとんどは状況証拠だが、つじつまは合う。それから、君が法廷で証言しなくてもいいように取りはからってくれるはずだ。もし被告側弁護人が君を証言台に立たせたら――」

サマンサは体を震わせた。「わたし、宣誓したうえで嘘をつくから、確実に地獄へ落ちるわね」

アディソンはちらりとサマンサを見た。彼の目には少し懸念の色がある。ここ二週間、この表情を何度もしなくてはならなかった。サマンサが入院中の病院からあざやかに抜け出して、アディソンのロンドンの最上階《ペントハウス》の部屋に舞い戻ったあとでさえ、さんざん心配させられた。

「まあ、そこまではいかないから大丈夫だよ。俺は、アメリカとのあいだで容疑者引渡し協定に調印してない国に、家の一軒ぐらい持ってるはずだからさ」

サマンサはなんとかほほえもうと努めた。「それを聞いて、ちょっと安心したわ」

それから数分間、二人は黙っていた。「ほら、あそこだ、左のほうだよ」アディソンが急に沈黙を破り、サマンサのいる助手席側を手ぶりで示した。

車が小高い丘を登っていくと、目指すものが目の前にはっきりと現れた。「わあ、すごい」なだらかに起伏する緑の丘に両側を囲まれて、大きな湖が広がっていた。手前には樫や柳の木立が見える。その風景の真ん中、青々とした緑におおわれた坂道の上に、城が立っていた。城としか言いようのない建築だ。コの字型をした建物には、一〇〇はあろうかと思われる窓が開いている。両脇に尖塔がそびえ、丸みを帯びた建物の正面が見える。御影石《みかげいし》の幅広い階段の頂上には、玄関を囲む巨大な柱が並んでいた。

「なかなかいいだろう?」アディソンはにこにこ笑いながら言った。

「わお、バッキンガム宮殿みたいね。すごい」サマンサが答える。

「遠く及ばないさ。ここ、ローリー・パークって呼ばれてるんだ」

「あなた、ここで育ったって言ってたわよね」

アディソンはうなずき、幹線道路から、くねくねと曲がる私道へと車を乗り入れた。私道を走っていくと、日の光がまだらな影をつくる木々の葉や、複雑にからんだツタの茂みのあいだから、城が見えかくれする。

「実をいうと、相続した地所なんだ。毎年、できれば少なくとも二、三カ月はここで過ごしたいと思える場所だよ。ここが、本物の我が家なんだ」

我が家。サマンサが一度も持ったことのないものだ。静かで安全な、我が家。温かな家庭。考えただけで怖気づいた。だがサマンサは、それに挑戦してみたかった。リック・アディソンとともに。

サマンサは城の全貌を見ようと首を伸ばした。「リック、すばらしいところだわ。本当に、最高よ。もし、このお城がわたしのものだったら、絶対にここから離れたくないと思うぐらい」

しゃべり終えるやいなや、サマンサは顔をしかめた。アディソンから愛していると言われたものだから、この種の言葉を口に出すたび、意識してしまう。まるで何かを欲しがったり、ねだったりしているみたいだからだ。実際にはそうじゃないのに。アディソンと、もっと多くの時間を一緒に過ごしたい。ただそれだけなのだ。

過去二週間をふりかえってみる。これまでの人生でこんなに安心で、くつろいだ気分になれたことはない。二人の奇妙な関係の、興味深い始まりの部分までを入れれば、合計で三週間になるけれど。

アディソンはというと、空き地にいる少数のシカの群れを指さしただけだった。「気に入ってもらえて、嬉しいよ」そして、咳払いをする。「君に意見を訊いてみたかったことがあるんだけど、今、ちょうどいいタイミングだと思ってさ」

サマンサは体を硬くした。「わたしも、あなたに言っておきたいことがあるの」

アディソンは彼女を見た。「わかった、君から先にどうぞ」

「ここのところ、何度かストーニーと相談したんだけど、わたしたち、引退しようかと思うの」

「本当に？」

「ええ」サマンサは咳払いをした。もしアディソンにこの考えを笑われたら、彼を殴ってやるか、でなければくやしさで憤死してしまうかのどちらかだ。「わたしたち、事業を立ちあげるつもりなの。防犯設備の設置と、防犯コンサルティングの会社よ」

しばらくのあいだ、アディソンは黙って車を走らせていた。しかしついに、ゆっくりと、口角が持ちあがってほほえんだ。「だったら、俺にとってはラッキーな話だなあ。ちょうど、俺の個人用不動産の防犯システムの見直しをすべて君にまかせたい、と言おうとしてたんだ。うちの防犯システム、『どうしようもない役立たず』って言われたからね」

「いいわよ。わたしを雇って」

アディソンは片方の眉をつり上げた。「料金を支払わなくちゃいけないのか？」

「うんとお得なプランにしてさしあげるわ」

「そう願うしかないな」アディソンは息をついた。「まだほかにも、君に知っておいてもらいたいことがある」

「リック、わたし――」

「黙って。今は俺の番なんだから」

サマンサは胸の前で腕を組み、そんなこと言っても彼との親密な会話ではもう緊張したりしないわよ、というふりをした。「わかったわ、どうぞ」

「ありがとう。前も言ったことあったけど、俺のコレクションのかなりの数が盗まれてしまって、残りの美術品や骨董品についても真贋を証明できない今、一部の品の価値が下がってしまった。そこで、俺としては一からやり直したいんだ」アディソンはふたたびサマンサに目をやる。「で、君に手伝ってほしいんだ。もしそれに割ける時間があれば、の話だけど」

「つまり、わたしが確実に『まともな』生活を送るようにしたいのね」

「サム――」

「以前、言ったことがあるわよね。わたし……個人所蔵のコレクションの品って、あまり好きじゃないの」

アディソンはにっと笑った。「知ってるよ。ここ、ローリー・パークの屋敷の一部を一般公開することを考えてるんだ。美術品・骨董品のギャラリーとしてね。そうすれば、作品をたくさん陳列して、一般の人々に広く見てもらえる」

それまでの人生で二度目のことだったが、サマンサは泣きたくなった。でも今回は悲しみの涙ではなく、喜びの涙だった。初めての経験だった。「わあお」

車は敷地の門をくぐり、屋敷に向かって半円を描きながら長く続く私道に入った。玄関に近づくにつれ、思っていたよりさらに巨大で、さらに美しい建造物であることがわかる。

「サマンサ?」

「今、考え中」

「考えたりするな。単純にイエス、ノーで答えればいい。そのほうが簡単でいいよ」アディソンは車を停め、キーを抜いた。「で、どっちの答であっても、このベントレーを君にあげる」

「言ったじゃない、わたしがあなたのことを好きなのは……あなたの持ってるもののせいじゃないって」

「俺のガールフレンドに、盗んだ車は運転させない。そこんとこ、線引きしとかなくちゃね」

サマンサは身を乗り出し、アディソンにキスした。長く、濃厚で、ゆったりとしたキスだった。「イエス」つぶやくように言う。「なんとかやりくりして、手伝いはできると思うわ。もちろん、仕事のあいまの空き時間にね」

「よし」アディソンもキスを返した。「ようし」笑顔を見せると、手を伸ばして彼女のシートベルトをはずした。「じゃあ、行こう。サイクスに会わせたいんだ」

「あなたの執事ね。彼はここの常駐だって、言ってたわね」

「そう、俺が特に用事があってほかの屋敷に呼ばないかぎりはね」

「かっこいい」

アディソンは車から降り、大股で助手席側に回り、サマンサのためにドアを開け、その手をとる。二人は黒い御影石《みかげいし》でできたゆるやかな階段を上り、玄関へ向かった。

両側を柱で支えられた屋根つきの玄関に着くと、両開きの扉が開いて、今まで見たうちで一番背が高く、一番やせていて、一番年取った男性が二人を迎えて深々とお辞儀をした。

「お帰りなさいませ、閣下《マイ・ロード》」執事は言う。

サマンサの足が止まった。「マイ……何?」のろのろと、言葉の意味を訊く。

アディソンも執事もその質問を無視した。「ただいま。家に帰るのはいいものだ」アディソンが言う。「サイクス、こちらがミス・サマンサ・ジェリコだ。しばらくここに滞在することになる」

「おはようございます、ミス・ジェリコ」

「サイクスさんね」サマンサはふりかえってアディソンを見た。「ちょっと失礼、今の質問、もう一度いいかしら。『マイ、何』ですって?」

アディソンは二人が出会ってから初めて、気恥ずかしそうな表情を見せた。「君に言うのを忘れてた。俺、ある種の、貴族なんだ」

「ある種って、どんな種類よ?」

アディソンはため息をつき、彼一流のゴージャスな笑みを投げかけた。もう、またこのほほえみ。膝が抜けちゃうわ。「ローリー侯爵、っていう種類」

「おやまあ、なんてこと。防犯コンサルティングのお得なプランの話、忘れてちょうだい。侯爵さまには、正規の価格を支払っていただきますからね」

「ふうむ。そりゃ交渉しだいだな」

訳者あとがき

美術品や骨董品は盗むけれど、殺しはやらない。銃は大嫌い。狙うのは主に個人コレクターが所有する品で、美術館や博物館からは盗まない――それが泥棒としての流儀。侵入するときの服装は黒ずくめ。抜群の反射神経としなやかな身のこなし、鋭い観察眼と冷静な判断力で、狙った獲物は絶対に逃さないというプロ中のプロ。

それが本書『恋に危険は』(原題 Flirting with Danger) の主人公、サマンサです。スーザン・イーノック作品の初邦訳になるこの物語は、美術品専門の女泥棒サムことサマンサ・ジェリコと、盗みのターゲットになった億万長者の実業家リックことリチャード・アディソンの恋と冒険を描いた、ロマンチック・サスペンスです。

伝説の大泥棒マーティン・ジェリコの娘として生まれたサマンサは、物心ついたころから父親に盗みの技術を教えこまれ、泥棒になるべく育てられました。父親が逮捕され、服役中に死亡して以来、誰にも頼ることなく生きてきたサマンサにとって友人といえるのは、盗みの仕事を仲介し、盗品を売る故買屋《こばいや》のストーニーだけ。

サマンサは「盗みっていうのは、ある物品が、知らないうちにしかるべき場所へ移動するだけの話よ」と豪語しています。自分の腕を活かして、入ってはいけない場所に忍びこみ、取ってはいけないものを盗みだすスリルに心奪われて、泥棒稼業を楽しんでいるのです。そしていつか引退して、地中海沿岸で贅沢な生活を送ることを夢見ています。

ある夜サマンサは、フロリダ州パームビーチにある実業家リチャード・アディソンの屋敷に侵入します。目的は貴重なトロイの石の銘板を盗みだすことでしたが、留守だったはずのアディソンが在宅していたうえ、ギャラリーに仕掛けられていた爆弾が爆発して警備員が即死するという、予測不能の事態が起こります。危機一髪でアディソンを救出後、脱出したサマンサは、自分に爆破と殺人の疑いがかかっていることをニュースで知りました。濡れ衣を晴らすための唯一の解決法として彼女が選んだのは、なんと、自分が盗みに入った屋敷の主《あるじ》、アディソンに協力を求めること。奇妙な取引にもとづく「パートナー関係」が始まります。事件の謎が深まるにつれて、二人は……。

サマンサは知性とユーモアあふれる、はつらつとして魅力的な女性です。ただ職業がら、他人に対してすきを見せたり、素顔をさらけだすことはまずありません。自分の身を守るためには何が必要かを心得ていて、巧妙に立ち回ります。その一方で、仲間を裏切らないという「盗人の仁義」を貫き、美術品についても独自の哲学を持っています。

また、驚異的な記憶力の持ち主でもあります。興味を持ったものの外観を写真並みの正確さで憶えてしまうだけでなく、お気に入りの映画やドラマのせりふまで暗記しているほど。

このすぐれた記憶力が、窮地を切り抜ける助けになります。

リチャード・アディソンは、黒髪で超ハンサムなイギリス人のプレイボーイ。企業や不動産の買収・売却などの事業で活躍する実業家で、美術品・骨董品の収集家、慈善家としても知られる億万長者です。ビジネスを勝負事ととらえ、つねに優位に立って主導権を握るのを好み、事実それで成功してきました。しかしサマンサのこととなると、どうも思惑どおりにいかない。いつもの冷徹さはどこへやら、振りまわされてしまいます。

コンビを組んで事件の真相究明に挑むなか、サマンサとリックはお互いに振りまわされつつ、少しずつ気持ちを寄り添わせていきます。二人のあいだで交わされる、ウィットに富んだやりとりが小気味よく、思わず吹き出しそうになる場面も。

物語では、六〇年代から八〇年代の映画やテレビドラマも効果的に使われています。特に印象的なのはアメリカでも大ヒットした東宝のゴジラ映画シリーズ。サマンサはマニアックなゴジラファンのようで、初期は核実験の落とし子として描かれていたゴジラが人類の味方へと変貌していく過程まで把握しています。「(ゴジラは) 悪者じゃなくちゃ、面白くない」と言い切るあたり、興味深いものがあります。

またサマンサは、『スタートレック』の登場人物スコットやカーンのせりふを引用し、処世訓として役立てています。このオタクぶり、細部に対するこだわりも彼女の魅力のうちでしょう。ほかに、『宇宙家族ロビンソン』『こちらブルームーン探偵社』『刑事コロンボ』など、アメリカのテレビドラマの名作がいくつも出てきますので、ご注目ください。

著者のスーザン・イーノックは南カリフォルニア在住の作家で、カリフォルニア大学アーヴァイン校卒。幼いころの夢は動物学者になることでしたが、その後映画『スター・ウォーズ』を観て大きな影響を受け、小説を書きたいと思うようになったそうです。一九九五年、英国摂政時代を舞台にしたヒストリカルロマンスでデビューし、第二作で『ロマンティック・タイムズ』誌の Reviewers Choice Award にノミネートされました。現代ものに挑戦したのは本書が初めてですが、『パブリッシャーズ・ウィークリー』『ロマンティック・タイムズ』誌で高い評価を受けています。

恋に危険はつきもの。危険を分かち合うからこそ、熱くなる——常夏のパームビーチを舞台に繰り広げられる心躍るロマンスの世界を、どうぞお楽しみください。

二〇〇七年四月

ライムブックス

恋に危険は

著　者　スーザン・イーノック
訳　者　数佐尚美《かずさなおみ》

2007年5月20日　初版第一刷発行

発行人　成瀬雅人
発行所　株式会社原書房
〒160-0022東京都新宿区新宿1-25-13
電話・代表03-3354-0685　http://www.harashobo.co.jp
振替・00150-6-151594
ブックデザイン　川島進(スタジオ・ギブ)
印刷所　中央精版印刷株式会社

落丁・乱丁本はお取り替えいたします。
定価は、カバーに表示してあります。
 ISBN978-4-562-04322-4　Printed in Japan